낙落
화花
유流
수水

낙화유수 落花流水 4

김다함 장편소설

초판 1쇄 찍은 날 | 2021년 07월 02일
초판 1쇄 펴낸 날 | 2021년 07월 09일

지은이 | 김다함
발행인 | 이진수
펴낸이 | 황현수

펴낸곳 | 주식회사 카카오페이지
등록번호 | 제2015-000037호
등록일자 | 2010년 8월 16일
주소 | 경기도 성남시 분당구 판교역로 221 6(일부)층

제작·감수 | KW북스
E-mail | cl_production@kwbooks.co.kr

ⓒ 김다함, 2021

ISBN 979-11-385-0004-3 04810
      979-11-385-0000-5 (set)

낙 落
화 花
유 流
수 水

4

김다함 장편소설

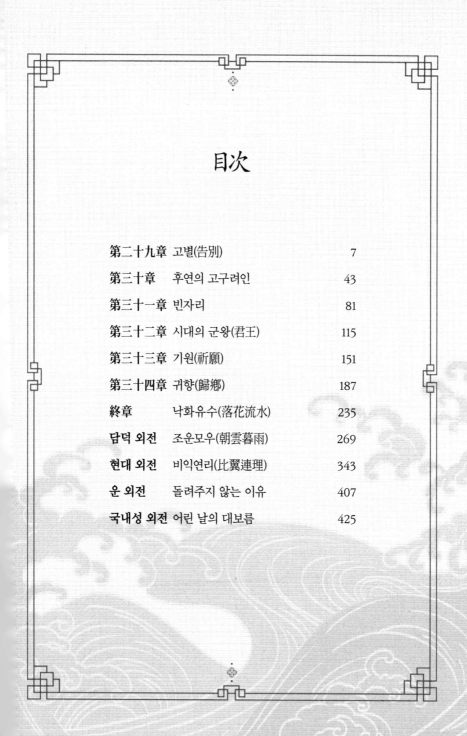

目次

第二十九章

고별(告別)

겨울을 알리는 눈과 함께 남쪽에서 슬픈 소식이 들려왔다. 연초부터 투병 생활을 하던 이리 부인이 세상을 떠난 것이다.

추운 겨울, 외로운 내 곁을 지켜 주었던 사람이 세상을 떠나다니. 먼 곳에서 날아온 부고에 가슴 한구석이 베여 나간 듯 아릿했다.

왕의 어머니가 세상을 떠났으니, 신라와 우호 관계를 유지하고 있는 고구려가 가만히 있을 수는 없었다. 사절을 꾸려 신라로 보낸다는 소식을 듣고 나는 담덕을 찾아갔다.

"곤란해."

집무실로 들어서는 나를 보자마자 담덕이 단호하게 말했다.

"나 아직 아무 말도 안 했는데."

"무슨 말을 할지 뻔히 아니까 들을 필요도 없어. 신라에 가고 싶다는 이야길 하러 온 거잖아?"

정확한 예측에 입이 꾹 다물렸다.

나는 이제 한 나라의 황후였다. 함부로 거동할 수 없는 몸인 것은 알고 있었지만, 우희로서의 인연을 모두 묻어 두고 싶지 않았다.

게다가 다른 사람도 아닌 이리 부인이었다. 나를 딸처럼 여기며 따뜻하게 대해 주었던 사람의 죽음을 모른 척할 수는 없었다.

"어차피 사절을 보낼 거잖아. 거기에 함께 가면 돼."

"황후가 조문을 가는 건 과해."

"정체를 숨기고 가면 되지."

"그게 쉬운 일이야?"

"어차피 서를 보낼 거잖아. 그럼 자연스레 절노부 사람들이 사절로 꾸려질 테고, 절노부 사람들은 기꺼이 내 정체를 숨겨 줄 거야. 그럼 문제없잖아."

서는 실성이 볼모로 지내는 동안 말벗을 하며 그와 상당한 친분을 쌓았다. 신라의 사절로 가장 먼저 그의 이름이 거론된 건 당연했다.

물 흐르듯 술술 이어지는 말에 담덕의 눈이 가늘어졌다.

"너 혼자 생각한 게 아닌 것 같은데. 누가 도움을 줬어?"

"티 났어?"

"당연하지. 제신? 지설? 누구야, 네 공범이?"

담덕이 기다렸다는 듯 용의자들의 이름을 줄줄 내뱉었다.

"비밀이야. 난 의리가 있으니까."

"그리 말하는 걸 보면 지설이군."

겨우 한마디를 했을 뿐인데 담덕이 단번에 정답을 말하며 한숨을 내쉬었다.

"네가 신라로 가면 난 당연히 호위를 붙일 거야. 그럼 지설이 그 역할을 자처해 따라갈 생각이었겠지. 거기 가서 실성에게 무릎이라도 꿇을 생각이래? 영과 혼인하지 말아 달라고?"

"설마. 지설 성격에 그럴 것 같지는 않은데."

"어쨌거나 해영의 혼담 때문에 신라로 가겠다는 거군."

"……비밀로 하자고 지설하고 굳게 약속했는데."

내게 수를 알려 준 사람의 정체도, 그 사람의 목적도 모두 들켜
버렸다.

허무하게 모든 패를 잃어버린 내가 황망하게 눈을 깜빡이니 담덕이
다시 한번 길게 한숨을 내쉬었다.

"네가 이리 부인을 특별하게 여기는 거 알아. 나도 그분께 감사하
고 있고. 내가 없는 동안 너와 연이를 잘 보살펴 주신 은혜는 결코
잊을 수 없지."

거기까지 말한 담덕이 고민하는 듯 미간을 찌푸리며 내 팔을 끌어
당겼다. 나는 익숙하게 그의 무릎 위에 앉았고, 담덕 역시 자연스럽게
내 머리에 제 턱을 괴었다.

"우희."

"응."

"난 널 궁 밖으로 보내는 게 무서워."

"왜?"

"또다시 네가 사라질까 봐."

"내가 그럴 것 같아?"

"아니. 하지만 넌 그때도 그랬어. 사라질 거라고는 상상도 못 했는
데, 흔적도 없이 자취를 감췄지."

담덕은 종종 그때의 이야기를 꺼냈다. 그럴 때마다 나는 죄인의 심
정으로 입을 꾹 다물고 고개를 주억거릴 뿐이었다.

"왜 그런 얼굴이야?"

풀 죽은 내 모습에 담덕이 낮게 웃었다.

"미안해서. 이유가 무엇이든 널 떠날 생각을 했던 게."

"내가 더 미안하지. 내 곁에 널 두려는 욕심에 네가 위험해졌었는데."

"그게 왜 욕심이야? 나도 항상 그런 생각을 하는걸. 널 내 곁에 두고 싶다고. 대고구려의 태왕 폐하를 그런 식으로 묶어 두고 싶다고 생각하는 건 좀 건방진 생각인가?"

"넌 유일하게 내게 건방질 수 있도록 허락받은 사람이잖아. 마음껏 욕심을 부려도 좋아."

"그거참 감사한 허락이네. 그럼 나도 권리를 줄게. 담덕 너도 마음껏 욕심부려."

나는 고개를 돌려 담덕의 입술에 짧게 입을 맞추었다.

가벼운 입맞춤을 하려고 했을 뿐인데 담덕이 멀어지려는 내 뒤통수를 붙잡아 입안으로 혀를 밀어 넣었다.

어느 순간부터인가 담덕은 나를 잡아먹기라도 할 것처럼 입을 맞췄다. 뒤통수를 붙잡고 있던 손이 목을 타고 내려가 등을 쓸어내리고, 한껏 가까워진 몸에 닿은 열기가 뜨겁게 느껴졌다.

이제 나는 여기서 무엇을 하면 이 사내를 더 부추길 수 있는지 안다. 이 사내를 부추기면 이다음에 어떤 일이 일어날지도 잘 안다.

그래서 손을 뻗을 수가 없었다. 조금만 손을 뻗으면 이 남자는 그때부터 제멋대로 움직이기 시작하니까.

그걸 아니까 절대로 손을 뻗지 않은 건데.

내 노력이 무색하게도 담덕의 손이 순식간에 옷 속으로 파고들었다.

"읏! 왜……!"

나 아무것도 안 했는데!

억울함을 토로했지만 입은 막혀 있고 손은 저지당했다. 도대체 어떤 부분이 오늘 이 남자를 자극해 버린 건지 알 수 없었다.

그런 내 불만을 눈치챘는지 담덕이 슬쩍 입술을 뗐다.

"억울해하지 마. 네가 먼저 시작했잖아."

담덕이 말할 때마다 입술이 간질거렸다.

"난 그냥 입맞춤만 하려고……!"

"누구 마음대로? 마음껏 욕심부리라며. 그래서 그러고 있잖아."

그 말 때문에 이러는 거라고?

무엇이 담덕을 자극했는지 비로소 깨달은 나는 마음속으로 굳게 다짐했다.

앞으로는 말도 조심해야지.

❖　❖　❖

신라와 우호 관계를 유지하고는 있으나 두 나라 사이에는 분명한 상하 관계가 있었다. 고구려가 위, 신라가 아래였다.

이를 고려해 조문 사절은 간소하게 꾸려졌다. 실성과 친분이 깊은 서를 중심으로 절노부 사람 몇 명이 더 추가되었다. 나 역시 그 '절노부 사람 몇 명' 중 하나로 신라에 가게 되었다. 태왕의 최측근인 지설은 사절단을 이끌게 되었다.

적당한 핑계를 대기 위해 나는 먼저 담덕과 함께 평양성으로 원행을 떠난 척했다. 평양성에서 빠져나와 사절에 합류한 뒤, 다시 이곳으로 돌아와 담덕과 함께 국내성으로 돌아갈 계획이었다.

계획대로 나와 담덕은 사절들보다 먼저 평양성에 내려왔다. 얼마 지나지 않아 지설 일행이 근처에 다다랐다는 소식도 도착했다.

"태림도 데려가."

평양성을 떠나는 날 담덕이 내 앞에 태림의 등을 떠밀었다.

이미 지설이 사절로 빠지며 그의 호위에 구멍이 난 상황이었다. 여기서 대단한 호위를 하나 더 늘릴 필요는 없었다.

나는 놀라서 손을 내저었다.

"말도 안 돼. 그럼 넌 누가 지켜?"

"난 내가 지켜. 내가 고구려 땅에서 누구한테 칼이라도 맞을 사람처럼 보여?"

담덕이 팔짱을 끼며 위압적인 태도로 나를 내려다보았다. 그 모습을 보고 있노라면 바위보다 크고 단단해 보이는 이 사내를 다치게 할 사람은 아무도 없을 것만 같았다.

하지만.

"사람 일은 모르는 거야."

나는 다시 태림의 등을 떠밀어 그를 담덕 옆에 세웠다.

"태왕 폐하가 호위도 없이 원행을 나오는 경우가 어디 있어? 태림은 폐하를 지켜요."

태림을 향해 신신당부하고 있으니, 담덕이 다시 태림을 떠밀어 내 옆에 세웠다.

"아니, 넌 우희를 따라가."

"난 됐다니까. 이미 지설이 있잖아."

"외부로 떠날 때는 더 조심해야지. 태림까지 데려가."

"너도 지금 외부에 나와 있잖아!"

"난 근위대원들이 있어."

"그걸로는 부족해. 그렇게 따지면 나도 절노부 사람들과 함께야. 우리 절노 사람의 무력을 무시하는 거야?"

"그러는 너야말로 근위대원의 실력을 무시하는 거냐?"

말 한마디를 할 때마다 태림이 내 앞으로, 또 담덕 앞으로 떠밀렸다. 끝날 줄 모르는 실랑이를 듣고 있던 태림이 결국 한숨을 내쉬었다.

"두 분, 그만하시죠. 저는 물건이 아닙니다."

태림의 말에 나와 담덕의 손이 동시에 그에게서 떨어졌다. 이리저리 떠밀리느라 단정하던 태림의 옷이며 머리가 엉망이었다. 나는 미안해져 어색하게 웃으며 구겨진 그의 옷을 펴 주었다.

"이러다가는 끝이 없겠습니다. 어떤 분을 지킬지는 제가 결정하죠. 두 분 모두 이의 없으십니까?"

묘하게 박력이 느껴지는 눈빛이었다. 나와 담덕을 번갈아 바라보는 그의 시선에 우리는 얼떨떨하게 고개를 끄덕였다.

◆ ◆ ◆

결론은 간단하게 났다. 태림의 선택은 나였다.

"왜 폐하를 지키지 않고요?"

"전 폐하의 사람이니, 폐하의 명을 따릅니다. 당연한 결정이지요."

도압성으로 떠나는 길에 들었던 말과 똑같았다. 그때도 태림은 자신이 누구를 지키고 싶은지보다 명령을 따르는 것이 더 중요하다고 했었지.

"늘 느끼는 거지만…… 태림은 예나 지금이나 달라진 게 없네요. 항상 푸른 소나무처럼 한결같은 사람이라고 할까? 안정감이 있어요."

"그렇습니까? 저는 꽤 많이 달라졌다고 생각했는데요."

"뭐…… 예전보다 자기주장이 강해지긴 했죠. 요령도 조금 생겼고."

조금 전 박력 있게 선언하던 태림을 떠올리며 고개를 주억거리자, 그가 민망한 듯 목덜미를 긁적였다.

"그건 두 분께서 끝없이 다투시니까……."

"그러니까 달라졌다는 거죠. 예전 같았으면 어쩔 줄 모르고 발만 동동 굴렀을걸요."

"그런 사람이었습니까, 제가?"

"그런 사람이었어요, 확실히."

내 말에 태림이 멋쩍게 웃었다.

계속 이 이야기를 했다가는 말을 꺼낼 때마다 태림이 민망해할 것 같았다. 나는 너그럽게 다른 화제를 입에 올리기로 했다.

"일행과는 어디서 합류해요?"

내 질문에 태림이 반가운 얼굴로 재빨리 대답했다. 역시 민망한 이야기를 피하고 싶었던 것이다.

"멀지 않습니다. 평양성 외곽의 사찰에서 합류합니다."

"사찰이라면……?"

"즉위 초기에 폐하께서 세운 곳이지요. 그때 평양성에 직접 내려와 터도 보셨잖습니까."

그곳이라면 기억에 있었다.

"맞아요. 사냥 대회를 핑계로 사찰 터를 보러 왔었죠. 그때 전 호랑이도 때려잡았고……. 벌써 시간이 그렇게 지났구나."

마지막 말은 혼잣말에 가까웠다. 주변을 둘러보며 감탄하는 내게 태림이 설명을 덧붙였다.

"평양성에는 총 아홉 개의 사찰이 있습니다. 일행과 만나기로 한 곳은 그중에서 가장 규모가 작은 곳이고요."

성 하나에 사찰이 아홉 개나 된다는 건 일반적이지 않았다. 담덕은 평양성을 귀하게 쓸 생각으로 즉위 초기부터 이 부근에 사찰을 지은 것이다.

장수왕 대에 평양성으로 도읍을 옮기기까지 하니 이곳이 보통 땅은 아니지. 아, 그렇다는 말은 나중에 연이가 이곳에서 살게 된다는 걸까?

그렇게 생각하니 또 기분이 남달랐다.

"이제 거의 다 도착했습니다."

묘한 기분에 휩싸여 주위를 두리번거리는 내게 태림이 도착을 알렸다. 그와 동시에 멀리서 누군가가 내 이름을 크게 외쳤다.

"연우희!"

목소리만 듣고도 나는 단번에 그의 정체를 알아챘다.

"연서!"

나와 함께 국내성에 발을 들였던 장난꾸러기 사촌 서였다. 나는 활짝 웃으며 사찰 입구에서 손을 흔드는 서를 향해 달려갔다.

"오래 기다렸어?"

"아니, 우리도 조금 전에 도착했어. 다행히 시간이 잘 맞았네. 정말 오랜만이다! 이렇게 만나게 될 줄이야!"

"내가 같이 갈 줄은 몰랐지?"

"상상이나 했겠어?"

나와 서는 서로의 손을 붙잡고 제자리에서 방방 뛰었다.

이렇게 서와 얼굴을 마주 보고 대화하는 것이 상당히 오랜만이었다. 태학 교육이 마무리되고 실성마저 신라로 떠난 뒤, 서는 국내성에 남을 이유가 없어져 절노부의 영토로 돌아갔다. 생각지도 못한 이리 부인의 부고가 아니었다면 그가 다시 절노부 땅을 벗어날 일은 없었을 것이다.

"아차, 이제 이렇게 널 격의 없이 대하면 안 된다고 하셨는데."

나와 함께 방방 뛰던 서가 어색하게 웃으며 슬그머니 내 손을 놓았다.

"백부께서 그리 말씀하셨어?"

"아버지가 아니면 누가 그러겠어?"

서가 어깨를 으쓱거렸다.

오래전, 담덕과 혼인을 약속한 이후로 나를 대하는 백부의 태도는 많이 달라졌다. 말을 조심하고 예의를 차리기 시작했다. 또한 제신과 서를 비롯한 절노부 식구들에게도 그런 태도를 종용했다.

하지만 얌전히 그의 말을 들을 성실한 자는 이 집안에서 손에 꼽을 정도였다. 물론 서는 그 '성실한 자'가 아니었다.

"반가워할 만큼 다 반가워해 놓고는 이제 와 격식을 차리겠다고?"

"그건 또 그래."

조금 전까지 걱정했던 건 모두 잊었다는 양 서가 다시 웃으며 내 손을 붙잡았다.

"어찌 지냈어? 태왕 폐하와 황후마마의 금슬이 좋다는 소문이 절노부 땅까지 자자하니 걱정은 안 하지만."

"단순한 소문이 아닙니다."

서의 질문에 그의 뒤에서 나타난 지설이 대신 대답했다. 그는 질렸다는 듯 고개를 내저으며 작게 한숨을 내쉬었다.

"한때는 두 분이 혼약한 사이라기엔 너무 어색하다고 걱정을 했는데, 혼인하고 나니 이제는 너무 부부다워서 걱정입니다. 폐하께서 그렇게 변하실 줄은 몰랐죠."

"그렇게라뇨?"

"일이 세상에서 제일 중요한 분인 줄 알았거든요. 일을 좋아하시는 줄 알았고요. 근데 요즘은 종종 일하기 싫다는 말씀을 하십니다. 그럴 때마다 제가 얼마나 곤란해지는지 모르실 겁니다."

"우리 폐하는 조금 쉬어도 돼요. 매번 전쟁에, 내치에……. 이 나라는 담덕을 너무 부려 먹는다고요."

"그러라고 있는 자리입니다, 태왕은."

지극히 당연한 지설의 말에 입이 꾹 다물렸다. 어떻게든 담덕의 과중한 업무가 부당하다 말하고 싶었지만, 이 시대의 군주란 원래 그런 역할을 하는 위치임을 나 역시 잘 알았다.

"그런데 혼자 오신 게 아니군요."

"우리 폐하께서 나 혼자만 보낼 리가 없잖아요."

"그렇긴 합니다만…… 그래도 태림과……."

지설이 떨떠름한 얼굴로 태림이 서 있을 내 뒤를 살폈다. 그는 복잡한 얼굴로 몇 번이나 입을 달싹이다 결국 제 머리를 헤집으며 한숨을 내쉬었다.

"아무튼 두 분께서도 충분히 반가워하신 듯하니 이만 출발할까요? 조문을 위한 사절이니만큼 최대한 빠르게 움직여야 합니다. 길은 미리 확인해 두었습니다. 안으로 들어가 설명을 들으시겠습니까?"

지설이 사찰 안쪽을 가리켰다. 지도를 펼쳐 놓고 앞으로 어떤 길을 가게 될지 설명을 하려는 듯했다. 하지만 나는 선선히 고개를 저었다.

"지체할 시간이 없는 거 아니었어요? 지설의 계획이라면 확실할 테니 바로 출발하죠."

내 대답에 지설이 만족스럽게 웃었다.

"그리 말씀하실 줄 알았습니다."

"……그럴 줄 알았다면서 왜 물어봤어요?"

"저는 예의범절을 상당히 중시하는 지라, 높으신 분의 의견에는 언제나 귀를 기울입니다."

"퍽이나 그렇겠어요."

나는 황당해져 웃으며 손을 휘휘 내저었다.

"이번 신라 사절에는 절노부 일행으로 합류한 것이니 높으신 분이라고 생각하지 말고 지설이 일행을 이끌어 줘요. 황후마마라고 부르지도 말고요. 그냥 우희 아가씨로 충분해요."

지설은 단 한 번 사양도 않고 고개를 끄덕였다.

"그렇게 하겠습니다. 오랜만에 옛날로 돌아간 기분이 들겠군요. 일행들에게도 이야기해 두지요."

❖ ❖ ❖

일행은 길을 서둘러 신라로 향했다. 해가 떠 있는 동안에는 달리고, 해가 떨어지면 멈춰서 가까운 마을에 신세를 졌다.

지설은 일행의 체력을 고려해 야영을 최소화하려고 했지만, 그것이 불가능한 날도 있었다. 그렇게 되면 꼼짝없이 산에서 자리를 펴고 하늘을 이불 삼아 잠을 자야 했다.

그런 강행군 탓에 그간 편안함에 길들어 있던 몸이 비명을 지르기 시작했다. 승마에는 자신이 있었으나 하루 종일 말을 타는 건 또 다른 문제여서 갈수록 다리며 허리가 아파 왔다.

오래전 도압성에 갈 때도 이랬던가?

아마 그때도 이렇게 힘들었던 것 같다. 너무 오래전의 기억이라 미화되거나 희미해져 버린 부분이 있어 이렇게 힘들 거라고는 생각을 못 했다.

게다가 그사이에 몸이 늙어 버린 것도 있지. 한참 기세 좋고 체력 든든한 십 대와 서서히 저물어 가는 이십 대의 몸 상태가 같을 리 없다. 나는 새삼 젊은 시절을 그리워하며 한탄했다. 물론 나보다 훨씬 오랜 세월을 살아온 어르신들이 들으면 코웃음을 칠 한탄이었지만 말이다.

"오늘은 여기서 쉬어 가시죠."

지쳐서 말에 드러눕고 싶다는 생각이 들 때 즈음. 가장 앞에서 대열을 이끌던 지설이 손을 들어 일행을 멈춰 세웠다.

나는 반가운 마음에 말을 멈추자마자 굴러떨어지다시피 말에서 내려왔다.

"위험합니다."

놀란 태림이 재빨리 나를 향해 손을 뻗었지만, 나는 손을 저어 그의 도움을 사양했다.

"괜찮아요. 쓰러질 정도로 힘든 건 아니에요. 그냥 더 이상 말 위에 있고 싶지 않다는 정도지."

나는 질린 얼굴로 말을 바라보았다. 훌륭하고 순한 말이었지만 며칠째 험한 길을 함께 달리다 보니 이런 눈빛이 절로 나왔다.

"오늘은 저쪽 동굴에서 쉬면 될 듯합니다."

태림과 대화를 나누는 사이 쉴 곳을 찾아낸 지설이 근처의 동굴을 가리켰다. 우리는 동굴 앞 나무에 말을 묶어 두고 안쪽으로 걸음을 옮겼다.

"동굴이라, 옛날 생각이 나네요."

바닥을 정돈하는 일행들을 도우며 동굴 내부를 둘러보니 태림이 웃으며 대꾸했다.

"도압성으로 향하던 길에도 동굴에 머물렀지요."

"그때 늑대들의 습격을 받았고요. 오늘은 그러지 않았으면 좋겠는데."

"괜찮습니다. 이번에는 큰 소란이 없을 겁니다."

태림이 바깥을 힐끗거리며 제법 확신에 찬 말투로 말했다. 조심성 많은 태림이 이렇게 확신하는 건 흔치 않아서 나는 의아해졌다.

"왜요? 늑대가 겨울잠이라도 자나요?"

"늑대는 겨울잠을 자지 않습니다. 오히려 겨울철에는 먹잇감이 부족해서 민가에까지 내려와 사람들을 괴롭히고는 하지요."

"그런데 오늘은 왜 큰 소란이 없을 거라고 생각한 건데요?"

"그건……."

내 말에 태림이 곤란한 얼굴로 다시 바깥을 힐끗거리기 시작했다.

"밖에 도대체 뭐가 있기에 그래요? 뭐 특별한 거라도 있어요?"

덩달아 밖을 힐끗거리니 태림의 얼굴이 더욱 곤란해졌다.

"아가씨."

곤란해하는 태림을 도와주려는 것인지, 아니면 단지 때가 좋았을 뿐인지 지설이 조용히 나를 불렀다.

"네."

"이쪽에 불 피우는 것을 도와주시겠습니까?"

주변을 살피니 다들 자리를 펴느라 정신이 없어 마른 나뭇가지 더미 앞에는 지설 하나뿐이었다.

"태림, 자네는 마른 나뭇가지를 더 구해 오고. 하룻밤을 따뜻하게 보내려면 이 정도 나뭇가지로는 택도 없겠어."

"그리하죠."

태림이 개운한 얼굴을 하곤 서둘러 동굴을 나섰다. 순식간에 홀로 남겨진 나는 도움을 청한 지설의 곁으로 터덜터덜 걸어갔다.

"뭐 숨기는 거 있어요?"

지설의 곁으로 다가가 나뭇가지를 단단히 붙들며 묻자 그가 시치미를 떼며 주머니에서 수리취로 만든 부싯깃을 꺼냈다.

"뭘 숨기다뇨?"

지설이 나뭇가지 위에 부싯깃을 얹고 부싯돌을 부딪치자 작게 불길이 튀었다. 그 위로 입바람을 부니 금세 불길이 일어 나뭇가지에 옮겨붙었다. 나는 서둘러 고정하고 있던 나뭇가지에서 손을 떼고 크게 일어난 불길을 바라보았다. 일렁거리는 불길에 얼었던 손이 사르르 녹아내렸다.

"아니, 그렇잖아요. 바깥에 뭐라도 있는 것처럼 내가 밖을 볼 때마다 움찔거리는데."

"그랬습니까?"

"그랬어요."

하지만 지설은 모르겠다는 듯 고개를 갸웃거릴 뿐이었다.

"말하기 싫다면 어쩔 수 없지만요."

어차피 지설이나 태림이 내게 나쁜 일을 할 리가 없다. 나는 찜찜한 기분을 애써 억누르며 바깥을 힐끗대던 눈길을 모닥불에 고정했다.

◆　◆　◆

새벽부터 바람이 강하게 불었다. 동굴 안까지는 바람이 침범하지 못했지만 요란한 소리마저 막을 수는 없었다.

잠자리가 불편한 와중에 시끄럽기까지 하니 더 눈을 붙이고 있을 수가 없었다. 결국 나는 잠에서 깨어나 새벽녘에 눈을 뜨고 말았다.

"왜 벌써 일어났어? 아직 순서가 되려면 멀었는데."

부스럭거리며 일어서니 불침번을 서고 있던 서가 모닥불을 뒤적이며 물었다.

"바람 소리가 시끄러워서 깼어. 지설은?"

분명히 서와 지설이 함께 불침번을 서기로 했는데, 아무리 동굴을 둘러봐도 지설의 모습이 보이지 않았다.

"아, 잠시 밖을 둘러보겠다고 나갔어."

"추울 텐데."

"그러니까 말이야. 이 추위에 밖으로 나설 생각이 들다니, 용사를 자처하는 사람들은 하나같이 이해하기 힘들다니까."

서는 무를 숭상하는 고구려에서는 보기 드문 백면서생이었다. 어려서부터 검이나 활에는 흥미를 붙이지 못하더니 태학에서도 글공부만 열심히 했다.

오래전이라면 그런 자를 향해 손가락질하는 사람이 많았겠으나, 유학을 들여온 후 글공부를 하는 사람들에 대한 시선도 많이 나아졌다. 백부와 하 역시 서가 검이나 전쟁을 모른 채 어릴 적의 천진함과 자유로움을 그대로 가지고 살아가기를 바랐다.

덕분에 서와 나는 통하는 구석이 많았다. '용사'들이 '용사'만의 감정을 공유하듯, 우리 '서생'들도 '서생'만의 감정을 공유했다. 몸부터 움직이는 용사와 머리부터 굴리는 서생은 사고방식이 완전히 달랐다.

하지만 서는 나는 자신과 다르다며 단호하게 선을 그었다.

"그래도 우희 넌 반 서생, 반 용사지."

"반 서생 반 용사? 그 이상한 말은 또 뭐야?"

"말 그대로야. 넌 능력치를 따지면 서생이지만, 사고방식을 따지면 용사에 가깝잖아. 제대로 머리를 굴리기 전에 몸부터 던지는 편이라고 할까?"

"그거 상당히 안 좋게 들리는데. 능력도 없으면서 몸부터 나간다는 뜻 아니야?"

"음, 그보다는…… 생각보다 마음이 앞선다고 해 두자."

"그것도 그리 좋게 들리진 않거든!"

다른 사람이 깰까 봐 낮게 소리쳤더니 서가 낄낄거리며 웃었다.

"이것 봐. 이리 발끈하는 것도 용사의 특징이라고."

"넌 지금 우리 고구려의 십만 용사를 모욕했어."

"십만 용사? 묘하게 구체적인 숫자잖아!"

다시 한번 웃음을 터트린 서가 바깥을 힐끗거렸다.

"그런데 지설 님이 돌아올 생각을 않는걸. 곧 다음 불침번 시간인데."

"지설이라면 무슨 일이 생겼을 거라는 걱정은 없지만……."

영의 혼담 이야기로 요즘 지설의 속이 말이 아니라는 사실을 알고 있는 나로서는 걱정이 되었다. 혼자 속앓이라도 하고 있는 걸까?

역시 지설을 혼자 두는 것이 내키지 않아 나는 자리에서 일어섰다.

"지설을 데려올게. 일행을 이끄느라 고생이 많은데 잠시 쉬기라도 해야지. 나간 김에 나뭇가지도 좀 더 주워 오고."

다 떨어져 가는 나뭇가지를 가리키며 말하자 서가 고개를 끄덕이면서도 걱정스럽게 물었다.

"너 혼자 괜찮겠어?"

"바로 앞에 나가는 것뿐인데 뭐. 다들 피곤한데 깨우기는……."

나야 절로 눈이 떠졌다지만 다른 사람들은 아니었다. 나와 함께 다음 불침번을 맡은 절노부 청년을 보니 세상모르고 잠들어 있었다. 서도 그의 얼굴을 보더니 이해한다는 듯 어깨를 으쓱거렸다.

"그건 그래."

"오래 걸리지 않을 거야. 금방 돌아올게."

나는 동굴 밖으로 나서며 활과 화살을 챙겼다. 완벽하게 다루지는 못하지만 없는 것보다는 낫겠지.

밖으로 나서자마자 날 선 바람이 얼굴을 할퀴었다. 그래도 북쪽의 바람에 비하면 봄바람 수준이었다. 요란한 소리에 비해 차가움이 덜해서 다행이었다.

나는 옷을 여미며 주위를 두리번거렸다. 멀리 가지 않았을 거라고 생각했는데, 근처를 아무리 둘러봐도 지설의 모습이 보이지 않았다.

나는 지설 찾기를 잠시 뒤로 미루고 나뭇가지를 줍기 시작했다. 눈 내리지 않는 겨울에는 마른 나뭇가지를 쉽게 찾을 수 있었다. 나는 금세 한 무더기 나뭇가지를 모아 품에 끌어안았다.

이제 지설만 찾으면 되는데.

품에 나뭇가지를 가득 안고 주위를 두리번거렸지만 여전히 지설의 모습은 보이지 않았다.

"무거운데……."

슬슬 품에 가득 안은 나뭇가지가 무거워지기 시작했다. 먼저 돌아가서 나뭇가지를 내려놓을까, 좀 더 지설을 찾아볼까 고민하고 있으니 멀리서 인기척이 느껴졌다.

"지설? 거기 있어요?"

인기척이 느껴지는 곳을 향해 지설을 불렀지만 상대는 대답이 없었다. 잘못 느꼈나 싶어 인기척을 느꼈던 곳을 향해 고개를 쭉 빼니 역시 검은 옷자락이 눈에 들어왔다. 잘못 본 게 아니었구나. 나는 반가움에 웃으며 지설을 향해 걸어갔다.

하지만 아무리 걸어도 지설이 가까워지지 않았다. 눈앞에 검은 옷자락이 나를 약 올리듯 나타났다 사라졌다를 반복했다.

도대체 뭐 하자는 거람? 나는 황당해져 헛웃음을 흘렸다.

"뭐야, 숨바꼭질이라도 하자는 거예요?"

지설을 향해 소리쳤지만 이번에도 돌아오는 말은 없었다. 이렇게까지 반응이 없으니 문득 이상하다는 생각이 들었다.

지설이라면 이 정도 거리에서 내 목소리를 못 들을 리도, 내 기척을 느끼지 못할 리도 없어. 그런데 계속 이렇게 도망간다는 건…….

순간 가슴이 싸해졌다. 추위보다 더한 오싹함이 온몸을 훑고 지나가는 순간.

"아가씨? 여기에서 뭐 하십니까? 안에 안 계시고."

뒤에서 지설의 목소리가 들려왔다.

"으악!"

"악!"

지설의 목소리라는 걸 인식하면서도 너무 놀란 나머지 입에서 비명이 나왔다. 덩달아 놀란 지설도 나를 향해 소리를 질렀다. 우리 두 사람의 비명 소리가 으악-, 악-, 하고 산을 울렸다. 나는 힘이 빠져 그대로 자리에 주저앉으며 뒤에서 나타난 지설을 바라보았다.

"도대체 뭐 하는 거예요!"

"아가씨야말로 뭐 하시는 겁니까? 다짜고짜 사람 얼굴에 대고 비명을 지르시다뇨."

"어이없는 장난을 치니까 그렇죠! 어린애도 아니고 이런 장난은 됐거든요!"

"장난이라뇨? 제가 무슨 장난을 쳤다고 그러십니까?"

지설이 주저앉은 나를 일으켜 세우며 내 품에 있는 나뭇가지를 받아 들었다. 영문을 모르겠다는 듯 나를 보는 얼굴에 거짓은 없어 보였다.

"장난 안 쳤다고요?"

"그러니까 무슨 장난이요?"

"그게…… 그러니까…… 저기서 지설이 도망가면서……."

나는 조금 전까지 지설이라고 생각했던 사람이 있던 곳을 가리키며 횡설수설했다.

"제가요? 저기서요?"

지설이 무슨 헛소리를 하냐는 듯 나를 보았다. 나는 할 말이 없어져 입을 떡 벌렸다.

그럼 그 검은 옷을 입은 사람은 누구지. 지설이 아니었나? 아니, 애초에 사람이기는 했나?

마지막 결론에 얼굴이 새파랗게 질렸다.

"귀신…… 나 귀신에 홀렸나 봐요!"

"……아까부터 무슨 헛소리를 하시는 겁니까 도대체."

지설이 한숨을 내쉬며 턱짓으로 동굴 쪽을 가리켰다.

"귀신님은 아가씨의 비명에 놀라 도망친 것 같으니, 이만 동굴로 돌아가시지요."

"헛소리가 아니라 진짜 뭐가 있었다니까요."

"예, 예. 알겠습니다."

알겠다고 말하면서 전혀 내 말을 믿는 눈치가 아니었다.

"있었다니까요! 귀신인지 사람인지!"

"예, 예. 알겠다니까요."

지설이 허공을 향해 삿대질하는 나를 귀찮다는 듯 질질 끌었다.

동굴로 돌아와 있었던 일을 설명했더니 서가 놀라서 펄쩍 뛰었다.

"뭐, 귀신?"

동그랗게 뜬 눈을 몇 번 깜빡이던 서가 결국 웃음을 터트렸다.

"코흘리개 어린애도 아니고 무슨 귀신 타령이냐?"

"정말이라니까! 정말로 검은 옷을 입은 사람이!"

"잠에서 덜 깼구나. 불침번은 내가 대신 설 테니 조금 더 자련?"

서가 한껏 인자한 얼굴로 내 머리를 쓰다듬었다. 말 그대로 코흘리개 어린애를 달래는 손길이었다.

"연서!"

"왜, 연우희?"

발끈해서 서의 이름을 부르니 그가 시큰둥한 얼굴로 손을 휘휘 내저었다.

"실없는 소리 할 거면 난 그만 잔다. 귀신이 우리 동굴까지 쳐들어오지 않는지 잘 지켜봐."

서가 휘적휘적 걸어가 빈자리에 몸을 뉘었다.

"무서우시면 저라도 같이 불침번 서 드릴까요?"

서가 떠난 자리로 지설이 다가왔다. 말은 친절하지만 씨익 웃고 있는 얼굴을 보면 그의 속셈을 알 수 있었다. 나를 놀려 먹고 싶어 죽겠다는 얼굴이었다.

"됐어요…… 그냥 자요……."

"그러시다면야. 그래도 정 무서우시면 제 옷자락 정도는 잡고 계셔도 되고요."

"……계속 그렇게 사람 약 올릴 거예요?"

"아뇨. 더 했다가는 한 대 맞겠군요. 그만 놀리고 자겠습니다."

지설이 서둘러 제 자리로 돌아가 눈을 붙였다. 모두에게 외면받은 나는 억울한 마음을 다스리며 함께 불침번을 서기로 한 절노부 청년을 깨웠다.

새벽녘 나의 귀신 소동은 일행들에게 소소한 화제가 되었다. 길이 조금만 으슥해지면 너 나 할 것 없이 내게 '아가씨, 귀신이 나타났습니다!' 하고 놀리는 바람에 나는 씩씩대며 내가 헛것을 본 것이 아니라는 것을 해명해야만 했다. 물론 내 말을 믿어 주는 사람은 아무도 없었다.

난 왜 이렇게 하찮은 황후인 거지?

내가 그런 자괴감에 한숨을 내쉬는 동안 일행은 부지런하게 움직여 신라의 왕경에 닿았다.

왕경은 지난 전쟁의 흔적을 지우고 내가 처음 방문했을 때의 화려함을 되찾은 채였다. 곳곳에 복구하지 못한 부분이 있긴 했지만, 한참 전쟁에 시달리던 시절에 비하면 눈에 띄지 않을 정도였다.

우리는 제일 먼저 궁으로 들어가 실성을 만났다. 실성에게 조의를 표하며 담덕이 보낸 선물을 전하니, 크게 고마워하며 우리에게 편히 쉬어 갈 것을 제안했다.

사실 우리는 신라에 오래 머무를 수 없는 입장이었다. 나와 지설, 태림 모두가 국내성을 길게 비울 수 없는 사람들이었다. 그러나한 나라 왕의 제안을 완전히 무시할 수도 없는 일. 우리는 사흘간 신라에 머물렀다가 다시 고구려로 돌아가기로 결정했다.

실성은 나와 연리의 친분을 고려하여 궁이 아닌 사가(私家)에 거처를 제공했다. 일반적인 예는 아니었으나 궁이 아닌 외부의 거처라면운신의 폭이 훨씬 자유로웠다. 일행은 기쁘게 실성의 배려를 받아들였다.

"소진 언니!"

연리는 일행들과 함께 들어서는 나를 보자마자 눈물을 펑펑 쏟으며 통곡했다. 오라버니는 궁에 보내고, 어머니는 하늘나라로 떠났다. 이제 연리는 혼자였다. 펑펑 우는 연리를 보고 있으니 아버지를 잃었던 내가 떠올랐다. 나는 온 마음을 다해 그녀를 위로해 주었다.

"언니께서 직접 와 주실 줄은 몰랐어요."

"어찌 내가 안 와? 부인께서 내게 얼마나 잘해 주셨는데."

"그래도 이제 언니는 대고구려에서 귀한 분이 되셨으니까……."

연리가 쭈뼛대며 내 뒤에 선 사람들의 눈치를 살폈다. 나를 얼마나편하게 대해도 될지 모르겠다는 얼굴이었다.

"평소처럼 해. 귀한 사람으로 이 자리에 온 것이 아니니까. 왕께서도 그걸 아시고 우릴 여기에 보내 주신 게지."

"여전히 제게는 고구려의 귀한 분이 아닌 소진 언니가 되어 주실건가요?"

"당연한 말을!"

겨우 진정된 연리가 코를 훌쩍이며 웃었다. 눈꼬리에는 여전히 눈물이 맺혀 있었지만 씩씩하게 말하는 그녀를 보니 마음이 조금 놓였다.

◆ ◆ ◆

무덤이 완성되기 전까지 시신은 집 안에 안치해 두는 것이 보통이었다. 신분이 높은 사람일수록 무덤을 화려하게 꾸미는 경우가 많았으므로, 왕의 어머니인 이리 부인의 묘 역시 만드는 데 시일이 오래 걸렸다.

덕분에 나는 시신이 안치된 곳에서 이리 부인과 마지막 인사를 나눌 수 있었다. 등불만 고요하게 켜진 공간에서 나를 딸처럼 대해 주던 그녀의 명복을 빌고 있으니 마음이 착잡해졌다.

친어머니는 나를 낳다가, 아버지는 전쟁터에서 목숨을 잃었고 어머니와 같이 여겼던 이리 부인도 세월의 흐름을 이기지 못하고 세상을 떠났다.

이제 내게는 만남보다 헤어짐이 더 많이 남아 있었다. 언젠가 소중했던 사람들을 떠나보내야 한다는 사실이 마음을 어지럽혔다.

이기적인 생각이겠지만 나는 이제 더 이상 소중한 사람들을 잃고 싶지가 않았다. 하지만 전쟁이 일상처럼 반복되는 이곳에서 누구도 잃고 싶지 않다는 건 내 욕심이겠지.

나는 몇 번이고 생각한다. 어째서 이 시대일까? 어째서 이처럼 혼란한 시대에 다시 태어나 매일 불안을 안고 살아가야 하는 것일까?

질문의 끝은 언제나 공허하다. 돌아오는 답도 없는 질문을 반복하고 또 반복하며, 원망인지 간청인지 알 수 없는 혼잣말만을 되뇔 뿐이다.

"부디 다음 생에도 저와 좋은 인연으로 만나 주세요, 부인."

나는 생이 이번만으로 끝나지 않는다는 것을 안다. 소진이었던 내가 우희로 다시 태어났듯 이리 부인 역시 다른 사람으로서 생을 다시 시작할 것이다.

나는 마지막으로 이리 부인의 영전(靈前)에 고개 숙이며 자리에서 일어났다. 밖으로 나오니 여전히 공기는 서늘했다. 동그랗게 뜬 달빛마저 시리게 느껴져 나는 깊은 한숨을 내쉬었다. 숨을 따라 하얗게 입김이 피어올랐다. 흐릿해진 시야를 따라 머릿속까지 아득해졌다.

차가운 물로 세수라도 하고 정신을 차려야겠어.

나는 아파 오는 머리를 부여잡으며 이리 부인의 집 바로 앞의 냇가로 걸음을 옮겼다. 담덕과 재회해 우스운 말다툼을 벌였던 그 냇가였다.

냇가로 와 차가운 물로 얼굴을 씻으니 정신이 조금 맑아졌다.

그렇게 선명해진 정신 사이로 언젠가 느꼈던 묘한 기척이 느껴졌다. 지설은 아니다. 태림도, 연리도 아니었다.

그때, 그 동굴 근처에서 느꼈던 기척!

익숙한 감각에 어깨에 힘이 들어갔다. 나는 뒷골을 당기는 묘한 기척에 신경을 곤두세운 채 천천히 걸음을 옮기기 시작했다. 과연 내가 걸을 때마다 기척이 조용히 따라붙었다.

사람인지, 귀신인지 모를 기척. 본능적으로 따돌려야 한다는 생각이 들었다. 지설이나 태림이 있는 곳으로 가야 해.

냇가에서 처소는 멀지 않았지만 그 짧은 길에 해코지를 당할까 봐 걱정스러웠다. 나는 뒤를 신경 쓰며 천천히 걸음을 옮기다, 저택이 확연히 가까워졌을 때 안으로 달음박질을 시작했다. 그러자 뒤에서 나를 따라잡는 기척도 빨라졌다. 심지어 최선을 다해 뛰고 있는 나보다 더 빨랐다.

나는 순식간에 묘한 기척에 따라잡혔다. 내 어깨를 붙잡는 손길에 비명을 지르려고 했지만, 커다란 손이 내 입을 틀어막는 것이 먼저였다. 비명이 그대로 입속으로 말려 들어갔다. 속으로 삼킨 비명과 함께 몸이 뒤쪽으로 끌려갔다. 벗어나려고 발버둥 치는 나를 달래기라도 하듯 상대가 나를 꼭 껴안았다.

"연우희, 나야."

익숙한 목소리였다. 이 자리에 있어서는 안 되는 사람의 목소리. 나는 놀라 발버둥을 멈추고 뒤돌아섰다.

돌아서니 익숙한 얼굴이 나를 내려다보고 있었다. 손가락을 입술에 대고 '쉿' 하고 침묵을 요구하는 사람은 지금 평양성에서 오랜만의 여유를 즐기고 있어야 할 담덕이었다.

너무 놀란 나머지 어째서 네가 이곳에 있느냐는 말조차 나오지 않았다. 멍하니 눈을 껌뻑이는 나를 보며 담덕이 픽 웃으며 입을 틀어막은 손을 내려놓았다.

"미안, 비명을 지르면 소란스러워질까 봐."

"지금 사과를 할 때야?"

태연한 사과에 나는 황당해져 담덕을 다그쳤다.

"네가 어떻게 여기에 있어? 지금 평양성에 있어야 하는 거 아냐?"

"그렇지, 그런데……."

나의 추궁에 담덕이 어색하게 웃었다. 말을 잇지 못하는 그를 보며 내 눈이 가늘어졌다. 담덕이 도술이라도 부려 순간 이동을 했을 리도 없고, 결국 나와 비슷하게 평양성을 떠났다는 뜻인데.

"따라온 거야, 따로 온 거야?"

"당연히 따라왔지."

"언제부터?"

"처음부터."

"그럼 그 동굴 밖에서 본 검은 옷의 귀신도 너야?"

"검은 옷의 귀신? 동굴 밖에서 널 보고 몸을 숨기긴 했지만…… 내가 귀신인 줄 알았어?"

"그래, 꼼짝없이 귀신인 줄 알았어. 도대체 왜 몰래 따라와서는 몸을 숨긴 거야?"

"거기서 들켰으면 돌아가라고 했을 거잖아. 처음부터 따라간다고 했으면 거절했을 거고. 하지만 너 혼자 보내긴 영 불안했거든. 그러니 방법이 없잖아? 몰래 따라가는 수밖에."

물 흐르듯 술술 흘러나오는 말에는 조금의 망설임도 없었다. 쉼 없이 이어지는 말이 어찌나 자연스러웠는지, 잠깐 정신을 놓고 있으면 그의 말이 상당히 논리적이라고 착각할 정도였다.

"……너무 태연하게 말해서 속아 넘어갈 뻔했어."

"아쉽네. 잘 넘어갈 수 있을 줄 알았는데."

"내가 바보야? 이걸 그냥 넘어가게! 도대체 어찌 여기까지 따라온 거야?"

"조금 떨어져서 너희 뒤를 밟았지."

담덕의 간단한 대답에 절로 미간이 찌푸려졌다. 곤란한 내 질문을 일부러 못 알아듣는 척하는 것이 분명했다.

"그걸 묻는 게 아니잖아. 평양성은 어쩌고?"

"어차피 휴양을 핑계로 원행을 나온 거였잖아. 비워도 크게 상관은 없어. 혹시 몰라서 대리 태왕도 세워 두고 왔고."

"대리 태왕?"

"응, 형오에게 내 옷을 입혀 주고 왔지. 그 녀석이라면 내 행세를 제법 잘할 거야."

"확실히…… 넉살 좋은 형오라면 가짜 태왕 연기도 잘하겠지만……."

생각보다 계획이 빈틈없이 진행된 것이 마음에 걸렸다.

"보아하니 하루아침에 세운 계획이 아닌데. 내가 신라로 가겠다고 할 때부터 이럴 작정이었어?"

내 질문에 담덕이 대답 대신 씨익 웃었다. 처음부터 이럴 작정이었다는 뜻이다.

"어쩐지 순순히 허락하는 게 이상하다 했어. 지설과 태림은 이미 알고 있었던 거지?"

지금 생각해 보면 미묘했던 지설과 태림의 태도가 다시 떠올랐다.

"혼자 오신 게 아니군요."

태림과 함께 나타난 나를 보며 묘한 얼굴을 하던 지설.

"괜찮습니다. 이번에는 큰 소란이 없을 겁니다."

동굴 밖이 안전할 거라며 나를 안심시키던 태림.

모두 담덕이 나를 따라오고 있다는 걸 알고 한 말이었다. 두 사람 역시 담덕과 한패였다. 그랬으면서 귀신 타령을 하며 날 놀렸단 말이지?

나는 부루퉁해진 얼굴로 날 끌어안은 담덕을 밀어냈다.

"여태까지 몰래 따라왔으면서 왜 갑자기 나타나서 사람을 놀라게 해? 계속 귀신 노릇이나 할 것이지."

"이제는 돌아가라고 말하기엔 너무 늦었으니까. 그리고⋯⋯."

담덕이 허리를 숙여 나와 눈높이를 맞추었다. 내 눈동자를 빤히 바라보는 시선에 깊은 속마음까지 들킬 것 같았다.

"지금은 위로가 필요해 보여서. 내가 틀렸나?"

내 기분을 제대로 읽어 낸 담덕 덕분에 마음 가득 찼던 심술이 날아가 버렸다.

"⋯⋯아니. 마침 잘 나타났어."

"역시."

담덕이 씨익 웃으며 두 팔을 벌렸다. 조르르 그에게 다가가 활짝 열린 품 안으로 파고들자 단단한 두 팔이 기다렸다는 듯 나를 감싸 안았다. 추위를 녹이는 따뜻함에 어쩐지 울컥하는 기분이었다.

"작별 인사는 잘했어?"

"응."

"좋은 분이니 좋은 곳에 가셨을 거야."

"응, 알아."

고개를 주억거리자 담덕의 커다란 손이 등을 쓸어내리며 나를 위로했다. 이처럼 다정한 담덕의 손길을 느끼고 있노라면 내 안의 걱정과 슬픔이 모두 먼 곳으로 날아가 버리는 것만 같았다.

"연우희, 너 거기 있어?"

서로를 마주 안고 있는 우리의 곁으로 서가 다가왔다. 이리 부인께 인사를 하겠다며 사라진 내가 오랫동안 나타나지 않자 걱정이 되어 찾으러 나온 모양이었다.

"뭘 하느라 돌아오질 않고⋯⋯."

멀리서 사람의 형태만 보고 다가온 것인지 나와 담덕을 본 서가 말끝을 흐리며 눈을 동그랗게 떴다.

내 얼굴 한 번, 담덕의 얼굴 한 번. 우리 두 사람의 얼굴을 몇 번이나 번갈아 보던 서가 뒷걸음질 치며 손가락으로 담덕을 가리켰다.

"폐, 폐, 폐……!"

"가륜이다."

담덕이 서의 말을 가로채며 웃었다. 나는 뒤이어 짧은 설명을 덧붙이는 것을 잊지 않았다.

"우리를 계속 쫓아다니던 귀신님이지. 폐하를 많이 닮은 것 같지만, 절대 아냐."

인터넷에 검색만 하면 국가 원수의 사진을 볼 수 있는 시대는 아직 오지 않았다. 덕분에 지금 이 시대, 고구려 태왕의 얼굴을 아는 사람은 손에 꼽을 정도였다. 우리 일행 중에서도 나와 지설, 태림, 서만이 태왕의 얼굴을 알고 있었다.

"근위대 가륜입니다. 폐하의 명으로 여러분을 지키기 위해 왔습니다."

담덕은 그 점을 이용해 자신의 정체를 감추었다. 일행들은 이제 와 갑자기 새로운 근위대원이 나타난 것을 이상하게 여겼지만, 근위대장인 지설이 침묵하자 그의 합류를 자연스럽게 받아들였다.

담덕은 나를 홀로 보내는 것이 걱정스러워 신라 사절을 따라왔다고 말했지만, 사실 그 외에도 중요한 이유가 있었다. 실성과 영의 혼인 문제였다.

담덕의 입장에서 두 사람의 혼인은 결코 환영할 수 없는 일이었다.

고구려와 신라가 혼인으로 끈끈한 관계를 맺는 것은 나쁘지 않지만 그 연결 고리가 소노부 해씨가 된다면 여러모로 곤란했다. 거기에 지설의 개인적인 이유까지 더해져, 우리는 어떻게든 혼담을 깨트려야 했다.

이번 혼담에서 가장 중요한 건 결국 실성의 의사였다. 소노부가 아무리 원한다 하더라도 그가 받아들이지 않으면 소용이 없었다.

담덕은 실성과 친분이 두터운 서를 통해 그의 의중을 떠보기로 했다. 혼담을 대하는 실성의 태도가 어떠한가에 따라 그 뒤의 대처도 달라질 터였다.

그리하여 서는 실성에게 독대를 청하여 그와 깊은 대화를 나누었다. 실성은 자신의 고구려 생활을 다방면으로 도와준 서를 기쁘게 맞이해 주었는데, 정작 그와 독대를 마치고 돌아온 서는 떨떠름한 얼굴이었다.

"실성 님은 소노부 해씨는커녕 어떤 고구려 사람과도 따로 이야기를 주고받은 적이 없다 합니다."

담덕과 나, 지설과 태림까지, 관련자들이 은밀하게 모인 자리에서 서가 머리를 긁적이며 이야기를 시작했다.

"혼인을 계획하고 있는 것은 사실이나 그 상대는 미추왕의 딸인 아류(阿留)라 했습니다."

"미추왕이라면 김씨 가문의 첫 왕이었지. 불안한 정통성을 바로 세우기 위해서라면 그의 딸만큼 좋은 왕비감은 없을 거야."

담덕의 말에 서가 고개를 끄덕였다.

"예, 지금은 내부의 혼란을 수습하는 것만으로도 벅차 외부로 시선을 돌릴 여력이 없다는군요. 아시다시피 선왕의 어린 아들을 밀어내고 조카인 실성 님이 왕위에 오른 모양새라…… 내부를 다스리는 일이 급하다고 판단한 것 같았습니다."

틀린 말은 아니었다. 전쟁이 끝난 후 왕경을 복구하는 일과 왕위 계승의 정당성을 증명하는 일, 두 가지 문제로 신라 왕이 분주하다는 이야기를 나 역시 들었다.

하지만 집안 문제를 타개하는 방법이 꼭 내부에만 있는 건 아니었다. 강력한 외부 세력을 끌어들임으로써 문제를 해결할 수도 있었다. 담덕은 실성이 이를 위해 소노부와 혼담을 주고받은 것이 아닐까 생각했다.

"혹 소노부와 깊은 이야기가 오가서 우리에게 숨기는 것은 아닐까요?"

지설의 질문에 잠시 생각하던 서가 작게 고개를 저었다.

"실성 님과는 상당한 친분이 있다고 자부합니다. 거짓을 말하는 기색이 아니었을뿐더러, 혼담이 오간 것이 사실이라면 제게 그 사실을 숨길 분도 아니라 생각합니다."

"그 의견, 참고하도록 하지."

"예, 다른 임무가 더 필요하시다면 언제든 저를 찾아 주십시오."

이번 일에 제법 중요한 역할을 했다고 느꼈는지 서가 뿌듯하게 웃었다.

"기억하지."

담덕 역시 웃으며 화답하자 서가 기분 좋은 얼굴로 고개 숙여 인사한 뒤 자리를 떠났다. 이후 담덕과 비로의 대원들끼리 조금 더 깊은 이야기가 오갔다. 먼저 이야기를 꺼낸 사람은 지설이었다.

"그렇다면 저희가 잘못 짐작한 걸까요? 소노부가 외부 세력과 혼인을 도모한다면 분명 신라일 거라고 생각했는데요."

지설이 미간을 찌푸리며 턱을 매만졌다. 아마 이 자리에 있는 모두가 비슷한 생각을 하고 있을 터였다.

주변 국가 중 고구려와 우호적인 관계를 유지하고 있는 곳은 신라뿐. 그렇다면 소노부와 혼담을 주고받고 있다는 그 '외부 세력'은 도대체 누구를 말하는 것일까?

"어쩌면 우리가 생각지도 못한 곳과 이야기를 나누고 있을지도 모르지."

담덕이 손가락으로 탁자를 두드리며 눈을 내리깔았다. 깊이 고민 중인지 표정이 차분하게 가라앉았다.

"……후연."

고민 끝에 담덕이 작게 중얼거렸다.

"후연이요? 어째서 후연입니까?"

생각지도 못한 이름에 지설이 눈을 크게 떴다. 그러나 정작 말을 꺼낸 담덕은 차분했다.

"후연과의 전쟁에서 돌아오는 길에 해사을이 의심스러운 모습을 보였지. 생각해 보면 해사을이 직접 병력을 이끌고 가겠다 나선 것도 이상하고……. 모종의 거래를 하기 위해 원정길에 올랐을지도 모르겠군."

"하지만 후연입니다."

지설이 이해할 수 없다는 듯 미간을 찌푸렸다.

"같은 철천지원수라고는 하나 백제와는 말이라도 통하지요. 기본적으로는 백제와 우리의 뿌리가 통한다고 생각하기도 합니다."

고구려의 시조인 추모대왕(鄒牟大王:추모(鄒牟)는 고구려의 시조 동명성왕의 휘로 전해지며, 광개토대왕릉비문 등에 기록되었다)의 왕비 소서노와 비류, 온조 형제가 남쪽으로 내려가 백제를 세웠다. 고구려에서 내려간 사람들이 주축이 되어 만든 나라니만큼 백제와 고구려는 생활양식이 상당히 비슷했다.

그런 배경 때문에 고구려 사람들은 백제를 원수라 생각하면서도 마음 한구석에는 그들과 한 민족이라는 생각을 가지고 있었다. 그들을 미워하면서도 결국에는 품어야 할 식구로 여겼다.

　"하지만 후연은 다릅니다. 그들은 완전한 이민족이에요. 그런 자들에게 소노부가 손을 내밀었을까요? 정신이 제대로 박힌 사람이라면 절대 그러지 못합니다."

　"정신이 제대로 박힌 사람이라."

　담덕이 픽하고 웃음을 흘렸다.

　"사람은 궁지에 몰리면 무슨 일이든 하지. 소노부의 고추가가 딱 그런 상황 아닌가? 앞으로 갈 수도, 뒤로 물러설 수도 없는 상황이지. 그런 상태라면 무슨 짓을 저질러도 이상하지 않아."

　"그게 사실이라면 해서천은 돌이킬 수 없는 강을 건넌 겁니다. 후연이라니……. 중앙 계루부만이 아닌 고구려 전체를 기만하는 행위입니다."

　지설의 얼굴이 딱딱하게 굳었다. 그건 태림도 마찬가지였다.

　"아니길 바라지만 조심해서 나쁠 것은 없겠지. 후연에 있는 세작들에게 서신을 보내. 우리가 궁금해하는 이야기를 알아내 달라고 말이야."

　정말로 해서천이 고구려를 등지려 한 것일까? 그렇다면 우리는 권력을 향한 그의 욕심을 과소평가하고 있었던 셈이다.

　그가 몸집을 키워버린 욕심에 잠식되어 몰락하는 것은 상관없었다. 다만 궁지에 몰린 쥐가 사람을 물어버릴까 봐 그 사람이 나의 소중한 사람일까 봐, 그것이 걱정될 뿐이었다.

第三十章

후연의 고구려인

겨울이 지나고 찾아온 봄은 불안한 소식으로 시작되었다. 이번에는 후연이 아닌 백제였다. 지난 전쟁으로 완전히 고구려에 굴복했다고 믿었던 백제가 여전히 욕심을 버리지 못했다는 증거가 곳곳에서 드러난 것이었다.

가장 노골적이고 확실한 것은 전쟁 뒤로도 이어 오고 있는 왜와의 관계였다. 백제는 신라에서 크게 타격을 받은 후에도 왜와의 화친을 포기하지 않았다. 오히려 지난번보다 더 공고하게 동맹을 유지하려는 듯한 움직임을 보여 우리 고구려의 심기를 건드렸다.

발단은 이른 봄이었다. 백제 땅으로 왜의 사절이 방문했는데, 백제는 보란 듯이 사신들을 환대하며 자신들의 동맹이 여전히 굳건함을 만천하에 보였다.

그뿐만이 아니었다. 백제는 직물을 짜고 옷을 만드는 봉의공녀(縫衣工女)를 왜에 보내 실질적인 교류를 이어 갔다.

이처럼 남쪽이 심상치 않은 움직임을 보이는 중에 북쪽까지 혼란스럽다면 고구려는 양쪽에서 적을 상대해야만 했다. 다행스럽게도 후연의 상황은 그리 급박하지 않았다.

담덕은 신라에서 돌아온 후 곧장 후연의 세작들에게 의심스러운 정황을 살피라는 지시를 내렸다. 소노부가 후연과 접촉했는지 그 여부를 알아내라는 지시였다.

하지만 세작들은 어떤 이상한 점도 발견하지 못했다. 후연의 왕 모용희가 부씨 자매에 빠져 다른 여인들에게는 눈길도 주지 않고 있으므로 따로 혼담을 추진할 리가 없다는 것이 그들의 공통된 의견이었다.

모든 것이 그저 담덕의 기우(杞憂)였던 걸까?

지설은 담덕의 걱정이 과했다는 쪽으로 결론을 내렸지만, 담덕은 여전히 의심의 끈을 붙잡고 있었다.

"후연이 아니라면 어디지? 소노부가 줄을 대려는 곳이 어디인지 확실해지기 전까지는 의심을 내려놓아선 안 돼."

과연 담덕다운 신중함이었다.

그러한 의심이 후연 토벌을 앞당기게 했다. 소노부와 후연의 결탁이 의심된다면, 그들의 관계가 깊어지기 전에 후연을 무너트리면 된다. 그것이 담덕의 결론이었다.

하지만 구체적인 계획을 세우기도 전에 후연에서 생각지도 못한 서신이 도착했다. 후연의 모용운이 은밀하게 태왕의 사자를 뵙길 청한다는 내용이었다.

모용운은 모용보의 양자로 유명했다. 모용보는 후연의 이 대 왕으로, 반란으로 죽음을 맞이한 모용성의 아버지이자 현재 후연의 왕 모용희의 형이었다.

"모용운이라면…… 고운(高雲)을 말하는 것이로군요."

그 소식을 들은 지설은 어렵지 않게 모용운의 정체를 떠올렸다.

"고운은 고국원왕 시절 전연(前燕:중국의 오호십육국 중 하나로 선비족이 세운 나라)에 끌려간 우리나라 귀족의 후예인데, 모용보가 태자였던 시절 그의 눈에 들어 양자가 되었다고 합니다. 그때 모용이라는 성까지 받았고요. 고구려인이 후연 왕의 양자가 된 것이 특이하다며 세작들이 이 소식을 전해 왔었죠."

"그런 자가 어째서 우리와 접촉하고 싶어 하지?"

담덕이 팔짱을 끼고 의자에 몸을 기댔다. 지설은 모르겠다는 듯 어깨를 으쓱거리면서도 나름의 짐작을 늘어놓았다.

"모용보의 양자라면 반역으로 죽은 모용성과는 형제가 됩니다. 모용성을 누르고 왕위에 오른 모용희와는 적대적인 관계인 셈이지요. 적의 적은 친구라고들 하니, 우리에게 무엇인가 도움을 청할 게 있는 것이 아닐까요? 아니면 본인이 우리에게 도움을 줄 생각인지도 모르겠습니다."

"도움이라……."

"고운은 고구려인이라는 자부심이 대단하다고 들었습니다. 모용희보다 우리 쪽에 더 친근감을 느꼈는지도 모르지요. 한번 만나 보는 것도 나쁘지 않다고 생각합니다. 조금 전에 말씀드렸듯, 적의 적은 친구니까요."

지설의 이야기를 가만히 듣고 있던 담덕이 곧 고개를 끄덕였다.

"난 적의 적은 친구라는 말을 참 좋아하지. 고운을 한번 만나 보는 것도 나쁘지 않겠어. 하지만 어떤 식으로 사람을 보내야 할지 모르겠군. 고운 정도 되는 자가 우리에게까지 사람을 보낼 정도라면 보통 일은 아닌 듯한데…… 믿고 맡길 사람이 선뜻 떠오르지 않는군."

"지설이나 태림을 보내면 되지 않아?"

내가 의아해져 물었다. 믿을 만한 사람을 보낸다면 당연히 지설이나 태림의 이름부터 나올 줄 알았는데, 그 두 사람은 담덕의 머릿속에 없는 것 같았다.

"이번 만남은 은밀하게 추진되어야 하는데, 둘 다 너무 눈에 띄잖아."

지설과 태림은 담덕의 최측근이라는 이유로 많은 이들의 관심을 받았다. 특히 태왕을 견제하는 소노부에서는 이 두 사람의 행적을 눈에 불을 켜고 쫓았다.

"그렇게 따지면 사람 찾기가 정말 힘들겠는데. 믿을 만하면서 소노부의 주목을 받지 않은 사람이 있기는 해?"

담덕의 측근이야 뻔했다. 하나같이 소노부의 주목을 받고 있었기 때문에, 그런 식으로 따진다면 누구도 이번 일에 적합하지 않았다.

"은밀히 움직이기 힘들다면 차라리 당당하게 가는 쪽이 낫지 않겠습니까? 그럴듯한 핑계를 만들어 후연으로 향하는 거지요."

지설의 작전은 움직임을 드러내는 대신 목적을 감춘다는 것이었다. 목적을 제대로 감출 수만 있다면 나쁘지 않은 작전이었다.

하지만 담덕은 고개를 저었다.

"어떤 목적이든 우리 쪽 사람이 후연에 간다면 주목을 피하기 어렵다. 적의 시선을 피하는 방법을 생각해야 해."

"그렇다면 다른 곳에 불을 지르는 것이 어떻겠습니까?"

해결책은 의외로 지설이 아닌 태림에게서 흘러나왔다. 자신을 향한 모두의 시선이 부담스러웠는지 태림이 멋쩍게 뒷목을 매만지며 말을 이었다.

"전쟁에서도 흔히 쓰는 방법이잖습니까. 엉뚱한 곳에 불을 피워서 사람들이 몰리게 만든 후에, 정작 다른 곳을 공격하는 방법 말입니다."

"그러니까…… 다른 흥미로운 이야기로 소노부의 주목을 끈 다음, 그들이 정신이 팔린 사이 뒤로 사람을 움직이자는 말이지?"

"예."

제 설명을 보충하는 지설의 말에 태림이 고개를 끄덕였다.

태림이 제시한 해결책이 마음에 드는지 담덕이 장난기 가득한 얼굴로 씨익 웃었다.

"그렇다면 아주 큰 불을 놓아야겠군. 소노부의 시선을 제대로 끌려면 말이야."

머릿속에 무엇인가 재미있는 계획이 떠오른 것이 분명했다.

"내가 죽을병에 걸려 두문불출한다는 소문이 돌면 어떨까? 실제로 침소에 틀어박힌 채 나서지도 않고, 밖으로 매일 약 냄새만 풍긴다면 말이야."

담덕의 말에 지설이 고개를 끄덕이며 동조했다.

"당연히 소노부의 입장에서는 애가 달겠지요. 소문의 진위를 파악하려 모든 수를 동원할 겁니다. 다른 일에 신경 쓸 여력 따위는 없어지겠지요."

마주 보는 두 사람의 얼굴에 비슷한 미소가 걸렸다.

"하면 불을 피우는 동안 제가 후연에 다녀올까요?"

"아니, 그래도 지설이나 태림은 위험해. 다른 사람을 보낸다."

"누구를 염두에 두고 계십니까."

"제신."

"수장님을요?"

나와 지설, 태림 모두가 눈을 크게 떴다. 제신은 비로의 수장이 된 후 단 한 번도 국내성을 떠난 적이 없었다.

"나의 최측근 중에서는 가장 숨겨진 사람이지. 그러니 이번 일에 가장 적합해."

담덕은 그렇게 말했지만, 나는 그 이상의 이유가 있음을 짐작했다.

부훈영, 혹은 다로. 그녀가 후연에 있다. 아마도 담덕은 제신과 다로의 만남까지도 생각한 것이 아닐까?

내 생각이 옳다는 것을 증명이라도 하듯 나를 바라보며 웃는 담덕의 미소가 묘했다.

❖ ❖ ❖

제신은 의외의 임무에 넋이 나갔다.

"내가 간다고? 후연에?"

그는 믿을 수 없다는 듯 몇 번이나 되묻고 난 후에야 현실을 받아들였다.

"그렇구나. 내가 가게 되었구나. 후연에 고운을 만나러."

"그리고 다로도 만나겠지."

나의 말에 멍하니 중얼거리던 제신이 미간을 찌푸렸다.

"그럴 일은 없다. 내 임무만 마치고 돌아올 거야."

"오라버니, 괜한 고집 부리지 마. 마음으로는 이미 다로를 용서하고 이해했잖아."

정곡을 찌른 말에 제신이 내게서 고개를 돌려 시선을 피했다.

"그렇지 않아."

"말하지 않았어? 오라버니 거짓말 정말 못한다고."

내 말에 제신이 입술을 질끈 깨물며 다시 나를 보았다.

"난 오라버니가 과거의 일로 다로를 향한 마음을 부정하지 않았으면 좋겠어."

"과거의 일이라……. 그 많은 일들이 그렇게 간단히 정리되나?"

"그리 간단하지 않은 문제라는 건 알아. 하지만 언제까지 과거에 묶여 있을 수는 없잖아. 시간은 쉼 없이 흐르니 우리는 거기에 맞춰 앞으로 나아가는 수밖에 없어. 과거 때문에 현재나 미래를 포기하는 건 어리석은 일이라고 생각해."

나는 여전히 입술을 질끈 깨물고 있는 제신의 두 손을 붙잡았다.

"우리는 모두 난세(亂世)라는 외줄 위를 걷고 있잖아. 언제 어떻게 죽음이 찾아올지 모르는 그런 삶이니 오늘을 살아가는 데 후회가 없어야 해. 오라버니는 훗날 지금의 이 시간을 후회하지 않을 자신 있어?"

제신을 향한 말이지만 나 자신에게 하는 말이기도 했다. 언제 마지막을 맞이할지 모르는 사내의 곁에 머무르며 내가 하루에도 몇 번씩 하는 생각. 고민하고 또 고민해도 결론은 하나뿐이었다. 함께 있는 지금 이 시간을 소중하게 보내자는 것이다.

"난 이제 제자리를 찾았어. 행복해졌고, 앞으로도 그렇겠지. 다로가 내게 했던 일들이 오라버니의 마음을 가로막는 장벽이라면 더 이상 그러지 않아도 된다는 뜻이야."

제신이 누구보다 가족을 소중히 여기는 걸 안다. 어려서부터 아버지와 누이라면 끔찍하게 아꼈던 제신이다. 그런데 다로가 그런 가족을 다치게 만들었다. 제신의 성격상 쉽게 용서하기는 힘들 것이다.

하지만 나는 제신이 나로 인해 제 마음을 억누르지 않기를 바랐다. 이미 많은 것을 잃은 두 사람이 서로를 향한 마음마저 버려야 한다면 그보다 더한 비극은 없을 테니까.

"이미 많은 시간을 허투루 버렸잖아. 그러니 지금이라도 최선을 다해 행복해져야지. 아마 돌아가신 아버지께서도 그런 마음이실 거야."

"정말 그렇게 생각하실까?"

제신은 자신 없는 듯 힘없이 미소 지었다.

아버지를 죽게 만든 소노부와 그 소노부의 간자였던 다로. 과거의 그녀는 분명 우리의 적이었다. 하지만 나는 우리 아버지의 성정을 잘 알았다. 그분은 언제나 우리의 행복을 중요하게 생각하셨다.

"우리 아버지가 어떤 분이신데. 당연히 그러길 바라실 거야."

"내 누이에게 이런 조언을 들을 줄 몰랐는데."

"혼인을 하고 아이를 낳아야 제대로 된 성인이 된다고들 하지. 난 혼인도 했고 아이도 낳았는데, 오라버니는 둘 중 하나도 못 했잖아."

나는 제신의 손을 붙잡은 손에 힘을 주며 강하게 말했다.

"이제 그만 어른이 돼, 오라버니."

미소와 함께 흘러나온 진심 어린 조언에 제신의 얼굴이 일그러졌다. 우는 것도, 웃는 것도 아닌 기묘한 얼굴. 그 얼굴이 제신의 모든 감정을 다 설명해 주고 있었다.

"하지만 이제 다로는 없어. 모용희의 비 부훈영만 남았지."

"다로가 부훈영이 됐는데, 부훈영이 또 다른 사람이 되지 말란 법 있어? 마음만 먹으면 모든 것을 되돌릴 방법이 있을 거야."

"넌 가끔 어려운 일을 너무나 쉽게 말하는 경향이 있어. 그런데 그 말에 구원이라도 받은 듯 마음이 편해지다니…… 나도 참 답이 없다."

픽 하고 웃음을 흘린 제신이 그대로 붙잡힌 손을 빼내어 나를 끌어 안았다.

"고맙다, 내 누이."

◆　◆　◆

　계획대로 담덕은 곧장 칩거(蟄居)에 들어갔다. 칩거라고 해도 특별할 것은 없었다. 담덕은 평소 하던 것처럼 장계를 보고 지도를 살피며 군사 계획을 고민했다. 침소 밖으로 나서지 않는다는 점만 제외하면 평소와 똑같았다.

　단지 그뿐이었는데도 국내성에는 금세 묘한 소문이 돌았다. 태왕의 건강 이상설이었다.

　소문의 시작은 비로였다. 담덕의 명을 받은 대원들은 일반 백성으로 위장해 거리에서, 시장에서, 주점에서 '태왕의 건강이 나빠졌다더라' 하는 이야기를 흘렸다. 그러자 얼마 지나지 않아 국내성 전체에 태왕의 건강 문제가 화두(話頭)로 떠올랐다.

　원래부터 왕의 건강은 나라의 수장이 굳건하길 바라는 백성의 주요한 관심거리였다. 하지만 일부 귀족들에게는 다른 의미로 태왕의 건강이 중요했다.

　태왕의 건강은 권력과 직결된다. 가장 중요한 쟁점은 만약의 상황에 다음 태왕은 누가 될 것인가였다. 지금 고구려의 후계 구도는 상당히 애매했다. 연과 승평을 지지하는 세력들이 각각 나뉘어져 갈피를 잡기 힘들었다. 절노부는 연을, 소노부는 승평을 지지했고, 순노부와 관노부는 누구에게로 더 무게가 실릴 것인지 사태를 관망하고 있었다. 오래전 나와 영을 두고 누가 황후가 될지 가늠하던 때와 구도가 비슷했다.

　담덕의 칩거는 후연에 은밀히 사람을 보내기 위한 방책으로 시작되었지만, 귀족들이 소문에 대처하는 모습을 보면 적과 아군을 구분할 수도 있었다. 우리로서는 일석이조인 셈이었다.

제신은 상황이 무르익기를 기다렸다가, 계획대로 후연으로 떠났다. 고운과 만나 그가 담덕에게 접촉한 이유를 알아 오는 것이 제신의 임무였다.

다행히 소노부는 별다른 움직임을 보이지 않았다. 따라붙는 사람 없이 무사히 국내성을 빠져나갔다는 제신의 연통까지 도착했으니 수가 제대로 먹혀든 셈이었다.

내게도 임무가 하나 주어졌다. 담덕과 함께 그의 침소에 틀어박혀 매일 약을 달이는 일이었다. 누가 보아도 아픈 사람이 있는 것처럼 처소에 약 냄새를 풍기는 것이 나의 임무였다.

나는 일부러 고약한 냄새가 나는 약재들을 엄선해 정성껏 약을 달였다. 덕분에 담덕의 침소 주변은 새어 나가는 약 냄새로 머리가 아플 지경이었다.

약 냄새를 맡은 궁인들이 밖으로 이 이야기를 전할 거야. 그걸 들은 귀족들은 담덕의 건강에 대한 소문이 단순한 뜬소문이 아니라고 생각할 거고.

하지만 이 계획을 오래 지속할 수는 없었다. 담덕이 칩거할 수 있는 기간에도 한계가 있을뿐더러, 태왕의 건강 이상설이 타국에까지 퍼지면 쓸데없는 침략을 불러올 수도 있었다. 길어야 보름, 그보다 짧으면 짧을수록 좋다.

그러나 이제 작전은 담덕의 손을 떠났다. 제신이 얼마나 임무를 빨리 수행하고 돌아오느냐에 따라 칩거 기간이 달라지게 될 터.

"제신은 언제 돌아오려나. 벌써부터 갑갑한데 말이야."

담덕은 크게 기지개를 켜며 의자에 몸을 기댔다.

처소에 틀어박혀 장계를 보는 것이야 늘 하던 일이지만, 잠깐이라도 밖에 나갈 수 없다는 제한이 걸리니 심리적으로 압박을 느끼는 듯했다.

"아직 일주일도 지나지 않았어. 벌써부터 갑갑하면 남은 시간을 어찌 견디려고?"

"그러게. 이것 참 곤란하게 됐군. 우희 네가 날 좀 재미있게 해 줄래?"

"재미있게? 내가 그런 걸 알 거라고 생각해?"

"어렸을 때부터 넌 색다른 걸 많이 알았잖아? 얼음 위에서 미끄러지는 신발을 만드는 법이라든가, 눈에서 구르는 놀이 같은 걸 알려 줬었지."

"눈에서 구르는 놀이가 아니라 썰매를 타는 거였어."

"눈썰매를 타면 꼭 눈밭에 구르게 되니 결국은 같은 거야."

"완전히 다르거든!"

나는 웃으며 실내에서 할 만한 현대의 놀이를 떠올려 보았다. 보드 게임 같은 거라면 충분히 할 수 있겠지만, 소진일 때 그런 놀이를 즐기지 않다 보니 아는 게임이 없었다. 그나마 아는 것이 포커나 체스 정도?

포커는 카드가 많이 필요하지만 체스 정도라면 종이로 간단하게 말을 만들 수도 있을 것 같았다.

나는 종이를 정사각형으로 자르고 그림을 그려 간단하게 체스 말을 만들었다. 그다음에는 커다란 종이에 흑백의 체스판까지 그려 냈다.

담덕이 어설프기 짝이 없는 체스 세트를 호기심 어린 눈으로 바라보았다.

"이게 뭐야?"

"이건 먼 나라 사람들이 즐기는 놀이야. 전략적으로 접근해야 한다는 점에서는 바둑하고 비슷할 수도 있겠다."

"바둑?"

전략적인 놀이라는 말에 담덕의 목소리가 높아졌다. 흥미를 느낀 것이 분명했다.

"응, 이 작은 판 안에서 흑과 백으로 나눠 전쟁을 하는 거야. 간단한 규칙만 숙지하면 어렵지 않아."

나는 담덕에게 각 말의 이름과 이동 방향을 알려 주었다. 태왕, 여왕, 장군, 제관, 첩탑, 병사. 담덕이 이해하기 쉽게 말에 이름을 붙여 알려 주고 경기의 규칙을 설명하니 그가 곧 고개를 끄덕였다.

"이해했어. 무슨 수를 써도 왕이 잡히는 외통수에 몰리면 패배란 말이지?"

"간단하게 말하면 그렇지만……."

짧은 설명만 듣고 이렇게 빨리 이해하다니. 의심스러운 눈초리로 담덕을 보니 그가 어깨를 으쓱거렸다.

"정말 이해했어."

"그럼 내기를 해도 괜찮아?"

"내기?"

"그래. 그냥 두기만 하는 건 지루하잖아. 뭔가를 걸어야 재미있지. 재미있는 걸 하고 싶다며?"

자신감을 보이는 담덕에게 나는 얼른 미끼를 던졌다. 신이 나서 이야기를 하는 나를 보며 담덕의 눈이 가늘어졌다.

"이미 이 놀이를 알고 있는 너와 오늘 처음 이 놀이를 하는 나, 누가 이길지는 분명한 거 아냐?"

"그거야 뭐……."

정확한 지적에 내가 시선을 피하며 딴청을 부리자 담덕이 웃음을 터트렸다.

"하지만 네 말대로 승패가 걸려 있어야 놀이가 더욱 불타오르는 법이지. 하자, 내기."

"그럼 이긴 사람이 진 사람 얼굴에 낙서하기. 어때?"

"좋아."

"대신 내가 흑을 잡을게. 이 놀이는 백이 먼저 두거든."

"아, 바둑과 반대로군."

"응. 하지만 먼저 두는 쪽이 조금 더 유리한 건 똑같아."

바둑과 비슷하게 체스 역시 먼저 두는 쪽이 훨씬 유리했다. 다른 점은 바둑은 흑이, 체스는 백이 먼저 둔다는 것뿐이었다.

"그렇다면 초심자는 상수의 배려를 기쁘게 받아들이지."

담덕의 승낙과 함께 아마도 고구려에서는 최초일 체스 게임이 시작되었다.

경험이 있는 것과 없는 것의 차이는 상당하다. 체스처럼 전략이 중요한 게임에서는 더 그랬다. 오늘 처음 체스를 두는 담덕과 소진일 때 체스를 둬 본 적이 있는 나. 둘 중 누가 더 유리할지는 생각해 보지 않아도 분명했다. 당연히 나의 승리가 예견된 상황이었다.

그런데. 분명 그랬는데. 왜 내 얼굴이 낙서로 가득한 거지?

나는 체스 말을 만지작거리면서 즐겁게 웃고 있는 담덕을 보며 입을 쩍 벌렸다. 아무리 생각해도 지금의 이 상황이 이해되지 않았다.

즐겁게 웃고 있는 담덕의 얼굴에도 낙서가 있긴 했다. 하지만 겨우 세 개뿐이었다. 그마저도 처음 세 경기에서 져 얻은 낙서였다. 그에 비해 내 얼굴에는 낙서가 셀 수도 없이 많았다. 스스로의 얼굴을 볼 수는 없었지만, 셀 수도 없이 많이 졌으니 보지 않아도 엉망인 얼굴 꼴이 충분히 짐작되었다.

처음에는 분명 내 생각대로 일이 흘러갔다. 담덕은 감을 잡지 못하고 연속으로 세 번이나 패했고, 나는 신이 나 담덕의 얼굴에 마구 낙서했다. 눈 주변을 따라 동그라미를 그리고, 코에 커다란 점을 만들어 주고, 간신을 떠올리게 하는 얇은 수염도 죽죽 그어 주었다.

그런데 네 번째 판부터 흐름이 바뀌었다.

"음. 이제 알겠어. 이길 수 있을 것 같아."

그렇게 말한 담덕은 정말로 그 경기의 승리를 가져갔다.

처음에는 운이라고 생각했다. 하지만 다섯 번째도, 여섯 번째도, 일곱 번째도 담덕의 승리였다. 그 뒤로 또 얼마나 많은 나의 패배가 이어졌는지 세기도 힘들었다. 담덕은 계속 이기고 나는 계속 졌다.

"이번에 또 외통수야, 우희."

그리고 방금, 담덕이 내게 외통수를 선언했다.

"말도 안 돼! 어떻게 그럴 수가 있어!"

나는 믿을 수 없어 몇 번이나 말의 위치를 살폈지만, 아무리 고민해 보아도 빠져나갈 구멍이 보이지 않았다. 또다시 나의 패배였다.

"정말 말도 안 돼……."

힘없이 의자에 늘어지는 나를 보며 담덕이 씨익 웃었다.

"자, 이번엔 어디에 낙서를 해 볼까……."

먹물에 흠뻑 적신 붓을 들고 내게 다가오는 담덕의 모습이 꼭 야차(夜叉) 같았다.

"어쩌나, 이제 얼굴에는 그릴 곳이 없는데."

"내 얼굴이 그 지경이 되었단 말이지……."

한숨을 푹 내쉬자 담덕이 유쾌하게 웃으며 허리를 숙여 의자에 앉아 있는 나와 눈높이를 맞추었다.

"이게 어떻게 된 거야, 연우희? 자신 있게 내기를 하자고 하더니."

"그건 내가 묻고 싶은 말이야. 도대체 어떻게 된 거야? 처음 하는 놀이를 어찌 이리 잘해?"

지금 하는 것이 체스가 아니었더라면, 담덕이 이미 할 줄 아는 놀이를 모른 척했다고 생각했을 것이다. 하지만 다른 것도 아닌 체스였다. 담덕이 결코 알 리 없는 게임인지라 그가 아는 놀이를 모른 척했다고 우겨 볼 수도 없었다.

투덜거리는 나를 보며 담덕이 어깨를 으쓱거렸다.

"네 말대로 바둑과 비슷하던걸. 몇 수 앞을 생각하면서 두다 보니, 어느새 네 왕이 내 말 앞에 있더라."

무척이나 쉬운 일을 아주 간단하게 해냈다는 듯한 말투였다. 덕분에 약이 바짝 올라 얼굴이 벌게졌다.

"다음 판에는 내가 이길 거야."

나는 이를 바드득 갈며 눈을 감았다. 빨리 다음 경기를 해야 하니, 쓸데없이 약 올리지 말고 낙서나 하라는 의미였다.

"이번 판을 시작하기 전에도 그런 말을 했었던 것 같은데 말이지."

"담덕!"

"알았어, 알았어. 낙서할게."

담덕이 웃으며 내게 조금 더 가까이 다가왔다. 하지만 한참을 기다려도 얼굴에 붓이 닿는 감각이 느껴지지 않았다.

"담덕? 낙서 안 하고 뭐……."

의아해져 질문을 던지는 순간 입술에 무엇인가 부드러운 것이 닿았다 떨어졌다. 아주 익숙한 감촉이었다. 나는 놀라서 눈을 번쩍 떴다. 눈을 뜨자 바로 앞에 예쁘게 웃고 있는 담덕의 얼굴이 나타났다.

"지금 나한테……."

"입 맞췄지."

당당한 말에 내 입이 조금 벌어졌다.

"하라는 낙서는 안 하고 왜?"

"보다 보니 낙서할 곳이 없어서 말이야. 가만히 지켜보니 빈 곳이 입술뿐이잖아. 이제부터는 네가 지면 난 입을 맞춰야겠다. 어때?"

"……담덕, 언제부터 이리 뻔뻔해졌어?"

"내가 뻔뻔한가?"

담덕이 영문을 모르겠다는 듯 고개를 얄밉게 갸웃거렸다. 제가 뻔뻔하다는 것을 무척이나 잘 알고 있는 눈치였다. 헛웃음을 흘리는 나를 보며 담덕의 얼굴에도 미소가 걸렸다.

"한번 뻔뻔해진 거 계속 뻔뻔해져 볼까?"

담덕이 붓을 탁자 위에 내려놓고 두 손으로 내 얼굴을 감싸더니, 그대로 입을 맞춰 왔다. 그가 헛웃음을 흘리느라 벌어져 있던 내 아랫입술을 살짝 깨물었다.

이 뻔뻔한 사내를 어쩌면 좋지. 담덕의 뻔뻔함에 나도 모르게 입꼬리가 올라갔다.

나는 손을 뻗어 담덕의 어깨를 붙잡고는 그를 내게 더 가까이 끌어당겼다. 내가 이럴 거라고는 생각지 못했는지 담덕이 잠시 멈칫거리더니, 금세 더 깊게 입을 맞춰 왔다.

부드럽게 입안을 휘젓고 떨어져 나가는 담덕의 얼굴에 내가 남긴 낙서가 선명했다.

"세상에."

그 얼굴을 보며 문득 떠오른 사실에 짧은 한탄이 흘러나왔다. 담덕이 손가락으로 내 입술에 남은 타액을 닦아 내며 고개를 갸웃거렸다.

"왜?"

"이 꼴을 하고 입을 맞췄잖아!"

나는 팔을 들어 얼굴을 벅벅 문지르며 외쳤다.

"아, 낙서."

그제야 제 얼굴에 그려진 낙서를 떠올린 것인지 담덕이 입을 쩍 벌렸다.

멍하니 서로의 얼굴을 마주 보던 우리의 입에서 누가 먼저랄 것도 웃음이 흘러나왔다.

❖ ❖ ❖

귀족들의 반응을 살피며 여유롭게 칩거를 즐기던 것도 오래가지 못했다. 후연으로 떠난 제신의 연락이 뚝 끊긴 탓이었다. 별다른 일이 없어도 이틀 간격으로 전령새를 보내 상황을 보고하던 제신의 연락이 사흘 전 완전히 끊겼다.

담덕이 칩거의 최대 기일로 잡았던 보름도 코앞으로 다가왔다. 이제 내일이면 담덕이 침소에 틀어박힌 지 보름이 된다.

"무슨 문제가 생긴 게 틀림없어."

나는 불안함에 입술을 잘근잘근 물어뜯었다.

"그렇지 않고서야 이렇게 연락이 끊길 리 없잖아."

초조함에 방 안을 이리저리 방황 중인 나를 바라보는 담덕의 얼굴도 심각하기는 마찬가지였다.

"그래, 제신이 이유 없이 소식을 전하지 않을 사람은 아니지. 서신을 보내지 못할 사정이 생긴 게 틀림없다. 하지만 그게 꼭 나쁜 사정은 아닐 수도 있어."

담덕은 나를 위로하려고 애썼다. 하지만 그의 노력이 무색하게도 나를 가득 채운 불안감은 쉽게 사라지지 않았다.

제신은 오래전 아버지의 행방을 찾아 곳곳을 떠돌면서도 내게 소식 전하는 일을 게을리하지 않은 사람이었다. 그런 사람의 소식이 끊길 정도의 사정이라니. 아무리 생각해도 좋은 방향으로 해석이 되지 않았다. 게다가 마지막 서신이 의미심장했던 것이 마음에 걸렸다.

「고운과 만나 중요한 이야기를 나누었습니다. 서신이 유출될까 두려우니 자세한 사정은 돌아가서 자세히 전하겠습니다.」

고운과의 만남에서 만에 하나라도 외부에 전해지면 곤란한 중요한 이야기가 오갔다는 뜻이었다. 제신이 알게 된 이야기가 중요하면 중요할수록 그의 안위는 불안해진다. 비밀을 알게 된다는 건 그런 의미였다.

내가 불안함에 깊은 한숨을 내쉬는 그때.

"아버지!"

바깥에서부터 익숙한 목소리가 들려왔다. 연의 목소리였다. 담덕을 부르는 연의 목소리가 점점 가까워지더니 곧 문이 벌컥 열렸다. 입구를 지키고 있던 태림이 난처한 얼굴로 나와 담덕을 보았다.

"죄송합니다. 곧장 문을 여실 줄 몰라서 막지 못했습니다."

연이 고개 숙이는 태림을 지나쳐 담덕에게 뛰어들었다. 멀리서 달려와 제 품에 안긴 연의 무게에 무방비하게 서 있던 담덕이 순간 휘청거렸다.

"연아?"

담덕이 금세 중심을 잡으며 의아한 목소리로 연을 불렀다. 연은 대답 대신 담덕의 목에 두른 손에 힘을 주며 그의 어깨에 얼굴을 파묻었다.

담덕이 연의 등을 토닥이며 나를 바라보았다. 연이 도대체 왜 이러냐고 묻는 눈이었다. 하지만 나로서도 알 길이 없었다. 모르겠다는 의미로 어깨를 으쓱거리는 순간 이번에는 입구에서 승평이 나타났다.

"아버지!"

묘한 기시감이 느껴졌다. 승평 역시 날랜 몸놀림으로 태림을 지나치더니, 담덕에게 달려와 그의 다리를 꼭 껴안았다.

상체는 연이, 하체는 승평이. 담덕을 껴안은 아이들이 이내 울음을 터트렸다. 소리 내어 울며 숫제 통곡하는 아이들의 모습에 담덕의 얼굴이 금세 난처함으로 물들었다.

"아버지 정말 죽어요?"

"거짓말이죠?"

"죽으면 안 돼요!"

"다 거짓말이야! 엉엉!"

다행히 울면서 쏟아 내는 아이들의 말 속에서 단서를 찾을 수 있었다.

담덕은 전쟁을 치르느라 국내성을 비울 때를 제외하면 많은 시간을 아이들과 보냈다. 바쁜 정무 중에도 꼭 시간을 내 연과 승평의 놀이 상대가 되어 주었는데, 최근 칩거를 결정하며 아이들에게도 발길을 뚝 끊었다.

국내성에 있는 아버지가 하루 이틀도 아니고 긴 시간 자신들을 찾지 않으니, 아무리 세상 물정 모르는 아이들이라도 무엇인가 이상한 것을 느꼈을 것이다. 그러다 궁인들 사이에서 오가는 이야기를 들었을 테고, 그중에는 담덕이 아프다는 말도 있었을 것이다.

"이상한 이야기를 들은 모양이구나."

담덕이 쩔쩔매며 아이들의 등을 토닥였다.

바위처럼 크고 단단한 사람이 겨우 작은 아이 둘 때문에 어쩔 줄 모르다니. 그 모습이 어쩐지 보기 좋아 나도 모르게 입가에 미소가 걸렸다.

"승평, 아버지는 괜찮으셔."

나는 담덕의 다리를 꼭 껴안고 있는 승평을 달래 품에 안으며 아이의 이마에 입을 맞추었다.

"정말요?"

승평이 코를 훌쩍이며 내 품에 기대더니 불안한 눈으로 담덕의 모습을 훑었다. 승평의 시선이 제게 닿자 담덕이 팔을 번쩍 들었다 내려놓기를 반복하며 자신의 멀쩡함을 주장했다.

"자, 봐라. 멀쩡하지?"

어느새 연도 고개를 들어 담덕의 행동을 빤히 보고 있었다. 애초에 아픈 것이 아니었으니 담덕의 안색은 누가 보아도 건강했다. 덕분에 시간이 갈수록 아이들의 얼굴에 안도감이 차올랐다.

"그런데 왜 저랑 승평을 보러 안 오셨어요?"

"맞아요! 매일 찾아와 주셨으면서……."

다시 생각해도 서러운지 승평의 눈에 다시 눈물이 차올랐다. 그 모습이 귀여워 입에 걸린 미소가 점점 더 짙어졌다.

"담덕, 아무래도 칩거는 여기까지인 것 같은데. 이 꼬마들에게 멀쩡한 걸 들켜 버렸으니 어쩔 도리가 없네."

내 말에 담덕이 픽 하고 웃었다.

"그래. 칩거가 이리 끝날 줄은 몰랐는데."

담덕이 연의 뺨에 입을 맞추며 아이들에게 물었다.

"이왕 이렇게 된 거 우리 아드님들과 사냥터에나 놀러 갈까? 어차피 오늘까지는 공식 일정을 잡지 않았으니……."

"갈래요! 사냥터에 가요!"

"저도요! 저도 갈래요!"

담덕의 말이 채 끝나기도 전에 연과 승평이 누가 먼저랄 것도 없이 만세를 불렀다. 아이들은 언제 통곡을 했냐는 양 잔뜩 신이 났다. 빨갛게 충혈된 눈만 아니었다면, 이 아이들이 조금 전까지 엉엉 울었다는 사실을 누구도 알 수 없을 것 같았다.

"내려 주세요! 저 사냥터 갈 준비 할래요!"

연이 담덕의 품에서 내려와 밖으로 달려나가자 내게 안긴 승평도 팔을 저어 내 품에서 벗어났다.

"저도요! 저도 준비할래요!"

그렇게 외치고는 제 형님의 뒤를 따라 사라지는 승평의 뒷모습에 나와 담덕의 입에서 웃음이 터졌다. 금세 슬펐다가 또 금세 행복해지는 것이 딱 어린아이다운 반응이었다.

"역시 집안에 웃음을 찾아 주는 건 아이들이라니까."

담덕이 고개를 내저으며 나를 보았다.

"그런 의미에서 아이를 하나 더 낳는 건 어때? 내가 외롭게 자라서 그런지, 아이들에겐 좀 더 북적거리는 환경을 만들어 주고 싶어."

나도 담덕과 비슷한 마음이었다. 하지만 내가 외롭지 않기를 바라는 사람은 아이들이 아니라 담덕이었다.

태왕으로서 모든 것을 혼자 견디고 이겨 내는 이 사람의 곁에 소란스러움이 함께했으면 좋겠다. 가족들 사이에서 쉬는 동안만이라도 사람 냄새를 맡고 편안하게 쉴 수 있도록 따뜻한 환경을 만들어 주고 싶었다.

하지만 어째서인지 쉽게 아이가 들어서지 않았다. 연이는 단 하룻밤 만에 생겼는데 말이야.

결국 아이가 생기는 건 하늘의 뜻이었다. 우리의 뜻으로 조절할 수 있는 일이 아니었다.

"나도 그러고 싶지만…… 그게 어디 마음대로 되는 문제야?"

"맞아. 그래도 노력은 해 볼 수 있겠지?"

담덕이 묘하게 웃으며 은근슬쩍 내 손을 잡아 왔다. 엄지손가락으로 내 손바닥을 쓰다듬는 의도가 뻔히 보여서 나는 그의 손등을 툭 쳤다.

"그 노력은 밤에 하시죠, 폐하."

"마음만 먹으면 낮에도 할 수 있습니다, 부인."

"그건 내가 사양할게. 게다가 지금은 아이들과 사냥터에 갈 준비를 해야 하잖아?"

내 말에 담덕이 웃으며 내 손을 놓았다. 그놈의 '노력'을 포기했나 싶었더니 곧 그가 웃으며 말했다.

"돌아오면 같이 열심히 노력해 보자. 기다리고 있어. 알았지?"

"흠흠!"

담덕의 말이 끝남과 동시에 입구에서 커다란 헛기침 소리가 들려왔다. 고개를 돌리니 활짝 열린 문 앞에서 태림이 벌게진 얼굴로 서 있었다.

"두 분, 제발 옆에 있는 사람도 생각해 주십시오……."

힘없이 부탁하는 그의 목소리에 내 얼굴도 덩달아 벌게졌다. 멀쩡한 사람은 지나치게 뻔뻔한 담덕뿐이었다.

"그러지 말고 자네가 익숙해지면 돼. 난 앞으로도 계속 이럴 것 같거든."

❖ ❖ ❖

담덕이 다시 바깥 활동을 시작하자 그의 건강 이상설은 빠르게 자취를 감추었다.

백성 사이에서는 다행이라는 목소리가 흘러나왔지만, 귀족들은 담덕의 건재함을 마냥 환영하지만은 않았다. 특히 소노부는 대놓고 아쉽다는 기색을 보일 정도였다.

그러는 사이 제신에게서 서신이 도착했다. 연락이 끊긴 지 아흐레

만의 일이었다. 서신은 짧았다. 후연에서의 일을 해결하고 국내성으로 향하겠다는 내용이었다.

우리가 서신을 받은 지 얼마 지나지 않아 제신이 국내성으로 돌아왔다. 연락이 잠시 끊겼던 기간을 보상이라도 하듯 빠른 귀환이었다.

제신은 나를 만나러 왔다는 핑계로 입궁해 담덕과 후연에서의 일을 논의했다. 그가 전하는 고운의 이야기는 놀라웠다.

"소노부에서 생각한 사윗감이 고운이었습니다."

"고운을? 어째서 그런 애매한 상대를 골랐지?"

담덕이 이해할 수 없다는 듯 미간을 찌푸렸다.

그의 말처럼 고운은 무척이나 애매한 상대였다. 후연에서 고운의 위치가 불안하기 때문에, 지금 당장은 소노부가 그와의 혼담으로 얻을 것이 없었다.

"장기적인 관점에서 본 거지요. 모용희의 위세가 오래가지 못할 거라는 건 누구나 알지 않습니까?"

여인에 빠져 정사 돌보기를 게을리하는 모용희가 무너지는 건 시간문제라는 것이 세간의 평가였다. 모두가 동의하는 그 평가를 정작 본인만 모르고 있었다. 향락에 빠져 주변을 둘러볼 여력조차 없는 것이다.

"이미 여러 세력이 삼삼오오 모여 훗날을 도모하고 있습니다. 개중에는 고운을 중심으로 한 세력도 있는데, 아직까지는 어느 세력 하나 두각을 드러내지 못하고 비슷한 영향력을 행사하고 있지요."

제신이 그렇게 말하며 몇 개의 세력을 예로 들었다. 고운을 비롯한 모용보의 여러 자식들이 차기 주자로 떠오르고 있는 것 같았다.

"이를 해서천이 알았다면 그쪽과 혼담을 진행하는 것도 이해가 됩니다. 소노부가 조금만 돕는다면 여러 세력 중 고운이 승기를 잡는 건 어렵지 않지요. 그럼 해서천은 그리도 원했던 국구의 자리를 손에 넣을 수 있습니다. 서로에게 썩 도움이 될 혼인입니다."

"확실히 그렇군. 한데 고운은 어째서 우리 쪽에 은밀한 만남을 청한 거지?"

"해서천과 고운의 생각이 달랐습니다."

제신이 씨익 웃으며 이야기를 이어 나갔다.

"고운은 고구려 출신이라는 자부심이 상당히 강한 사람이었습니다. 후연 사람들에게는 모용운으로 불리고 있지만, 제게는 스스로를 고운이라 소개했지요. 우리말도 아주 능숙했습니다. 소노부 쪽에서 시작된 혼담을 받아들이기로 마음먹었던 것도 고구려 여인과의 혼인이 반가웠기 때문이라 하더군요. 한데 해서천은 고운의 이유를 다르게 해석한 겁니다."

"고운이 권력에 욕심이 있어 소노부의 손을 잡은 거라고 착각한 거겠지."

"그렇습니다. 그래서 야심을 드러냈고, 고운은 당황해 혼인을 미룬 뒤 저희에게 은밀히 서신을 보낸 것이었습니다."

"고운은 우리와 손을 잡겠다고 하던가?"

"아뇨."

제신이 고개를 저었다. 예상하지 못한 말에 담덕의 얼굴이 딱딱하게 굳었지만, 제신은 여전히 웃고 있었다.

"손을 잡는 건 동등한 위치의 사람들끼리 하는 거지요. 고운은 스스로를 폐하의 부하라 말했습니다. 그러니 손을 잡을 것도 없습니다. 폐하께서 뜻을 전하시면 고운은 거기에 따를 겁니다."

◆ ◆ ◆

"아비가 어찌 그리할 수 있습니까? 도대체 자식을 뭐라고 생각하는 겁니까?"

영의 혼담이 어찌 흘러가고 있었는지 모두 알게 된 지설은 드물게 감정을 드러내며 분노했다. 탁자를 내리친 주먹이 부들부들 떨리는 것을 보니 단단히 화가 난 것 같았다.

"다행히 고운이 우리 편이라 혼담이 제대로 진행될 일은 없을 거예요."

"그렇겠지요. 하지만……."

내 말에도 지설은 표정이 썩 밝지 않았다. 당장 작은 언덕을 넘었으나 그 뒤에 더 큰 산이 남아 있음을 알기 때문이리라.

확실히 이번 혼담은 운이 좋았다. 상대가 소노부가 아닌 우리를 택했으니 손도 대지 않고 코를 푼 셈이다.

하지만 다음은? 해서천이 욕심을 거두지 않는 한 같은 일은 계속 반복될 것이다. 그는 제 욕심을 채워 줄 사윗감을 찾고, 영은 또 그 놀음에 이용될 터. 근본적인 원인을 해결하지 못하면 아무런 소용이 없었다.

"이런 사정을 전부 알게 되었는데도 생각이 바뀌지 않았어요?"

나는 흥분하는 지설을 보며 차분하게 물었다. 이를 바드득 갈고 있던 지설은 내 질문을 이해하지 못한 듯 미간을 찌푸리며 고개를 갸웃거렸다.

"무슨 생각 말입니까?"

"내가 전에 그랬잖아요. 영이를 보쌈이라도 해서 함께 있으라고요.

그때 지설은 내 제안을 거부했죠."

"그랬습니다. 아주 바보 같은 생각이라고 말했었지요."

"해서천이 영이를 어떤 취급 하며 데리고 있는지 모두 알게 된 지금 도 그 생각에는 변함이 없나요? 그 사람이 영이를 자신의 욕심을 채 우기 위한 도구로밖에 보지 않는 지금 이 상황에서도요?"

지설이 입을 꾹 다물고 나를 보았다. 팔짱을 낀 채 한참이나 말이 없던 그가 곧 한숨을 내쉬며 제 머리를 헤집었다.

"저라고 좋아서 손 놓고 있는 게 아닙니다."

"머리 좋잖아요. 평소에는 이런저런 계획을 잘만 세우면서, 왜 자기 일에는 이렇게 물러요?"

"……제 일이기 때문입니다. 저를 위해서 계획을 세워 본 적은 단 한 번도 없으니까요. 그럴 이유도 없었고요. 제 계획은 언제나 폐하와 이 나라를 위한 것뿐이었죠."

지설은 어딘가 넋이 나간 사람 같았다. 지금껏 자신이 스스로를 위 해 살아 본 적이 없다는 걸 이제야 깨달은 듯했다.

"그렇군요. 지금까지 전 스스로를 위해 무엇인가를 해 본 적이 없 습니다, 단 한 번도."

"다른 사람이 지설을 위해 뭔가를 해 준 적은요?"

"그것도 딱히……."

빠르게 대답하던 지설이 말을 끝까지 마치지도 못하고 미간을 찌 푸렸다.

"……저 상당히 인생을 잘못 산 사람 같은데 말이죠."

"앞으로 스스로를 위한 일도 해 보면 되고, 지설을 위해 뭔가를 해 줄 사람도 주변에 많고. 뭐가 문제인가요?"

나는 웃으며 지설의 어깨를 두드렸다. 그런 나를 보며 지설이 눈을 가늘게 떴다.

"저를 도와주실 겁니까?"

"당연하죠."

돕지 않을 이유가 없었다. 개인적으로 지설과 영의 행복을 바라기도 했지만, 영을 우리 쪽에 데려온다면 권력을 향한 해서천의 야망을 완전히 끊어 낼 수 있었다.

"어떻게 저를 도와주실 수 있습니까?"

"먼저…… 아주 훌륭한 조력자를 찾아 줄 수 있죠."

"폐하를 말씀하시는 거라면, 위치상 폐하께서 직접 움직이시긴 어렵습니다."

"그건 나도 알아요. 담덕 말고 지설을 도울 만한 사람이 있잖아요. 소노부 안에."

"아."

내 말에 지설이 짧은 감탄사를 흘렸다.

"운 도령을 말씀하시는 거군요."

"네, 그보다 좋은 조력자가 어디 있겠어요? 영이의 행복을 누구보다 위하고, 소노부에 자유롭게 드나들 수 있고. 완벽하죠."

"하지만 도움을 줄지 모르겠군요. 세상에 어떤 오라비가 누이를 보쌈해 가는 놈에게 좋다고 누이를 내줍니까?"

"이건 지설을 위해서만이 아니라 영이를 위한 일이기도 해요. 운 도령이라면 영이를 위해 무엇이든 할 사람이고요. 그리고……."

나는 눈을 가늘게 뜨고 지설을 타박했다.

"사내가 어찌 그리 패기가 없어요? 운 도령이 안 도와준대도 바짓

가랑이를 붙잡고 늘어져야죠. 영이를 행복하게 해 주겠다, 난 자신 있다, 그렇게 말하면서 허락을 받아 내야죠."

"그…… 노력은 해 보겠지만……."

내 말에 얼굴이 벌게진 지설이 두 손으로 얼굴을 쓸어내리며 깊은 숨을 들이마셨다.

"우희 님께 이런 조언을 받게 될 날이 올 줄은 몰랐습니다."

"남녀 문제에 대한 조언을 하는 건 언제나 지설 쪽이었으니까요."

"본인의 문제가 되면 어렵군요. 그때는 잘 몰라서 건방지게 굴었습니다. 지금이라도 사죄드리지요."

"이미 지난 일에 사죄는 무슨."

나는 픽 웃으며 지설의 어깨를 툭 쳤다.

"영이를 행복하게 해 줘요. 조건 없는 애정을 주고, 지설도 영이에게 그런 걸 받아요."

"조건 없는 애정이요."

지설이 내 말을 따라 하며 복잡한 얼굴을 했다.

조건 없는 애정은 어렵다. 사람이라면 누구나 상대에게 애정을 주며 대가를 바라고, 그것을 당연하게 여긴다.

"그런 건 보통 부모와 자식 사이에서나 가능한 말 아닙니까."

지설의 말이 옳았다. 무조건적인 사랑이 가장 쉬운 관계는 부모와 자식이다. 그러나 영은 가장 쉬운 그 관계에서조차 조건 없는 애정을 얻지 못했다. 영에게 주어진 해서천의 애정에는 늘 조건이 있었다.

내게 권력을 가져다 줄 아이.

해서천은 그렇게 믿고 영에게 애정을 쏟았다. 그건 운에게도 마찬가지였다. 해서천은 운이 제 권력에 도움이 되지 않는다는 것을 깨닫자마자 가볍게 그를 향한 애정을 거두었다. 참으로 잔혹하고 무정한 아비였다.

"영 아가씨가 아비를 버릴 수 있을지 모르겠습니다. 오래전에 그 아가씨가 가출을 감행한 건 제 아비가 달라질 거라고, 곧 집으로 돌아갈 수 있을 거라고 생각했기 때문이죠. 하지만 지금은 다릅니다. 또다시 집을 떠나면…… 이젠 돌아갈 수 없어요. 그걸 알면서도 그 아가씨가 아비를 떠나려고 할까요?"

"그건 지설에게 달렸죠."

"도움을 주신다더니…… 결국 운 도령을 설득하는 것도, 아가씨가 절 따라오게 하는 것도 전부 제 몫이라는 말씀이시군요."

"누가 혼자 하래요? 옆에서 도와줄게요. 하지만 주도는 지설이 해야죠. 미인을 얻을 사람은 지설인데, 본인이 손을 놓고 있는 게 말이 되겠어요?"

내가 눈을 동그랗게 뜨고 묻자 지설이 픽 하고 웃음을 흘렸다.

"우스운 논리지만 어떻게든 납득은 되는군요. 그럼 먼저 영 아가씨의 생각을 들어 봐야겠습니다. 이 일은 그분의 의지가 확실해야만 도모할 수 있으니까요."

"좋아요, 운 도령을 통해 의견을 묻죠. 영이가 그곳에서 나오길 원한다면, 운 도령도 기꺼이 두 사람을 도와줄 거예요."

❖ ❖ ❖

며칠 후 나와 지설은 사람을 보내 운을 궁으로 불러들였다. 오랜만에 만난 그는 예전보다 수척해져 있었다.

"얼굴이 안 좋은데요."

걱정스럽게 묻자 운이 대수롭지 않다는 듯 어깨를 으쓱거렸다.

"불편한 곳에서, 불편한 사람들과 지내다 보니."

불편한 곳은 소노부의 저택을, 불편한 사람들은 소노부 식구들을 말하는 것이다. 결국 집과 가족이 불편하다는 뜻이었다.

집과 가족이라. 세상 어느 곳보다 편해야 할 장소와 사람들 아닌가.

"괜찮은 거예요?"

"무엇이요?"

"그냥…… 전부 다요."

뭐라고 설명할 수 없어 대충 얼버무렸지만 다행히 운은 내가 하고 싶었던 말을 알아들은 것 같았다.

"괜찮습니다, 무엇이든. 이 정도에 나가떨어질 거라면 진즉에 도망쳤을걸요. 신라에는 무사히 다녀오셨다고 들었습니다. 연리는 좀 어떻던가요?"

"더 말할 것도 없이 침울해했죠. 그래도 잘 달래 주었어요. 부인께 인사도 잘 드렸고요."

운은 소노부의 사정이 급박하여 함께 이리 부인의 빈소를 찾지 못했다. 그도 부인에게 많은 신세를 진 사람이니 사정이 있었다 하더라도 마음이 많이 무거울 터였다.

"제 몫까지요?"

"그럼요."

"그럼 됐습니다. 부인께서도 이해하시겠죠."

그렇게 말하며 작게 미소 지은 운이 자리에 앉으며 자연스럽게 화제를 돌렸다.

"그런데 저와 지설 님, 그리고 황후마마라……."

운이 나와 지설을 차례로 보며 눈을 가늘게 떴다.

"모인 사람을 보니 목적이 뭔지 대충 알 것 같군요."

"그렇다면 얘기가 쉽겠어요."

나는 웃으며 지설의 옆구리를 쿡 찔렀다. 그는 운이 등장한 이후 그답지 않게 긴장해 뻣뻣하게 굳어 있는 상태였다.

그 모습을 보았는지 운의 시선도 나를 따라 지설을 향했다. 나는 그때를 틈타 눈을 부라리며 지설을 재촉했다.

'말해요, 어서.'

나의 재촉에 지설이 긴 한숨과 함께 어려운 이야기를 시작했다.

"부탁드리고 싶은 것이 있습니다."

"짐작이야 가지만…… 우선 말씀해 보십시오. 부탁하고 싶으시다는 게 뭔지."

"제 서신을 영 아가씨께 전해 주셨으면 합니다. 경계가 예전보다 더 삼엄해져 저희 쪽 사람이 들어갈 방도가 없더군요."

지설이 미리 준비해 둔 서신을 운에게 내밀었다. 운은 제 앞에 내밀어진 서신을 빤히 보다 지설을 향해 물었다.

"서신의 내용이 궁금한데요."

"……짐작하고 계시는 것과 크게 다르지 않습니다. 영 아가씨를 데려가려고 해요. 더 이상 그곳에 둘 수 없겠다는 것이 제 생각입니다."

"어찌 그런 생각을 하게 되셨는지 물어도 되겠습니까? 영이의 혼담이 폐께 위협이 되니 사전에 차단하기 위해서인지, 아니면 사내로서 영이의 혼인을 두고 볼 수 없기 때문인지."

운의 질문에 지설이 눈을 살짝 내리깔았다. 어느새 그의 표정이 딱딱하게 굳어 있었다.

"폐하를 위해서기도, 저를 위해서기도 합니다. 하지만 제일 중요한 건 역시 영 아가씨 아닙니까."

지설이 주먹을 꽉 쥐며 고개를 들어 다시 운을 바라보았다.

"아가씨께서 좋은 사내와 기꺼운 마음으로 혼인하신다면 저는 막을 수 없을 겁니다. 하지만 아가씨께서 아비의 욕심 때문에 이용당하고 있는 것뿐이라면…… 그건 그냥 둘 수 없어요. 하여 아가씨의 뜻을 묻고자 합니다. 도와주시겠습니까?"

이번에는 지설이 운에게 물었다. 잠시 지설을 바라보며 입을 꾹 다물고 있던 운이 조금 곤란한 얼굴로 입을 뗐다.

"생각보다 저택 내에서 운신이 어렵습니다. 제가 움직일 때마다 경계와 감시의 시선이 따라붙죠. 그건 영이도 마찬가지입니다. 그 아이는 아예 방에서 나오질 못해요. 서신 정도야 어떻게 전해 볼 수 있겠지만, 빠져나오는 것이 가능할지……."

"감금을 당했다는 겁니까?"

지설의 주먹이 파르르 떨렸다. 이를 바드득 갈며 분노로 어쩔 줄 모르는 지설의 모습에 운이 따뜻한 미소를 지었다.

"지설 님이 좋은 분이라는 걸 압니다. 영이를 얼마나 좋아하시는지도 알겠고요. 처음 두 사람의 마음을 알게 되었을 때는 당황했지만, 결국 잘 어울린다고 생각했습니다. 누이를 둔 오라비가 이렇게 상대를 인정하는 게 얼마나 어려운 일인지 모르실 겁니다. 그 어려운 걸 할 정도로 전 지설 님을 믿습니다. 그간 함께 일해 온 정이 있는데요."

따뜻한 말에 분위기가 풀어진 것도 잠시뿐이었다. 곧 운의 얼굴이 심각하게 변한 까닭이었다.

"하지만 이번 일은 어떨까요. 그 삼엄한 감시를 뚫고 영이를 데리고 나오실 수 있겠습니까? 실패하면 상황이 더 나빠질 겁니다. 아버지께서 더 극단적으로 움직이실 거예요."

해서천은 무도한 사람이었다. 자신의 마지막 패를 빼앗기게 생긴 사람이 무슨 일을 벌일지 상상이 되지 않았다. 그러니 반드시 성공할 계획이 필요했다. 두 번의 기회는 없었다.

"계획은 내가 가지고 있어요."

나는 팽팽하게 대치하고 있는 두 남자 사이에 끼어들어 입을 열었다. 두 사람의 시선이 나를 향했다.

"계획이요? 제게 그런 말씀은 없으셨잖습니까."

지설이 의아하다는 듯 고개를 갸웃거렸다. 이 자리에 나오기 전까지 고민에 고민을 거듭한 계획이니 그가 모르는 것도 당연했다.

"오래 고민하다 이제 결론을 내렸거든요. 이게 가능할 거라고."

두 사람이 어서 말해 보라는 듯 눈빛으로 나를 재촉했다. 나는 고개를 끄덕이며 생각하고 있던 이야기를 풀어놓았다.

"산 사람을 빼내 오긴 힘들어도 죽은 사람을 빼내 오긴 쉬워요. 감시가 덜할 테니까요. 소노부의 고추가가 아무리 무도한 사람이라고는 하나 죽은 사람의 시신까지 삼엄하게 감시하는 미친 사람은 아니겠죠. 그러니 영이를 죽이면 모든 것이 간단해져요."

내 말에 운과 지설이 어빠진 얼굴로 서로를 바라보았다. 한참이나 말을 잇지 못하던 운이 골치 아프다는 듯 제 머리를 짚었다.

"……도대체 무슨 말씀을 하시는 겁니까?"

"말 그대로 영이를 죽여서 빼내 오자는 뜻이에요."

“죽, 죽여……..”

황당함에 혀를 씹은 지설이 곧 진지한 얼굴로 내게 물었다.

“우희 님, 제정신이십니까?”

다짜고짜 사람을 죽여서 빼내 오자 했으니 저런 질문이 나올 법도 했다. 나는 두 사람의 오해를 풀어 주려 서둘러 말을 덧붙였다.

“정확히 말하면 사람들이 죽었다고 생각하게 만드는 거예요. 탕약으로 숨과 맥을 극도로 미약하게 만들어서 의원을 속이면 돼요. 의원이 속을 정도라면 다른 사람들은 당연히 속아 넘어갈 거고요.”

내 말에 운과 지설의 입이 떡 벌어졌다.

“그게 가능합니까?”

“가능해요. 쉬운 일은 아니지만요.”

나는 어깨를 으쓱거리며 두 사람을 향해 웃었다.

“다행히 전 영이의 몸을 아주 잘 알아요. 약재에 대해서는 더 잘 알고요. 성공할 수 있어요, 내 계획. 물론 감시가 소홀해진 틈을 타 어찌 영이를 데리고 나올지는 지설이 고민해야 해요. 내 지식은 의술이 전부니까요.”

확신에 찬 나의 표정에 지설과 운의 얼굴이 진지하게 변했다.

“지금같이 엄청난 경계만 아니라면 사람을 빼낼 수 있는 방법은 많습니다. 비로의 특기죠.”

지설의 말에 잠시 생각하던 운이 고개를 끄덕이며 자리에서 일어섰다.

“두 분의 계획을 믿고 영이에게 서신을 전하겠습니다.”

그의 손에는 어느새 지설이 내민 서신이 들려 있었다.

“감사합니다, 도와주셔서.”

지설이 고개 숙이며 인사하자 운이 픽 하고 웃었다.

"영이를 위한 일이라면 돕는 게 당연합니다. 그리고 영이의 일이라면 그 아이가 결정하도록 해야죠. 제가 마음대로 판단해 지설 님의 제안을 자르는 건 말도 안 됩니다."

"……좋은 오라버니이시군요."

"그리되려고 노력 중이죠. 그럼 저는 답신과 함께 돌아오겠습니다."

그렇게 떠나고 며칠 후. 운은 약속처럼 영의 답신과 함께 궁을 찾아왔다. 영의 답신은 짧고 명확했다.

「떠나겠습니다.」

그렇게 영을 소노부 밖으로 데려오기 위한 계획이 시작되었다.

第三十一章

빈자리

영을 죽은 것으로 위장해 데리고 나온다. 황당하게만 들리는 그 계획은 내가 어떤 고전 작품 하나를 떠올리며 시작되었다.

태왕을 지키는 근위대장 지설과 태왕의 가장 큰 적수인 해서천의 딸 영. 절대 이어질 수 없을 것 같았던 두 사람의 마음이 통했다니…… 로미오와 줄리엣이 따로 없잖아?

우연히 떠올린 서양 고전 한 편. 그 안에는 신기하게도 지금의 두 사람과 맞아떨어지는 이야기가 많았다.

줄리엣의 아버지는 그녀가 원수의 자식인 로미오와 사랑에 빠지자, 그녀를 서둘러 다른 사람과 결혼시킬 계획을 세운다. 줄리엣은 이를 피하려 조력자인 신부가 건네준 약을 마시고 죽은 사람인 척 위장한다. 혼담을 파기하고 로미오와 멀리 도망가기 위해서였다.

적대적인 두 집안, 딸을 다른 곳으로 시집보내려는 아버지, 그것을 피하려는 여자. 지설과 영의 상황도 비슷했다.

이곳에서 로미오와 줄리엣을 재현하면 어떨까? 내가 줄리엣에게 약을 건네준 신부가 되는 거지.

다만 문제가 하나 있었다. 이야기와 달리 우리가 속한 세계에는 사람을 죽은 듯 재울 수 있는 약이 존재하지 않았다.

하지만 비슷한 약이라면 내가 만들 수 있지 않을까? 완벽하게 심장을 멈추고 숨을 멎게 하는 건 불가능하지만, 맥과 호흡을 약하게 하는 것 정도는 가능할 것 같았다.

한의학은 일률적으로 약을 제조하지 않는다. 같은 처방이라도 사람의 몸 상태, 체질, 성향에 따라 사용하는 약재와 용량을 조금씩 다르게 한다. 그러니 약을 만드는 데 가장 중요한 건 그 사람의 몸을 아는 일이었다.

다행히도 나는 영의 지병을 고치기 위해 수십, 수백 번이나 그녀의 몸 상태를 살핀 적이 있었다. 고치는 데까지는 아직 도달하지 못했지만 덕분에 그녀의 몸을 누구보다 잘 알게 되었다.

게다가 몇 번이나 처방을 바꾸는 동안 특정한 약재를 썼을 때 영의 몸이 어떤 반응을 보이는지도 관찰했다. 그녀에게 맞는 약재와 그렇지 않은 약재를 구분해 기록으로 정리해 두었으니 재료는 제대로 차려진 셈이었다.

나는 작성해 두었던 기록들을 천천히 살펴보며 고민을 거듭했다. 영의 몸을 해치지 않으면서 일시적으로 맥과 호흡을 극도로 미약하게 만드는 약이 필요해.

가장 핵심적인 약재는 역시 초오였다. 초오는 용법에 따라 심장 박동수를 떨어뜨리고 맥박과 호흡을 약하게 하는 효능이 있었다. 강한 진통 작용이 있어 마취에도 쓰였다. 술에 타서 마시는 초오산이 대표적인 처방이었다.

하지만 초오는 또 다른 목적으로도 쓰이지.

바로 독약이었다. 초오는 강한 독성을 가지고 있어 용량에 따라 사람을 죽일 수도 있었다. 조선 시대에는 사약의 재료로 초오를 사용하기도 했다.

그러니 초오의 사용량을 세심하게 조절하는 것이 의원의 일이야.

나는 약재 배합에 많은 시간을 기울였다. 다른 약재들과 균형을 맞춰 초오의 비율을 정한 뒤 조금씩 양을 늘려 나갔다.

그렇게 나온 배합으로 탕약을 만든 뒤에는 내 몸으로 임상 시험에 나섰다. 탕약을 직접 마시며 맥을 짚어 보니 초오의 비율을 늘려 갈수록 확실히 맥이 떨어지는 게 느껴졌다.

"왜 직접 마시는 거야? 위험한 약재라며? 잘못하면 죽을 수도 있다며?"

"그러니 실험이 필요한 거지. 잘못하면 죽을 수도 있으니까."

"왜 굳이 그런 위험한 약재를 쓰는데?"

"잘 쓰면 절대 위험하지 않아. 너도 초오를 쓴 적이 있을걸. 전쟁터에서 몸에 박힌 화살을 빼낼 때 고통을 줄이려고 초오산을 쓰거든. 생각보다 널리 쓰이는 약재야."

담덕이 불만스럽게 탕약을 노려보았다. 내가 직접 실험을 하는 것이 마음에 들지 않는 눈치였다.

"비율을 잘 조절하고 있으니 괜찮아. 게다가 내 환자에게 먹일 약이니 당연히 내가 시험해야지. 내가 안심하고 마실 수 없는 약을 환자에게 줄 수는 없잖아?"

그 뒤로 담덕은 말이 없었다. 제 몸에도 쓴 적 있는 약재라니 나를 막을 명분이 없었던 것이다.

다행히 실험은 오래 걸리지 않았다. 생각보다 빠르게 적당한 배합을 찾아낸 덕이었다. 나는 손목의 맥이 아주 미세하게 잡힐 무렵 실험을 멈추었다.

의원이라면 이 정도 맥을 분명 짚어 낼 수 있을 것이다. 하지만 영은 나보다 몸이 약하니 지금의 나보다 맥이 더 미약할 터. 이 정도 배합으로도 우리가 원하는 효과를 충분히 낼 수 있을 것 같았다.

이제 약은 준비됐어. 남은 건 작전의 실행뿐이야.

나는 숨을 깊게 들이마시며 종이 위에 계산한 만큼 약재를 올려놓았다.

❖ ◈ ❖

"준비됐어요."

나는 지설과 운에게 약첩을 건네며 짧게 말했다. 약첩을 받아 든 사람은 운이었다.

"어떻게 하면 됩니까?"

"간단해요. 영이는 매일 탕약을 마시잖아요? 기존의 약재와 제가 준 약재를 바꿔치기하면 돼요."

"약을 먹으면 곧장 효과가 나타나는 겁니까?"

"짧으면 한두 시진, 길어도 반나절 이내에는 효과가 나타나요."

내 말에 운이 창밖을 힐끗 쳐다보았다. 해가 가장 높은 곳을 향해 서서히 움직이고 있는 시간이었다.

"그럼 오늘 밤이 지나기 전에 결판이 나는 거군요. 집안이 한바탕 시끄러워지겠습니다."

"부디 의원이 잘 속아 넘어가 줘야 할 텐데⋯⋯."

"너무 걱정하지 마십시오. 지금 영이를 봐 주고 있는 의원은 의술을 배운 지 얼마 되지 않은 자라 쉽게 알아차리지 못할 겁니다."

"고추가께선 어찌 그런 자에게 영이의 병을 맡긴 거예요?"

"실력 좋은 의원이 한 저택에 상주하며 사람을 돌보려고 하겠습니까? 한곳에 묶여 있을 사람을 찾다 보니 선택권이 없었지요. 그래서 약은 모두 바깥에서 지어 옵니다. 그자는 약을 달이고 긴급한 일에 대처하는 정도만 하고 있지요."

그렇게 상황을 설명한 운이 이번에는 지설을 바라보며 말했다.

"오늘 점심에 약재를 바꿔치기하겠습니다. 그럼 해가 떨어질 무렵에는 일이 터질 겁니다."

"이미 비로의 대원들이 준비 중입니다. 아가씨를 빼낸 뒤 빈소에는 사고로 위장한 화재를 낼 겁니다."

고구려에서는 사람이 죽으면 삼 년 동안 집 안의 빈소에 시신을 안치하고 그사이에 무덤을 만든다.

지설은 영이 빈소에 안치되는 때를 노리기로 했다. 비로의 대원들과 함께 영을 빼내고, 비어 버린 빈소를 불에 태우는 것이다. 화재와 함께 영의 시체도 불타 버렸다고 생각하게 만드는 계획이었다. 빈소는 지금 영의 처소보다 훨씬 경계가 덜할 것이니 어렵지 않게 성공할 수 있을 듯했다.

"영이를 데려오면 곧장 이걸 달여서 먹여요."

나는 준비했던 또 다른 약첩을 지설에게 건넸다. 죽은 듯 잠든 영을 깨울 수 있도록 초오를 중화시키는 약재들로 배합한 약이었다.

"이 탕약을 마시면 맥과 호흡이 강해지고, 심장 박동이 회복되어 혈

색이 좋아질 거예요.”

“예, 그리하겠습니다.”

“혹 탕약을 마셨는데도 맥과 호흡이 돌아오지 않거나 여전히 혈색이 창백하면 곧장 내가 기다리고 있는 곳으로 와요. 무엇인가 문제가 생겼다는 뜻이니까. 그 경우에는 시간이 생명이에요. 내게 데려오기만 하면 꼭 영이를 깨어나게 해 줄 테니, 놀라서 허둥대지 말고 나한테 와요, 알았죠?”

내 말을 한자라도 놓치지 않겠다는 듯 진중한 얼굴로 듣고 있던 지설이 약첩을 꼭 쥐며 고개를 끄덕였다.

“예, 그것도 명심하겠습니다.”

“잘될 거예요. 전부 다요.”

“감사합니다.”

나의 격려에 지설이 희미하게 웃었다.

대단한 계획의 실행을 앞둔 터라 가슴이 두근거렸지만, 마음속에는 일이 잘 풀릴 거라는 확신이 있었다. 이렇게 좋은 예감이 들어서 일이 나쁘게 돌아간 적은 한 번도 없었다.

나는 계획의 성공을 예감하며 기분 좋게 창밖을 바라보았다. 어느새 해가 중천이었다.

❖ ❖ ❖

나는 소노부에서 들려올 소식을 기다리며 아이들과 시간을 보냈다. 며칠간 약재 준비에 몰입하느라 아이들과 제대로 시간을 보내지 못한 것이 마음에 걸린 탓이었다.

"어머니!"

승평은 처소로 들어서는 나를 보며 놀라서 자리에서 벌떡 일어났다. 연은 아직 태학에 있을 시간이라, 그전까진 승평과 시간을 보낼 생각이었다.

"뭘 하고 있었어?"

"그게……."

승평이 쭈뼛대며 탁자를 힐끗거렸다. 함께 나눠 먹으려고 가져온 과편을 내려놓으며 보니 익숙한 놀이판이 한창이었다. 체스였다.

나는 놀라서 눈을 크게 뜨고 승평을 보았다.

"이걸 어찌 알고?"

"아버지께서 알려 주셨어요. 그런데……."

"그런데?"

"아무리 해도 이길 수가 없어서……."

승평이 시무룩한 얼굴로 놀이판을 바라보았다. 홀로 열심히 연습했는지 말이 어지럽게 판 위에 널려 있었다.

"한 번도 이기지 못했어?"

"네, 단 한 번도요."

승평의 얼굴이 더 시무룩해졌다.

애한테도 져 주지 않는 게 담덕답다고 할까. 승부에는 양보가 없단 말이야. 어린 승평을 앞에 두고서 진지하게 체스를 두었을 담덕을 생각하니 웃음이 나왔다.

그리고 승평도 그래. 제 아버지에게 한 번도 못 이긴 것이 분해서 혼자 연습하고 있었다니.

담덕과 피 한 방울 섞이지 않는데도 승평은 담덕과 비슷한 점이 많았다. 지금 같은 승부욕이 특히 그랬다. 어려서부터 담덕을 보고 자랐으니 그를 닮은 건 당연한 일인가?

나는 놀이판의 말을 정리하며 자리를 잡고 앉았다.

"그럼 나와 같이 고민을 해 볼까?"

"어머니랑요?"

"응, 마침 나도 네 아버지를 이겨 보려고 노력 중이거든. 함께 생각하면 좋은 수가 나오지 않겠어? 과편도 함께 먹으면서 말이야."

과편을 하나 집어 승평의 입에 넣어 주니 아이의 얼굴에 금세 미소가 걸렸다.

"네! 좋아요!"

❖　❖　❖

내가 승평의 처소에 있다는 이야기를 들었는지, 태학을 끝마친 연이 곧장 승평의 처소로 들이닥쳤다.

"저도 같이할래요!"

나와 승평이 체스에 몰두하고 있는 것을 본 연도 우리의 연구에 합류했다. 연도 체스를 잘 알고 있는 듯했다.

"연이도 아버지와 이 놀이를 했어?"

"네, 저도 승평처럼 한 번을 못 이겼어요. 그래서 승평이랑 전 이걸 태왕 놀이라고 불러요. 왕을 잡아야 끝나는 놀이잖아요. 놀이판 위에서든, 현실에서든."

태왕 놀이라, 참으로 어울리는 이름이었다. 나는 아이들의 작명에 감탄하며 연에게 앉을 자리를 만들어 주었다. 연은 자리에 앉으며 익숙하게 말을 옮기기 시작했다.

"저랑 승평은 종종 만나서 같이 수를 고민해요. 매번 아버지께 지기만 하니까……."

놀이판에 집중한 탓인지 연의 목소리가 점점 줄어들더니 결국 입이 꾹 다물렸다.

나는 연과 승평이 너 나 할 것 없이 의견을 나누며 말을 옮기는 모습을 가만히 지켜보았다. 서로 어색해할까 봐 걱정했었는데, 다행히 두 아이는 친형제처럼 사이가 좋았다.

"어머니는 어떻게 생각하세요?"

뿌듯하게 두 아이를 지켜보고 있는데 승평이 눈을 반짝이며 내게 물었다.

"응?"

정신을 차리고 되물으니 승평이 놀이판을 가리켰다.

"여기선 어찌 움직이는 게 좋을까요? 형님은 제관을 여기로 움직이는 게 좋다고 하는데, 전 아닌 것 같아요."

그 말을 듣고 보니 연도 눈을 반짝이며 나를 보고 있었다. 두 아이 모두 내가 제 답을 선택해 주길 바라는 눈치였다.

중간에서 난처해진 나는 한참이나 놀이판을 바라보다 제관을 제삼의 장소로 옮겼다.

"여기는 어떨까?"

"네에?"

"거기요?"

나를 바라보던 아이들의 고개가 놀이판에 처박혔다. 나는 고개를 빼고 빠르게 수를 가늠해 보는 아이들의 머리를 쓰다듬으며 팔을 걷어붙였다.

"좋아, 함께 더 좋은 수를 고민해 볼까? 나도 너희 아버지를 꼭 이기고 싶거든."

나의 말에 아이들이 든든한 아군을 얻었다는 양 밝은 얼굴로 고개를 주억거렸다.

"네!"

"좋습니다!"

그렇게 태왕 함락을 위한 모자의 작전 회의가 시작되었다.

"이 수는 어떨까요?"

"아니, 내 생각에는 이렇게 두는 쪽이……."

나는 아이들과 수를 고민하며 순수하게 감탄했다. 사고가 자유로운 탓인지 아이들은 종종 내가 생각지도 못한 좋은 수들을 발견해 냈다. 거기에 내가 배운 정석적인 수들을 결합하면 좋은 수가 나올 것 같았다.

"뭘 그리 열심히 하고 있어?"

말없이 놀이판을 빤히 보며 고민에 빠져 있던 우리 뒤에서 익숙한 목소리가 들려왔다. 고개를 돌려 확인하니 담덕이 허리를 숙여 놀이판을 내려다보고 있었다.

"안 돼요, 안 돼!"

"이건 비밀이에요!"

담덕의 등장에 연과 승평이 펄쩍 뛰었다. 연은 손을 뻗어 제 아비의 눈을 가렸고, 승평은 재빨리 놀이판의 말들을 흩어 놓았다.

"도대체 이게 뭐라고 그러는 거야?"

담덕이 황당한 얼굴로 연의 손을 잡아 내렸다. 하지만 이미 놀이판은 깨끗하게 정리가 된 뒤였다.

"날 빼고 재미있는 놀이를 하고 있었나 봐?"

"아뇨, 아무것도 안 했어요. 정말요."

승평이 어색하게 웃으며 담덕의 말을 부정했다. 눈에 띄게 어색한 태도에 담덕의 눈이 가늘어졌다.

"그래?"

"네!"

승평은 제 아비를 속여 넘겼다고 생각했는지 뿌듯한 얼굴로 고개를 끄덕였지만, 연은 담덕의 눈치를 보며 작게 한숨을 내쉬었다. 우리의 작당이 모두 들켰다는 걸 깨달은 것 같았다.

나는 한숨 쉬는 연의 머리를 쓰다듬으며 자리에서 일어났다. 담덕이 이곳에 찾아온 이유를 짐작했기 때문이었다.

"기별이 왔어?"

나는 창밖을 바라보며 담덕에게 물었다. 얼마나 체스에 집중했던지 어느새 해가 떨어지고 있었다.

"응. 한바탕 난리가 났어."

"의원이 알아차리지 못했구나."

"그래, 네 노력이 헛되지 않았어."

이제 남은 것은 빈소가 차려지길 기다려 영을 몰래 데려오는 것뿐이었다.

나는 연의 어깨를 토닥이며 슬쩍 눈치를 주었다. 눈치 빠른 연이 나의 뜻을 알아채고 승평에게 손을 내밀었다.

"승평, 밖에 나가서 놀자. 활 쏘는 법을 알려 줄게."

승평이 고개를 끄덕이고는 연의 손을 잡았다. 처소를 빠져나가는 아이들의 뒷모습을 보며 나는 담덕에게 물었다.

"지설이 영이를 무사히 데리고 나오면 어떻게 할 생각이야?"

담덕이 나의 의도를 모르겠다는 듯 두 눈을 빤히 바라보았다.

"영이는 이제 공식적으로 죽은 사람이 될 거야. 숨어 살 것까진 없지만, 그래도 국내성은 떠나야겠지. 그럼 지설 님도 함께 떠나야 하는데……."

나는 조심스럽게 담덕에게 물었다. 지설은 그의 소중한 측근이었다. 근위대장으로서 담덕을 지킬 뿐만 아니라, 전쟁 계획을 세우는 데도 많은 힘이 되었다.

그런 사람이 국내성을 떠나야 하는 상황이다. 담덕으로서는 큰 손해였다.

"아, 그 부분이라면 이미 생각해 뒀어."

"지설이 떠나도 괜찮다는 말이야?"

"그런 생각도 없이 이 계획을 허락했겠어?"

어렵게 물은 말이었는데 생각 외로 담덕은 대수롭지 않게 미소를 지었다. 나는 의아해져 그를 바라보았다.

"서운하지 않아?"

"뭐가?"

"결국 네가 아닌 영이를 택한 거잖아. 오랜 측근의 배신 아닌 배신에 속이 많이 상했을 줄 알았는데."

"소중한 여인과 함께하고픈 지설의 마음은 누구보다 내가 제일 잘 알거든."

담덕이 그렇게 말하며 내 이마에 입을 맞추었다.

가볍게 닿았다 떨어진 입술이 민망해 그의 입술이 닿았던 자리를 매만지니 담덕이 웃으며 내 손을 붙잡았다.

"지설은 어렸을 때부터 날 지켜 준 사람이야. 평생 나를 위해서 헌신하라고 할 순 없잖아. 시간이 지났으니 지설도 제 행복을 누려야지. 좋은 사람을 만나 그 여인을 위해 살고 싶다는데 내가 어찌 막겠어? 그리고 꼭 내 곁에 있어야만 내 사람인 건 아니니까."

떨어져 있어도 지속되는 신뢰. 지설과 담덕은 그런 신뢰를 가질 수 있는 사이였다.

납득해서 고개를 끄덕이자 담덕이 이야기를 덧붙였다.

"신라로 보낼까 해. 비로의 대원으로서 세작 노릇을 하며 잠시 쉬라고 하지 뭐. 세작이라고는 해도 신라는 우리와 우호적인 관계를 유지하고 있으니 반쯤은 휴양인 셈이고…… 나중에 소노부와의 일이 완전히 정리되면 국내성에 돌아와도 좋겠지."

물론 지설과 영이 돌아오는 건 먼 미래의 일일 것이다. 얼마나 오랜 시간이 지나야 할지 가늠조차 되지 않았다.

"새로운 근위대장을 구해야겠네. 역시 태림을 생각하고 있어?"

"마음 같아서는 그러고 싶지만…… 오부의 귀족이 아닌 자가 근위대장이 된 사례가 없어. 태림도 그 자리를 원하지 않을 거고."

"그럼?"

"생각해 둔 사람이 있는데, 그 사람이 제안을 받아들여 줄지는 모르겠군."

거기까지 말한 담덕이 더 이상 일 이야기는 하기 싫다는 듯 나를 끌어안았다.

"앞으로 급박한 일이 수없이 벌어질 거야. 그때까지 조금 쉬자. 일이 시작되고 나면 그때부턴 여유가 없을 테니까."

"응."

나는 고개를 끄덕이며 담덕을 마주 안았다. 익숙한 체향과 온기에 마음이 편안해졌다.

❖ ❖ ❖

소노부의 아가씨가 급사(急死)했다는 소식에 국내성이 발칵 뒤집혔다. 몸이 약하다는 소문이야 예전부터 돌았지만, 어느 누구도 그녀가 이렇게 갑자기 세상을 떠날 거라고는 상상하지 못했다. 영은 다른 사람도 아닌 '그' 소노부의 아가씨였다. 다들 고추가가 무슨 수를 써서라도 그녀를 건강하게 만들 것이라 믿었다.

빈소는 생각보다 늦게 차려졌다. 영의 죽음을 인정하지 못한 해서 천이 넋을 놓고 난동을 부린 탓이었다. 그 자리에 있었던 사람들의 입을 타고 그가 미친 사람처럼 소리를 지르다 결국 쓰러졌다는 이야기가 흘러나왔다. 그 광기가 소중한 딸을 잃었기 때문인지, 저를 권력으로 이끌어 줄 다리를 잃었기 때문인지는 알 수 없었다.

그렇게 그가 기력을 잃고 쓰러진 후에야 영의 빈소가 차려졌다. 소노부는 우울한 분위기 속에서 조용히 빈소를 꾸렸다. 부모보다 먼저 죽은 자식의 장례는 간소하게 치르는 것이 보통이었다.

생각보다 늦어지는 일 진행에 나는 조금 초소해졌다. 맥과 호흡이 옅은 상태를 오래 유지하면 몸에 무리가 많이 간다. 영처럼 원래 건강이 좋지 않던 사람이라면 그 정도가 더 컸다. 그것까지 고려해 몸을 보하는 약재도 함께 넣었지만, 어쨌든 빨리 해약을 써 영을 깨우는 것이 중요했다.

다행히 지설이 빠르게 움직였다. 그는 빈소가 차려진 그날 밤을 노려 비로의 대원들과 소노부로 향했다.

해서천이 앓아누운 덕에 일은 쉬웠다. 소노부는 전반적으로 어수선했고, 빈소의 경계도 형편없었다. 지설은 손쉽게 영을 데리고 나올 수 있었다. 하지만 그걸로 계획이 모두 마무리된 건 아니었다. 내가 준비한 해약을 먹고 영이 무사히 깨어나는 것. 그것이 계획의 완성이었다.

영이 무사히 깨어나면 두 사람은 배를 타고 신라로 떠나기로 되어 있었다. 내가 떠날 때와 똑같은 길이었다. 이번에도 배편은 운이 준비했다. 우리는 나루터를 만남의 장소로 정했다.

나는 두 사람이 무사히 빠져나왔다는 소식에 곧장 나루터로 향했다. 혹시나 모를 상황에 대비해 각종 약재와 침통까지 챙긴 뒤였다. 담덕과 태림도 나와 함께 은밀히 궁을 빠져나왔고, 운은 두 사람과 함께 이곳에 도착할 예정이었다.

오랜 기다림 끝에 멀리서 사람의 형체가 보였다. 이 늦은 밤 나루터를 찾을 사람은 지설 일행뿐이었다. 나는 반갑게 웃으며 그들을 맞이했지만, 가까이 다가온 사람들의 얼굴이 밝지 않았다.

"우희 님."

지설이 심각한 얼굴로 나를 불렀다. 그제야 지설의 등에 업혀 있는 영의 모습이 눈에 들어왔다. 영의 두 눈은 굳게 닫혀 있었다. 달빛 아래 드러난 얼굴도 창백했다.

"깨어나지 못했군요."

내 얼굴도 지설처럼 딱딱하게 굳었다. 지설이 더욱 심각해진 얼굴로 고개를 주억거렸다.

"약을 먹였는데 차도가 없었습니다. 여전히 죽은 사람처럼 맥이 약하고 호흡이 없습니다."

나는 손을 뻗어 영의 코 아래에 손가락을 갖다 대었다. 지설의 말처럼 호흡이 거의 없었다. 예민한 의원의 감각에는 미약한 숨이 느껴졌지만, 사람 살피는 일에 익숙하지 않은 자들은 숨이 없다고 오해할 정도였다. 나는 한숨을 내쉬며 손을 내려놓았다.

"미약하지만 숨은 제대로 쉬고 있어요. 아무래도 빈소를 차리는 게 늦어져 내 예상보다 독이 더 많이 퍼진 것 같아요."

"그럼……."

지설과 운이 불안하게 나를 바라보았다.

이런 상황에서 내가 당황하면 모두가 흔들릴 것이다. 의원은 어떤 상황에서도 침착해야 했다. 특히 환자의 상태가 좋지 않은 지금 같은 상황에서는 절대 약한 모습을 보이면 안 된다. 나는 일부러 더 당당하게 가슴을 펴며 지설에게 지시를 내렸다.

"우선 영이를 바닥에 눕혀요. 자세히 살펴봐야겠어요."

"네."

지설이 재빨리 나의 지시에 따랐다. 옆에 있던 운은 제 겉옷을 벗어 바닥에 폈고, 지설은 그 위에 영을 눕혔다.

나는 그 옆에 앉아 영의 손목을 붙잡았다. 맥을 확인하기 위해서였다.

맥이 약해. 손으로 강하게 눌러도 맥이 거의 느껴지지 않았다. 호흡과 마찬가지로 여전히 초오의 효능에 눌려 있는 것이다.

나는 준비해 온 수통을 꺼내 그 안에 든 감두탕(甘豆湯)을 영에게 먹였다. 감두탕은 흑두(黑豆)와 감초를 배합해 만든 탕약으로, 각종 독약의 해독과 당뇨에 많이 이용되어 지금 영에게 꼭 필요한 약이었다. 처음 지설의 손에 건네주었던 약도 감두탕이었다.

초오의 양을 가늠하여 준비한 감두탕이었는데, 생각보다 중독 시간이 길어져 해약의 양이 부족했던 모양이다. 예상보다 더 오래 중독 상태에 있었으니 탕약만으로는 부족했다.

침으로 독기를 더 빼내야겠어.

침을 놓으면 기혈 순환이 촉진되어 탕약이 독기를 몸 밖으로 밀어내는 것을 돕는다.

나는 머릿속으로 혈 자리를 정리하며 영에게 준비한 감두탕을 모두 먹였다. 뒤이어 품에서 침통을 꺼내니 작은 긴장이 몰려왔다. 이렇게 직접적으로 시술하는 건 신라에서 귀부인들을 치료해 준 후 처음이었다.

하지만 이미 나는 독을 몰아내기 위해 시침(施鍼)한 경험이 있었다. 백제의 포로로 끌려가 아신을 치료할 때였다.

망설임은 없었다. 나는 익숙하게 눈으로 혈 자리를 찾았다.

먼저 다리의 족삼리(足三里).

침을 놓기 위해 영의 치마를 걷어 올리니, 내가 치료하는 모습을 초조하게 지켜보던 사내 셋이 누가 먼저랄 것도 없이 당황해서 뒤돌아섰다.

"그런 일을 하기 전에 경고 정도는 하십시오!"

지설이 불만스럽게 외치며 괜히 뒤통수를 뒤적였다. 돌아서 있었지만 목이 시뻘겋게 달아올라 그의 얼굴이 어떨지는 충분히 알 수 있었다.

"겨우 다리 좀 드러난 걸 가지고 왜 그래요?"

"겨우 다리라뇨."

나의 말에 지설이 투덜거렸다.

짧은 바지도 잘만 입고 다니는 대한민국 사람들과 달리 이 시대 사람들은 남녀노소 할 것 없이 다리를 드러내는 일이 없었다. 그래서인지 다리를 드러내는 것이 상당히 야릇하게 느껴지는 모양이었다.

그래 봤자 다리인데. 여전히 현대의 감성을 지니고 있는 내게는 이해할 수 없는 일이었다.

"게다가 이건 치료를 위해서거든요? 도대체 무슨 음흉한 생각을 하는 건지."

내 말에 그렇지 않아도 벌겋게 달아올랐던 지설의 목이 더 붉게 물들었다.

저기서 더 붉어질 수도 있구나. 나는 새삼 감탄하며 영의 다리에 집중했다. 종아리 앞쪽의 족삼리에 침을 놓으면 쇠약해진 정기를 회복시킬 수 있었다.

다음은 복부다. 나는 영의 상의를 살짝 위로 끌어 올려 그녀의 배가 드러나게 했다. 이번에 놓을 혈 자리는 배꼽 위의 중완(中脘)이었다. 몸 안에 머무는 사기를 가라앉히는 담음(痰飮:몸 속의 수액이 제대로 순환하지 못해 만들어지는 물질 및 그로 인한 병)에 좋은 자리이니, 영의 몸에 머물러 있는 초오의 사기를 누를 수 있을 터였다.

마지막은 윗입술과 코 사이의 인중(人中)으로, 정신을 잃은 사람을 각성시킬 때 좋은 혈 자리였다. 우선 영을 잠에서 깨우는 것이 중요했으므로 나는 신중하게 그녀의 인중에 침을 놓았다.

차례로 필요한 자리에 침을 놓은 뒤 영의 얼굴을 살피니 서서히 혈색이 돌아오고 있었다. 탕약과 침술의 효과가 조금씩 나타나고 있는 것이었다. 나는 영의 손목을 붙잡아 맥을 확인했다. 확실히 처음 짚었을 때보다 선명해졌다.

"점점 나아지고 있어요. 곧 눈을 뜰 수 있을 거예요."

고전 속 줄리엣처럼 개운하게 눈을 뜨지는 못할 것이다. 약한 몸을 강한 약재로 다스렸으니 한동안 기운을 차리기 힘들 터.

나는 침을 거두고 영의 옷매무새를 정리한 뒤, 지설에게 따로 준비해 온 약첩을 건네며 당부했다.

"영이가 한동안 기운이 없을 거예요. 아침저녁으로 이 약을 달여 먹이세요. 그럼 닷새 안에 평소와 같은 기력을 회복할 거예요. 추운 자리는 피하고, 최대한 몸을 따뜻하게 해 줘야 하고요."

지설은 약첩을 받아 들며 여전히 깨어나지 못하는 영을 힐끗거렸다.

"잘된 겁니까?"

"네, 혈색이 돌아오는 건 사기를 제대로 다스리고 있다는 증거거든요. 곧 눈을 뜰 수 있을 거예요."

나의 말이 끝나고 얼마 지나지 않아 바닥에 누운 영이 앓는 소리를 내며 눈을 떴다. 지설과 운이 한달음에 그녀 앞으로 달려왔다.

"아가씨."

"영아."

양쪽에서 자신을 부르는 소리에 영이 혼란스러운 듯 느리게 눈을 깜빡였다. 그렇게 두어 번 눈을 깜빡이자 희미하던 그녀의 눈동자가 금세 선명해졌다.

"지설 님? 오라버니? 그리고 우희와 폐하……."

두 사람의 얼굴을 확인한 영의 시선이 나와 담덕을 지나쳐 주변을 살폈다. 어두운 나루터의 풍경을 본 영이 자리에서 벌떡 일어섰다.

"제대로 빠져나온……!"

하지만 갑작스럽게 몸을 움직이는 건 아직 무리였다. 일어나다 말고 쓰러질 듯 휘청거리는 영을 지설이 재빨리 붙들었다.

"조심하십시오."

"어, 음, 네……."

지설의 몸에 기댄 영이 붉어진 얼굴로 허둥댔다. 그 모습에 운의 눈이 미묘해졌다.

"죽었다가 살아나더니 이 오라비는 보이지도 않는 게냐? 나보다 정인의 품에 먼저 안기는구나."

타박을 하는 듯 안도감이 섞인 목소리였다. 그 말에 영의 얼굴이 더 붉어졌다.

"그, 내가 안기고 싶어 안긴 것이 아니고……."

"됐다, 다 큰 누이를 보내 줄 때가 된 거지. 평생 끼고 살 수는 없잖느냐."

운이 픽 하고 웃으며 영에게 작은 보따리를 내밀었다. 어리둥절한 얼굴로 보따리를 건네받는 영을 향해 운이 어깨를 으쓱거렸다.

"급하게 나오느라 아무것도 챙기지 못했을 듯하여 내가 대신 짐을 꾸렸다. 중요해 보이는 것은 전부 넣었는데……."

말을 하던 운이 영의 옆에 선 지설을 슬쩍 바라보았다.

"혹 부족한 것이 있거든 지설 님께 사 달라고 해라."

영에게 말하는 것처럼 입을 뗐지만 사실은 지설에게 하는 말이었다. 제 누이를 잘 보살펴 달라는.

그것을 알아챈 지설이 고개를 숙였다.

"……걱정 마십시오. 부족함이 없게 할 겁니다."

"당연히 그러셔야지요."

두 사내가 이야기를 나누는 동안 멍하니 보따리를 바라보던 영의 눈이 서서히 붉어지기 시작했다. 이제 정들었던 고향을 떠난다는 실감이 나는 모양이었다.

"오라버니."

울상이 되어 저를 부르는 목소리에 지설과 기 싸움 아닌 기 싸움을 벌이던 운이 영을 바라보았다.

눈이 마주치는 순간 보따리를 꼭 껴안은 영이 운의 품에 뛰어들었다. 운은 영을 끌어안으며 미간을 찌푸렸다. 상당히 복잡한 얼굴이었다.

"좋은 사람을 만나 떠나면서 왜 울어?"

"하지만 오라버니는 남을 거잖아."

영의 말에 운이 입을 꾹 다물었다.

"같이 가면 안 돼? 오라버니도 아버지에 대한 기대는 접은 지 오래잖아. 그러니까 우리끼리 함께……."

"난 여기서 할 일이 있어. 떠나지 않는다."

그 말에 영이 운을 밀어내며 의심스러운 눈초리로 물었다.

"혹시 날 위해서야? 아버지가 오라버니를 찾아 나서면 함께 있는 나까지 들킬까 봐, 그래서 이곳에 남아 방패를 자처하는 거야?"

운이 입술을 질끈 깨무는 영의 머리를 쓰다듬으며 고개를 저었다.

"아니, 날 위해 이곳에 남는 거야. 내가 지키고 싶은 건 모두 여기 있거든. 네가 떠나는 게 마음에 걸리지만, 믿을 만한 사람이 곁에 있으니 괜찮아. 지설 님은 믿을 수 있는 사람이거든."

영의 머리를 쓰다듬던 운의 손이 그녀의 어깨에 내려왔다.

한참이나 말없이 영의 어깨를 단단히 붙잡고 있던 운이 곧 싱긋 웃으며 정박한 배를 가리켰다.

"이제 길을 떠나야지."

운의 말에도 영은 움직이지 않았다. 고개를 푹 숙이며 눈물만 뚝뚝

흘릴 뿐이었다.

"왜 그래, 다시 만나지 못할 사람처럼. 우린 언제든 만날 수 있어. 이곳 상황이 정리되면 내가 널 보러 신라로 갈게."

"응."

"내가 신라에 꽤 오래 있었거든. 그래서 그쪽에 대해서는 모르는 게 없어. 아, 맛있는 국밥 만드는 집도 있는데. 다음에 같이 가자."

"응."

"그사이에 지설 님과 좋은 소식이 있어도 좋고. 나도 드디어 조카님을 보려나?"

"응."

반사적으로 고개를 끄덕이며 운의 말에 대답하던 영이 무엇인가 이상한 것을 깨닫고 고개를 번쩍 들었다. 눈을 좌우로 굴리며 한참이나 대화를 복기하던 영이 대화의 내용을 깨닫고는 버럭 소리를 질렀다.

"오라버니!"

달아오른 얼굴로 제 가슴을 툭 치는 영의 손길에도 운은 넉살 좋게 웃을 뿐이었다.

"제신이 매번 조카님들 자랑을 하는 바람에 꽤 부러웠던 참이거든. 난 몇 년이 지나야 귀여운 조카님을 얻으려나?"

"그, 그만하라니까!"

영이 지설의 눈치를 살피며 운의 팔을 잡아당겼다. 이미 지설의 얼굴도 영처럼 벌겋게 달아올라 있었다.

어색한 남녀를 앞에 두고 다른 사람들만 웃음이 터졌다. 덕분에 두 사람은 한결 풀어진 분위기 속에서 배에 오를 수 있었다.

"건강해라. 그럼 언제든 만날 수 있으니까."

"서신은 주고받을 수 있지?"

"그럼."

운의 확답에 영이 한결 안심한 얼굴로 배에 자리를 잡았다. 지설은 그런 영을 보며 운에게 고개를 숙였다. 운도 말없이 고개 숙이며 그의 인사를 받았다. 말 한마디 오가지 않았지만 그걸로 충분해 보였다.

이번에는 지설이 나와 담덕 앞에 섰다.

"떠나는 걸 허락해 주셔서 감사합니다, 폐하. 근위대장이라는 무거운 직위를 이렇게 가벼이 내려놓아 죄송합니다."

"허락이라니, 내가 자네를 좌천시키는 거야. 매일 잔소리만 하는 사람을 근위대장으로 두기가 괴로워서. 신라로 가면 지금보다 급료도 더 줄어든다고. 건사할 식구는 늘었는데 급료가 줄어드니 감사할 처지가 아닌 것 같은데."

지설의 마음을 편하게 해 주려 일부러 하는 말이었다.

"참으로 폐하다우신 작별 인사네요."

픽하고 웃던 지설과 눈이 마주쳤다. 그가 고마움을 담아 눈인사를 해서 나도 웃어 주었다.

이제 남은 사람은 태림뿐이었다. 오랫동안 동료로 함께해 온 두 사람도 이제는 헤어져야 했다.

"자네에게 홀로 무거운 짐을 맡기게 되어 미안하네. 부디 폐하와 황후마마를 잘 지켜 줘."

"저 혼자도 문제없습니다."

담백한 대답에 지설의 미간이 살짝 찌푸려졌다.

"아니, 그렇게 말하면 조금 서운한데."

물론 농담이었다. 지설은 태림과 짧게 포옹하며 서로의 등을 토닥인 뒤 영이 기다리고 있는 배로 걸음을 옮겼다.

두 사람이 모두 배 위에 오르자 기다렸다는 듯 배가 뭍에서 멀어지기 시작했다. 영은 난간에 서서 우리에게 손을 흔들었다. 그런 그녀의 허리를 지설이 단단히 끌어안고 있었다. 참으로 잘 어울리는 한 쌍이었다.

마침내 배가 시야에서 완전히 사라졌다. 이제야 두 사람이 멀리 떠났다는 실감이 나기 시작했다.

"떠났네요."

혼잣말처럼 작게 중얼거리자 운 역시 작게 말했다.

"그렇군요. 떠났네요."

운은 배가 사라진 방향에서 눈을 떼지 못하고 있었다. 그런 운을 보며 담덕이 의아하다는 듯 말했다.

"누이와 함께 떠날 줄 알았는데."

담덕의 질문에 운의 시선이 그를 향했다.

"영이에게 말했던 것처럼, 제가 지키고 싶은 건 전부 여기에 있으니까요. 그게 무엇이든."

도대체 운이 지켜야 할 것이 뭘까? 궁금했지만 담덕은 이미 답을 아는 것 같았다.

"그렇다면 내 제안을 거절하지 않겠군. 자네가 누이와 함께 떠날 줄 알고 꺼내지 못했던 말이지만, 이곳에 남을 거라면 거리낄 것이 없지."

의미 모를 미소를 지은 담덕이 제 허리에 차고 있던 검을 풀어 운에게 내밀었다. 근위대장만이 지닐 수 있는 검으로, 지설이 직위를 내려놓으며 담덕에게 돌려준 것이었다.

"자네가 다음 근위대장이 되어 주겠나?"

운이 검을 바라보며 미간을 찌푸렸다.

"그건 제안이 아니라 명령이신 것 같은데요."

"그렇게 들렸다면 어쩔 수 없고."

담덕은 어깨를 으쓱거렸고, 운은 한숨을 내쉬었다. 검을 빤히 보던 운이 무릎을 꿇어 그가 내미는 검을 받았다.

"태왕의 명을 받듭니다."

❖ ❖ ❖

지설은 와병(臥病)을 핑계로 근위대장의 직위를 내려놓았다. 몸이 좋지 않아 요양하기 위해 시골로 떠났다는 것이 공식적인 사임 이유였다.

건강하던 근위대장이 갑자기 병에 걸린 것을 의심하는 사람들도 많았지만, 그 뒤에 들려온 충격적인 소식이 그런 의심을 덮어 주었다. 소노부의 장자가 새로운 근위대장이 되었다는 소식이었다.

근위대장은 두말할 것 없는 태왕의 최측근이었다. 한데 태왕과 끊임없이 대립하는 소노부의 장자가 그 자리에 올랐으니 여러 귀족들에게는 충격적인 일이었을 것이다.

평소라면 소노부가 발칵 뒤집혔을 테지만 그들은 지금 내부 문제만으로도 정신이 없는 상태였다. 영의 죽음으로 야심을 품었던 혼담이 물 건너간 데다 빈소가 불타는 바람에 시신조차 건지지 못했다.

가장 악재는 수장인 해서천의 상태였다. 연이은 사건으로 충격을 받은 그가 앓아누운 탓에 집안을 이끌 사람이 없었다.

고운에게 서신을 보내 물으니, 영의 죽음 이후 소노부와의 연락도 완전히 끊어졌다고 했다. 아마 해서천의 건강 문제로 정신이 없어서일 것이다. 고추가를 대신해 해사을이 집안을 수습하고 있었지만, 애초에 한 집안을 이끌 능력이 없는 자였다. 소노부는 누가 보아도 심각하게 흔들리고 있었다. 그들과 대립하는 담덕에게는 반가운 소식이었다.

하지만 고구려 내부의 일이 진정되자 외부의 문제가 우리에게 다가왔다. 바로 전쟁이었다.

고구려는 일 년 동안 꼬박 후연과의 전쟁을 준비했다. 무리하게 끌어 썼던 군량을 회복했고, 비수기에 움직이느라 체력을 많이 소모한 용사들에게도 충분한 휴식을 주었다.

그리하여 새로 밝아 온 영락 14년. 고구려는 모든 준비가 끝났다고 결론을 내리고 후연과의 전쟁을 다시 시작하기로 마음먹었다.

우리에게는 긍정적이게도, 그 무렵 후연은 여전히 두 미인에 푹 빠진 황제의 향락으로 시끄러웠다. 모용희는 부씨 자매의 언니 융아를 소의로, 동생 훈영을 황후로 책봉했다.

다로가 후연의 황후가 되다니. 그 소식을 제신이 듣지 못했을 리 없었다. 여러모로 마음이 복잡하겠지.

나는 그를 궁으로 초대해 오랜만에 술을 기울였다. 마침 술이 필요했던지 제신은 사양 않고 내가 따르는 술을 받아 들었다.

지난해 고운과의 협상을 위해 후연에 방문했을 때 제신과 다로 사이에 무슨 일이 있었는지를 여태 묻지 않았다. 그 일이 두 사람만의 문제라고 생각했던 데다, 후연에 다녀온 후로 제신의 얼굴이 편안해 보여 물을 필요성을 느끼지 못했다. 그를 편안하게 한 긍정적인 결론이라면 무엇이든 좋다는 생각이었다.

하지만 다로가 황후가 되었다는 소식이 들려오자 가만히 입을 다물고 있을 수가 없어졌다.

"이대로 둘 셈이야?"

내 질문에 제신이 고개를 갸웃거렸다.

"이대로 두지 않으면 어떻게 하는데?"

"지설과 비슷한 수를 쓸 수도 있지. 훈영은 죽은 것으로 하고, 두 사람이 함께 멀리 떠나서 다른 사정은 잊고 행복하게 사는 거야."

"다른 사정은 잊고 행복하게?"

제신이 술잔을 비우며 되물었다. 내 말이 썩 우습다는 얼굴이었다.

"나도 다로도, 그런 것이 불가능한 사람들이다. 천진한 소노부의 아가씨나 반듯하게만 살아온 순노부 근위대장님에게는 가능했겠지만 말이야."

그렇게 말한 제신이 빈 잔을 내 눈앞에 대고 흔들었다.

"채워 주지 않을 셈이냐?"

나는 재빨리 그의 잔을 채우며 다음 질문을 던졌다.

"그럼 후연에서 다로와 만나기는 했다는 거네?"

"만났지. 만나서 긴 이야기를 했어."

제신이 가득 찬 잔을 만지작거리며 눈을 내리깔았다. 후연에서 있었던 일을 떠올리는 것이 분명했다.

"다로와 나 사이에 참으로 많은 일들이 있었더구나. 누군가는 죽고, 누군가는 상처받았지. 이 모든 것을 어찌 잊을까."

"상처받은 당사자가 괜찮다고 해도? 그래도 잊을 수 없어?"

"응, 아무리 그 사람이 괜찮다고 해도 잊을 수 없어. 그게 나란 놈인데 어쩌겠냐. 내가 뒤끝이 좀 길다."

거기까지 말한 뒤 한참이나 입을 꾹 다물고 있던 제신이 잔을 한

번에 비우며 미간을 찌푸렸다. 제법 쓴 술이라 아무리 술에 강한 제신이라도 입에 받지 않았을 것이다.

"이번 생에는 인연이 아니었던 거야. 시작부터 잘못된 인연에 아름다운 끝을 기대할 수는 없지 않겠니."

"하면……."

"다로를 나의 세작으로 곁에 둔 건, 우희 네가 간파한 것처럼 그녀에게 미련이 있었기 때문이야. 나쁜 일이 그리 많았는데도 좋았던 시절에 대한 기억이 너무도 강렬하여 차마 손을 놓지 못한 게지."

제신이 씁쓸하게 웃으며 깊게 숨을 들이마셨다.

"우린 오랫동안 이야기를 나눴고, 함께 앞날을 고민했어. 그러다 인정했지. 우리 둘 다 과거를 잊고 살 만한 깜냥은 없다고. 그렇다면 답은 하나뿐이잖아?"

제신은 스스로 술병을 들어 제 잔에 술을 가득 채웠다. 흘러넘칠 듯 위태로운 술이 꼭 그의 마음 같았다.

"서로를 놓아주기로 했다. 다로는 다로의 인생으로, 나는 나의 인생으로 돌아가기로. 이제 서로를 붙잡는 건 그만하자고 말이야."

"그게 가능해?"

"당장은 힘들겠지. 하지만 시간이 해결해 줄 거야."

"그래서 아직은 술과 그를 함께 나눌 친구가 필요한 것이고?"

"그렇지."

제신이 씨익 웃으며 잔을 들었다. 나 역시 허공에 잔을 들어 건배하며 그와 다로의 마음을 위해 기도했다.

그의 말처럼 제신은 뒤끝이 길다. 그건 다로도 마찬가지였다. 아닌 듯 비슷한 성격의 두 사람 모두 제 마음을 오랫동안 안고 살 것이다.

그 안에는 과거에 얻었던 상처와 죄책감도 함께 있겠지.

나는 복잡하게 버무려진 그 감정이 어서 빨리 두 사람의 가슴속에서 비워지기를, 그리하여 그 빈자리에 새로운 봄이 오기를 바라며 술잔을 비웠다.

부디 그날이 멀리 있지 않기를.

❖ ❖ ❖

후연과의 전쟁을 준비하느라 북쪽에 신경을 기울이고 있던 우리에게 의외의 소식이 들려왔다. 백제와 왜가 서쪽 대방(帶方) 지역의 석성(石城)을 침략해 온 것이다.

지난 전쟁의 패배로 고구려의 영원한 노객이 되겠다 맹세했던 아신은 자신이 했던 맹세 따위는 가볍게 깨 버리고 또다시 왜와 손을 잡았다. 참으로 끈질긴 침략이었다.

담덕은 처음부터 아신의 맹세를 믿지 않았다. 적에게는 한없이 의심의 날을 세우는 것이 그의 성정이었다. 즉위하면서부터 쉴 새 없이 치고받았던 상대에게 의심의 눈초리를 거두지 않는 건 당연했다.

비로도 그런 태왕의 뜻을 받들어 백제와 왜를 향한 감시를 늦추지 않았다. 이미 비로 내부에서는 이 년 전부터 백제와 왜의 움직임이 심상치 않다는 이야기가 흘러나오고 있었다.

영락 12년에는 백제가 왜에 사신을 보내고, 그다음 해인 영락 13년에는 왜가 백제에 사신을 보내더니, 올해에도 선물을 주고받았다. 그들은 어디까지나 평화를 기반으로 한 문화 교류라며 당당하게 고개를 들었지만, 고구려는 그 말을 믿지 않았다. 몇 번이나 우리의 목에

칼을 들이민 상대의 말을 믿는 건 어리석은 일이었다.

그 예상은 틀리지 않아서, 결국 백제와 왜가 손을 잡고 다시 침공을 감행했다. 이미 크게 제압한 상대의 침략이었다. 담덕은 당황하지 않고 가볍게 친정을 선언했다.

"우리가 후연 공략을 준비한다는 소문을 듣고 뒤를 치려고 한 거겠지. 하지만 지난 전쟁으로 잃은 게 많은 두 나라야. 어떻게든 쥐어짜서 전쟁을 준비했겠지만…… 군세가 대단치는 않을 거야."

전쟁이라면 늘 불안해하는 나를 안심시키기 위해서 하는 말이었다.

후연과의 전쟁을 앞둔 지금 적은 수의 병력이라도 잃을 수는 없었다. 훌륭한 지휘관이 병력을 이끈다면 손해를 반으로 줄일 수 있었다. 그런 상황에서 담덕이 내릴 결정은 뻔했다.

담덕은 직접 전쟁터에 나가 백제와 왜를 물리치기로 마음먹었다. 그가 밖으로 나설 때마다 불안해지는 나로서는 반갑지 않은 결정이었다.

담덕은 태왕이었다. 자신이 결정을 내렸으면 그것으로 족했다. 하지만 그는 언제나 나의 이해를 구하고자 했다.

언제나 나를 향하고 있는 담덕의 배려가 고마웠다. 나는 웃으며 그의 손을 잡았다.

"알아. 우리 폐하께서 왜 직접 나서야 하는지, 그게 얼마나 중요한지. 나도 다 알아."

크고 단단한 손이었다. 작고 여린 내 손과는 완전히 달랐다.

나는 이제 담덕에게 전쟁터에 나가지 말라는 말을 하지 않는다. 따라가겠다는 말도, 다치지 말라는 말도 하지 않았다. 대신 내가 할 일을 찾아 나설 뿐이다. 군대에 필요한 약재를 살피고, 출정 전까지 담덕과 많은 시간을 보내려고 애썼다.

담덕의 손 곳곳에 박힌 굳은살을 부드럽게 쓸어내리자 그의 어깨가 흠칫거렸다.

"연우희."

담덕이 나를 빤히 바라보고 있었다. 정수리에 닿는 시선이 뜨거워 담덕의 손을 바라보고 있는데도 그의 시선이 느껴졌다.

"부추기는 거야? 난 그런 거였으면 좋겠는데."

"잘됐다. 나 지금 부추기고 있는 거 맞거든."

"부추기면 무슨 일이 일어나는지도 알고 있겠지?"

"응, 물론이지."

"……너 참으로 많이 달라졌다, 연우희?"

"글쎄……. 이게 다 누구 덕분인지."

"설마 내 탓이라고?"

"설마가 사람 잡는다던데."

연이어 나온 대답 때문이었을까. 머리 위에서 담덕의 웃음소리가 들려왔다.

곧 담덕의 손이 내 턱을 붙잡아 고개를 들어 올렸다. 시선이 높아져 담덕의 얼굴을 마주하자마자 그의 입술이 닿았다. 담덕이 턱을 붙잡은 손에 힘을 주자 자연스럽게 내 입이 벌어졌다. 담덕은 그 사이를 익숙하게 헤집고 들어와 내 안을 채웠다.

담덕의 입맞춤은 다정하지만 어딘가 집요한 구석이 있었다. 내 안의 모든 곳에 닿아야겠다는 듯, 꼭 나를 집어삼킬 것처럼 강렬했다.

턱을 붙잡고 있던 손이 뒷목을 단단히 붙잡고, 다른 손은 천천히 등을 타고 내려와 허리를 바짝 끌어당겼다. 순식간에 담덕과 몸이 맞닿았다. 담덕의 몸은 손만큼이나 나와 다르다. 나와 달리 크고 단단해서 닿을 때마다 완전히 짓눌리는 기분이었다.

서로의 숨이 누구의 안인지 알 수 없는 곳에서 뒤섞였다. 내 입안인 것 같기도, 담덕의 입안인 것 같기도 했다. 서로가 너무 가까워서 그와 나의 경계가 어디인지 알 수 없었다. 나는 경계를 확인하기 위해 손을 뻗었다. 나를 단단히 붙잡은 팔을 잡자, 내가 밀어내려 한다고 생각했는지 그가 더 강한 힘으로 나를 끌어안았다.

도망칠 수 없어.

말하지 않아도 알 수 있었다. 강하게 나를 붙잡는 그의 몸이 그렇게 말하고 있었다. 하지만 괜찮았다. 나도 도망칠 생각은 없으니까.

그렇게 생각한 순간, 내 마음을 읽었는지 담덕이 내 목을 가볍게 쓸어내렸다. 여린 살을 예민하게 훑고 지나가는 손에 옷깃이 걸렸다. 그가 손에 걸린 옷깃을 잡아당기며 내게서 살짝 떨어져 나갔다.

"이거, 이제 필요 없지? 응?"

입술이 맞닿은 채로 담덕이 물었다. 속삭임에 가까운 질문이었다. 숨결이 닿을 때마다 입술이 간지러웠다. 입술에서 시작된 간지러움은 금세 온몸으로 퍼졌다.

이제 서로에게 무엇이 필요한지는 담덕도, 나도 알고 있었다. 하지만 나는 대답하지 않았다. 대신 이번에는 내가 먼저 그의 아랫입술을 베어 물었다.

맞닿은 담덕의 입꼬리가 기분 좋게 올라갔다.

第三十二章

시대의 군왕(君王)

말 그대로 총력전이었다. 고구려를 침략한 백제와 왜는 이번이 마지막 기회라 생각한 듯 온 힘을 다해 싸웠고, 우리 역시 이를 막기 위해 필사적이었다.

상황은 마냥 낙관적이지 않았다.

그간 고구려는 후연과 길고 긴 공방전을 벌이고 있었다. 곧 후연과 일전을 벌일 계획으로 많은 병력을 후연의 연군(燕郡) 쪽으로 배치했는데, 그 틈을 노리고 연합군이 쳐들어왔다.

북방의 전선 역시 얼음 위를 걷는 듯 위태로운 상황이라 많은 병력을 빼내 올 수 없었다. 때문에 담덕은 급하게 일부 병력을 귀환시킨 뒤 백제와 왜의 연합군을 상대해야만 했다.

이번 침입은 지난 사례들과는 방식이 완전히 달랐다. 지금까지 백제는 북으로 향하기 위해 임진강 방어선을 무너뜨리는 데 집중했다.

하지만 이번 공격은 임진강 방어선이 아닌 대방 지역을 향했다. 대규모의 병력이 배를 타고 와 고구려 땅 깊숙한 곳에 상륙한 것이다.

담덕은 어렵지 않게 연합군의 의도를 알아챘다.

"아마 우리의 보급로를 끊어 낼 생각이겠지."

대방 지역은 국내성과 임진강 이남의 땅을 연결하는 통로였다. 이 곳을 차지하면 보급로가 끊겨 임진강 아래에 위치한 고구려 요새들을 무력화할 수 있었다.

연합군이 수군을 움직였으니 우리도 수군으로 대응해야만 했다. 고구려는 기병 중심의 군대로 수군이 약하다는 편견이 있었지만, 담덕은 지난 전쟁들에서 수군을 훌륭하게 운용해 낸 전력이 있었다.

게다가 우리에게는 천혜의 요새 관미성이 있었다. 백제의 손에 있을 때 지독하게 우리를 괴롭혔던 그 요새가 이번에는 우리의 방패가 되어 줄 터였다.

"눈에는 눈, 이에는 이. 그쪽이 우리의 보급을 끊으려고 한다면, 우리 역시 그들의 보급을 끊어 줘야지. 추가적으로 대방 지역에 도달할 연합군의 보급선을 모두 차단해야 해. 그럼 대방 지역에 고립된 병력들은 서서히 궤멸하겠지."

이를 위해 담덕은 먼저 수군을 압록강에 보내고, 자신은 육로를 통해 보병과 기병을 이끌고 평양성으로 향했다. 평양성은 육로와 해로 모두에 접근성이 좋아 이번 전쟁의 거점으로 부족함이 없었다.

연합군과의 전쟁이 장기화되면 후연과의 전쟁에서 손해를 피할 수 없었다. 때문에 담덕은 초반부터 매섭게 연합군을 몰아붙였다.

침략 초기 대방 지역을 확보했던 연합군은 추가 보급 없이 고립되어 어려운 싸움을 이어 가더니, 결국 고구려군의 매서운 기세에 조금씩 무너졌다.

어쩌면 당연한 결과였다. 연합군의 작전은 처음부터 위험성이 많았다. 고구려 병력 대다수가 북방에 배치되어 있지 않았더라면 시도조차 불가능했을 방법이었다.

아신에게도 선택권이 없었을 것이다. 정면으로 부딪친다면 필패가 예견된 상황이었다. 조금의 가능성이라도 엿보이는 쪽에 모든 것을 거는 수밖에 없었겠지.

그러나 아쉽게도 도박은 실패했다. 마지막의 마지막까지 하늘은 아신의 편을 들어주지 않았다. 아마도 아신이 간절하게 바랐을 단 한 번의 승리. 하늘은 그 한 번의 승리조차 아신에게 허락하지 않았다.

이 땅에는 하늘을 수놓은 별처럼 수많은 나라들과 그 나라를 이끄는 군왕들이 존재한다. 하지만 하늘이 승리를 허락하는 별은 언제나 단 하나뿐.

나는 미래를 알고, 그리하여 하늘이 선택한 단 하나의 별이 누구인지도 안다.

고구려의 태왕 담덕. 그가 바로 이 시대가 선택한 군왕이었다.

연합군을 완전히 물리치고 난 뒤에도 담덕은 국내성에 돌아오지 못했다. 고구려가 남쪽에서 연합군과 요란한 전투를 벌이고 있다는 소식을 들은 후연이 남하하기 시작한 탓이었다.

연합군과 싸우느라 일부 병력이 빠진 상태라 기세 좋게 내려오는 후연을 막을 길이 없었다. 그들은 순식간에 요동성까지 도달해 고구려를 위협했다.

후연의 군대는 모용희가 직접 이끌었다. 상대 쪽 왕이 나섰다면 우리도 왕이 나서야 균형이 맞았다. 때문에 담덕은 연합군과의 전투를 마무리 지은 후 곧장 요동성으로 향했다. 새해가 밝아 영락 15년의 일이었다.

이 년 전 직접 병력을 이끌고 후연을 친 이후 담덕의 후연전 첫 친정이었다. 그간 담덕은 후연과의 공방전에 직접 나서지 않았다. 굳이 그럴 필요성을 느끼지 못해서였다. 담덕이 직접 나서지 않아도 될 정도로 후연은 크게 흔들리고 있었다. 모용희의 폭정 때문이었다.

고운은 후연에 머무르고 있는 우리 쪽 세작을 통해 모용희의 행보를 자세히 전해 왔는데, 전해지는 소식마다 믿을 수 없는 이야기들뿐이었다.

지난해 모용희는 정무가 아닌 소의 부용아의 간병에 온 신경을 기울이고 있었다. 그녀가 곧 죽을 사람처럼 심하게 앓아누운 탓이었다. 부용아가 앓아누운 것은 오래되지 않았다. 모용희는 어떻게든 부용아를 살리겠다고 각지를 수소문해 용한 의원을 찾았으나, 병이 심각한지 선뜻 그녀를 고치겠다고 나서는 의원이 없었다.

그러던 와중에 용성(龍城) 출신 의원 왕온(王溫)이 소의를 살려 보겠다고 나섰다. 모용희는 반갑게 그를 맞이했지만 심혈을 기울인 치료도 소용없이 소의가 사망했다. 총애하는 소의의 죽음에 분개한 모용희는 왕온의 사지를 찢어 불태웠다. 잔혹한 처사에 후연 사람들은 두려움에 떨었다.

민심이 크게 흔들리는 상황에서 후연이 힘을 쓸 수 있을 리 없었다. 담덕은 이를 믿고 연군(燕郡)까지 병력을 보냈다.

중간에 연합군의 공격이 없었더라면 끝까지 병력을 물리지 않고 그대로 후연을 공략했을 것이다. 하지만 주변의 상황이 어려워 병력 일부를 철수시켰고, 모용희는 이를 놓치지 않았다.

그는 소의를 잃은 분노를 전쟁으로 해소하려는 것처럼 맹렬한 기세로 고구려로 향했다. 썩어도 준치라고, 모용희는 대를 이어 우리 고구려를 괴롭힌 후연의 군주였다. 녹록하게만 볼 수 있는 상대가 아니었으니, 그가 친정을 결정한 이상 담덕이 상대로 나서는 것은 당연했다.

나는 담덕의 승리를 기원하며 연이은 전쟁으로 어수선한 국내성의 분위기를 바로잡으려고 애썼다. 그것이 지금의 내가 해야 할 일이었다.

고구려 사람들은 전쟁을 숙명처럼 생각했지만, 그렇다고 전쟁을 즐기는 것은 아니었다. 이들에게 전쟁은 오로지 살아남기 위한 수단일 뿐. 아마 다른 나라 백성의 사정도 비슷할 터였다.

전쟁을 치르는 동안에는 많은 곡식이 군대로 보급된다. 적과 맞서 싸우는 용사들의 배를 곯릴 수 없으니 최우선으로 전쟁터에 식량이 보내졌다. 고구려는 한 해의 대부분을 전쟁에 시달렸다. 그러니 자연스레 일반 백성이 먹을 식량이 늘 부족했다.

그나마 담덕이 즉위한 이후에는 가뭄이나 기근이 적어 상황이 나은 편이었다. 선대왕 시절에는 툭하면 가뭄이 오는 바람에 매번 중앙의 창고를 열어 쌀을 나눠 주어야만 했다. 그 점이 선대왕의 내치를 더욱 힘들게 했음은 말할 것도 없었다.

밖이 소란스러울수록 내치가 중요했다. 그러니 내가 국내성에 남아서 할 일은 식량난에 대한 고민과 해결이었다.

나는 농사에 대한 지식이 전혀 없었다. 전생에는 한의사, 지금은 팔자 좋은 귀족 아가씨였으니 어떤 삶에서도 농사와는 거리가 멀었다. 당연히 쌀을 잘 키우는 방법 같은 건 배우지 못했다.

대신 나는 산과 들에 자라는 식물 중 어떤 것을 먹어도 괜찮은지를 누구보다 잘 알고 있었다. 약초와 독초를 구분하는 건 한의학의 기본이었으니 아주 간단했다.

쌀과 콩만 식량이 아니었다. 시야를 조금 더 넓혀 보면 산야에서 나는 모든 것들이 훌륭한 식량이었다. 다만 야생에서 자라는 식물들은 독성이 있는 경우가 많아서 이에 무지한 사람들이 곯은 배를 채우려다 비명횡사하는 경우가 왕왕 있었다.

그렇다면, 무엇을 먹어도 좋은지 구분하는 방법을 알려 주면 큰 도움이 되지 않을까?

그런 생각이 시발점이 되어, 나는 담덕이 전쟁에 집중하는 동안 국내성에서 도감을 만들기 시작했다. 먹어도 좋은 것과 그렇지 않은 것을 구분하고 이를 기록으로 남겼다.

아마 상당한 시일이 걸릴 것이다. 하루아침에 끝날 일은 아니었지만 천천히 시간을 들여 완성해 볼 생각이었다. 어차피 황후로서의 일상에는 남는 게 시간이었다.

"자, 읽어 볼래?"

나는 여태까지 작성한 도감을 달래에게 내밀었다. 차를 따르던 달래는 주위를 두리번거리다 이 자리에 있는 사람이 저밖에 없다는 걸 깨닫고는 어색하게 웃었다.

"지금 제게 읽어 보라 하신 겁니까?"

"그럼 여기 너 말고 누가 있니?"

"하지만 전……."

달래가 내 눈치를 살피며 우물거렸다.

"아시다시피 글을 모르는데요……."

기실 달래뿐만이 아니었다. 이 시대에는 문맹률이 상당히 높아서

평민들 중 글을 아는 자가 드물었다. 귀족 중에도 까막눈이 많았으니 당연한 일이었다.

"내가 설마 그걸 모를까 봐? 괜찮으니 읽어 봐."

내가 한 번 더 권하자 달래가 마지못해 도감을 받아 들었다.

"어?"

머뭇거리며 도감을 펼친 달래가 눈을 크게 떴다.

"글이 아니라 그림입니다!"

"어때? 글을 몰라도 무슨 내용인지 알아보겠지?"

"그림을 못 알아보는 사람이 어디 있습니까? 당연히 알아보지요. 그런데 무슨 그림들입니까?"

이 도감은 민간의 백성을 위한 것이니 실용성을 생각하면 어려운 글을 사용할 수 없었다.

그래서 나는 글이 아닌 그림을 택했다.

"붉은 도감에 그려진 건 절대 먹어서는 안 되는 것, 푸른 도감에 그려진 건 먹어도 괜찮은 것들이야."

달래에게 준 것은 푸른 표지의 도감이었다.

내 말을 들은 달래가 자신이 펼친 책의 표지 색을 확인하더니 놀라서 펄쩍 뛰었다.

"먹을 수 있는 것이요? 이걸 다 먹을 수 있다고요?"

"그럼, 땅에서 나는 모든 것이 귀한 식량이지. 조금만 조심하면 도처에 먹을 것이 있어."

내 말에 잠시 생각하던 달래가 고개를 주억거렸다.

"그러고 보니 어렸을 적에 꽃을 따다 먹은 적이 있습니다. 생각보다 쓴맛이 강해서 먹자마자 뱉었지만요."

"꽃도 좋은 식재료지. 하지만 함부로 먹었다간 큰일 날 수도 있어. 독을 품고 있는 경우가 많아서 잘 손질한 뒤에 먹어야 한다."

"예에? 독이요?"

내 말에 달래의 얼굴이 하얗게 질렸다.

"세상에, 제가 저도 모르는 사이에 죽을 뻔한 겁니까? 꽃을 먹고 죽다니…… 세상에서 이보다 황당한 죽음이 어디 있겠습니까?"

"호들갑 떨기는."

웃으며 달래를 타박했지만 그녀의 호들갑이 나쁘지 않았다. 담덕이 없어 고요한 국내성에서는 이렇게 곁에서 요란하게 떠들어 줄 사람이 필요했다.

"역시 꽃은 먹는 것보단 보는 것이 낫습니다. 얼마 전에 보니 매화가 봉오리를 틔웠던데…… 꽃구경을 핑계 삼아 산책이라도 하시겠습니까? 이걸 만드시느라 온종일 안에만 계셨잖아요."

달래가 도감을 탁자에 올려놓으며 물었다.

"온종일 안에만……."

달래의 말을 듣자마자 간사하게도 몸이 비명을 질렀다. 어깨가 뻐근하고 눈도 뻑뻑했다. 일에 집중하고 있을 때는 느끼지 못했던 피로가 밀려온 것이다.

"그래. 지금 내게는 바깥 공기가 필요해."

"아무렴요."

달래가 그럴 줄 알았다는 듯 내 어깨에 두툼한 겨울용 포를 걸쳐 주었다.

"너무 두껍지 않아?"

"무슨 말씀이세요. 아직 바깥 공기가 매우 찬걸요."

달래를 비롯한 궁인들은 온도계 없이도 정확한 온도를 맞추는 능력이 있었다. 그들이 말하는 대로 옷을 입어 실패한 적이 단 한 번도 없었다. 나는 이번에도 순순히 달래의 말을 따르기로 했다.

"어느 나무에 꽃봉오리가 올라왔어? 그쪽으로 가 보자."

그렇게 물으며 자리에서 일어서는데 순간 머리가 빙글 돌았다. 중심을 잡지 못하고 휘청거리니 옆에서 달래가 황급하게 손을 뻗어 나를 붙잡아 주었다.

"괜찮으십니까?"

달래에게 의지해 눈을 몇 번 깜빡이니 금세 시야가 돌아왔다. 나는 멋쩍게 웃으며 달래의 손을 놓았다.

"아무래도 너무 오랫동안 앉아 있었나 봐."

"어디 몸이 상하신 게 아닐까요? 얼굴도 창백하시고, 요즘 도통 기운이 없어 보이십니다. 식사도 잘 못 하셨잖아요."

"그거야……."

담덕을 전쟁터에 보내고 나면 항상 그랬다. 걱정이 많아져 입맛이 뚝 떨어지고, 신경이 예민해져 잠을 제대로 못 잤다. 매일 그렇게 보내고 있으니 몸에 기운이 없는 건 당연했다.

"안 되겠습니다. 태의를 불러와야겠어요."

이런 호들갑은 부담스러웠다. 하지만 내가 반대하기도 전에 달래가 피할 수 없는 이유를 댔다.

"폐하께서 돌아오셨을 때 건강한 모습으로 맞이하셔야지요."

담덕의 이름이 나오니 나로서도 어쩔 수 없었다. 한숨을 내쉬며 고개를 끄덕이자 달래가 웃으며 밖으로 나섰다.

"그럼 태의를 모셔 오겠습니다. 산책은 태의를 만난 뒤에 하셔요."

달래가 무슨 말을 했는지 태의가 나보다 하얗게 질린 얼굴로 처소에 들이닥쳤다. 달래가 어찌나 야단스럽게 굴었는지, 태의가 긴장한 얼굴로 내 상태를 살폈다.

　　"요즘 도통 식사를 못 하신다고요?"

　　태의가 내 맥을 짚으며 물었다.

　　"매번 그렇지. 폐하께서 위험한 곳에 계시니 내가 어찌 마음 편히 식사하겠어?"

　　나도 전쟁터가 어떤 곳인지 안다. 먹을 것이며 잠자리가 모두 열악했다. 담덕의 성격상 병사들을 두고 혼자만 호사스러운 대우를 받을 리 없었다. 그들과 똑같은 식사를 하고, 그들 사이에 섞여 잠을 잘 것이다. 그러다 '폐하께서 여기서 주무시면 저희가 불편해서 잠을 못 잡니다!' 하는 병사들의 투덜거림에 마지못해 제 막사로 걸음을 옮기겠지. 보지 않아도 뻔한 풍경이었다. 그 풍경을 상상하자 나도 모르게 웃음이 흘러나왔다.

　　그 순간 태의가 내 손목에서 손을 뗐다.

　　"마마."

　　나를 부르는 목소리가 제법 심각했다. 무엇인가 문제가 생겼다는 것을 직감한 달래의 얼굴이 순식간에 굳어졌다.

　　"마마께서는 의술에 일가견이 있으시지요. 혹, 평소와 몸 상태가 다르다는 것을 느끼지 못하셨습니까?"

　　"평소보다 식욕이 없고 몸이 무겁긴 해. 하지만 이건 폐하께서 출병하셨을 땐 늘 그랬던 거라……."

단순히 심리적인 문제라고 생각했다. 하지만 그게 아니었던 걸까?

나는 내 손으로 직접 손목을 붙잡았다. 지그시 눈을 감고 손끝에 닿는 맥에 집중하니, 태의가 심각해졌던 까닭을 금세 알 수 있었다.

"최근에 달거리를 하셨습니까?"

"달거리는 없었지만, 이것 역시 늘 불규칙한 편이라……."

태의와 나의 대화에 심각해졌던 달래의 얼굴이 밝아졌다. 태의가 달거리 여부를 물을 이유는 하나뿐이었다.

"회임하신 겁니까?"

달래가 들뜬 목소리로 물었지만 나는 손을 들어 그녀를 저지했다. 연을 가졌을 때도 외관상으로는 전혀 임신의 징후가 보이지 않았다. 입맛이 떨어지거나 달거리가 없는 것도 주변 상황이 좋지 않을 때면 늘 있던 일이다.

"두 사람 모두 확실해질 때까지는 입단속을 잘하시게."

나는 전쟁에 집중하고 있는 담덕에게 확실하지도 않은 소식이 전해져 그의 마음이 흔들리는 것을 원치 않았다. 후연은 만만치 않은 상대니, 그들과 대치한 상황에서는 오로지 승리만을 생각하고 움직여야만 했다.

"예, 마마. 염려 마십시오."

내 뜻을 이해한다는 듯 태의가 웃으며 고개를 숙였다.

"하지만 약을 지어 올리는 것은 허락해 주십시오. 근래에 몸이 많이 허해지셨으니, 어떤 이유에서든 몸을 보하는 약을 드셔야 합니다."

"어찌 그것까지 막겠나."

나의 대답에 태의가 만족한 얼굴로 물러났다. 하지만 달래는 납득하지 못한 듯 부루퉁한 얼굴로 내 옆에 다가왔다.

"어찌 회임하신 걸 알리지 않으세요?"

"아직 확실하지 않잖니."

"확실하지 않긴요! 달거리도 없으셨고, 입맛도 없다 하시고, 맥도 그렇다는데, 이게 회임이 아니면 뭡니까?"

달래의 말이 모두 옳았다. 확실하지 않아서라고 말은 했지만, 사실 나도 거의 확신한 상태였다. 나를 진맥하고 돌아간 태의도 그럴 것이다.

그럼에도 단단히 입단속을 시킨 건 배 속의 아이가 갖는 의미 때문이었다.

연은 담덕의 아이지만 내가 밖에서 낳아 온 아이다. 담덕이 연을 제 아이로 인정하고 입적한 뒤에도 더러운 소문들이 줄을 이었다.

밖에서 데려온 건 승평도 마찬가지였다. 심지어 승평은 연보다 상황이 나빴다. 연에게는 절노부라는 뒷배가 있었지만, 승평은 출신조차 불분명했다. 그간 제가 회의의 귀족들이 승평을 지지했던 것도 그의 정통성을 인정해서가 아니라, 뒷배가 없는 왕자라면 자신들이 휘두르기 쉬울 거라 생각해서였다. 여차하면 정통성 문제를 내세워 계루부의 다른 핏줄을 데려올 수도 있었다.

하지만 지금 배 속의 아이는 다르다. 이 아이는 나와 담덕이 혼인한 뒤 가지게 된 아이였다. 출생에 어떠한 흠결도 없는 완전한 태왕의 핏줄이라는 뜻이다.

이 아이가 태어나면 담덕의 후계는 더욱 단단해져.

담덕에게는 기쁜 소식이었지만, 그의 적들에게는 재앙과도 같은 소식이었다. 특히 소노부가 이를 갈 것이다. 담덕이 국내성을 비운 상황에서 그들이 먼저 이 소식을 접하게 된다면······.

나는 정치적인 셈에 약한 편이었다. 그럼에도 본능적으로 위험하다는 생각이 들었다. 배 속의 아이가 안정기에 접어들 때까지, 담덕이 국내성으로 돌아와 든든한 방패가 되어 줄 수 있을 때까지, 임신 소식은 최소한의 사람만 아는 편이 좋을 것 같았다. 하지만 이 모든 것을 달래에게 설명할 수는 없었다.

"달래야, 오늘 보고 들은 것은 폐하께서 돌아오실 때까지 비밀이야. 알겠니?"

진지한 나의 당부에 달래가 고개를 주억거렸다.

요동성의 상황이 좋지 않았다. 순식간에 밀고 내려온 모용희의 군대에 요동성은 담덕이 도착하기 전부터 함락 위기에 처해 있었는데, 담덕이 도착하고 난 뒤에도 일이 쉽게 풀리지 않았다.

하지만 누구도 패배를 생각하지 않았다. 고구려의 태왕은 이제 승리의 상징이었다. 사람들은 담덕이 나타난 이상 어떻게든 승리를 만들어 낼 것이라고 믿었다.

그런 담덕이라도 정공법으로만 이겨 내기에는 전황이 너무 불리했다. 힘으로 이겨 낼 수 없다면 계책을 써야만 한다. 담덕은 그가 요동성에 도착하기 전 세작을 이용하기로 마음먹었다. 후연에 심어 둔 고구려의 가장 강력한 세작, 다로였다.

소의 부융아가 죽은 후 모용희는 홀로 남은 부훈영에게 더욱 절절해졌다. 그녀의 부탁이라면 무엇이든 기꺼이 들어주었고, 그녀의 말 한마디에 중요한 결정을 스스럼없이 내렸다.

전쟁에서 있어서도 마찬가지였다. 모용희는 친정을 나설 때마다 황후인 부훈영과 함께했다. 황후가 전투를 직접 보고 싶다 청을 올렸기 때문이었다. 황후는 유람이라도 나온 듯 모용희의 옆에서 전투를 구경했다. 전쟁을 놀이로 여기는 사람 같았다.

하다못해 조용히 구경만 하는 정도였다면 그리 큰 문제가 아니었을지도 모른다. 하지만 그녀는 종종 모용희의 귀에 말도 안 되는 청을 속살거렸다. 황후가 애틋해 어쩔 줄 모르는 모용희는 그녀의 말을 모두 들어주었다.

그리하여 말도 안 되는 상황이 종종 벌어졌다. 누가 보아도 전력이 기우는 상황에서 지원 병력을 투입해 보라고 하여 대규모의 병력을 잃게 하거나, 승리가 확실한 상황에서 이런저런 핑계를 대며 뜸을 들여 상대에게 반격할 시간을 주거나 하는 일들이 생겼다.

후연의 군대는 강했지만 그런 어이없는 짓을 벌이고도 승리할 만큼 무적은 아니었다. 부훈영의 입을 통해 나오는 말들이 후연을 패배로, 또 쇠락의 길로 이끌고 있었다.

이번 요동성 전투에서도 마찬가지였다. 후연으로서는 승리가 확실한 상황에 모용희가 성안으로 들어가지 않고 버텼다. 황후가 연(輦:왕이 이동할 때 타고 다니는 가마)을 타고 성안에 들어가야겠다 주장한 탓이었다. 요동성은 주변 지형이 험하고 성벽이 견고한 요새 중의 요새였다. 그런 곳에 연을 타고 들어가겠다니 말도 안 되는 소리였다.

하지만 이번에도 모용희는 황후의 청을 들어주었다. 연을 준비하고 길을 내는 동안 고구려는 성을 보수하고 전열을 가다듬을 시간을 벌었다. 그사이 담덕이 도착해 바닥에 떨어졌던 사기까지 하늘을 찔렀다.

상황이 달라졌음을 깨달은 후연군이 뒤늦게 공격을 개시했지만 이미 승기는 고구려로 넘어와 있었다. 결국 모용희는 요동을 탈환하지 못하고 빈손으로 발길을 돌렸다. 다 잡은 승기를 어이없이 놓쳐 버린 탓에 돌아가는 군대의 분위기가 장례를 치르는 듯 우중충하다고 했다.

그에 반해 고구려는 축제 분위기였다. 연이은 전쟁에서 승리를 거머쥐었을 뿐만 아니라, 요동성을 훌륭하게 지켜 내며 요동 지역이 고구려의 영향권 아래에 있음을 다시 한번 증명한 것이다.

신라는 속국이나 다름없었고, 백제는 재기를 꿈꾸지 못할 만큼 완전히 무너뜨렸으며, 후연마저 내부에서부터 몰락하고 있었다. 이제 이 시대의 패자(霸者)가 고구려임을 부정하는 사람은 아무도 없었다.

덕분에 요동성에서 귀환하는 군대를 맞이하는 환영 행사는 평소보다 더 크고 화려하게 준비되었다. 공식적으로는 병사들의 귀환을 환영하는 행사였지만, 사실은 고구려가 이 땅의 주인이라는 사실을 만천하에 보여 주는 자리였다. 준비에 부족함이 있어서는 곤란했다.

준비를 주도하는 건 제가 회의였다. 예전이라면 소노부의 해서천이 목소리를 높였겠으나, 그가 영의 죽음 이후 두문불출하고 있어 유일한 고추가인 백부가 제가 회의를 주도하고 있었다.

모든 것이 순조로웠다. 이처럼 순조로운 날이 오랜만이라 오히려 어색하게 느껴질 정도였다.

그러던 와중에 제관이 나를 찾아왔다. 담덕이 있다면 응당 그를 찾았겠지만, 그가 외부에 있는 상황이라 나를 찾은 듯했다.

제관은 고구려의 모든 제를 주관하는 사람이었다. 이 시대에는 여전히 '하늘의 뜻'이 중요했으므로, 하늘과 소통하고 제를 올리는 제관의 입김이 상당했다.

나는 예의를 갖춰 제관을 맞이했다. 역시 예의를 갖춰 내게 인사한 제관이 조금 심각한 얼굴로 입을 열었다.

"제(祭)를 올려야겠습니다."

"하지만 제를 올릴 시기가 아닌데요."

제관의 말에 나는 고개를 갸웃거렸다.

고구려의 가장 큰 제사는 매년 시월에 열리는 동맹이다. 수확을 기념하며 하늘에 감사제를 올리는 것이다.

그 외에도 비정기적으로 크고 작은 제들이 있었다. 대부분은 농사를 위해서였다. 가뭄이 들면 기우제(祈雨祭)를, 홍수가 걱정이면 기청제(祈晴祭)를 올렸다. 출병하는 군대의 승전을 위해 기원제(祈願祭)를 올리기도 했다. 하지만 지금은 그 어느 것에도 맞지 않았다.

"예, 하지만 하늘의 흐름이 심상치 않아서……."

사실 나는 하늘의 흐름이라는 걸 믿지 않았다. 현대의 교육을 받은 사람들에게 비가 오고 내리는 건 하늘의 뜻이 아니라 과학적 현상일 뿐이다.

하지만 이 시대 사람들에게 하늘의 뜻은 중요했다. 나는 고구려의 황후로서 그들의 마음을 이해할 필요가 있었다.

"하늘의 흐름이 어찌 안 좋은가요?"

"그것이……."

가볍게 물은 질문에 제관이 곤란한 듯 말을 흐렸다. 기껏해야 날씨 이야기나 생각하고 있던 나는 더욱 의아해졌다.

눈으로 제관을 재촉하니 그가 어렵사리 입을 뗐다.

"하늘에 폐하의 별이 있습니다. 저는 그 별을 폐하께서 태자로 책봉되셨던 그날부터 지켜봤지요. 하늘에서 폐하의 별을 읽는 건 아주 쉽습니다. 고개를 들어 하늘에서 가장 밝게 빛나는 별을 찾으면 그게 바로 폐하의 별이니까요."

아직 낮이었다. 하늘을 바라보아도 별은 보이지 않을 테지만, 제관은 보이지 않는 별의 위치를 짐작이라도 하는 양 창밖의 하늘을 뚫어지게 쳐다보았다. 혹시나 해 제관을 따라 고개를 돌려 보았지만, 예상했던 것처럼 푸른 하늘에는 아무것도 보이지 않았다.

"한데 얼마 전부터 폐하의 별이 희미해졌습니다. 일시적인 것으로 생각해 한동안 두고 보았으나, 후연을 훌륭하게 물리치신 후에도 별이 빛을 회복하지 않으니…… 더 이상 손을 놓고 있을 수가 없습니다."

"별이 희미해졌다는 건 무엇을 뜻하죠?"

"별의 빛은 곧 명(命)과 세(勢)를 뜻합니다."

명은 목숨이고 세는 권력이었다. 이를 뜻하는 별이 희미해졌다는 건 둘 중 하나가, 혹은 둘 모두가 위태롭다는 뜻.

"그러니 그 빛이 희미해졌다는 것은……."

나는 손을 들어 제관의 말을 막았다. 불길한 이야기를 굳이 입 밖으로 꺼낼 이유는 없었다. 말이 씨가 된다는 이야기도 있지 않나.

"이해했습니다. 제를 올리도록 하지요. 준비하세요."

❖ ❖ ❖

나는 곧장 제신을 찾았다. 모두 담덕이 무사하다고 말했지만, 내가 걱정할 것이 염려되어 일부러 전하지 않은 말이 있을지도 몰랐다.

제관의 말을 완전히 믿는 건 아니었다. 하지만 불길한 이야기를 들은 이상 마음이 불편한 건 어쩔 수 없었다. 나는 담덕에게 아무런 문제도 없다는 걸 제신에게 제대로 확인받고 싶었다.

"말해 봐, 무슨 일이 일어나고 있는 건지."

"무슨 일이라니?"

하지만 나의 재촉에 서둘러 입궁한 제신은 아무것도 모르겠다는 듯 고개를 갸웃거릴 뿐이었다.

"정말 아무 일 없어?"

"그러니까 그게 무슨 말이냐고. 갑자기 무슨 일? 뭘 말하는 거야?"

어리둥절한 얼굴이 거짓을 말하는 것 같진 않았다.

제신은 비로의 수장으로 누구보다 고구려 돌아가는 사정에 밝았다. 특히 담덕에 대해서라면 모르는 일이 없었다. 그런 제신이 아무것도 모른다면 정말 별일이 없다는 뜻이었다. 나는 조금 안심해서 의자에 몸을 기대었다.

"별일 없다면 다행이고."

"무슨 일인데 그래?"

"오전에 제관이 나를 찾아왔어. 담덕의 별이 희미해져 불안하니 제를 올리고 싶다고."

"폐하의 별이?"

제신의 눈이 커졌다. 그도 하늘의 뜻을 믿는 고구려 사람인지라 금세 얼굴이 심각해졌다.

"폐하의 별을 흐리게 할 일이라. 그런 건 없는데. 백제와 왜의 연합군은 이제 완전히 무너졌고, 후연도 다로가 잘해 주어서 소득 없이 물러갔지. 제가 회의는 백부께서 워낙 잘 잡고 계시니 문제가 생길 구석이 없고."

"그렇지?"

"이것 말고 문제가 생기려면 소노부 쪽이겠지만……."

"그쪽은 요즘 워낙 조용해서."

"뭐, 수장인 해서천이 그 상태니까 말이야. 오늘내일한다는 소문이 파다하던걸."

사나운 맹수 같던 해서천의 얼굴이 아직도 머릿속에 선명했다. 그랬던 자가 모든 세력을 잃고 이빨 빠진 호랑이가 되었다니 기분이 묘했다.

"평생 담덕을 괴롭힐 정적이라고 생각했는데."

"나도 그렇게 생각했어. 하지만 팔과 다리를 모두 잃었으니…… 아무리 해서천이라도 방법이 없겠지."

운은 해서천을 권력으로 데려갈 다리였고, 영은 권력을 잡게 할 팔이었다. 다리를 잃었을 때는 손이라도 뻗어 보았으나 팔마저 잃은 지금에는 더 이상 희망이 없었다.

"그럼 이제 좋은 시간만 남은 걸까?"

"왜, 지금까지는 좋지 않았어?"

제신이 짓궂게 물었다. 나는 웃으며 고개를 저었다.

"좋았지. 지나치게 좋았어. 하지만 그렇게 좋은데도 마음 한구석엔 늘 불안이 있었어. 밖으로는 늘 전쟁이 이어지고, 안에서는 권력 싸움에…… 난 늘 불안했어. 우습지?"

"전혀 우습지 않아. 나 역시 매일이 불안한걸. 살아가며 불안하지 않은 사람이 있을까?"

제신이 짓궂은 미소를 지우고 씁쓸하게 웃었다.

"모두가 그래. 하루하루를 불안 속에 살아. 지금 행복한 사람은 이 행복을 놓칠까 봐, 지금 불행한 사람은 이 불행이 계속될까 봐. 불안은 미래로 향하는 모든 인간의 숙명이야."

"모든 인간의 숙명……."

나는 제신의 말을 입안에서 굴려 보았다. 나 혼자만 불안을 안고 사는 것이 아니라 생각하자 조금 마음이 편해졌다.

"하지만 넌 마음 편히 살아라. 이 오라비가 그렇게 만들어 줄 테니까. 특히 지금은 더 그래야 해."

제신이 나의 배를 지그시 바라보며 말했다. 그는 태의와 달래를 제외하고 나의 임신 사실을 아는 유일한 사람이었다.

국내성에 남아 나를 호위하고 있는 태림에게도 임신에 대해서는 전하지 않았다. 하지만 태의가 드나드는 것이나 달래의 의심스러운 행동을 보며 대충 짐작을 하기는 한 것 같았다.

사실 길게 숨길 수 있는 일도 아니었다. 아직 초기라 신체 변화가 크지 않지만 조금 더 지나면 배가 불러 올 것이다. 연을 가졌을 때도 이맘때쯤 배가 부르기 시작했다. 담덕의 귀환이 얼마 남지 않은 것이 다행이었다.

"폐하께서 기뻐하실 거야. 처음을 챙겨 주지 못하셨으니, 그만큼 더 귀하게 대해 주시겠지. 매일 네 곁에 붙어 떨어지지 않으려 하시면 어쩌나 벌써부터 걱정이 크다."

"설마 그러려고."

"충분히 가능해. 폐하께서는 네 문제에 대해선 종종 비상식적인 결정을 내리시거든."

제신의 말에 나는 임신 소식을 들은 담덕의 반응을 상상해 보았다. 연을 가졌을 때도 비슷한 상상을 했었으나 상황이 이상하게 꼬이는 바람에 그에게 직접 임신 소식을 전하지 못했다.

하지만 이번에는 다르다. 나는 황후로서 담덕의 곁에 있었다. 담덕이 승전 소식과 함께 당당하게 국내성으로 귀환하면 우리는 첫 번에 제대로 누리지 못했던 즐거운 순간을 함께 나눌 수 있을 것이다.

"태몽은 꿨어?"

담덕과 만날 순간을 상상하는 내게 제신이 물었다.

"태몽?"

"응, 연이를 가졌을 때는 꿈을 꿨다며. 용이 품에 안기는 꿈."

"아, 이번엔 꿈을 꾸지 못했어."

백제 땅에 있을 때 피눈물을 흘리는 용이 꿈에 나온 적이 있었다. 연을 가졌다는 사실을 알기도 전이었다. 처음에는 앞으로 겪을 고초를 알려 주는 예지몽이라고만 생각했는데, 후에 연을 가진 사실을 알고 보니 태몽이었다.

태몽에 대해 들은 이리 부인은 배 속의 아이가 제 존재를 알리며 훗날의 위협까지도 함께 알려 준 것일 거라고, 참으로 영특하고 마음이 따뜻한 아이일 거라고 말해 주기도 했었다.

하지만 이번에는 임신 소식을 듣고 난 후에도 특별한 꿈을 꾸지 못했다. 가까운 사람이 대신 태몽을 꾸는 경우도 있다기에 제신이나 서, 백부에게 특이한 꿈을 꾸지 않았는지 묻기도 했는데 모두 별다른 꿈을 꾸지 않았다고 했다. 혹시 몰라 태림에게도 물었지만 마찬가지였다.

"어쩌면 폐하께서 태몽을 꾸셨을지도 몰라."

"그런 꿈을 꿨다면 당장 내게 서신을 보냈을걸. 담덕이 얼마나 아이를 갖고 싶어 했는데."

"그런가? 그럼 이번에는 태몽이 없는 건가?"

아쉬운지 제신의 입꼬리가 아래로 축 처졌다.

그는 연의 태몽이 용이라는 것을 알게 된 후 제 조카가 용의 기운을 타고났다며 뿌듯해했다. 생각보다 귀여운 구석이 있는 외숙이었다.

"아이가 그렇게 좋으면 오라버니도 혼인을 해."

"백부님과 손이라도 잡은 게냐? 어째 백부님과 똑같은 이야기를 하는구나."

제신이 의심스러운 눈으로 나를 보았다. 나는 억울해져 두 손을 들었다.

"백부님께선 제가 회의로 바쁘신데 나와 말을 맞출 시간이 어디 있어? 오라버니의 혼인 이야기는 나이가 찼으니 자연스레 나오는 말이지. 이제 적은 나이가 아니잖아?"

적은 나이가 아니다 뿐인가. 나이는 차고 넘쳤다.

백부는 나와 제신의 혼사를 당신에게 주어진 과업 같은 것으로 여기고 있었다. 집안의 큰 어른이기도 하거니와, 아버지를 전쟁터에 내보낸 것이 당신이니 우리를 책임져야 한다 생각한 듯했다.

나의 혼사는 이미 해결되었고 남은 건 제신뿐이었다. 백부가 어찌나 제신의 혼사에 신경을 기울이는지, 아직 혼인을 못 한 서가 서운하게 여길 정도였다. 백부는 좋은 혼처가 생기면 제일 먼저 제신에게 찔러 넣었다. 같은 처지에 친아들인 서가 서운해하는 것도 당연했다.

"아버지. 누가 보면 제신 형님이 친아들인 줄 알겠습니다! 독수공방하는 이 아들은 신경도 안 쓰십니까?"

"너보다 제신이 나이가 많으니 그쪽이 더 급하지 않느냐. 그리고 하는 알아서 연애도 잘하고, 혼인도 잘하는데, 너는 왜 이 모양이야? 언제까지 이 아비의 손에 의지할 셈이냐?"

"아버지!"

나는 소란스러운 부자의 대화를 떠올리며 웃었다.

"마음에 차는 아가씨가 없었어?"

"마음에 차지 않다니, 모두 내게 과분한 여인들뿐이었는데. 다만 지금까지는 내 마음이 너무 복잡했고……."

제신이 멋쩍게 웃으며 볼을 긁적였다.

"하지만 이젠 다 정리된 거지?"

"응."

제신이 시원하게 대답하며 고개를 끄덕였다. 지난번 함께 술잔을 기울인 이후 그는 정말 오래된 마음을 털어 내 버린 것 같았다.

"백부께서 또다시 혼처를 가져오시면 그 사람과 혼인하려고. 네 말대로 이젠 적은 나이가 아니니까 나도 가정을 꾸려야지. 그래야 백부님께서도 이제 걱정을 놓으실 거고."

"그걸로 괜찮은 거야?"

"사랑하는 사람을 만나 그 사람과 혼인하면 제일 좋겠지. 하지만 모두 폐하와 너처럼 운이 좋은 게 아니니까."

제신이 대수롭지 않다는 듯 어깨를 으쓱거렸다.

"어차피 우리 오부의 귀족들은 집안에서 정해 주는 대로 혼인하는 게 익숙하니까. 백부께서 좋다고 생각한 여인이라면 나쁜 사람일 리 없고, 그런 사람이라면 나도 마음을 줄 수 있을 거야."

꼭 첫 번째 기회를 이뤄야만 성공한 인생이 아니었다. 제신은 이미 사랑이 무엇인지 아는 사람이다. 그런 사람이라면 곧 다가올 두 번째 기회를 잘 알아챌 수 있을 것이다.

그렇다면 문제없었다. 나는 진심으로 제신의 행복을 바라며 그의 곁에 설 여인을 그려 보았다.

"백부께서 좋은 사람을 알아 오셨으면 좋겠다."

제신의 지난 과거를 밝게 비춰 줄 화사하고 밝은 여인이라면 좋을 것 같았다. 고민과 감출 것이 많은 제신과 달리 마냥 해맑고 꾸밈없는 사람이라면 좋겠다는 생각도 들었다.

"그런데 오라버니가 혼인하면 조금 서운할 것도 같아."

"왜?"

"이제 나 말고 더 소중한 사람이 생긴다는 거니까 당연히 서운하지. 혼인하면 이젠 부인이 첫 번째가 될 거잖아. 오라버니는 내가 혼인할 때 서운하지 않았어?"

"그런 의미에서라면 당연히 서운했지. 내 누이에게 나보다 더 소중한 사람이 생긴다니 기분이 이상하더라고. 하지만 다른 방향으로 생각하니 오히려 기뻤어."

"다른 방향으로? 무슨 생각을 했는데?"

내 질문에 제신이 숨을 깊이 들이마셨다.

"우린 부모님이 돌아가시고 너와 나 단둘뿐이었잖느냐. 백부님과 사촌들이 있기는 해도 거리감이 있는 건 사실이고……."

우리는 사촌들과 가까운 편이었다. 다른 집안의 사람들이 친형제처럼 지낸다고 신기해할 정도였다. 하지만 아무리 그래도 친형제와는 달랐다. 보이지 않는 미묘한 거리감이 느껴질 때마다 나와 제신은 더욱 똘똘 뭉쳤다.

"그런데 네가 혼인하고 새로운 가족이 생겼어. 하필 그 가족이 태왕 폐하라 불편한 점이 많은 것도 사실이지만, 어쨌든 난 좋아. 너와 나의 가족이 늘어난다는 게."

"역시 오라버니는 아이를 많이 낳을 것 같아. 한 다섯 명쯤?"

"다섯 명? 나야 많으면 좋지만…… 여인들은 아이를 많이 낳는 게 힘들지 않나? 넌 어땠는데?"

"어…… 음……."

제신의 말에 나는 잊고 있던 출산의 고통을 다시 떠올렸다. 오래전 일이라 까맣게 잊고 있었는데, 애를 낳는 일이 보통 일이 아니었다.

"나 아파서 죽을 뻔했는데. 속으로 담덕 욕도 몇 번 했고."

"그 정도야?"

"무엇을 상상하든 그 이상이야. 확신해."

내가 하얗게 질린 얼굴로 맹세하자 제신이 떨떠름한 표정을 지었다.

"그렇게 힘든 거라면 역시 둘이 좋겠어."

"둘이 웬 말이야. 하나로도 충분해. 평생에 한 번이면 충분한 고통이라고."

"하지만 넌 이미 두 번째를 앞두고 있는데?"

"……그러게. 내가 어쩌다 이렇게 됐지?"

내가 배를 바라보며 멍하니 중얼거리자 제신이 웃음을 터트렸다.

❖ ❖ ❖

요동성을 지켜 낸 병사들의 귀환이 점점 다가오고 있었다. 그들의 행렬이 국내성 지척에 다다랐다는 소식에 성안은 금세 소란스러워졌다.

제가 회의는 귀환하는 태왕과 병사들을 위해 화려한 연회를 준비했고, 백성은 너 나 할 것 없이 거리로 나와 술을 나눠 마시며 승리의 기쁨을 누렸다. 온 국내성이 축제 분위기였다.

하지만 나는 제관과 함께 조용히 제를 준비했다. 태왕의 별이 불안해 제를 올린다는 소문이 퍼지면 적에게 빌미를 줄 뿐이었다. 나는 최대한 비밀을 지켜, 제를 올리는 데 필요한 최소한의 인원만이 이 사실을 알 수 있도록 소문을 막았다.

제를 준비하는 동안 담덕의 별이 다시 빛나길 바랐으나, 나의 소망과 달리 하늘의 별은 여전히 흐렸다. 제관의 표정도 흐린 별만큼이나 좋지 않았다.

"폐하의 별이 이처럼 오래 흐렸던 적은 처음입니다."

제관이 밤하늘을 보며 불안하다는 듯 말했다. 그의 말에 나의 마음도 무거웠다. 미신을 숭배하는 것은 아니지만, 좋지 않은 소리를 듣고 아무런 신경을 쓰지 않을 정도로 무던한 사람도 아니었다.

"전쟁터에 나가 수세에 몰리셨을 때도 밝게 빛나던 별이었습니다. 하여 모두가 불안해할 때 저만은 확신했었지요. 우리의 태왕께서 또 승리하실 거라고요. 한데 이번에는 승전보를 가지고 오셨는데도 별이 이리 흐리니……."

제관이 하늘을 가리키며 내게 별의 위치를 일러 주었다.

"보이십니까? 제 손끝을 따라가면 한 무리의 별이 보이실 겁니다. 고구려 제왕의 별이 나는 자리지요."

"제왕의 별이 나는 자리인데, 왜 하나가 아닌가요?"

"현재와 미래의 제왕을 모두 품은 자리기 때문입니다. 폐하의 별만 있는 것이 아니라 왕자님들과 마마의 배 속에 있는 분의 별도 있지요. 폐하를 위협하는 경쟁자들의 별도 있습니다."

나는 놀라서 눈을 크게 떴다. 제관에게는 아이를 가졌다는 사실을 말한 적이 없었다. 도대체 어디서 이야기가 샌 거지?

딱딱하게 굳은 내 얼굴을 보며 제관이 빙긋 웃었다.

"몇 달 전 하늘에 새 별이 떴습니다. 제왕의 자리에 새로운 별이 났으니, 마마께서 회임하신 것이 아닌가 생각했고요. 제가 잘못 읽은 겁니까?"

무해해 보이는 얼굴로 웃고 있는 제관을 보니 경계심이 약해졌다. 본디 제관은 정치와 멀리 떨어진 자로 오로지 고구려의 미래를 위해서만 하늘을 읽었다.

"……그런 것까지 읽을 수 있습니까?"

"하늘이 일러 주는 이야기는 무궁무진하지요. 귀를 기울이면 수많은 이야기를 들을 수 있습니다."

내 경계심이 옅어진 것을 느꼈는지 제관이 다시 하늘을 가리키며 말했다.

"무리의 중앙에 있는 것이 폐하의 별입니다. 그 옆으로 연 님과 승평 님의 별이 있지요. 그 아래에 보이는 별이 몇 달 전 새로 떴다는 별입니다."

제관의 말을 따라 시선을 돌려 보니 네 개의 별이 사이좋게 한자리에 모여 있었다.

"저 별들의 주변으로 제가 이름조차 모르는 수많은 제왕의 별들이 있습니다. 이 땅에 왕의 재목이 이토록 많은 것이지요. 하지만 수많은 별 중 가장 빛나는 별만이 제왕의 운을 가져갑니다."

지금 가장 밝은 것은 연의 별이었다. 원래는 담덕의 별이 더 밝았겠지만…….

최근 알 수 없는 이유로 가장 중앙의 별이 흐려졌다. 제관은 이를 바로잡고자 제를 올리려고 하는 것이다.

나는 가만히 별들을 살펴보았다. 배 속의 아이를 상징하는 별은 아주 희미했다.

"새로운 별은 아주 희미하네요."

"아직 태어나지 않으셨으니까요. 어머니의 몸 밖으로 나와 세상을 만나는 날, 저 별도 더욱 빛날 겁니다."

제관의 설명을 들으며 나는 한참이나 별을 바라보았다. 제왕의 자리에는 뜨지 못했지만, 저 넓은 하늘 어딘가에 나의 별도 있을까?

그런 내 생각을 읽었는지 제관이 웃으며 물었다.

"마마의 별을 찾으십니까?"

불안한 담덕의 별을 두고 내 별을 찾고 있다니 어쩐지 민망해졌다. 하지만 제관은 나를 타박하지 않고 친절하게 반대쪽 하늘을 가리켰다.

"후(后)의 자리는 저곳입니다. 고구려 황후의 별들은 늘 저곳에서 나타났지요."

나는 제관이 가리킨 방향으로 고개를 돌렸다. 하지만 이상하게도 그곳에는 어떤 별도 보이지 않았다. 어둡게 물든 하늘을 보며 고개를 갸웃거리니 제관이 입을 열었다.

"폐하께서 즉위하신 뒤 후의 자리에 별이 뜬 적이 없습니다."

"……예?"

"황후의 별이 없다는 뜻입니다."

제관의 말이 선뜻 이해되지 않았다. 영문을 몰라 눈을 껌뻑이니 제관이 희미하게 웃었다.

"저는 항상 그것이 궁금했습니다. 어찌하여 황후마마의 별이 보이지 않는 것인가 하고요. 이 시대를 살아가는 사람의 별은 모두 이 하늘에 있는데 말입니다.”

제관이 하늘을 한 번 훑어보았다. 맑은 하늘에는 수없이 많은 별들이 존재감을 빛내고 있었다.

나는 그 말에 심장이 덜컥 내려앉았다. 이 시대를 살아가는 사람의 별이라니.

나는 우희면서 소진이다. 엄밀하게 말하면 온전한 이 시대의 사람이 아니었다. 나의 사상, 나의 지식, 나의 성격, 많은 부분이 소진으로부터 왔으니 나의 별은 이 시대가 아닌 수천 년 후의 대한민국에 떴을 것이다.

당장이라도 제관이 ‘당신은 어디에서 왔느냐’고 물을 것만 같아서 심장이 쿵쿵 뛰었다. 하지만 제관은 대수롭지 않은 얼굴로 고개를 저을 뿐이었다.

“어쩌면 제가 후의 자리를 잘못 읽은 것일지도 모르지요. 나이가 늘어 천안(天眼:하늘을 보는 눈)이 무뎌졌나 봅니다.”

그렇게 말한 제관이 내게 당부했다.

“폐하께서 돌아오시면 이곳 제단으로 오셔야 합니다. 제를 올리기 전에 나쁜 일이 일어나지 않으면 좋겠는데…….”

❖ ❖ ❖

담덕 일행의 행렬이 성문을 통과했다. 군대가 국내성 가까이 왔다는 소식을 들었을 때부터 자리를 잡고 있던 사람들은 안으로 들어서는 병사들을 향해 꽃을 뿌리며 그들을 환영했다.

연회 준비를 마친 궁궐도 바쁘게 돌아갔다. 제가 회의의 주요 귀족들은 승전하고 돌아온 태왕을 맞이하기 위해 정복을 갖춰 입은 채 모여 있었고, 나는 담덕의 처소에서 목욕을 준비했다. 아이들도 오랜만에 담덕을 만난다고 잔뜩 들떠 있었다.

한참 목욕물에 집중하고 있으니 밖이 소란스러워졌다. 아무래도 담덕이 처소에 도착한 것 같았다. 담덕이 안으로 들어서기 전에 먼저 문을 활짝 열자, 손잡이에 손을 뻗고 있던 그가 놀라지도 않은 얼굴로 웃으며 나를 반겼다.

"우희."

달로 치면 겨우 몇 개월이 지났을 뿐인데도 해가 하나 넘어간 탓인지 담덕의 분위기가 많이 달라진 것 같았다.

"놀라지 않았어?"

"왜 놀라? 기척이 다 느껴지는데. 욕탕에서부터 달려온 거잖아?"

담덕이 정확하게 나의 경로를 맞혔다. 나는 맥이 빠져 깊게 한숨을 내쉬며 어깨를 축 늘어뜨렸다.

"이래서 용사들이란, 도무지 낭만이 없다니까. 이럴 땐 놀라기도 해 주고 그래야지."

"다음엔 참고할게."

담덕이 웃으며 내 허리를 끌어안았다가 곧 자신이 갑옷을 입은 상태라는 것을 깨닫고는 한 걸음 뒤로 물러섰다.

"먼저 목욕부터. 지금은 너무 더러워서……. 오다가 늑대 떼를 만나서 피도 묻었고……."

담덕이 어색한 얼굴로 변명을 쏟아 냈다. 나 역시 옷에 피가 묻는 건 사양이었다. 나는 감사히 담덕의 배려를 받아들여 그의 손을 잡아 끌었다.

"목욕이라면 내가 준비해 뒀어."

"같이하는 거야?"

"그러고 싶지만 오늘은 일정이 많잖아. 당장 연회에 가야 해서 나도 준비를 해야 하고, 또……."

날이 어두워지면 제를 올리기 위해 제단으로 가야 했다.

담덕에게는 비로를 통해 일러두었지만 궁인들이 들어서는 곤란한 이야기였다. 이어지지 못한 말 뒤에 남은 내 말을 알아챈 담덕이 이해했다는 듯 고개를 끄덕였다.

"아쉽네. 연회는 무슨 연회야? 전쟁에서 이기고 돌아오는 것이 한두 번도 아닌데."

"다른 나라 왕들이 들으면 큰일 날 소리를……. 어디 가서 그런 소리 하지 마."

"하지만 사실이잖아?"

"그래. 그거야…… 사실이지만……."

담덕의 이유 있는 자신감에 웃음이 터졌다. 보통 이런 경우 말도 안 되는 소리를 한다며 타박을 해야 하는데, 담덕은 정말 이기고 돌아오는 게 일상이라 할 말이 없었다.

백제의 아신이 들으면 아주 배 아파할 소리였다고.

나는 그렇게 생각하며 담덕과 함께 방 안으로 들어섰다.

"목욕은 함께 못 하지만 갑옷 벗는 건 도와줄게."

"준비하러 가야 하는 거 아니야? 바쁜 거면 나 혼자 할게. 혼자서도 할 수 있어."

"담덕, 뭘 몰라도 한참 모르는구나."

나는 과장스럽게 한숨을 내쉬며 고개를 저었다.

"원래 이러는 게 부부야."

"뭐?"

"밥 먹는 거, 머리 빗는 거, 씻는 거. 전부 다 혼자 할 수 있는 건데, 굳이 내가 해 주겠다는 핑계로 괜히 붙어 있는 거지. 갑옷 벗는 것도 마찬가지야."

"그런 거야?"

"그래, 그런 거야. 그러니 내게 얌전히 네 갑옷을 맡겨."

"예, 부인. 그렇게 하지요."

고개를 치켜들며 하는 말에 담덕이 웃으며 등을 내주었다. 갑옷은 등 뒤에서 끈으로 복잡하게 묶여 있었지만, 남편을 숱하게 전쟁터에 보낸 내게 이런 것쯤은 간단했다.

"참, 담덕."

나는 등 뒤의 끈을 풀며 가볍게 담덕을 불렀다.

"응."

부담 없이 부른 이름에 가벼운 대답이 돌아왔다. 그 목소리를 들으니 이야기가 생각보다 쉽게 흘러나왔다.

"나 임신했어."

"응, 그렇구…… 나?"

이번에도 가볍게 대답하려던 담덕이 뭔가 이상한 것을 깨닫고는 딱딱하게 굳었다. 더 이상의 말도, 작은 움직임도 없었다.

나는 딱딱하게 굳은 담덕의 뒤에서 태연하게 그의 갑옷을 모두 풀었다.

"다 됐어. 이제 목욕하러 가."

그렇게 말하며 담덕의 등을 툭 쳤더니 그가 소스라치게 놀라며 돌아섰다. 돌아선 그의 얼굴이 여전히 멍했다.

"아직 정신 못 차렸어?"

"너 뭐라고 했어?"

"정신 못 차렸냐고 물었잖아."

"아니, 그 전에."

"목욕하러 가라고 했지."

"아니, 그거 말고!"

"다 됐다고 한……."

이번에는 말이 끝까지 이어지지 못했다. 담덕이 두 손으로 내 뺨을 잡고 입을 맞춘 탓이었다. 그의 입술이 가볍게 닿았다 떨어져 나갔다.

"임신했다고 했지?"

"……들었으면서 왜 몇 번이나 다시 물어?"

"실감이 안 나서. 내가 제대로 들은 게 맞아? 네 입으로 한 번만 더 말해 줘."

담덕이 잔뜩 기대에 찬 얼굴로 나를 바라보았다. 나는 어쩐지 민망해져 고개를 푹 숙이며 작게 웅얼거렸다.

"임신했어. 몇 달은 됐는데…… 짐작 가는 날이 너무 많아서 언제 이렇게 됐는지는 모르겠고……."

"언제인지가 뭐가 중요해!"

담덕이 나를 번쩍 안아 올렸다. 발이 허공에 떠오르자 놀라서 나도 모르게 비명이 흘러나왔다. 그 소리에 담덕이 허둥대며 나를 다시 땅에 내려놓았다.

"아, 이러면 안 되지. 안정…… 그래, 안정을 취해야지. 이렇게 돌아다니면 안 되는 거 아니야? 왜 안 쉬고 나와 있었어? 연회에도 안 나오는 게……."

이번에는 내가 두 손으로 담덕의 뺨을 감쌌다. 까치발을 들어 어쩔 줄 몰라 허둥대는 담덕의 뺨을 감싸니 그의 입이 꾹 다물렸다.

"이봐요, 애 아버지. 이런 게 처음이라 당황한 건 알겠는데 그렇게 소란 피울 것까진 없거든요?"

"어떻게 그럴 수가 있어?"

담덕이 이해되지 않는다는 듯 미간을 찌푸렸다.

"어떻게 소란을 안 피울 수가 있냐고. 이렇게 기분이 좋은데."

"그래도 조금 자제해 봐. 태왕께서 바보처럼 헤실거리면 체면이 안 서잖아. 곧 연회에도 가야 하는데."

"그건 그렇지만."

내 말에 납득한 듯 무표정한 얼굴을 연습하던 담덕이 곧 한숨을 내쉬었다. 한숨을 내쉬는 얼굴에 낭패감이 가득했다.

"아, 어떡하지? 표정 관리 못 할 것 같은데. 계속 웃음이 나올 것 같아."

"그러게, 이미 웃고 있네."

담덕이 그림처럼 씨익 웃으며 고개를 숙여 내게 입을 맞추었다.

다정하고 따뜻한 입맞춤에 담덕의 모든 말이 담겨 있었다.

第三十三章

기원(祈願)

연회장은 승리의 기쁨을 누리는 사람들로 가득했다.

고운 옷을 차려입은 무희(舞姬)들은 흥겨운 가락에 맞춰 춤을 췄고, 평소에는 근엄한 표정을 지으며 느릿하게 궁궐을 활보하던 귀족들도 술잔을 높이 들어 용사들의 용맹함을 칭송했다.

전쟁에 나섰던 용사들은 사람들을 불러 모아 제 무용담을 털어놓기 바빴다. 사람들은 그들의 말에 감탄했다가 허풍 떨지 말라며 손사래를 치기도 했다.

궁인들은 바쁘게 움직이며 술과 음식을 내놓았다. 고소한 음식 냄새가 멀리 궁궐 밖까지 흘러나갈 것만 같았다.

어두운 밤인데도 곳곳을 밝힌 등불로 궁궐은 환한 대낮 같았다. 그 풍경을 보고 있으니 술 한 모금 마시지 않았는데도 거나하게 취한 듯 마음이 들떴다.

"어찌 연회를 즐기지 않으십니까?"

운이 조용히 자리를 지키고 있는 내 곁으로 다가와 말을 걸었다.

오랜만에 보는 얼굴이 무척이나 반가웠다. 운 역시 담덕과 함께 후연전에 출정했다가 막 귀환한 몸이었다. 전쟁에 나서는 건 처음이 아니었지만 근위대장으로서는 첫 출정이었다.

"잘 다녀왔어요? 다친 곳은 없고요?"

운의 몸 곳곳을 살피며 물으니 그가 고개를 한쪽으로 기울이며 어깨를 으쓱거렸다.

"보시다시피 멀쩡합니다."

"다행이네요. 그런데 국내성에 돌아오자마자 일인가요? 함께 출정했던 근위대원들은 다른 병사들과 어울려서 술잔을 기울이고 있던데."

나는 연회장을 지키고 있는 근위대원들을 둘러보며 물었다. 모두 후연전에 출정하지 않은 이들이었다. 운 역시 전쟁을 치르고 돌아온 몸이니, 이렇게 경계를 서고 있을 것이 아니라 병사들 틈에 섞여 술을 마시고 있었어야 했다.

"근위대장이라는 자리가 생각보다 성가시더군요. 부하들이 일하고 있는데 대장이라는 놈이 늘어져 있을 수는 없잖습니까."

의외의 말이었다. 운이라면 조금 더 여유를 부릴 줄 알았는데.

내 눈빛에 담긴 생각을 읽었는지 운의 미간이 찌푸려졌다.

"절 도대체 어떻게 보신 겁니까?"

"어떻게 보긴요. 여태까지 제게 어떤 모습을 보였는지는 본인이 가장 잘 알 텐데요?"

"뭐, 그다지 모범적인 사내는 아니었지만……."

운이 여전히 납득하지 못한 얼굴로 투덜거렸다. 그 얼굴에 여전히 전쟁의 피로가 남아 있어 나는 조금 따뜻한 말을 해 주기로 했다.

"그래도 좋은 사람인 건 알아요."

웃으며 말하자 운이 입을 꾹 다물고 나를 보았다.

"그걸 아신다고요?"

"그럼요. 몇 년을 지켜봤는데 그걸 모르겠어요?"

"그렇습니까……."

나의 강력한 주장에도 운은 애매하게 웃으며 말끝을 흐릴 뿐이었다. 그 모습이 꼭 내 말을 믿지 못하겠다는 것처럼 보였다.

"정말이라니까요! 내가 운 도령을 얼마나 꿰고 있는데요. 지금처럼 실없이 웃는 게 진지한 속내를 감추기 위해서라는 것도 다 안다고요."

"재밌네."

"뭐가요?"

"들키고 싶지 않았던 건 간단하게 알아채면서, 알아줬으면 하는 건 끝내 눈치채지 못한다는 게. 참 재밌어."

내 두 눈을 바라보고 하는 말투가 마치 오래전의 운처럼 친근했다. 내가 황후가 된 후로 이처럼 편안하게 말하는 운은 본 적이 없었다.

"꼭 몇 년 전으로 돌아간 것 같네요."

"돌아갈 수 없는 시간이지."

"하지만 이런 모습이 더 좋아요. 예의를 차리는 운 도령은 어딘가 어색해서."

"하지만 황후와 근위대장이니까요. 그에 맞는 예의가 필요하죠. 그렇지 않습니까?"

어느새 운의 말투는 깍듯하게 변해 있었다.

"그거야 그렇지만……."

운 도령은 내가 황후가 되더라도 변함없이 가벼운 태도로 나를 대할 줄 알았는데.

담덕과 혼인한 후 태도가 바뀐 사람들이 많았지만, 나를 황후가 아닌 '우희'로 대해 준 사람도 많았다. 그런데 가장 변하지 않을 것 같았던 운의 태도가 제일 극명하게 변했다.

"대장님."

미묘한 침묵이 내려앉은 우리 두 사람 사이에 태림이 나타났다. 평소에도 표정이 별로 없는 태림이지만, 지금은 얼굴이 더 딱딱하게 굳어 있었다. 뭔가 좋지 않은 일이라도 생긴 걸까?

걱정스럽게 태림을 보고 있으니 그가 내 눈치를 살피며 운에게 상황을 보고했다.

"고추가께서 나타나셨습니다."

"절노부의 고추가께선 저곳에 계시니 새삼 보고할 일은 아닐 테고……."

운이 근처에 앉아 떠들썩하게 술잔을 주고받는 백부를 힐끗거렸다. 연회 시작부터 자리를 지키고 있던 백부가 아니라면…….

그 외에 이 나라에서 고추가로 불릴 사람은 단 하나뿐이었다. 소노부의 해서천이었다.

"예, 소노부의 고추가께서."

태림의 시선을 따라 고개를 돌리자 저 멀리 작은 인영이 보였다. 사방을 밝히는 등불에 일렁이는 얼굴에는 깊은 그림자가 드리워져 있었다.

화병으로 앓아누웠다는 자가 어째서 지금 여기에?

의문으로 미간을 찌푸리자마자 운이 말했다.

"내가 가 보지. 자네는 마마의 곁을 지켜."

"예."

운이 해서천을 향해 걸음을 옮김과 동시에 멀리서 누군가의 외침이 들려왔다.

"태왕 폐하!"

때마침 담덕 역시 모든 준비를 마치고 연회장에 도착한 모양이었다. 그가 다가오고 있는 쪽에서부터 사람들의 환호가 점점 커졌다.

하지만 나는 담덕에게 시선을 돌릴 수가 없었다. 나를 향하는 형형한 두 눈 때문이었다. 해서천의 두 눈이 흔들림 없이 나를 향하고 있었다. 멀리 있었지만 그 두 눈만은 선명했다.

그의 눈에 담긴 감정을 뭐라고 설명해야 좋을까? 분노인가, 체념인가, 후회인가. 수많은 감정이 가득해 오히려 텅 빈 것처럼 느껴졌다. 모든 감정이 그의 두 눈 속으로 빨려 들어가는 듯했다. 하늘에 뜬 담덕의 별빛도 저 눈빛에 빨려 들어간 것이 아닐까?

불길함에 손끝이 저릿했다. 나는 애써 해서천의 두 눈에서 시선을 돌리며 태림을 불렀다.

"태림."

"예."

대답하며 내 얼굴을 살피는 태림의 얼굴에 걱정이 가득했다. 다른 사람이 보기에도 염려할 정도로 내 얼굴이 좋지 않은 모양이었다.

"오늘은 담덕의 곁을 지켜 줘요."

"하지만."

"태림도 알잖아요? 내가 왜 이런 말을 하는지."

태림은 태왕의 별이 흐려졌다는 사실을 아는 몇 안 되는 사람 중 하나였다. 내 말에 반박하려던 태림의 입이 꾹 다물렸다.

"이 자리에서 가장 강한 사람이 담덕을 안전하게 지켜 줬으면 좋겠어요. 그래야 내 마음이 놓일 것 같아서 그래요."

"저는……."

잠시 고민하던 태림이 마음의 결정을 내린 것인지 고개를 숙였다.

"전 언제나 제가 모시는 분의 명을 따릅니다. 오래전 폐하께서 저를 마마께 보낸 이후, 제가 모시는 분은 고구려의 황후 우희 님이십니다. 그러니 지금은 우희 님의 명에 따라 폐하를 누구보다 안전하게 지키겠습니다."

"태림이 그렇게 말해 주니 마음이 놓여요."

"부족한 사람의 말 한마디에 마음이 놓이신다니 다행입니다."

"태림이 부족하다면 이곳에 믿을 만한 용사는 아무도 없을걸요."

내 말에 태림이 보기 드물게 웃으며 담덕의 곁으로 떠났다. 떠나기 전 다른 근위대원을 내 옆에 남겨 두는 것도 잊지 않았다. 태림이 담덕의 곁에 서 있는 모습을 보자 무거웠던 마음이 조금 가벼워졌다.

사실 이렇게 공개적인 장소에서 태왕을 위협하기는 힘들었다. 태왕을 지켜보는 눈도, 그를 지키는 검도 많았다. 제아무리 해서천이라도 이런 상황에서 태왕을 해하진 않을 것이다. 소노부의 위세는 여전히 대단했지만 전쟁을 승리로 마무리 짓고 귀환한 태왕과 정면으로 대치하는 것은 여러모로 어리석었다.

그러니 태림을 담덕의 곁에 보낸 것은 순전히 나의 안심을 위한 처사였다.

담덕은 웃으며 연회를 즐기고 있는 사람들 사이를 활보했다. 용사들과 귀족들에게 직접 술을 따라 주고, 그들이 따라 주는 술을 마시기도 했다. 모두가 담덕을 반겼다. 선대왕의 병이 깊어져 급하게 즉위한 어린 왕을 못 미덥게 보던 사람들이 어느새 담덕을 위대한 태왕으로 대하고 있었다.

그들의 시선을 바꾸기 위해 담덕이 얼마나 부단히 노력했던가. 모든 변화는 담덕 스스로 쟁취한 것이었다. 경외심에 차 그를 바라보는 시선을 멀리서 바라볼 때면 치열했던 지난 시간이 머릿속에 떠올랐다.

"폐하."

또렷한 목소리가 공간을 갈랐다. 담덕을 둘러싼 사람들의 시선이 목소리의 주인공을 향해 옮겨 갔다. 꼿꼿하게 선 해서천이었다.

딸의 죽음 이후 온갖 소문이 팽배했다. 그가 완전히 폐인이 되었다더라, 죽을 날이 얼마 남지 않았다더라 하는 소문들이 대부분이었다. 한데 그런 사람이 정정한 모습으로 연회에 나타났다.

사람들의 얼굴에 놀라움이 스쳤다. 해서천의 얼굴은 수척했지만 갖춰 입은 옷이며 당당히 선 자태가 오래전과 크게 다르지 않았다.

"고추가."

담덕은 반갑게 웃으며 해서천을 환대했다.

"폐하."

해서천 역시 웃으며 고개를 숙였다. 노신(老臣)의 화답에는 생각지 못했던 여유와 위엄이 담겨 있었다.

그래서였을까. 해서천이 앞을 향해 걸을 때마다 담덕을 둘러싸고 있던 사람들이 뒤로 물러나 길을 터 주었다. 누구도 어색함을 느끼지 못할 정도로 무척이나 자연스러운 움직임이었다.

심상치 않은 분위기에 연회장을 가득 채웠던 가락이 뚝 끊겼다. 춤을 추던 무희들도 조용히 구석으로 물러섰다.

그렇게 많은 사람을 지나쳐 해서천이 담덕 앞에 섰다.

"고추가의 건강이 좋지 않다는 소식을 들어 염려했습니다만, 오늘 이렇게 얼굴을 보니 이제 걱정을 떨쳐도 될 것 같습니다."

"이 늙은이를 염려하셨습니까?"

"저는 고구려 모든 이의 안녕을 염려합니다."

"과연 고구려의 태왕다운 배포이십니다."

담덕의 말에 해서천이 너털웃음을 터트렸다. 퍽 호탕해 보이는 웃음이었다.

"저 역시 폐하께서 무사히 돌아오셔서 기쁩니다."

"고추가께서 내 귀환을 이리 환영해 주실 줄은 몰랐습니다."

뼈 있는 말이었다. 그간 태왕에게 적대적이었던 소노부의 고추가라면 담덕이 전쟁터에서 눈먼 화살에 맞아 죽기를 바랐을 것이다. 그 사실을 모르는 귀족은 이 자리에 아무도 없었다.

그럼에도 해서천은 웃었다. 그가 다시 한번 깊게 고개를 숙였다.

"언제나 고구려에 승리를 안겨 주시는 분 아닙니까. 폐하의 영광이 곧 고구려의 영광이니, 이 해서천, 고구려 사람 된 자로서 응당 폐하의 무사 귀환을 환영해야지요."

이어지는 말에 여유롭게 웃고 있던 담덕의 미소가 조금 흔들렸다. 이상하리만치 호의적인 해서천의 태도가 마음에 걸린 것이 분명했다.

"지금 제 말이 진심으로 들리지 않으시겠지요. 당연합니다. 지금까지 제가 폐하를 어찌 대했는데요."

해서천이 힘없이 웃으며 탁자 앞으로 걸어갔다. 모두의 시선이 그의 움직임을 좇았다. 해서천의 손이 망설임 없이 병 하나를 들었다. 용사들과 귀족들이 어울려 마시던 술이 담긴 병이었다.

"하지만 전부 진심입니다."

남은 술의 양을 가늠하려는 듯 가볍게 병을 흔든 해서천이 빈 잔에 술을 따랐다. 위에서 아래로 떨어지는 술과 함께 해서천의 말이 이어졌다.

"전쟁의 승리를 축하드리는 것도, 용사들의 무사 귀환을 기꺼워하는 것도, 지금 폐하께 올리는 이 술에 담은 경외도."

해서천이 어느새 술로 가득 찬 잔을 담덕에게 내밀었다.

"모두 진심입니다."

술이 금방이라도 넘칠 듯한 잔에 담덕의 시선이 닿았다.

"그러니 노신이 올리는 이 술 한 잔, 기꺼이 받아 주시겠습니까?"

단지 술 한 잔일 뿐이다. 하지만 가득 찬 술잔을 두고 맞부딪치는 해서천과 담덕의 기세는 범상치 않았다.

팽팽한 긴장감에 모두가 숨죽여 두 사람을 지켜보았다. 담덕의 눈이 해서천과 제 앞에 디밀어진 잔을 천천히 오갔다.

"그러지 않으셔도 됩니다."

고요를 깨트린 사람은 해서천의 뒤에서 나타난 운이었다.

"드시지 마십시오."

두 번째로 흘러나온 말은 첫 번째보다 더 단호했다.

하지만 운의 말에도 해서천은 손을 거두지 않았다. 뒤돌아 운을 보지도 않았다.

"폐하, 신하가 올리는 술 한 잔이 두려우십니까? 겨우 술 한 잔입니다."

담덕은 여전히 말이 없었다. 이제 그는 술잔이 아닌 해서천의 두 눈만을 빤히 바라보고 있었다.

"왜요, 제가 올리는 술은 받지 못하시겠습니까? 지금껏 이 많은 사람들과 술잔을 마주 기울이셨으면서, 저와는 안 된다고요?"

해서천의 말에 운이 한숨을 내쉬며 한 걸음 앞으로 움직였다.

"더 들으실 것도 없습니다. 말도 안 되는 소리니까요."

운이 해서천을 향해 손을 뻗었다. 하지만 운의 손이 그에게 닿기 전 담덕이 손을 들어 그를 저지했다.

"아니, 됐다."

"폐하."

운이 미간을 찌푸리며 담덕을 불렀다. 하지만 담덕의 뜻이 더 강했다.

"괜찮으니 물러서."

재차 떨어진 명에 운도 어쩔 수가 없었다. 그가 입술을 질끈 깨물고 한 걸음 뒤로 물러서자 담덕이 싱긋 웃으며 해서천을 보았다.

"그 술, 받지요."

"폐하."

담덕의 결론에 가만히 뒤를 지키고 있던 태림이 굳은 얼굴로 그를 불렀다. 하지만 이미 운의 만류마저 뿌리친 담덕이었다. 그런 사람이 태림의 말이라고 들을 리 없었다.

"이리 주세요. 고추가께서 주시는 술맛은 어떤지 한번 봅시다."

"술이 올리는 사람에 따라 맛이 달라지더이까?"

"좋은 사람과 마시면 달고, 불편한 사람과 마시면 쓴 것이 술 아닙니까. 응당 올리는 사람에 따라 맛이 달라지지요."

"하면 제가 올리는 술은 맛이 어떨지요?"

"그건 마셔 봐야 답을 알겠습니다. 여태까지 고추가께서 올리는 술을 마셔 본 적이 없어서 말입니다."

담덕이 해서천이 내민 술을 받아 들었다. 나는 자리에서 벌떡 일어서 치맛자락을 꼭 쥐었다.

해서천이 내민 술이라니. 불길하기 짝이 없었다. 모두가 보는 앞에서 따른 술이지만 누구도 모르는 새에 수작을 부렸을 수도 있다. 해서천이라면 충분히 가능했다.

하지만 담덕은 해서천의 술을 마시기로 결정했다. 그의 결정이라면 이유가 있겠지만 불안한 것은 어쩔 수 없었다.

담덕이 술잔을 입에 가져갔다. 그의 목울대가 움직이며 천천히 불길한 술을 삼켰다. 마침내 술잔이 깨끗하게 비었다. 재빨리 담덕의 안색을 살폈지만 그의 얼굴은 멀쩡했다.

담덕이 텅 빈 잔을 다시 해서천에게 내밀자 긴장하고 있던 몇몇 사람들의 입에서 탄성이 흘러나왔다. 소리는 내지 않았지만 안심한 것은 나도 마찬가지였다.

"맛이 어떻던가요?"

"술이 달군요."

무덤덤한 질문에 간단한 대답이었다.

"하하하!"

술이 달군요. 다섯 글자 그 짧은 대답이 뭐가 그리 즐거운지 해서천이 호탕하게 웃음을 터트렸다. 의미를 알 수 없는 웃음이었다. 그는 지나치게 기쁜 것 같기도, 지나치게 슬픈 것 같기도 했다.

혼자서 한참이나 배를 잡고 웃던 해서천이 겨우 웃음을 갈무리하고 담덕에게 물었다.

"폐하, 어찌 제가 건네는 술을 모두 비우셨습니까? 제가 술에 무슨 수작을 부렸을 줄 알고요?"

"수작을 부리셨습니까?"

"아니요."

"그럴 거라고 생각했습니다. 그래서 술을 마셨지요."

"아무런 수작을 부리지 않았다는 제 말을 믿으십니까?"

"멀쩡한 제 몸이 증거지요. 당연히 믿습니다."

"시간이 지나 효과가 드러나는 독을 썼을 수도 있잖습니까?"

"고추가는 그러지 않았을 겁니다."

확신에 찬 말투였다. 그 말에 연회에 등장한 후 줄곧 웃고 있던 해서천의 얼굴이 처음으로 일그러졌다.

"어째서 저를 믿으십니까?"

"한 나라의 군주가 신하를 믿지 못해서야 되겠습니까. 처음부터 내게 선택권은 없었습니다. 고추가의 술잔을 받는 것 외에는."

담덕이 픽 하고 웃으며 빈 잔에 술을 따랐다.

"혹여 고추가의 술에 독이 들었더라도 나는 그 잔을 받을 수밖에 없습니다. 내가 신하에게 독이 든 술을 받을 정도로 형편없는 왕이라면, 그냥 그리 죽어도 할 말이 없지요. 하지만 아무리 생각해도 내가 그 정도로 형편없는 왕은 아닌 듯하여."

이번에는 가득 찬 술잔이 해서천 앞에 내밀어졌다. 달라진 상황에 이번에는 해서천이 술잔을 빤히 보았다.

"받으시겠습니까? 이 술."

"저는……."

웃음기가 완전히 사라진 해서천이 멍하니 입을 열었다.

"저는 못 받습니다, 폐하."

해서천이 천천히 고개를 들어 담덕을 보았다.

"만약 제가 당신이었다면 저 같은 사람이 내미는 술잔을 받지 못했을 겁니다. 도대체 무엇을 믿고 수없이 나를 해치려 했던 사람이 주는 술을 받습니까?"

마지막 말에는 허탈한 웃음이 섞여 있었다.

"그런데 폐하께선 받으시는군요. 이 사람이 내민 술을…… 내 아들마저 나를 믿지 못했는데 말입니다."

해서천이 그제야 제 뒤에 선 운을 바라보았다.

그의 시선을 받은 운이 복잡한 얼굴로 입술을 질끈 깨물었다.

한때는 자신의 희망이었으나 어느 순간 적이 되어 버린 아들의 모습에 해서천이 픽 웃었다.

"사실 폐하께서 제가 내민 술잔을 거부하시길 바랐습니다. 그래야 마음껏 하늘을 원망할 수 있으니까요."

이제 해서천의 시선이 어두운 하늘을 향했다. 곳곳을 밝힌 등불 때문에 하늘에는 별빛 하나 보이지 않았다. 온통 어둠이었다. 해서천은 짙은 어둠을 향해 혼잣말을 쏟아 냈다.

"왜 하필 당신이 내가 원하는 모든 것을 갖게 되었는지. 어째서 나는 수없이 좌절해야만 했는지. 당신이 무엇이라고, 왜 내가."

마지막으로 하늘을 훑어본 해서천의 두 눈이 다시 담덕을 향했다.

"그런데 이제 알 것 같습니다. 나는 할 수 없고, 당신은 할 수 있습니다. 그래서 하늘이 당신을 선택한 거지요."

해서천이 웃으며 담덕의 손에 든 술잔을 받아 들었다. 모든 것을 포기한 사람처럼 그의 얼굴은 편안해 보였다.

"폐하께서 하늘이 선택한 왕이셨습니다. 내가 욕심냈던 모든 것이 당신의 것이었는데. 어찌 그것을 이제야 깨닫게 되었을까. 천하를 담을 그릇은 따로 있었거늘……. 결코 넘을 수 없는 태산을 넘으려 했으니 이렇게 고꾸라질 수밖에……."

담덕을 향하던 말은 어느새 혼잣말이 되어 있었다. 후회가 가득한 말을 몇 번이나 읊조리던 해서천이 깊게 숨을 들이마시며 선언했다.

"역시 이 술은 안 받겠습니다."

"어째서요?"

"제가 여전히 당신의 몰락을 바라기 때문입니다. 단 한 번이라도 좋아요. 내가 겪었던 좌절과 통한에 당신 역시 고꾸라지기를 바랍니다. 그리하면 내가 어찌 미쳐 갔는지 당신도 이해하겠지."

해서천이 소리 내어 웃었다. 정말 미치기라도 한 것처럼 낄낄거리며 웃던 그가 곧 웃음기를 지우고 손에 든 술잔을 기울였다. 가득 차 있던 술이 그대로 땅을 향해 쏟아졌다. 마지막 한 방울까지 바닥에 버린 해서천이 술잔을 제 발밑에 던졌다.

"제 마음이 이러하니 저는 평생 당신이 바라는 신하는 될 수 없습니다. 그러니 이 술, 받지 않겠습니다."

바닥에 떨어진 잔이 산산조각이 나며 사방으로 흩어졌다. 해서천은 물기 어린 땅에 흩어진 조각을 짓밟으며 그대로 몸을 돌렸다.

누구도 해서천을 붙잡지 않았다. 따라나서는 사람도 없었다. 그는 홀로 환한 등불을 지나 저 멀리 어둠 속으로 걸어갔다. 그의 걸음은 늘 그랬던 것처럼 당당하고 고상했다.

❖ ❖ ❖

해서천이 떠난 이후 잠시 어색한 분위기가 흐르던 연회장은 금세 그를 잊은 듯 떠들썩해졌다. 조금 전의 소란을 지우려는 것처럼 사람들은 더 크게 웃고 떠들었다.

담덕은 사람들이 술과 분위기에 취한 틈을 타 조용히 자리를 빠져나갔다. 근위대원들이 담덕을 뒤따르려고 했지만 태림이 손을 들어 저지했다.

나는 그 모습을 지켜보며 조심스레 담덕의 뒤를 따랐다. 태림이 나를 힐끗거렸지만 다행히 막지 않았다.

연회장에서 조금 멀어지자 금세 어둠이 찾아왔다. 드문드문 길을 밝히는 등불이 있었지만 방금전까지 환한 연회장 안에 있었던 탓인지 어둠이 더욱 짙게 느껴졌다.

나는 어둠에 반쯤 묻힌 담덕의 뒷모습을 따라 걸었다. 내가 뒤따르는 것을 눈치챘는지 담덕의 걸음이 조금 느려졌다.

"왜 따라와?"

담덕이 계속 앞으로 걸으며 물었다. 나도 계속 그를 따라 걸으며 대답했다.

"그냥, 네가 가니까."

"내가 가면, 어디로 가는지도 모르면서 따라와?"

"응. 네가 가는 곳이라면 어디든 그럴 건데?"

내 대답에 픽 하고 웃는 소리가 들려오더니 곧 담덕이 걸음을 멈췄다. 나는 멈춰 선 담덕을 뒤에서 끌어안으며 그의 등에 얼굴을 묻었다.

"기분이 안 좋아 보여."

"그래? 드러내지 않으려고 애썼는데 알아챘구나."

"다른 사람들은 몰랐을 거야. 나니까 알아보는 거라고."

일부러 젠체하며 밝게 말했더니 담덕이 제 허리를 두르고 있는 내 팔을 풀어내며 돌아섰다.

마주 본 담덕의 얼굴은 어두웠다. 주변이 어두워서가 아니었다. 나는 그의 기분이 가라앉은 이유를 알 것 같아 손을 뻗어 담덕의 뺨을 매만졌다.

"해서천 때문이야?"

"응."

"그리 보낸 게 마음에 걸려서?"

"그것보다는……."

담덕이 할 말을 찾기 힘들다는 듯 미간을 찌푸리며 뺨에 닿은 내 손 위에 제 손을 포개었다.

"상대가 굴복했어. 내가 바라던 결말이었으니 기뻐야 하는데…… 이 상하게 마음이 무거워."

"그가 널 인정하고 충직한 신하가 되어 주길 바랐어?"

"그랬다면 기뻤겠지. 나를 그토록 부정하던 사람이 날 인정하고 충성을 맹세하는 거니까. 하지만 해서천이 그러리라 생각하진 않았어. 우린 너무나 오래 대립했고, 그 시간만큼 골이 깊어. 이런 식으로 마무리될 거라고는 예상했지만……."

"생각보다 속이 시원하지 않은 거구나?"

담덕이 대답 대신 미소 지었다. 미소가 시원찮은 것을 보면 여전히 마음이 복잡한 모양이었다.

"뭐…… 원래 그런 거 아닌가?"

나는 웃으며 담덕의 팔을 잡아끌었다.

"아쉽고 마음에 차지 않는 결말이야말로 현실적이지. 누구나 속 시원한 결말을 바라지만, 사실 그런 건 평생에 한 번 만나기도 힘들잖아. 그건 만들어진 이야기 속에나 존재하는 환상 같은 거라고."

"그러니 이 찜찜한 기분은 당연하다고?"

"담덕. 해서천 같이 대단한 자를 굴복시키면서 마음까지 편하길 기대했다니, 너무 욕심이 많은 거 아냐?"

나의 타박에 눈을 껌뻑이던 담덕이 씨익 웃었다. 조금은 개운해 보이는 얼굴이었다.

"듣고 보니 그러네. 그리 대단한 자와의 결말이니, 마음까지 편하길 기대했던 건 내 욕심이겠지."

"좋아. 이제 마음이 조금 풀린 것 같으니 제단으로 갈까? 아침부터 제관이 기원제를 준비하며 기다리고 있어."

"그래. 하늘의 뜻을 읽는 이를 오래 기다리게 할 수는 없지."

담덕이 내 손을 붙잡고 제단을 향해 걷기 시작했다.

나는 담덕과 나란히 걸으며 별이 뜬 하늘을 바라보았다. 밝은 등불 아래를 벗어난 탓인지 하늘을 무수히 수놓은 별들이 선명하게 보였다. 저 수많은 별 속에 빛을 잃어 가는 담덕의 별이 있다.

아직 담덕의 결말을 보기에는 이른 시간일 거라고. 아직 그의 마지막은 멀리 있을 거라고. 나는 그렇게 스스로를 위로하며 담덕의 손을 꼭 마주 잡았다.

❖ ❖ ❖

담덕은 하얀 옷을 갖춰 입고 제를 주관하는 제관과 함께 제단 위에 섰다. 그 아래에는 다른 제관들이 등불을 들고 도열해 있었다. 동맹제나 기우제를 지낼 때 자주 보던 풍경이었다. 평소와 다른 것은 제단 위의 등불 정도였다.

제단의 중앙에 커다란 등불 하나가 밝은 빛을 내며 일렁이고 있었는데, 그 등불을 호위하기라도 하는 것처럼 제단의 모서리에 작은 등이 하나씩 놓여 있었다.

제관은 모서리에 놓인 등 네 개에 차례로 불을 붙여 나갔다. 등불 하나가 타오를 때마다 제관이 하늘을 향해 기원의 말을 외쳤고, 아래에 도열한 제관들이 그의 말을 돌림노래처럼 따라 했다.

이런 의식을 믿지 않는 편이지만 공간을 울리는 제관들의 목소리를 듣고 있노라면 공연히 마음이 경건해졌다. 그건 이들의 목소리에 담긴 소망이 무엇인지 알기 때문일까?

멍하니 의식을 지켜보고 있는 사이 제단 위의 모든 등불에 불이 켜졌다. 그러자 아래에 도열해 있던 제관들 중 다섯이 제단 위로 올라와 등불 앞에 한 명씩 섰다. 그들 역시 담덕처럼 새하얀 옷을 입고 있었다.

제를 주관한 제관이 그들에게 무어라 당부의 말을 전한 뒤 담덕과 함께 제단을 내려왔다. 등불 앞에 선 제관들은 여전히 자리를 지킨 채였다.

"제는 무사히 끝난 건가요?"

제관의 앞으로 다가가 질문하니 그가 빙긋 웃었다.

"하늘에 기원을 올렸으니 이제는 기다릴 차례입니다."

"무엇을 기다리죠?"

"저 제단 위의 등불 말입니다."

제관이 제단 위에서 타오르는 등불을 가리키며 설명을 덧붙였다.

"가장 큰 중앙의 등이 폐하의 별을 상징하는 불입니다. 보름 동안 중앙의 등불이 꺼지지 않고 무사히 타오르면 하늘에 우리의 뜻이 전해진 것입니다."

"그 안에 중앙의 등불이 꺼지면요?"

"하늘께서 우리의 소망을 받아들이지 않으셨다, 그 뜻이겠지요."

제관의 말에 나도 모르게 미간이 찌푸려졌다.

"보름 동안 불을 지켜야 한다니……."

보름은 긴 시간이었다. 강한 바람이 불거나 거센 비가 내리면 불은 금세 꺼지고 말 것이다.

내 걱정을 읽어 냈는지 제관이 부드럽게 웃었다.

"불가능하다 생각하십니까?"

"등불을 하루 꼬박 태우는 것도 힘들지 않습니까. 조금만 정신을 놓고 있으면 금세 불이 꺼지는데요."

"예, 맞습니다."

제관이 나의 불만에 순순히 동의했다.

"하지만 하늘이 폐하의 별을 보호하기로 마음먹었다면, 저 등불은 보름 동안 타오를 겁니다. 불가능해 보이는 일이 실제로 일어나는 것, 그것이 하늘의 뜻이지요. 하늘의 뜻은 쉽게 얻을 수 없습니다."

등불을 바라보니 어느새 그 앞에 앉은 제관들이 무릎을 꿇고 앉아 기도를 올리고 있었다.

"주변을 둘러싼 동서남북 네 개의 등불은 보름 동안 별을 위협하는 액운을 막아 줄 방패입니다. 폐하의 명과 세를 위협하는 네 번의 위기를 무사히 넘기게 해 줄 불이지요."

"그럼 등불을 더 많이 놓으면 안 되나요?"

백 개의 등불을 켜면 백 번의 위기를 무사히 넘길 수 있다는 뜻 아닌가. 그렇다면 등불을 많이 켜는 것이 유리했다.

하지만 제관은 고개를 저었다.

"하늘은 많은 기회를 주지 않는답니다."

결국 네 번이 한계라는 뜻이었다. 이왕 기회를 줄 거라면 많이 주면 안 되는 건가?

"폐하의 운을 믿고 하늘의 응답을 기다려 주십시오. 간절한 소망은 결국 하늘에 닿는답니다."

그렇게 말한 제관이 마지막으로 다시 한번 하늘을 향해 기원의 소리를 올렸다. 그러자 제관의 뒤에 도열해 있던 이들이 그의 말을 똑같이 따라 했다.

나는 마음속으로 그들의 말을 따라 하며 담덕의 얼굴을 바라보았다. 어설프게 미래를 알고 있으니 모든 것이 불안했다. 담덕이 언제, 어떻게 죽는지 알고 있다면 그 사건을 막아 볼 텐데. 내가 아는 것이라고는 그가 젊은 나이에 세상을 떠난다는 것뿐이었다.

역시 한의학이 아니라 역사를 공부했어야 했어!

소용없는 후회와 함께 깊은 한숨이 흘러나왔다.

❖ ❖ ❖

다음 날 소노부에 엄청난 변화가 일어났다. 해서천이 수장의 자리를 내려놓고 이를 해사을에게 넘긴 것이다.

"어제 그 말이 이런 뜻이었군."

공적인 서신으로 전한 소식에 담덕이 의외라는 듯 눈을 크게 떴다.

내용은 간략했다. 나이가 들어 대단한 직위를 수행하기 힘드니 이만 낙향하겠다는 내용이었다.

"난 어제의 선언을 조금 다르게 해석했었는데…… 권력은 포기했지만, 여전히 내가 마음에 들지 않으니 앞으로도 계속 나와 대립하겠다는 뜻으로 받아들였거든. 한데 아예 판을 떠나겠다는 뜻이었나."

사실 나의 해석도 담덕과 비슷했다. 여태까지 지켜본 해서천은 왕위에 대한 욕심을 버려도, 이미 제 손에 쥔 권력까지 놓을 사람처럼은 보이지 않았다. 그런데 해서천이 깔끔하게 소노부의 수장 자리를 내놓았다.

은퇴한 해서천이라니? 도무지 상상이 되지 않았다. 술잔을 바닥에
버리고 돌아서던 해서천의 당당한 자태를 떠올려 보면 더 그랬다. 그
는 여전히 정정했다. 늙고 쇠약해졌으나 여전히 귀족들을 휘어잡을
기운이 넘치는 호랑이였다.

"이렇게 물러설 사람은 아닌 것 같았는데."

"내 생각도 그래. 낙향하겠다는 이에게 예의는 아니지만, 한동안
사람을 붙여 감시해야겠군. 이 서신이 진심인지 아닌지 가늠해 봐야
겠어."

나는 담덕의 말에 고개를 끄덕이면서도 해서천의 서신이 진심이기
를 바랐다. 가장 성가신 정적이 사라지길 바라는 마음이 가장 컸지
만, 한구석에는 가질 수 없는 것을 향해 불나방처럼 달려든 한 인간
에 대한 연민도 있었다.

해서천은 야심만만하고 능력 있는 사람이었다. 여태까지 그가 꾸며
낸 계략을 돌이켜보면 머리를 굴리는 솜씨가 보통은 아니었다. 다른
시대에 태어났더라면 원했던 권력을 손에 쥐었을지도 모르지.

하지만 상대가 나빴다. 역사에 길이 남을 광개토대왕을 끌어내려야
원하는 것을 손에 얻을 운명이라니. 가혹하다면 가혹한 운명이었다.
어떤 짓을 해도 넘어설 수 없는 벽을 만난 해서천의 기분은 어땠을까?

깊게 생각해 보지 않아도 알 수 있었다. 좌절하고 분노하다 끝내 체
념하며 절망했을 것이다.

해서천뿐만이 아니었다. 담덕을 적으로 둔 모든 이들이 비슷한 감
정을 느끼며 이를 갈았을 것이다. 백제의 왕 아신의 얼굴이 떠올랐다.
담덕과의 전쟁을 치를 때마다 패배를 이어 가며 그도 넘을 수 없는

높은 벽을 실감했을 터.

직접 만났을 때를 생각하면 아신도 보통 사람은 아니었는데. 한 나라의 왕이 될 만한 위엄이 있었다고. 그런데…….

"잘나도 너무 잘났어."

나는 턱을 괸 채 담덕을 바라보며 중얼거렸다. 백 년, 아니, 천 년에 한 번 나올까 말까 한 위인이니 당연히 대단하겠지.

내 말에 담덕이 눈을 껌뻑였다.

"그게 갑자기 무슨 소리야?"

"담덕, 이게 다 네가 너무 잘난 탓이야. 네가 적당히 잘났으면 주변 사람들이 이렇게까지 열등감을 느꼈겠어?"

"뭐?"

"생각해 보면 정말 인간미 없단 말이야. 전쟁은 나가기만 하면 이겨, 내치에도 빈틈없어, 부인은 또 얼마나 고운지."

"……마지막 말이 조금 이상한 것 같습니다, 부인?"

진지하게 내 말을 듣고 있던 담덕이 웃음을 터트리며 내 머리를 헤집었다.

"내게 유일하게 인간적인 부분을 찾으라면, 그게 바로 너라고 생각하는데."

"음, 그 말은 다른 부분에서 인간미가 없다는 건 인정한다는 건가요, 폐하?"

"어느 정도는 그렇지."

담덕이 순순히 고개를 끄덕이며 내게 말했다.

"전쟁에서는 실수가 용납되지 않아. 한순간의 실수로 수백, 수천의 사람이 죽어 나가니까. 내치도 마찬가지야. 내 실수 하나에 나라가 흔들려. 어떻게든 실수를 하지 않으려고 고민하고 또 고민하지. 하지만 넌 아니잖아."

나를 바라보는 담덕의 눈은 진지했다. 그의 눈빛에 내 입가에 맴돌던 장난스러운 미소가 자취를 감추었다.

"난 네 앞에서 실수하지 않으려고 애쓰지 않아. 어떤 것도 의식하지 않고 그저 내가 될 수 있어. 다른 사람들은 내게 완벽한 태왕을 모습을 요구하지만, 넌 내가 보잘것없는 사내라도 괜찮다고 해 주니까. 그러니 내가 태왕이 아닌 한 사람으로 살아갈 수 있는 순간은 네 앞에서뿐이야. 네가 없는 날의 나는 담덕이 아닌 고구려의 태왕일 뿐이거든."

"틀렸어."

"틀렸다고?"

나의 단호한 말에 담덕이 미간을 찌푸렸다. 제 말이 틀렸다는 지적을 받을 줄은 전혀 몰랐다는 얼굴이었다.

하지만 나로서는 할 말이 아주 많았다.

"그래, 이젠 연이와 승평도 있잖아. 그 아이들의 앞에서 넌 태왕이 아니라 여느 아버지처럼 웃고, 당황하고, 고민하지."

담덕은 아이들에게 친구 같은 아버지였다. 승부욕이 대단해서 내기를 하면 기를 쓰고 이기려 하고, 아이들과 함께 사냥을 나가면 누구보다 신이 난 얼굴로 활을 쏜다. 한 손으로 연과 승평을 번쩍 들어 올릴 때면 아이들의 웃음소리를 들으며 소년처럼 유쾌하게 웃기도 했다. 그건 모두 고구려의 태왕이 아닌 두 아이의 아버지 담덕으로서의 모습이었다.

"시간이 지나면 그런 부분들이 더 많아질 거야. 태왕이 아닌 담덕으로서 네가 누릴 수 있는 것들이 매일매일 늘어나겠지. 연이와 승평이 혼인해서 아이를 낳아 봐. 그럼 넌 이제 할아버지의 삶을 누릴 수 있다고."

"음."

내 말에 담덕이 고개를 갸웃거렸다.

"하지만 그것도 전부 네가 내게 준 것인데? 그러니 넌 여전히 나의 유일이야."

그렇게 말한 담덕이 내 눈을 바라보며 씨익 웃었다. 그 웃음이 무척이나 예뻤다. 담덕처럼 커다란 사내에게는 어울리지 않는 수식어였지만, 지금 이 웃음에는 예쁘다는 말밖에 할 수 없었다.

어쩐지 얼굴이 화끈하게 달아올랐다. 나는 민망함에 고개를 푹 숙이며 외쳤다.

"아무튼, 그러니까, 내 결론은!"

"결론은?"

횡설수설하는 나의 외침에 담덕이 흥미롭게 되물었다. 나는 고민 끝에 진심으로 하고 싶었던 말을 그에게 전했다.

"……정말 오래 살아야 해. 무병장수! 그게 가장 중요해."

제법 진심이 담긴 말이었지만 담덕은 대수롭지 않게 흘려 넘겼다. 오히려 별 우스운 소리를 다 듣는다는 듯 웃음을 터트릴 뿐이었다.

당연한 반응이었다. 젊고 건강한 태왕에게 늙은 노인한테나 할 법한 이야기를 했으니까.

"결론이 뭐 그래. 오래 살라고? 무병장수?"

내 말을 되짚으며 한참이나 웃던 담덕은 내가 자신을 따라 웃지 않자 곧 웃음을 멈추었다. 내 말이 제법 진심이라는 걸 알아챈 것 같았다.

"역시 마음에 걸려, 내 별이 흐려졌다는 이야기? 너 원래 이런 거 안 믿잖아."

고작 별 하나에 흔들린 마음이 아니었다. 나는 내가 알고 있는 역사가, 그 역사가 말하는 담덕의 단명이 마음에 걸렸다.

"내가 널 두고 죽기라도 할까 봐 그래? 그런 일은 절대 없어. 난 꼭 너보다 나중에 죽을 거야."

"그게 어디 사람 마음대로 돼?"

"인간미 없는 담덕이라며? 그런 사람이면 이 정도는 마음대로 할 수 있겠지."

실없는 소리라는 걸 안다. 하지만 그 말을 한 사람이 담덕이라서 묘하게 설득력이 있었다.

할 말을 찾지 못하고 입을 쩍 벌리자 담덕이 웃으며 내 허리를 끌어당겼다.

"걱정하지 마. 널 외롭게 하는 일은 절대 하지 않을 테니까. 약속할게."

❖ ❖ ❖

담덕은 제단의 등불을 전혀 신경 쓰지 않았다. 고구려의 대소사에 큰 영향력을 행사하는 제관의 말에 따라 기원제를 지내기는 했지만, 사실 그 역시 나처럼 하늘의 뜻을 맹신하지 않는 축이었다. 애초에 그가 하늘의 뜻을 두려워하고 복종하는 사람이었다면 나와 국혼을 올릴 때 제관이 일러 준 길일을 몇 번이나 바꾸지도 않았을 것이다.

등불에 개의치 않고 국내성 곳곳을 활보하는 담덕의 행보에 그를 지키는 근위대와 비로만 죽을 맛이었다. 특히 두 조직의 수장인 운과 제신은 마주칠 때마다 고생으로 얼굴이 핼쑥해 보였다.

"오라버니, 괜찮은 거 맞아?"

여러 사정으로 근래에 궁궐 출입이 잦은 제신은 더 얼굴이 좋지 않았다. 근위대야 평소 하던 호위 업무의 강도를 조금 더 높였을 뿐이지만, 비로는 감시하는 사람의 범위를 넓히는 바람에 일거리가 배로 늘었다.

게다가 제신을 괴롭히는 건 비로의 업무만이 아니었다. 해서천의 은퇴 선언 이후 실질적으로 제가 회의를 이끌고 있는 백부가 제신에게 관직을 제안했다. 태학에서 아이들을 가르치는 박사 자리였다.

표면적으로는 제신에게 적합한 자리였다. 그는 아직 젊은 축이기는 했으나, 어린 시절 태학에서 수학하며 좋은 성과를 보였기 때문에 이만한 적임자도 없었다.

문제는 제신이 이미 비로의 수장이라는 요직을 맡고 있다는 사실이었다. 더 큰 문제는 일부 사람을 제외하고 누구도 그 사실을 모른다는 점이었다.

"괜찮지 않으면 어찌하겠어? 다 내가 자초한 일인 것을."

제신이 깊은 한숨을 내쉬며 제 머리를 헤집었다. 제신의 말처럼 어느 정도는 그가 자초한 일이었다.

모든 일은 제신이 '좋은 아가씨가 있으니 혼인하는 것이 어떠냐'는 백부의 제안을 받아들이면서 시작되었다.

나이도 제법 찼고 외모며 집안도 멀쩡한 제신이었다. 적절한 상대를 만나 혼인하는 건 이상하지 않았다. 애초에 다로 문제로 속앓이를 하지 않았더라면 혼인이 더 빨랐을 것이다.

문제는 다음이었다. 백부는 제신이 비로의 수장이라는 것은 꿈에도 모르고 있었다. 제신이 놀고먹는 한량인 줄로만 알았으니, 혼인을 시키기 전에 그를 번듯한 자리에 앉혀야겠다 생각했고, 그 결과가 태학박사였다. 이유가 그렇다는데 거절을 할 명분이 없었다.

그리하여 제신은 울며 겨자 먹기로 박사직을 받아들이고 얼마 전부터 태학에서 아이들을 가르치고 있었다. 태학에서 공부하고 있는 연이 새로운 스승 제신에 대해 호평을 쏟아 내는 것을 보면 박사직이 적성에는 썩 맞는 것 같았다. 물론 그가 외숙부라는 점에서 가산점이 꽤 많이 들어간 평가였겠지만 말이다.

낮에는 태학박사로, 밤에는 비로의 수장으로. 두 가지 일을 동시에 하고 있지만 누구에게도 하소연할 수 없는 애매한 상황이었다. 사정을 아는 비로의 대원들이 수장의 괴로움을 위로했지만, 말뿐인 위로는 그에게 큰 위안이 되지 못했다.

"그래도 어여쁜 부인을 맞게 되었잖아. 백부께서 중매를 제대로 서셨다며? 서가 부러워서 어쩔 줄 모르던데."

나는 분노와 부러움으로 가득 찬 서의 서신을 떠올리며 말했다.

서의 말에 따르면, 제신의 부인이 될 사람이 절노부에까지 소문이 자자한 순노부의 미인이라 했다. 까다로운 백부가 고르고 또 고른 여인이었다. 서의 반응을 보면 제신에게 부족함 없는, 어쩌면 그에게 과분할지도 모르는 여인을 찾아왔을 것이 분명했다.

하지만 나의 말에도 제신은 시큰둥했다.

"말로만 들었지 아직 얼굴 한번 본 적도 없다. 게다가 그런 소문이 어디 사실인 적이 있더냐?"

"그건 그렇지만."

"너만 해도 봐라. 아버지께서 하도 자랑을 하고 다니신 탓에 도압성에서는 네가 고구려 제일의 미인이라고 말도 안 되는 소문이⋯⋯."

"오라버니."

나는 이어지는 제신의 말을 끊으며 씨익 웃었다.

"위로해 줄 때 조용히 위로를 받는 게 좋지 않을까? 어떻게든 오라버니를 도와주고 싶은 내 마음이 변하기 전에?"

의미심장하게 웃는 나를 보며 제신이 서둘러 말을 돌렸다.

"그, 아니, 뭐, 소문이라는 게 그렇다는 거지. 진실도 있고 거짓도 있고. 직접 확인하기 전까지는 확신할 수가 없다, 뭐 그런 거 아니겠냐."

제신이 횡설수설하며 호탕하게 웃었다. 하지만 웃음도 잠시뿐이었다. 그는 곧 웃을 기운도 없다는 듯 초췌한 얼굴로 돌아와 탁자에 늘어졌다.

"후, 혼인은 무슨. 그 전에 과로로 죽게 생겼다."

"비로의 수장을 다른 사람에게 맡기는 건 어때? 태학박사는 외부에 드러나는 자리라 쉽게 그만둘 수 없지만, 비로는 내부에서 조율할 수 있지 않아?"

"으음⋯⋯."

내 말이 혹하는지 잠시 고민하던 제신이 끝내 고개를 저었다.

"지금은 맡길 만한 자가 없어. 도무지 떠오르지 않아."

고민하는 동안 빠르게 비로의 대원들을 꼽아 본 모양이었다.

하긴, 내가 생각해도 인물이 없어.

운이라면 잘하겠지만, 그는 이미 근위대장직을 맡고 있었다. 지설이 그랬듯 비로의 수장까지 겸직하긴 힘들었다.

태림도 역할 수행이 힘들기는 마찬가지였다. 외부에 존재가 적나라하게 드러나 있으니 비밀스럽게 움직여야 하는 수장에는 어울리지 않았다.

"어떻게든 승평 님이 한 사람 몫을 할 수 있을 때까지는 버텨 봐야지."

"승평?"

"아, 지금은 이른 이야기인가? 하지만 십 년만 지나도 충분할 것 같은데."

"나이가 문제라는 게 아니잖아. 승평을 비로의 대원으로, 그것도 수장으로 생각하고 있어?"

나의 반응에 오히려 제신이 의아하다는 듯 고개를 갸웃거렸다.

"비로의 수장은 가장 믿을 만한 사람에게 맡기는 게 원칙이야. 우리 조카님은 폐하의 뒤를 이어 태왕이 될 사람이니 힘들고…… 승평 님은 먼저 비로의 대원으로 영입해 지켜본 다음 수장 자리를 물려주면 되지 않을까 싶은데."

"어린애를 두고 벌써부터 비로라니."

"벌써부터 자질이 보이던데?"

승평이 총명한 아이라는 건 알고 있었다. 배움이 빠른 데다 호기심도 대단해 지식을 빠르게 넓혀 가는 중이었다.

"게다가 부자와 형제의 정이 두터우니 신뢰 측면에서 가장 좋은 후보 아닌가?"

제신이 담백하게 말했다. 비로의 수장으로서 내리는 객관적인 평가였다. 하지만 나는 다분히 계산적인 그의 평가가 마음에 들지 않았다.

"그런 계산을 하기엔 연이도 승평도 너무 어려. 애들은 그냥 애들답게 크는 게 좋아."

"두 사람은 평범한 아이들이 아니잖아."

"평범하지 않다고 아이가 아닌 건 아니잖아. 어른이 되기 전까진 아이답게 대할 것. 그게 내 원칙이야."

"우리 황후께서 그러시다면야."

제신이 과장되게 인사하며 고개를 숙였다. 장난스러운 대꾸였지만 내 말을 무시하는 듯한 태도는 아니었다.

"그럼 한동안은 이렇게 바쁘게 지내야 한다는 거네."

내 말에 제신의 얼굴이 다시 흙빛으로 변했다. 잠시 잊고 있었던 현실이 머릿속에 떠오른 것 같았다.

"문제의 보름만 지나면 나아질 거야. 그럼 잠잘 시간 정도는 조금 늘어나겠지."

"음, 백부께선 혼례도 최대한 빠르게 올리고 싶어 하시던데. 오라버니가 태학에서 제대로 자리를 잡았으니까 된 거 아니냐 하시고, 그쪽에서도 최대한 빠르게 날을 잡자고 했대."

"뭐? 빠르게? 얼마나?"

"정확한 날짜가 잡히면 오라버니에게 말씀하실 것 같은데."

"아."

제신이 하얗게 질린 얼굴로 머리를 짚었다.

"설마…… 오늘 보자고 하신 이유가……."

땅이 꺼져라고 한숨을 내쉰 제신이 느릿한 동작으로 자리에서 일어섰다.

"백부께 가 봐야겠다."

❖ ❖ ❖

길게만 느껴졌던 보름은 생각보다 순탄하게 흘러가고 있었다. 담덕이 흔들림 없이 평소와 같은 일상을 보내며 중심을 잡아 준 덕분이었다.

나는 매일같이 담덕의 맥을 짚어 그의 건강을 확인했다. 유난스럽게 보일까 봐 그간 담덕의 건강 문제는 태의에게 맡겨 두었지만, 마음에 한번 불안이 도사리고 나니 직접 그의 상태를 확인해야만 직성이 풀렸다. 하늘의 별이 암시하는 불행이 세(勢)에 관한 것이라면 내 힘이 크게 쓸모가 없지만, 명(命)에 관한 것이라면 조금이나마 도움이 될 수 있을 터였다.

매일 밤 잠들기 전, 내가 맥을 짚을 때마다 담덕은 눈에 띌 정도로 싱글벙글이었다.

"왜 그리 웃어? 맥 짚는 것이 그리 재미있는 일도 아닌데."

"그냥. 이런 것도 나쁘지 않다 싶어서."

"이런 것?"

"보호 받는 입장이 되는 거 말이야. 제단에 등불을 켠 뒤로 네가 꼭 날 지키는 용사가 된 것 같다."

"널 보호하는 사람들은 많잖아. 근위대부터가 그렇고."

"하지만 네가 날 지켜 주는 건 처음이니까."

지금까지는 담덕이 나를 지키고, 나는 그의 보호를 받았다. 하지만 이번은 반대였다. 담덕에게는 그런 상황이 새롭게 느껴지는 모양이었다.

"이런 걸 좋아하는 줄은 몰랐는데."

"이 세상에 귀하게 여겨지는 걸 싫어하는 사람은 없어, 우희."

"난 늘 우리 폐하를 귀하게 여기는걸?"

"글쎄, 그랬던가?"

장난스러운 담덕의 대꾸가 얄미워 그의 등을 내리쳤다. 하지만 근육으로 채워진 담덕의 몸은 바위처럼 단단해서 괜히 내 손만 아팠다.

"아!"

그리 큰 비명도 아니었다. 혼잣말에 외마디 소리와 함께 얼얼한 손목을 붙잡으며 미간을 찌푸리자 담덕의 표정이 삽시간에 굳어졌다.

"다친 거 아냐?"

장난기로 가득했던 담덕의 얼굴이 순식간에 걱정으로 물드는 것을 보니, 이번에는 내 차례라는 생각이 들었다. 나는 일부러 더 아픈 척 울상을 지었다.

"모르겠어. 너무 아파."

"어디가 아픈데? 손목?"

"응."

"어디 봐. 접질린 거 아냐?"

담덕이 다급하게 내 손목을 이리저리 매만졌다.

평소에는 검을 잡던 투박한 손이 깨지는 것이라도 다루는 듯 조심스레 손목을 만질 때마다 몸 전체가 간지러워졌다.

"부어오르지는 않았는데……."

커다란 사내가 몸을 숙여 작은 손 하나를 붙잡고 안절부절못하는 모습이 무척이나 귀엽게 느껴졌다. 이 사람이 전쟁터에서 날고 기는 무신이라는 사실을 누가 믿을까?

"푸홋."

결국 나는 오래 참지 못하고 웃음을 터트렸다.

내 웃음소리에 손목을 살피던 담덕이 고개를 번쩍 들었다. 미소 가득한 내 모습을 본 그의 얼굴에 안도와 원망이 동시에 스쳐 갔다.

"거짓말이었어?"

"거짓말하진 않았어. 정말 아팠단 말이야."

나는 씩 웃으며 손가락으로 담덕의 팔을 쿡쿡 찔렀다. 그의 팔에 가득 찬 근육이 내 손가락을 가볍게 밀어냈다. 나 같은 사람이 이런 몸에 정면으로 달려들면 어디 한 군데가 부러질지도 몰랐다.

"그리고 난 역시 이쪽이 좋은 것 같아."

"이쪽?"

담덕이 물었다. 나는 웃으며 어깨를 으쓱거렸다.

"보살핌받고, 귀하게 여겨지는 쪽."

내 말에 담덕이 제 팔을 찌르는 손을 잡아 내리며 픽 웃었다.

"나쁘지 않네. 사실 나도 이쪽이 좋거든."

"이쪽?"

이번에는 내가 물었고, 담덕이 웃으며 대답했다.

"널 보호하고 귀하게 여기는 쪽."

담덕이 웃는 낯 그대로 내 손등에 입술을 맞추었다.

第三十四章

귀향(歸鄕)

제신의 혼례일이 정해졌다. 다음 달 보름. 남은 날을 따져 보면 상당히 급한 일정이었다.

제신은 신부의 얼굴을 보기도 전에 날부터 잡는다며 투덜거렸지만, 최대한 빠르게 일을 진행하려는 백부의 고집을 꺾지는 못했다. 백부가 얼마나 그의 혼사에 신경 쓰고 있는지를 뻔히 알고 있기 때문이었다.

덕분에 나도 제신의 혼례를 준비하느라 바빠졌다. 부모님께서 살아 계셨다면 그분들이 혼례를 맡아 주셨을 것이나, 제신에게 남은 가족이라고는 나 하나뿐이었다. 백부께서 많은 부분을 도와주셨지만 나도 손을 놓고 있을 수는 없었다.

다행히도 고구려의 혼례는 무척이나 간소한 편이어서 내가 고심할 부분은 많이 없었다. 집안의 어른들과 친분을 쌓은 귀부인들도 많은 도움을 주어 고민이 생겨도 금세 해결할 수 있었다.

하지만 제신이 살 집을 구하는 일이 내 머리를 아프게 했다. 지금 제신은 백부의 집에서 신세를 지고 있었는데, 혼인하면 독립하여 새 살림을 꾸려야만 했다. 북부 절노부 영토에 부모님과 함께 살던 집이 남아 있기는 했지만 제신은 태학박사로서 국내성에 머물러야 했다.

그러니까 번듯한 저택이 필요하단 말이지.

사람들은 그 사람이 어디에 사는지로 그의 지위나 권세를 가늠한다. 어느 시대나 마찬가지였다. 나는 제신이 어느 누구에게도 무시 받지 않을 좋은 집에서 살기를 바랐다. 사실 제신이 어디에 살든 황후의 오라비를 우습게 볼 사람은 없을 테지만, 그래도 나는 그에게 내가 할 수 있는 최고의 집을 구해 주고 싶었다.

제신의 혼례는 내게 얼마 없는 기회였다. 늘 주기만 한 사람에게 나도 무엇인가를 베풀 기회를 놓치고 싶지 않았다.

하지만 좋은 집을 구하는 일이 쉽지 않았다. 좋은 집이라는 게 내 눈에만 좋은 것이 아닌지라 웬만한 저택은 이미 내로라하는 귀족들이 차지하고 있었다. 궁궐에 가까울수록 좋긴 한데 그쪽에 있는 집들은 전부 주인이 있고⋯⋯. 궁궐에서 조금 떨어진 곳으로 눈을 돌리면 그나마 쓸 만한 곳들이 비어 있었다.

나는 국내성 사정을 잘 아는 운에게 부탁해 괜찮은 집을 몇 군데 꼽아 두었다. 친우의 혼례 준비에 나만큼이나 들뜬 운은 적극적으로 저택 물색을 도와주었다.

"생각하신 것처럼 궁궐 근처의 저택은 힘들 것 같습니다. 드물게 비어 있는 곳도 있긴 한데⋯⋯ 그런 곳들은 아무래도 소문이 좋지 않은 곳이라서요."

운은 자신이 알아 온 저택의 목록을 내게 보여 주며 설명을 시작했다.

"어떤 소문인데요?"

"그 집에 살았던 사람들이 전부 병으로 죽었다거나, 귀신인지 도깨비인지 모를 것이 나온다거나. 그런 소문들이죠."

"오랫동안 비어 있는 집에 으레 따라붙는 소문들이네요."

"그렇습니다. 뭐, 소문은 소문일 뿐이고, 그런 것에 연연할 필요는 없겠지만…… 대안이 없는 것도 아닌데 신혼살림을 굳이 그런 흉흉한 곳에서 시작할 필요는 없지 않겠습니까?"

"그건 그렇죠."

운의 말이 맞았다. 그런 소문을 모두 믿는 건 아니지만 굳이 찾아갈 필요도 없다.

고개를 끄덕이는 나를 보며 운이 목록에 적힌 곳들 중 세 곳을 차례로 짚었다.

"위치나 규모로 볼 때 이곳이나 이곳이 적합해 보입니다. 아니면 이곳도 훌륭하고요."

운의 손을 따라 눈을 돌리니 저택에 대한 정보들이 간략하게 적혀 있었다.

"설명만 봐서는 모르겠어요. 직접 보고 결정해야 할 것 같은데."

"직접 살펴보는 건 어렵지 않지만…… 요즘 안팎으로 어수선한 일이 많으니 한동안 외출을 자제하는 편이 좋을 것 같은데요."

주변 분위기가 어수선한 것은 사실이었다. 궁 안에는 담덕의 안녕을 위한 기원제의 불길이 타오르고 있었고, 궁 밖에서는 해서천이 귀향 준비로 분주하게 움직이고 있었다.

하지만 그런 이유들로 외출을 자제할 필요는 없을 것 같았다. 지금 조심해야 할 사람은 담덕이지 내가 아니었다.

"들었어요. 고추가께서 고향으로 돌아가신다면서요."

"이제는 고추가가 아니시죠. 자리를 모두 내려놓으셨으니."

"하지만 다른 호칭이 딱히 떠오르지 않는걸요. 그분은 그냥 고추가 같아요."

"워낙 오랫동안 그 자리를 지키셨으니까요."

운이 그렇게 말하며 눈을 내리깔았다. 미묘한 표정에서 드러나는 그의 심경이 상당히 복잡해 보였다.

하긴, 마음이 복잡할 수밖에 없겠지.

누가 뭐래도 해서천은 운의 아버지였다. 그간 제 아버지가 행한 일들을 모두 알고 있다 하더라도 부자(父子)의 정을 완전히 끊어 내는 건 힘들 터였다.

"시간이 많은 걸 해결해 줄 거예요."

나는 담담하게 운을 위로했다.

시간은 생각보다 강력하다. 인간이 안고 있는 문제의 대부분은 시간이 해결해 준다. 아버지를 잃었던 슬픔이나 다로를 향한 원망, 해서천을 향한 분노도 시간이 해결해 주었다.

"지금 운 도령이 지닌 고민들도 시간이 지나면 별거 아닌 것처럼 느껴질걸요. 십 년만 지나 봐요. 내가 그때 그런 일로 고민하고 괴로워했다니 말도 안 돼! 그런 생각을 할 게 분명해요."

"그렇다면 좋겠지만……."

"분명 그럴 거라니까요."

나는 나를 구원한 시간이 운의 마음에도 닿기를 바라며 웃었다. 미묘한 표정을 짓고 있던 운의 얼굴에도 나를 따라 작은 미소가 걸렸다.

"신기하군."

"뭐가요?"

"연우희 네가 말하니 정말 그렇게 될 것 같아서."

황후 연우희가 아니라 친구의 누이 연우희에게 하는 말이었다.

"네가 어떤 터무니없는 말을 해도 믿을 수밖에 없다니. 나도 참으로 우스운 놈이군."

운이 혼잣말처럼 중얼거리며 픽 하고 웃었다. 그렇게 웃음을 흘린 뒤 다시 나를 바라보는 운의 얼굴에 평소와 같은 생기가 돌아와 있었다.

"폐하께 말씀 올리고 근위대를 준비시키겠습니다. 어차피 폐하께서도 마마의 외출을 막지 못하실 테니까요."

❖ ❖ ❖

운의 예상대로 담덕은 나의 외출을 막지 않았다. 그것까지는 좋았는데…….

"왜 너까지 여기에 있는 거야?"

나는 당당히 내 옆에 선 담덕을 보며 입을 벌렸다. 호위를 위해 근위대원을 붙이는 것은 당연했지만, 그렇게 찾아온 대원들 사이에 담덕이 있을 이유는 전혀 없었다.

"나도 오랜만에 바깥 공기나 마실까 싶어서."

"누가 들으면 매일 집무실에만 틀어박혀 있는 줄 알겠네. 얼마 전에는 아이들과 사냥도 다녀왔잖아?"

"그건 연이가 가고 싶다고 해서……."

빠르게 변명을 덧붙이던 담덕이 곧 미간을 찌푸리며 팔짱을 꼈다.

"분명히 네게는 비밀로 하자고 약속했었는데."

"연이와 승평은 착한 아들이라 내게 비밀을 만들지 않거든. 궁으로 돌아오자마자 내게 찾아와서는 멧돼지를 두 마리나 잡았다고 자랑하던걸."

"……이놈들이."

담덕이 배신감에 가득 찬 얼굴로 미간을 찌푸렸다. 설마 아이들이 저를 배신하리라고는 생각지도 못한 듯했다.

"기원제가 마무리될 때까지만 얌전히 지내라는 게 그리 힘든 부탁이야?"

"이럴 때일수록 더 평소처럼 움직여야지. 괜히 움츠러들었다가 오히려 화를 당한다니까."

"핑계는 좋지."

내가 눈을 가늘게 뜨며 담덕을 흘겨보자 그가 웃으며 내 어깨에 팔을 두르며 걸음을 재촉했다.

"이러다 해가 떨어지겠다. 볕이 좋을 때 저택을 봐 둬야지?"

이미 함께 가기로 마음먹고 나온 모양이니 돌아가라고 말해 봐야 소용없었다. 그나마 근위대원들을 평소보다 많이 데려온 것이 위안거리였다.

나는 길게 한숨을 내쉬며 담덕을 따라 걸었다. 그러자 우리의 실랑이를 지루한 얼굴로 지켜보고 있던 운이 나서서 길을 안내했다.

"어째 두 분은 변하질 않으십니다. 이게 좋은 건지 나쁜 건지 모르겠지만요."

운의 말에 태림도 동의한다는 듯 작게 한숨을 내쉬었다. 어릴 때부터 우리를 봐 왔던 두 사람이 같은 반응을 보이니 여간 민망한 게 아니었다.

"이러다가 해 떨어진다고 했던 거 못 들었어요? 어서 집이나 보러가요."

나는 헛기침을 하며 담덕이 했던 말을 다시 운에게 돌려주었다.

그러자 운이 어깨를 으쓱거리며 근위대원들에게 눈짓했다. 미리 이야기가 되어 있었는지 그의 신호를 받자마자 대원들이 거리를 두고 우리를 호위하기 시작했다. 우리 곁에 남은 사람은 운과 태림뿐이었다.

그렇게 호위 인원을 흩어 놓았는데도 우리 일행은 제법 사람들의 시선을 끌었다. 보기 드물게 훤칠한 장정 셋이 한 번에 몰려다니니 어쩔 수가 없었다.

담덕과 운의 외모는 하도 많이 찬양해서 입이 아플 지경인 데다 태림도 상당한 훈남이었다. 궁 안에서도 성격이 서글서글한 미남 근위대장과 과묵한 고구려 최고의 용사 태림, 두 사람을 남몰래 흠모하는 궁인들이 많았다.

여기저기서 궁 안의 소문을 잘 물어 오는 달래는 궁인들이 근위대장파와 태림파로 나뉘어 은근히 신경전을 벌이기도 한다며 내게 알려 주었다. 그러면서 자기는 근위대장파라고 진지하게 덧붙였었지.

쓸데없이 비장하던 달래의 얼굴이 떠올라 웃고 있는데, 세 사람은 자신들을 향한 시선을 아는지 모르는지 태연하게 걸음을 옮길 뿐이었다.

사람들의 시선을 끌까 봐 마차를 타지 않은 건데, 이래서는 마차를 포기한 의미가 없잖아.

이미 늦은 후회였다. 나는 한숨을 속으로 삼키며 앞장선 운을 따라 걸었다.

그렇게 부지런히 움직여 우리는 최종 후보로 정한 세 곳의 저택을 차례로 둘러보았다.

가장 먼저 찾은 곳은 궁에서 가깝지만 크기가 상당히 작은 저택이었다. 두 사람이 살기에는 적당했지만, 후에 아이가 생겨 식구가 늘어날 것을 생각하면 좁을 수도 있을 것 같았다.

두 번째로 찾은 곳은 외곽과 궁궐 사이 중간 쯤에 위치한 저택이었다. 빈집임에도 관리가 잘되었는지 건물이 아주 깨끗했지만 저잣거리와 가까워 어딘가 어수선하게 느껴졌다.

마지막으로 찾은 곳은 외곽에 가까운 저택이었다. 셋 중 궁궐에서 가장 멀리 떨어진 곳이었지만, 그만큼 조용한 데다 규모가 컸다.

후보지를 직접 둘러보면 금세 답이 나올 줄 알았는데 오히려 고민이 더 깊어졌다. 세 곳의 장단점이 뚜렷해서 어느 것 하나 고르기가 쉽지 않았다.

"나는 이곳이 제일 마음에 드는데. 정원이 멋지잖아."

담덕이 고민에 빠진 나를 향해 말했다. 그는 마지막으로 찾은 저택의 정원이 썩 마음에 들었는지 회랑에 걸터앉아 풍경을 살피고 있었다.

"난 내가 언젠가 이런 집에서 가정을 꾸릴 줄 알았어. 아주 어렸을 적에 말이야."

선대왕이 왕위에 오르기 전 평범하게 살았던 시절의 이야기였다. 나는 옛날 생각을 하는 담덕의 곁에 나란히 앉아 그가 바라보는 정원으로 눈을 돌렸다.

"사실은 나도 그랬어."

조용히 말하자 담덕의 시선이 내 뺨에 닿았다. 나는 눈을 감고 한때 내가 꿈꾸었던 미래를 그려 보았다.

"조용한 저택에 소담스러운 정원이 있어. 연못에는 물고기가 살지. 그 옆에는 나무가 있는데, 아이가 태어났을 때 심은 거야. 아이가 자라는 만큼 나무도 같이 자라. 커다란 그늘 아래에서 낮잠을 자도 좋고, 가지에 그네를 묶어 타도 좋아."

"그런 소박한 꿈을 꾸기엔 궁궐이 너무 크지."

웃음 섞인 담덕의 목소리에는 묘한 아쉬움이 섞여 있었다. 나는 눈을 떠 담덕을 보았다. 눈이 마주치자 누가 먼저랄 것도 없이 미소가 그려졌다.

"너는 태왕이 될 줄 몰랐고, 나는 대단한 사내를 사랑하게 될 줄 몰랐지."

"그래서 싫어?"

"그렇다고 하면 놓아주려고?"

"놓아주기엔 너무 늦었지."

담덕이 나를 타박하며 손가락으로 가볍게 내 이마를 툭 쳤다. 불만스러운 눈으로 담덕을 보니 그가 픽 웃고 자리에서 일어섰다.

"하지만 언젠가 가능하지 않을까?"

"뭐가?"

"조용한 저택에 소담스러운 정원 말이야."

담덕의 시선이 다시 정원으로 향했다.

"조금 더 나이가 들면 그런 곳에서 살자. 이 땅에 평화가 찾아오고, 연이가 왕좌의 무게를 감당할 수 있을 정도로 자라면…… 그때는 가능하겠지."

중간에 연에게 양위를 하고 왕위에서 내려오겠다는 뜻인가?

담덕은 간단한 것처럼 말했지만 결코 쉬운 일이 아니었다. 하지만 그런 말로 이 분위기를 깨고 싶지 않았다. 풍경은 고요하고 앉은 자리는 아늑하니 찰나의 안온함에 취해 꿈꾸기 좋지 않은가.

그때 고요함을 깨뜨리는 미묘한 소리가 귀를 자극했다. 나는 소리를 따라 천천히 고개를 들었다. 그러자 아슬아슬하게 처마 끝에 걸린 기와가 조금씩 아래로 밀려 내려오는 것이 보였다.

오래 사람의 손을 타지 않은 집이라 보수가 필요한 부분이 많구나.

대수롭지 않게 생각하고 다시 아래로 시선을 돌린 순간 결국 기와가 아래로 떨어졌다. 그런데 낙하하는 방향이 미묘했다. 떨어지는 끝에 정원을 빤히 보고 있는 담덕이 있었다. 이대로 기와가 떨어지면……!

나는 놀라서 담덕의 이름을 외쳤다.

"담덕!"

동시에 담덕의 옷깃을 잡아당기자 정신을 놓고 정원을 바라보던 그의 몸이 가볍게 내 쪽으로 끌려왔다. 담덕의 몸이 뒤로 끌려오자마자 그가 서 있던 자리에 기와가 떨어졌다. 바닥에 떨어진 기와는 요란한 소리를 내며 산산조각이 났다.

나와 담덕의 시간을 방해하지 않기 위해 조금 떨어진 곳에 있던 운과 태림이 순식간에 우리 곁으로 다가왔다.

"괜찮으십니까?"

걱정스럽게 묻는 태림의 목소리에 담덕이 내 얼굴을 살피며 고개를 끄덕였다.

"나는 괜찮은데……."

나를 보는 담덕의 미간이 찌푸려졌다.

"얼굴이 하얗게 질렸다. 우희. 많이 놀랐어?"

"당연히 놀라지!"

나는 아직도 놀라서 두근거리는 가슴을 애써 진정하며 깊게 숨을 들이마셨다.

"전쟁터에서 날고 긴다는 사람이 머리 위에서 뭐가 떨어지는지도 몰라? 맞았으면 큰일 났을 거야."

"잠시 다른 생각을 하느라. 그래도 머리 가까이 왔다면 피할 수 있었을 거야. 이런 반응은 빠른 편이니까."

"그걸 어떻게 장담해? 완전히 넋을 놓고 있던데 뭐."

나는 바닥에 떨어진 기와 조각을 보며 담덕의 옷깃을 꽉 쥐었다. 저 기와가 그대로 담덕의 머리에 떨어졌다고 생각하니 끔찍했다.

"누가 일부러 떨어지게 한 건 아닌 듯합니다. 인위적인 손상 흔적은 없더군요."

그사이에 기와를 살펴보고 온 것인지 운이 차분하게 말했다.

누군가 담덕을 다치게 하려고 일부러 손쓴 것이 아니라니.

누군가의 음모가 아니라는 사실에 한시름 놓아야 할지, 누가 손쓰지 않았는데도 크게 다칠 뻔한 불운에 긴장해야 할지 도무지 감이 잡히지 않았다.

"별의 빛은 곧 명(命)과 세(勢)를 뜻합니다. 그러니 그 빛이 희미해졌다는 것은……."

깨진 기와를 바라보는 내 귓가에 불길함을 속삭이던 제관의 목소리가 아른거렸다.

❖ ❖ ❖

나는 일부러 제단의 등불을 확인하지 않았다. 제관의 예언을 비웃기라도 하듯 멀쩡하게 살아 있는 불길을 본다면 마음이 놓일 테지만, 그 반대라면 불안함에 평소와 같은 일상을 보낼 수 없을 것 같았다.

제관의 말을 머릿속 한구석에 밀어 넣기 위해서는 정신없이 몰두할 것들이 필요했다. 담덕이 전쟁터에 나가 있는 동안 만들기 시작한 도감은 좋은 일거리가 됐다. 아이들과 함께 체스를 두며 담덕을 이길 수를 고민하는 것도 시간 보내기에 좋았다. 거기에 제신의 혼례 준비까지 더하니 나는 적당히 바빠졌다.

제신에게 선물할 집은 두 번째로 살펴보았던 저택으로 정했다. 세 번째 저택도 마음에 두고 있었지만 불상사를 겪고 나니 그다지 좋은 곳이라는 생각이 들지 않았던 탓이다.

선물할 집을 마련한 뒤 사람을 시켜 보수하고 적당히 세간을 채워 놓으니 하루라도 빨리 제신에게 저택을 보여 주고 싶어졌다.

누이에게 집을 선물 받을 거라고는 생각도 못 하고 있겠지? 놀라면서도 기뻐할 제신의 얼굴이 벌써부터 눈앞에 아른거렸다. 그 얼굴을 상상하니 오래 참을 수가 없었다.

나는 제신을 만나기 위해 직접 태학으로 향했다. 궁인들이 빠르게 내 뒤에 따라붙었으나, 조용히 다녀올 생각으로 달래만 남기고 모두 물렸다.

태학에 도착하니 강의가 한창이었다.

"애공(哀公:춘추시대 노나라의 왕)이 재아(宰我:공자의 제자)에게 지신(地神)의 신주(神主)에 관해 묻자 재아가 답하기를, 하후씨이송(夏后氏以松), 은인이배(殷人以柏), 주인이률(周人以栗), 월사민전률(日使民戰栗)이라 하였다."

제신은 귀족 아이들 앞에 서서 진지한 얼굴로 《논어》를 강설(講說:해석하여 설명함)하고, 아이들은 그의 말을 한마디도 놓치지 않겠다는 듯 눈을 반짝이며 귀를 기울이고 있었다.

그중에는 연도 있었다. 연은 제신의 입에서 흘러나오는 이야기를 듣고 심각한 얼굴을 했다가, 의아한 얼굴로 고개를 갸웃거리더니, 무엇인가를 깨달은 듯 고개를 주억거리기도 했다.

"하후씨(하나라를 세운 우왕)는 소나무를 썼고, 은나라 사람(은나라를 세운 탕왕)은 측백나무를 썼고, 주나라 사람(주나라를 세운 무왕)은 백성이 두려워하게 하려고 밤나무를 썼다는 말이다. 재아는 어찌 이런 말을 했을까?"

제신의 질문이 끝나자마자 연이 입을 열었다.

"밤나무 율(栗)과 떨릴 율(慄)의 발음이 같다는 것에 주목한 재아가 신주의 의미를 임의로 해석한 것입니다."

연의 대답에 제신이 흐뭇한 미소를 지으며 고개를 끄덕였다. 연이 제대로 해석했다는 뜻이었다.

"하면 이를 전해 들은 공자가 무어라 말했는지도 아십니까?"

"성사불설(成事不說), 수사불간(遂事不諫), 기왕불구(旣往不咎)라 하였습니다."

"그 뜻은 무엇입니까?"

"완성된 일은 거론하지 않고, 끝난 일은 간언하지 않고, 과거는 탓하지 않는 법이라는 말입니다. 재아의 해석이 틀렸지만 이미 지난 일이니 나무라기 힘들다는 뜻이지요."

신라에 있을 때부터 나를 따라 서책을 하나둘 읽던 연은 또래보다 빨리 글을 습득했다. 단순히 글만 읽을 줄 아는 게 아니었다. 연은 지금처럼 서책에 담긴 의미까지 빠르게 알아차리는 총명한 아이였다. 고구려로 와 제대로 된 교육을 받기 시작하자 금세 그 총명함이 만천하에 드러났다.

제신과 연의 대화를 듣느라 멈춰 선 나를 보며 달래가 의아하게 고개를 갸웃거렸다.

"들어가지 않으십니까?"

기세 좋게 태학에 들어설 때는 언제고 이제 와 전각 안으로 들어가지 않는 내가 이상한 모양이었다.

"방해하면 안 될 것 같아. 강의가 끝날 때까지 기다려야겠다."

내 말에 고개를 빼꼼 내밀고 강의하는 모습을 살핀 달래가 이해했다는 얼굴로 고개를 끄덕였다. 달래가 보기에도 쉽게 깨뜨리기 힘든 진지함이 느껴진 것 같았다.

나는 강의가 끝나기를 기다리며 주변을 살폈다.

태학은 내게 여러모로 의미가 있는 곳이었다. 북부 절노부를 떠나 국내성에 왔을 때 처음으로 온 장소도, 담덕을 처음으로 만난 장소도 모두 태학이었다.

그때만 해도 내가 담덕과 혼인해 고구려의 황후가 될 줄은 몰랐다. 그런데 어느새 나와 담덕 사이에서 태어난 아이가 자라 태학에서 강의를 듣고 있다. 어디로 튈지 모르는 게 인생이라더니.

아이들을 가르치고 있는 제신의 모습도 마찬가지였다. 누이에게 활쏘기를 가르치며 투덜거리던 작은 소년이 번듯한 청년이 되어 태학박사가 될 줄 누가 알았을까.

어쩐지 웃음이 흘러나왔다. 그 시절의 내가 상상했던 미래에 지금 같은 모습은 없었다.

나도 모르게 소리 내어 웃었는지 이어지던 제신의 목소리가 뚝 끊어졌다. 아이들을 바라보고 있던 제신의 시선이 어느새 나를 향해 있었다.

네가 왜 여기 있어?

평소보다 커진 눈으로 나를 보는 제신의 눈이 그렇게 말하고 있었다.

"오늘 강의는 여기까지 하자."

제신이 서둘러 강의를 마무리했다.

예정보다 일찍 끝나는 수업은 어느 시대에나 학생들의 기쁨이었다. 아이들은 밝은 얼굴로 자리에서 일어나 제신에게 인사하고 전각을 빠져나갔다.

"어?"

아이들과 섞여 전각을 나서던 연이 나를 보고 제신과 똑같은 얼굴을 했다. 한데 금방 달려올 줄 알았던 연이 아이들과 나를 번갈아 보며 머뭇거렸다. 조용히 태학을 찾은 나를 아는 척해도 될지 고민하는 것 같았다.

나는 웃으며 연에게 이리 오라고 손짓했다. 그러자 연이 금세 환한 미소를 지으며 내 앞으로 달려왔다.

"어머니!"

"연아."

나는 몸을 낮춰 연과 눈높이를 맞추며 아이의 머리를 쓰다듬어 주었다. 얼마 전까지만 해도 한참 무릎을 굽혀야 했는데, 이제는 키가 훌쩍 자라 선 채로 허리만 조금 숙여도 충분했다.

"어찌 여기까지 오셨어요?"

"네 외숙을 만나러 왔지."

"에이, 전 저를 보러 오신 줄 알았는데."

실망해서 입을 비죽거리는 연의 뒤로 제신이 다가왔다.

"날 보러 왔다고?"

"응, 줄 것이 있어서."

"줄 것? 내가 네게 받을 것이 있었나?"

제신이 의아한 얼굴로 고개를 갸웃거리며 손을 내밀었다.

"줘, 주려고 했던 거."

나는 내 앞에 펼쳐진 제신의 손을 보며 픽 웃었다. 내가 준비한 저택을 저 손바닥 위에 올리는 건 무리였다.

"여기서는 안 되고, 궁 밖으로 나가야 해."

"궁 밖으로?"

"응, 그러니 내가 직접 왔지. 황후의 권력을 휘둘러서 오라버니를 데려가려고. 태학박사의 강의를 멈추게 하려면 나 정도 되는 사람이 직접 와야 하는 법이잖아?"

내 말에 어리둥절한 얼굴을 하고 있던 제신이 웃음을 터트렸다.

"그래, 황후 누이를 둬서 좋구나. 이렇게 강의도 접고. 그런데 황후의 권력을 이런 일에 써도 되나?"

"원래 권력은 사소한 데 써야 제맛이지. 앞으로도 오라버니를 위해서라면 몇 번이고 황후의 권력을 휘둘러 줄게."

사실 그런 권력이 있는지도 의문이지만 말로는 못 할 것이 없었다. 나의 너스레에 제신의 눈이 가늘어졌다.

"으음…… 그것참 고마운 말이기는 한데…… 그거 자라나는 새싹 앞에서 해도 되는 말인가?"

내가 손을 휘휘 내저으며 너스레를 떨자 제신이 눈을 가늘게 뜨고 우리 사이에 선 연을 가리켰다. 연은 나와 제신의 대화를 들으며 눈을 껌뻑이고 있었다.

"어……."

우리 두 사람의 시선을 동시에 받은 연이 어깨를 으쓱거리며 손으로 제 귀를 막았다.

"저는 아무것도 못 들었어요. 그러니 마음껏 권력을 휘두르세요, 어머니."

"뭐라고?"

예상하지 못한 연의 반응에 나와 제신의 입에서 동시에 웃음이 터져 나왔다.

❖ ❖ ❖

나는 연의 말처럼 마음껏 권력을 휘둘러 제신과 함께 궁 밖으로 나섰다. 태림을 비롯한 근위대 몇 명이 우리의 외출에 함께했다.

"도대체 뭘 주려고 이렇게 거창하게 나와?"

함께 마차를 타고 가는 내내 제신은 의심스러운 눈초리로 나를 바라보았다.

"주겠다는 사람을 왜 그렇게 봐? 누가 보면 뭘 뺏어 가려는 사람인 줄 알겠어."

"왜기는. 네가 이렇게 일을 벌여서 조용하게 넘어간 적이 있어?"

"음…… 그런 적이 한 번도 없었나?"

"없었어."

"한 번은 있었을 텐데."

"없었다니까."

제신과 그런 시답잖은 대화를 나누는 동안 마차가 멈춰 섰다. 아마도 목적지에 도착한 모양이었다.

"도착했습니다."

예상은 빗나가지 않았다. 태림이 문을 열어 도착을 알리자 나와 제신이 차례로 마차에서 내렸다.

마차에서 내리자마자 저택이 눈에 들어왔다. 제신은 경계심에 찬 눈으로 저택을 살피며 내게 물었다.

"여긴 어디야?"

"우선 들어가자."

"누구 집인데 막 들어가?"

"내가 이상한 곳에 데려갈까 봐 그래? 그냥 들어와."

내가 그렇게 말하며 앞장서자 제신이 마지못해 나를 따랐다. 안으로 들어서자마자 마주한 고요한 풍경에 제신이 미간을 찌푸렸다.

"인기척이 전혀 없는데."

"당연하지. 사람이 없으니까."

"……아무래도 난 모르겠으니 이제 네 속셈을 말해 봐. 여기까지 와서 내게 줄 것이 뭔데?"

"이미 보고 있잖아."

씨익 웃으며 대답하자 그렇지 않아도 찌푸려져 있던 제신의 얼굴이 더욱 일그러졌다.

"무슨 말이야?"

"말 그대로인데. 지금 보고 있는 거, 전부 오라버니에게 줄 내 선물이야."

제신은 여전히 내 말을 이해하지 못하고 있었다. 나는 제신의 팔을 잡아끌어 하나씩 설명을 하기 시작했다.

"아주 넓은 저택은 아니지만 두 사람이 살기에는 문제없을 거야. 궁에서 조금 더 가까웠다면 좋았을 텐데…… 그쪽은 전부 내로라하는 사람들이 차지하고 있어서 구할 수가 없더라고."

제신은 내가 천천히 저택 안을 소개하는 동안 아무런 말이 없었다. 내가 하는 말을 제대로 듣고 있기는 한 건지 내내 멍한 얼굴이었다.

"그리고 저쪽으로 가면 정원이……."

"잠깐만."

마지막으로 정원을 안내하려는데 제신이 걸음을 멈추며 머리를 짚었다.

"그러니까 우희 네 말은……."

"여기가 이제 오라버니 집이라는 거지."

말이 끝나기도 전에 답을 돌려주니 제신이 입을 쩍 벌렸다. 나는 활짝 웃으며 당당하게 턱을 치켜들었다.

"혼인을 축하하는 내 선물이야, 오라버니. 황후의 권력을 마구 휘둘러서 하나 마련했어. 혼례를 올린 뒤에도 백부의 집에서 계속 신세를 질 수는 없잖아."

"……언제 준비한 거야?"

그렇게 물은 제신이 입술을 질끈 깨물었다. 표정도 썩 밝아 보이지 않았다. 혹 마음에 들지 않는 걸까?

제신이 기뻐할 것으로만 생각했던 나로서는 당황스러운 반응이었다. 여태까지 들떴던 기분이 순식간에 가라앉았다.

"생각은 오라버니의 혼례 이야기가 나오면서부터 했고, 제대로 마련한 건 얼마 전이야."

나는 제신의 얼굴을 살피며 조심스럽게 물었다.

"마음에 들지 않아? 그럼 다른 저택을……."

"마음에 들지 않을 리가 없잖아, 네 선물인데."

제신이 내 말을 자르며 두 손으로 제 얼굴을 쓸어내렸다.

"정말 생각지도 못해서……."

제신이 말을 끝까지 마무리 짓지 못하고 다시 한번 저택을 둘러보았다. 처음 저택을 살필 때의 경계심은 흔적도 없었다.

"받아도 될지 모르겠어. 난 네가 혼인할 때 아무것도 못 해 줬는데."

"그건 내가 평범한 혼인을 하지 않았기 때문이잖아. 할 수만 있었다면 오라버니는 할 수 있는 가장 좋은 선물을 내게 줬을걸. 그러니 나도 그러고 싶었어."

나는 제신의 두 손을 잡으며 저택을 바라보았다.

"우린 오래전에 집을 떠나왔잖아. 아버지께서 돌아가신 이후에는 감히 그곳에 돌아갈 생각도 못 했어. 그곳은 아버지와 어머니께서 꾸린 집이니, 그분들 없이 우리가 그곳에 터를 잡을 수는 없지."

나와 제신의 얼굴에 씁쓸한 미소가 떠올랐다. 집을 떠나 고향을 잊고 산 지 오래되었다. 이제 우리에게도 새로운 집이 필요했다.

"나는 이미 혼인해 새 터를 잡았으니 이제 오라버니 차례야. 부디 오라버니가 이곳에서 좋은 가정을 이루고 오래도록 행복했으면 좋겠어."

진심을 담은 바람에 제신이 내 손을 마주 잡았다.

"참으로 오래 살고 볼 일이구나. 세상 어떤 오라비도 누이에게 저택을 선물 받지는 못했을 텐데. 이제 정말 내 누이가 다 컸구나 싶나."

"내 나이가 몇인데 이제 와 그런 소리야? 난 이미 오래전에 다 컸어. 심지어 혼례를 올리지 않은 오라버니보다 내가 더 어른이라고."

나의 지적에 제신이 웃었다.

"그래, 네 말이 옳다. 내 누이는 어느새 이렇게 어른이 되었는데 나만 모르고 있었구나."

아버지가 돌아가신 이후 제신은 그 역할까지 짊어진 채 나를 지켜왔다. 누구도 강요한 적 없었으나 그 스스로 기꺼이 택한 길이었다. 이제는 거기에서 벗어날 시간이다.

"난 이제 정말 다 컸어. 더 이상 오라버니가 날 책임지지 않아도 된다고. 이젠 오라버니만 생각하고 살아."

"진심이야?"

"응, 진심이야."

"거짓말. 정말 내 생각만 하고 살면 서운해할 거면서."

"음, 그건 그럴지도. 서운해하는 것 정도는 봐줄 거지?"

"뭐, 그 정도는 봐주지."

"날 너무 신경 쓰지 않는다면서 투덜거릴 수도 있는데 그게 다 진심은 아닐 거니까 그냥 웃어넘겨. 알았지?"

"알았어."

"그리고 혼인 축하해, 오라버니. 이 말은 아직 안 한 것 같아서."

"날 벌써 보내려고 그래? 혼인은 아직 하지도 않았다 이 녀석아."

제신이 입으로 타박하면서도 두 손으로는 나를 따뜻하게 끌어안았다. 나는 제신을 마주 안으며 그의 미래를 위해 기도했다.

❖ ❖ ❖

궁으로 돌아오니 어느새 해가 떨어져 날이 어두워졌다. 돌아오자마자 달래의 성화에 넘어가지 않는 저녁을 먹고, 잠시 서책을 읽고 있었더니 늘 그랬던 것처럼 태의가 나를 찾아왔다.

태의는 담덕이 임신을 알게 된 이후 매일같이 내 처소에 찾아와 나의 상태를 살폈다. 아마 담덕이 따로 명을 내린 것 같았다.

태의가 몸 상태를 봐 주는 건 환영할 만한 일이었다. 중이 제 머리 못 깎는다고, 내가 아무리 의술을 잘 안다고 하더라도 자신의 몸을 살피기는 쉽지 않았다.

하지만 매일 찾아오는 건 과하지 않나?

담덕은 지나칠 정도로 나를 귀하게 대접했다. 나로서는 임신이 두 번째 경험이었지만, 담덕에게는 첫 번째인지라 과하게 노심초사하는 면이 있었다.

하지만 나는 담덕이 보낸 태의를 물리지 않았다. 내가 매일 담덕의 상태를 확인해야 마음이 놓이는 것처럼 담덕도 비슷한 불안을 안고 있는 거라 생각하면 이런 일도 이해할 수 있었다. 태의를 만나는 짧은 시간으로 그의 마음이 편해진다면 진맥을 받고 상태를 살피느라 소비하는 이각(30분) 정도는 아깝지 않았다.

담덕은 노심초사하고 태의는 매일같이 내 처소에 드나들고.

그로 인해 따로 알리지 않았는데도 자연스레 내 임신 소식이 궁 안에 퍼졌다. 궁인들은 물론이고 궐에 자주 드나드는 귀족들까지 모두 이 소식을 알게 되었다. 완연한 안정기에 들어서기 전까지 최대한 임신 사실을 감추고 싶었지만 이미 공공연하게 퍼진 소문을 주워 담을 수는 없었다.

"몸이 많이 허해지셨습니다. 요즘 식사는 잘하고 계십니까?"

진맥을 마친 태의가 조심스럽게 물었다. 나는 멋쩍게 웃으며 볼을 붉혔다.

"최대한 먹으려고 하고는 있지만……."

아이를 가졌을 때 입맛이 뚝 떨어지는 건 여전해서 좀처럼 먹을 것이 끌리지 않았다. 거기다 신경 쓰이는 일들이 많아지니 자연스레 식사량이 줄었다. 출출함도 잘 느껴지지 않아 좋아하는 과편이나 몇 개 집어 먹는 게 전부였다.

"배불리 드시고, 충분히 주무시고, 많이 웃으셔야 합니다. 그래야 복중에 있는 아기씨에게 좋지요. 이미 알고 계시겠지만요."

태의가 묘하게 엄한 눈으로 말하고 자리에서 일어섰다.

"입맛을 돋우는 데 도움이 되는 탕약을 지어 올리겠습니다. 하지만 너무 탕약에 의존하지 마시고 의식적으로 많이 드시려고 노력하셔야 합니다."

"그리하지."

순순히 대답했지만 그다지 믿음이 가지 않았는지 태의가 내 옆을 지키고 선 달래에게도 당부를 잊지 않았다.

"자네의 역할이 중요하네. 마마께서 무엇이라도 드실 수 있게 도와 드려야 해."

"걱정 마십시오. 제가 신경 써서 보필하겠습니다. 배불리 드시고, 충분히 주무시고, 많이 웃으실 수 있게요."

달래가 손가락을 접어 태의의 말을 하나씩 꼽으며 대답했다. 사명감에 불타오르는 달래의 눈빛에 태의가 그제야 만족한 얼굴로 처소를 떠났다.

나는 떠나는 태의의 뒷모습을 보며 한숨을 내쉬었다. 늘 의원의 입장에서 환자를 다그치기만 하다가 반대 입장이 되니 상당히 피곤했다. 설마 나도 저렇게 피곤한 의원은 아니겠지?

자기 모습을 되돌아보는 그때, 달래가 진맥하느라 걷어 올렸던 소매를 정돈해 주며 내게 속삭였다.

"오늘 그 사람이 입궁했답니다."

"그 사람?"

"근위대장님의 아버지 말입니다."

이제는 소노부의 고추가가 아니라 근위대장님의 아버지인가.

한결 소박해진 호칭이 어색하기만 했다.

"그 사람이 궐에 올 이유가 뭐라고?"

"국내성 생활을 접고 서쪽 소노부로 돌아가기 전에 폐하께 마지막 인사를 올리러 왔다던 걸요. 지금 폐하의 집무실에서 이야기를 나누는 중이라 합니다."

관직에서 물러나 고향으로 돌아가는 신하가 왕에게 마지막 인사를 올리는 건 흔한 일이었다. 하지만 담덕을 제대로 된 왕 취급도 하지 않던 자가 이제 와 마지막 인사라니.

달래도 나와 비슷한 생각을 했는지 이어지는 목소리에 불만이 가득했다.

"폐하께서 어찌 만나 주시는지 모르겠습니다. 여태껏 그 사람이 얼마나 폐하를 힘들게 했는데요."

"그래도 평생을 고구려를 위해 일한 사람이다. 그런 사람이 마지막 인사를 올린다는데 어떻게 외면하겠니. 마지막 명예는 지켜 줘야지."

"고구려를 위해 일하긴요. 자기 좋자고 일했겠지요. 그런 사람이 뭐가 예쁘다고 마지막 명예를 지켜 줍니까?"

"달래야."

입조심 하라는 의미로 낮게 달래의 이름을 불렀더니 그녀도 아차 싶었는지 서둘러 입을 다물었다.

궁은 소문이 빠른 곳이다. 언제, 무슨 소문이, 어떤 식으로 퍼져 나 갈지 알 수 없었다. 내 처소를 지키는 궁인들도 완전히 믿기는 힘들었 다. 그러니 언제나 말을 조심해야만 했다.

사실 조금 솔직하게 말하자면 나도 달래와 비슷한 심정이었다. 하지만 그런 소리를 입 밖으로 꺼냈다가는 귀족들의 비판을 피하기 힘들었다.

담덕과 대립각을 세우기는 했으나 귀족들 사이에서 해서천은 명망 있는 어른이었다. 그의 체면을 살려 주는 쪽이 귀족들과 원만한 관계 를 유지하는 데 좋았다.

무엇보다 이곳은 궁 안이야. 근위대가 도처에 깔려 있으니 해서천 도 함부로 일을 벌일 순 없겠지. 만남을 피할 이유가 없어.

"그래도 달래 네가 그리 말해 주니 속은 시원하구나."

시무룩해진 달래의 귀에 속삭이니 금세 그녀의 얼굴이 환해졌다.

"역시 그렇지요? 우리 아가씨께서 말씀 못 하는 걸 속 시원하게 말 해 주는 게 이 달래의 역할 아닙니까."

달래는 이따금 나를 혼인하기 전처럼 '우리 아가씨'라고 불렀다. 일 부러 그러는 게 아니라 자신도 모르게 나오는 말 같았다.

나의 말 한마디에 다시 환해진 달래가 수다를 시작하려는 그때, 바 깥이 소란스러워졌다.

"무슨 일인지 알아보고 올까요?"

"그래."

하지만 달래가 밖으로 나서기도 전에 밖에서 태림의 목소리가 들 려왔다.

"마마, 손님이 찾아왔습니다."

그렇게 말하는 태림의 목소리가 조금 굳어 있었다.

"손님?"

나는 의아해져 고개를 갸웃거렸다. 태림이 저렇게 굳은 목소리로 말할 손님이 쉽게 떠오르지 않았다.

"누가 찾아오셨습니까?"

나를 대신해서 달래가 물었다. 하지만 곧장 대답이 돌아오지 않았다.

"태림 님?"

달래가 한 번 더 재촉했지만 여전히 대답이 없었다. 성격 급한 달래가 결국 기다리는 걸 포기하고 직접 다가가 문을 살짝 열었다.

"누가 찾아오셨는데 그러세요?"

열린 문틈으로 태림의 난처한 얼굴이 보였다. 그가 손님이 서 있는 곳을 힐끗거리며 조심스럽게 입을 뗐다.

"……소노부 해씨의 어르신께서 마마를 뵙고자 하십니다. 고향으로 떠나기 전 마지막으로 인사를 올리시겠답니다."

"예?"

달래가 눈을 동그랗게 뜨고 열린 문 사이로 고개를 뺐다. 그렇게 손님의 정체를 확인한 그녀가 화들짝 놀라 문을 닫고 내 앞으로 달려왔다.

"해서천입니다! 그 사람이 왔어요!"

작게 속삭이는 달래의 목소리에 그제야 태림의 망설임을 이해할 수 있었다. 해서천을 부를 마땅한 호칭을 떠올리지 못해 손님의 정체를 고하지 못한 것이다.

그런데 고민 끝에 나온 호칭이 해씨의 어르신이라니. 그 말을 들은 해서천의 표정이 어땠을지 도무지 상상되지 않았다.

"달래야, 손님을 안으로 모셔라."

"만나시려고요?"

달래가 놀라서 펄쩍 뛰었다.

"조금 전에 나눴던 이야기를 벌써 잊었니? 애초에 거절할 수 있는 만남이 아니다."

게다가 해서천이 이곳에 왔다는 건 담덕과의 대화를 별문제 없이 마쳤다는 뜻이다. 정말 마음을 접고 고향으로 가려는 것인가?

예상하지 못한 해서천의 마지막에 기분이 묘해졌다. 나는 자리에서 일어서 손님 맞을 준비를 했다.

달래가 서둘러 자리를 마련하고 문을 열었다.

"안으로 드시지요."

해서천을 향해 고개 숙이는 달래는 언제 그의 험담을 했나 싶을 정도로 공손한 얼굴이었다.

달래의 안내에 따라 자리에 앉은 해서천은 예전과 인상이 많이 달라져 있었다. 그의 얼굴에서 늘 발견했던 야망은 이제 흔적을 찾을 수도 없었다.

역시 꾸며 낸 얼굴은 아닌 것 같아.

해서천의 얼굴을 보며 내린 결론에 조금 긴장이 풀렸다.

"달래야, 차를 내오겠니?"

"예."

차를 준비하러 달래가 밖으로 나서자 잠시 침묵이 내려앉았다. 이야기를 시작한 쪽은 나였다.

"이야기는 들었습니다. 고향으로 돌아가신다고요."

"더는 이곳에 남아 할 일이 없으니까요."

"고추가의 자리를 내려놓으신 뒤에도 계속 국내성에 머무르며 내정에 도움을 주실 것으로 생각했습니다만."

내 말에 해서천이 픽 하고 웃었다.

"그건 이 늙은이에게 참으로 잔혹한 바람이시군요. 제가 이곳에 남아 하려 했던 일이 겨우 그런 것이 아니라는 건 아시잖습니까."

세상 모든 것에 초연한 사람처럼 소탈한 웃음이었다. 늘 비웃음이나 조롱을 담고 있던 그의 미소가 소탈하다는 것이 어색하기만 했다.

"……떠나기 전에 제게도 찾아와 주셔서 감사합니다."

어색함을 지우기 위해 웃으며 말했더니 해서천이 예전과 같은 심드렁한 얼굴로 고개를 저었다.

"감사하실 것까지는 없습니다. 그저 제 마음 편하려고 하는 일이니까요."

그렇게 마주한 해서천의 눈에는 여전히 힘이 있었다. 초연함 속에 숨겨져 있던 강인한 의지였다.

"많이 달라지신 줄 알았는데, 지금 보니 여전하시군요."

"하고자 하는 일을 잃었다고 해서 제가 다른 사람이 되는 것은 아니니까요. 아시다시피 사람은 쉽게 변하지 않습니다."

특히 해서천처럼 강한 뜻을 가졌던 사람일수록 그럴 것이다. 동의한다는 뜻으로 침묵을 지켰더니 그가 은근하게 미소 띤 얼굴로 물었다.

"마마께 저는 철천지원수지요. 아비를 죽게 하고, 마마가 국내성을 떠나게 하고, 끝없이 태왕을 흔들었으니 둘도 없는 악연입니다. 이런 제가 당신을 찾아왔을 때 어떤 대화를 나누길 기대하셨습니까?"

"좋은 이야기를 나누리라고는 기대하지 않았어요. 폐하께도 지난 일들을 사죄하지 않는다고 하셨으니, 제게도 같은 마음이실 테죠."

"그것이 전부입니까?"

"다른 것이 더 필요한가요?"

"비난하실 줄 알았는데요. 뻔뻔한 자라고 말입니다."

해서천은 진심으로 나의 반응이 신기하다는 얼굴이었다. 나는 웃으며 짧게 대답했다.

"성사불설(成事不說), 수사불간(遂事不諫), 기왕불구(既往不咎)라 하더군요."

오늘 연이 제신에게 말했던 구절이었다.

"《논어》로군요."

해서천 역시 그 구절을 알고 있었다.

"완성된 일은 거론하지 않고, 끝난 일은 간언하지 않고, 과거는 탓하지 않는다니. 그게 가능합니까?"

"가능하게 만드는 거지요. 계속 과거를 생각하다 보면 괴로운 것은 결국 저니까요."

나는 어깨를 으쓱거리며 입꼬리를 끌어 올렸다. 입은 웃고 있지만 시선은 똑바로 해서천을 향했다.

"당신을 어떻게 생각하냐고 물으면 제 대답은 하나뿐입니다. 당신이 미워요. 꼴도 보기 싫습니다. 당신은 내 인생에서 많은 것을 앗아 갔어요. 어떻게 해도 곱게 볼 수가 없습니다."

적나라한 말에 해서천의 미간이 찌푸려졌다. 하지만 나는 말을 멈추지 않았다.

"하지만 나는 당신을 보며 괴로워하지도 않을 거고, 당신을 향한 원망으로 밤잠을 설치지도 않을 겁니다. 당신이 했던 수많은 일들이 결국 내 인생에 아무런 영향도 미치지 못했다는 거. 복수라면 그게 복수겠죠. 당신 같은 사람에게는 그것이 가장 괴롭지 않은가요?"

내 말을 가만히 듣고 있던 해서천이 유쾌하게 웃음을 터트렸다.

도무지 웃을 만한 이야기가 아니었는데.

슬쩍 미간을 찌푸리자 해서천이 겨우 웃음을 갈무리하고 입을 열었다.

"부부는 닮는다더니, 두 분이 부부는 부부인 모양입니다. 폐하께서도 비슷한 말씀을 하시더군요. 성사불설, 수사불간, 기왕불구라니……."

해서천이 고개를 저으며 천천히 자리에서 일어섰다. 시선은 내게 고정한 채였다.

"확실히 우리는 다른 부류입니다. 저는 그런 식으로 생각할 수가 없거든요. 받은 만큼 돌려준다, 그게 제 방식입니다. 이처럼 다르기에 폐하와 제가 한배를 탈 수 없었던 거겠죠."

나는 해서천을 따라 자리에서 일어서며 물었다.

"떠나시려고요?"

"예."

"아직 차가 나오지 않았는데요."

"마지막 길에 차가 무슨 소용이겠습니까?"

손님이 되었다는데 차를 강요할 수는 없었다. 만약 그게 예의라 하더라도 해서천에게 그렇게까지 예의를 차릴 필요는 없었다.

"그러시다면 붙잡지 않겠습니다. 부디 고향 가는 길이 편안하시기를 바라겠습니다."

"과연 친절하시군요."

해서천이 한쪽 입꼬리를 끌어 올리고는 문을 향해 걸었다. 나는 굳이 그를 배웅하지 않았다.

"회임을 하셨다면서요."

밖으로 나서려는 듯 문고리에 손을 얹었던 해서천이 제자리에 멈춰서 물었다.

"소식이 거기까지 흘러갔나요?"

"제가 아무리 힘을 잃었다 한들 그런 소문까지 모를까요. 여전히 제 사람들이 남아 있는데요. 감축드립니다. 폐하께서도 참으로 기뻐하셨겠군요."

돌아서 있는 탓에 해서천의 얼굴이 제대로 보이지 않았다. 표정을 읽을 수 없으니 그의 축하가 진심인지 아닌지도 파악할 수 없었다.

"참으로 좋은 때가 아닙니까. 기쁨이 클수록 좌절도 큰 법이니."

해서천이 문고리에서 손을 놓고 천천히 돌아섰다. 그의 얼굴에는 아무런 표정이 없었다. 이상했다.

"갑자기 왜……."

입을 떼는 순간 코끝으로 기묘한 냄새가 흘러들었다. 기름 냄새?

반사적으로 코를 막음과 동시에 발끝에 무엇인가가 닿았다. 고개를 숙여 보니 병 하나가 데굴데굴 굴러 내 발 앞에 멈추었다.

"기름입니다."

해서천이 태연하게 말했다. 고개를 번쩍 드니 문이며 그의 발아래가 기름으로 흥건하게 젖어 있었다. 놀라움으로 입이 떡 벌어졌다.

"이봐요, 고추가."

"이젠 고추가가 아니지요."

그가 싱긋 웃으며 입구에 놓여 있던 등불을 손에 들었다.

손에 든 불과 바닥에 흥건한 기름. 좋지 않은 예감이 머릿속을 스쳐 감과 동시에 손이 바르르 떨렸다. 저 등불이 바닥에 떨어지면…….

"무슨 짓이에요! 죽기라도 할 작정인가요?"

"죽기라도 할 작정이냐고요?"

해서천이 내 말을 따라 하며 픽 웃었다.

"이상한 질문이군요. 저는 이미 오래전에 죽었습니다. 내 목표를 잃고 좌절했던 바로 그때, 나는 이미 죽었어요."

이상하게 초연한 사람처럼 굴더라니. 완전히 미쳐 버린 게 틀림없었다. 대화를 나눌 가치가 없었다. 나는 이를 악물고 밖에서 기다리고 있을 태림을 불렀다.

"태림!"

하지만 밖에서 아무런 대답도 들려오지 않았다.

"태림?"

당황해서 다시 한번 더 태림을 부르자, 해서천이 쿡쿡거리며 정신 나간 사람처럼 웃었다.

"말씀드렸잖습니까, 여전히 제 사람들이 남아 있다고. 수를 써서 이곳을 지키는 사람들이 잠시 자리를 비우게 하는 것 정도는 할 수 있습니다. 아주 짧은 시간이지만 제가 하려는 일은 충분히 할 수 있지요."

해서천이 손에 든 등불을 흔들며 말했다. 일렁거리는 불길을 따라 내 눈동자도 흔들렸다.

"몇 번이고 생각했습니다. 어떻게 하면 그 태산같이 굳건한 사람이 나처럼 좌절할까? 아무리 생각해도 모르겠더군요. 이 세상에 태산을 흔드는 방법은 없지 않습니까?"

해서천이 등불을 흔들던 손을 멈추고 나를 빤히 보았다. 텅 빈 눈동자를 보자 온몸에 소름이 끼쳤다.

"그래서 생각했지요. 태산을 흔들 수 없다면, 태산을 덮은 나무를 모두 불태워 버리자고. 나무 하나 없는 벌거숭이 산이라니. 자리를 지켜도 평생 찬바람에 몸을 떨겠지요."

"말도 안 되는 소리 하지 말아요. 지금 하려는 게 얼마나 정신 나간 짓인지 모르겠어요?"

잠시 자리를 비우게 했다고 했으니 조금 더 시간을 끌면 사람들이 돌아올 것이다. 나는 최대한 머리를 굴려 해서천과의 대화를 이어 가려고 애썼다. 하지만 쉽지 않았다.

"압니다, 제가 얼마나 정신 나간 상태인지. 하지만 생각해 보세요. 평생을 갈고 닦아 온 목표가 처음부터 내 것이 아니었다는 걸 깨달았는데, 제가 어찌 제정신이겠습니까? 저는 미쳤습니다. 완전히 미쳐 버리고 말았어요."

해서천이 다시 낄낄거리며 웃기 시작했다. 도저히 설득이 통할 상태가 아니었다.

"하여 저도 폐하를 미치게 만들기로 했습니다. 제가 맛본 좌절을 그분도 느껴 봐야지요. 그래서 여기에 온 겁니다. 폐하께 가장 소중한 것. 그분을 흔들 유일한 존재. 당신을 데려가려고."

그렇게 말한 해서천이 망설임 없이 등불을 바닥에 던졌다. 기름이 닿은 문에서 순식간에 불길이 치솟더니, 그대로 해서천의 몸에까지 불이 옮겨붙었다.

"으하하! 으하하하!"

몸에 불이 옮겨붙었는데도 해서천은 고통을 느끼지 못하는 사람처럼 크게 웃었다.

"이제 당신도 나와 똑같은 사람이 되는 거야!"

해서천이 허공을 향해 외쳤다. 아마도 담덕을 향해 하는 말인 것 같았다.

그의 외침과 함께 불길이 방 전체로 퍼지기 시작했다. 사방이 붉게 물들었다.

"꺄아아악!"

바깥에서 달래의 비명이 들려왔다. 뒤이어 무엇인가 떨어지는 소리가 요란하게 들리고, 사람들의 다급한 발걸음 소리까지 귓가에 닿았다.

"우희 님!"

온몸이 불길에 휩싸인 채로 웃는 해서천의 뒤로 불탄 문이 부서져 내렸다. 태림이 발로 차 문을 부순 것 같았다. 하지만 불길이 너무 심해 그도 안으로 들어오지 못하고 있었다.

모든 광경이 느리게 흘러갔다. 소리가 멀어지고 숨이 턱 막혔다. 나는 입을 틀어막고 부들부들 떨었다.

불. 화재. 고통. 죽음. 익숙한 기억이 머릿속으로 밀려들었다. 오래전 나는 지금과 비슷한 경험을 한 적이 있었다.

타오르는 불길에 몸이 뜨겁고, 매캐한 공기에 숨이 턱 막힌다. 쉴 새 없이 눈물이 나고 정신은 점점 희미해져 이것이 꿈인지 현실인지도 알 수 없어지겠지. 불길이 집어삼킨 건물 안에서 김소진은 그렇게 죽었다.

머리는 도망치라고, 어서 사람들이 기다리는 밖으로 달리라고 말하는데 몸이 말을 듣지 않았다. 익숙한 공포가 온몸을 덮쳤다.

그때 웃음소리가 가까워졌다. 불길에 휩싸인 해서천의 검은 몸뚱이가 눈앞에서 쓰러졌다.

다리는 여전히 움직이지 않았다.

숨 막혀. 뜨거워.

머릿속의 공기가 부족해지자 시야가 어둠으로 물들었다. 세상의 모든 소리가 멀어졌다.

❖ ❖ ❖

빛과 소리가 모두 사라진 그 순간. 설명하기 힘들 정도로 강한 힘이 온몸을 짓눌렀다.

정확히는 몸을 짓누르는 게 아니었다. 힘은 몸속 깊은 곳에서 '나'를 밀어내고 있었다.

나는 저항할 수 없는 강한 힘에 떠밀려 '몸'에서 튕겨 나왔다. 그렇게 억지로 '몸'에서 벗어나는 순간 잃어버렸던 빛과 소리가 한꺼번에 내게 돌아왔다.

다시 돌아온 풍경은 무척이나 현실감이 없었다. 눈을 감기 전보다 더 거세진 불. 그 위로 물을 끼얹는 사람들. 애타게 나를 부르는 사람들의 목소리와 불길 가운데 누워 있는…….

나?

말도 안 되는 소리였다. 믿을 수가 없어 몇 번이나 확인했지만 눈앞에 있는 여자는, 두 눈을 꼭 감은 채 죽은 사람처럼 늘어져 있는 여자는 분명히 나였다.

그럼 지금 여기에 서 있는 '나'는 누구지?

나는 황당한 심정으로 두 손을 내려다보았다. 그러자 반투명한 손바닥 아래로 뿌옇게 바닥이 보였다.

뭐지?

더 자세히 살피니 두 손뿐만 아니라 온몸이 반투명했다. 그러고 보니 활활 타오르는 불길의 뜨거움도 전혀 느껴지지 않았다.

나는 반투명한 내 손과 누워 있는 몸을 번갈아 보며 지금의 상황을 이해하려고 애썼다. 유체 이탈 같은 건가? 어떻게 다시 들어가지?

조심스럽게 몸 앞으로 다가가 손을 뻗어 보았지만 몸이 만져지지 않았다. 반투명한 손이 그대로 몸을 통과했을 뿐이다.

난처하게 몸 주위를 서성거리고 있으니 입구가 시끄러워졌다. 고개를 돌리자 타오르는 불길 사이로 딱딱하게 굳은 담덕의 얼굴이 보였다.

"연우희!"

'담덕!'

서둘러 대답했지만 눈을 감은 채 누워 있는 몸은 입을 굳게 다물고 있을 뿐이었다. 대답 없는 나의 몸을 보며 담덕이 입술을 질끈 깨물고 태림에게 물었다.

"왜 안으로 들어가지 않지?"

"불길이 너무 셉니다. 먼저 불길을 잡고……."

태림의 말이 끝나기도 전에 천장에서 불에 탄 서까래가 떨어지며 불길이 더 크게 일었다. 바닥에 주저앉아 엉엉 울던 달래가 비명을 지르며 두 손으로 얼굴을 가렸다.

"그럴 시간 없어."

단호하게 말한 담덕이 불에 물을 끼얹으려던 근위대원의 손에서 들통을 뺏어 들더니, 머리 위에 그대로 물을 끼얹었다. 축축하게 젖은 머리카락에서 물이 뚝뚝 떨어졌다.

"폐하!"

담덕의 의도를 알아챈 태림이 담덕의 팔을 붙잡았다.

"위험합니다. 절대 안 됩니다."

"그러면 이 꼴을 가만히 지켜보라는 건가?"

담덕이 매섭게 쏘아붙이고는 태림의 손을 뿌리치고 누가 말릴 새도 없이 불길 속으로 뛰어들었다.

'미쳤어? 불길이 이렇게 강한데! 안 돼!'

불길이 너무 거세 태림조차 안으로 들어오지 못할 정도였다. 그렇게 강한 불길이, 담덕이 다가온다고 알아서 줄어들 리 없었다.

'이러다 너까지 다쳐!'

나는 다급하게 담덕에게로 다가가 팔을 잡아당겼다. 하지만 반투명한 손은 이번에도 물리력을 행사하지 못하고 담덕의 몸을 통과했다.

담덕은 물에 젖은 소매로 코와 입을 가리고 불길을 통과했다. 망설임 없이 나를 향해 걷는 담덕의 머리 위에서 불에 탄 나뭇조각들이 쉴 새 없이 떨어져 내렸다.

불길을 뚫고 깊은 곳까지 들어온 담덕이 물에 젖은 겉옷을 벗어 내 몸에 둘렀다. 그는 젖은 옷에 싸인 채 인형처럼 축 늘어진 나를 품에 안아 들어 다시 불길을 헤치고 밖으로 향했다. 쉴 새 없이 위에서 떨어지는 서까래들이 담덕의 앞길을 방해했다. 그는 떨어지는 조각들을 피해 조심스럽게 앞을 향해 걸었다.

그때 커다란 서까래 조각이 담덕의 시야 뒤쪽에서 떨어져 내렸다. 불에 탄 조각이 그대로 담덕의 등을 강타했다.

"윽."

'담덕!'

담덕이 억눌린 신음을 흘리며 입술을 질끈 깨물었다. 하지만 그뿐이었다. 그는 등을 파고들고 있을 고통을 속으로 삼키며 멈추지 않고 걸음을 옮겼다.

담덕이 입구에 도달한 순간 태림이 커다란 불길에 물을 끼얹었다. 물을 만난 불이 잠시 수그러든 틈을 놓치지 않고 담덕이 불길을 넘었다.

"폐하!"

사람들이 순식간에 담덕의 곁으로 몰려들었다. 그는 차갑게 느껴질 만큼 차분한 모습으로 태림에게 말했다.

"태의는?"

"대기 중입니다."

"치료가 급하니 여기서 가장 가까운 처소로 간다."

담덕이 태림의 대답도 기다리지 않고 걸음을 옮겼다. 나는 재빨리 그의 뒤를 따라붙었다.

❖ ❖ ❖

진맥을 마친 태의는 상당히 난처한 얼굴이었다.

"어떻지?"

팔짱을 끼고 내 옆을 지키고 선 담덕이 묻자 그렇지 않아도 난처해 보이던 태의의 얼굴이 더 어두워졌다.

"그…… 연기를 너무 많이 마셨고, 열기에도 오래 노출되어서……."

"그래서?"

"저…… 열기와 연기는 태아에게 특히 치명적이고……."

"결론."

담덕이 횡설수설 이어지는 태의의 말을 잘랐다. 태의는 몇 번이나 입술을 달싹이다 담덕의 싸늘한 눈에 참담한 얼굴로 고개를 푹 숙였다.

"태아의 맥이 느껴지지 않습니다."

담덕은 말이 없었다. 나 역시 할 말을 잃었다.

아이가 죽었구나.

실감이 나지 않았다. 몸에서 빠져나와 제삼자의 시각에서 모든 풍경을 지켜보기 때문일까. 들려오는 모든 이야기가 내 것이 아닌 영화나 드라마 같았다.

"……황후는?"

오랜 침묵 끝에 담덕이 겨우 입을 열었다. 태의는 여전히 고개를 숙인 채 이야기를 꺼냈다.

"죽은 아이를 꺼내야 합니다. 그렇지 않으면 산모의 목숨까지 위험해집니다."

"그럼 그렇게 해."

"하지만……."

잠시 숨을 고른 태의가 천천히 고개를 들었다.

"이런 경우 자궁을 수축하는 탕약을 써서 죽은 아이를 태어나게 합니다. 그리한 뒤에 산모의 몸을 보하는 약을 쓰지요. 그런데……."

"그런데?"

"지금 마마께서는 의식이 없으신 데다 열기와 연기로 내상을 크게 입으시어 탕약 쓰기가 어렵습니다. 시도는 해 보겠으나 쉽지 않은 치료가 될 것입니다."

나는 한의사다. 태의의 입에서 나오는 치료가 얼마나 어려운지는 누구보다 내가 잘 알고 있었다. 산모의 몸에서 죽은 아이를 꺼내는 것도, 연기에 중독된 사람을 치료하는 것도, 전부 어려운 치료였다.

그런데 지금은 두 가지 모두를 한 번에 해야 해. 그렇다면…….

태의의 입에서 내가 내린 결론과 똑같은 말이 흘러나왔다.

"마음의 준비를 하고 계셔야 합니다, 폐하."

"그 말은."

담덕이 입술을 질끈 깨물었다. 주먹을 쥔 그의 두 손이 부들부들 떨렸다. 한동안 말을 잇지 못하던 그가 겨우 입을 열었다.

"치료해. 어떻게든, 무슨 수를 써서라도 살려."

담덕과 태의가 마주 보며 시선을 교환했다. 주고받는 눈빛에 무슨 이야기가 오갔을까? 태의가 쓰게 웃으며 고개를 숙였다.

"예, 폐하."

죽은 사람처럼 누워 있는 동안 많은 이들이 내 곁을 다녀갔다.

"가만히 누워 계시니 심심하시죠? 저희가 서책을 읽어 드릴게요."

손을 꼭 잡고 나를 찾아온 연과 승평은 내 곁에서 매일 두어 시간 씩 소리 내어 서책을 읽어 주었다.

이미 알고 있는 이야기들이 대부분이었지만 조곤조곤 이어지는 아이들의 목소리를 듣는 건 꽤 즐거웠다.

"혼례를 미루기로 했어. 네가 회복되어 일어나면 그때 혼인할 거야. 내 혼례를 네가 못 본다는 게 말이 안 되잖냐."

얼마 전까지는 바빠서 얼굴 보기가 힘들던 제신도 매일같이 나를 찾아왔다. 내 곁에 앉아 하루 일과를 이야기하는 제신의 목소리를 듣고 있으면 시간이 금세 흘러갔다.

운과 태림도 종종 내게 왔다. 쉴 새 없이 떠드는 아이들이나 제신과 달리 그들은 조용한 시간 홀로 찾아와 말없이 나를 지켜보다 자리를 떠났다.

하지만 역시 가장 많은 시간 내 곁을 지키는 사람은 담덕이었다. 그는 해가 뜬 동안에는 정무를 보고, 해가 떨어지면 처소로 와 내 곁을 지켰다.

담덕은 밤이 깊어도 잠들지 않았다. 그는 내 손을 꼭 잡은 채 날이 샐 때까지 앞으로 하고 싶은 일들을 하나둘 늘어놓았다. 마치 내가 내일이라도 깨어날 것처럼 태연하고 평온하게.

'도대체 잠은 언제 자는 거야? 이러다 너까지 죽겠다.'

나는 수척해진 담덕의 얼굴을 바라보며 불만스럽게 투덜거렸다. 수척해진 뺨을 쓰다듬어 주고 싶었지만 반투명한 손이 그에게 닿는 일은 결코 없었다.

손은 처음보다 훨씬 더 투명하게 변했다. 날이 가면 갈수록 내 몸은 점점 더 투명해졌다.

서서히 죽어 가고 있는 거구나.

나는 본능적으로 이유를 깨달았다. 해가 뜨고 지는 일련의 시간 속에서 나는 점점 사라져 갔다.

"일어나면 호수에 다시 가자. 날이 좋으니 네가 좋아하는 수영도 하고, 맛있는 음식도 나눠 먹고, 늘어지게 낮잠도 자자."

담덕이 누워 있는 나의 머리카락을 정돈해 주며 늘 그랬듯 이야기를 시작했다. 새벽녘 어스름한 빛에 그렇지 않아도 창백한 나의 얼굴이 더 파리해 보였다.

나는 또다시 이렇게 허무하게 죽는 건가? 여전히 실감은 나지 않았다. 나의 몸에서 떨어져 나온 이후 줄곧 이런 기분이었다. 육신과 함께 감정마저 잃은 것 같았다.

나는 죽음이 낯설지 않다. 이미 한 번 죽어 보았으니 두 번째는 익숙하기도 했다.

죽음이 익숙하다니. 도대체 무슨 말인지.

나는 헛웃음을 흘리며 담덕의 곁에 앉았다. 그의 시선은 누워 있는 나를 향해 있었다.

"이제 네 곁에만 있을 거야. 그럴 수 있어. 백제도, 왜도, 후연도, 이제 아무도 우리 땅을 위협하지 못해. 평화로운 세상이 온 거야. 내가 그렇게 만들었어. 넌 평화를 좋아하니까, 그런 세상을 주고 싶어서, 그래서 내가, 여태까지 계속……."

옅은 미소를 지으며 이야기하던 담덕의 얼굴이 점점 굳었다. 어느새 미소가 사라지고 입꼬리가 파르르 떨린다.

"그런데 네가 없으면 이 평화가 다 무슨 소용이야?"

입꼬리만큼이나 떨리는 목소리에 물기가 섞여 있었다.

"죽지 마."

담덕이 내 손에 제 뺨을 부볐다. 이렇게 누워 있는 동안 담덕이 죽음에 대해 말한 건 처음이었다. 그는 죽음을 입에 올리면 당장에라도 사신이 찾아올지도 모른다고 여겼는지 죽는다는 말 자체를 피했다.

그런데 오늘, 담덕이 죽음을 이야기했다. 담덕 역시 무엇인가 예감한 걸까?

"죽지 마, 연우희."

애원하는 담덕의 눈에서 눈물이 떨어졌다. 그는 소리조차 내지 못했다. 그저 눈물을 흘리며 몇 번이고 애원했다. 죽지 말라고, 옆에 있어 달라고.

"네가 알려 줬잖아. 태자나 태왕의 삶이 아니라 한 남자의 삶을, 네가 전부 알려 줬는데. 네가 없으면 담덕도 없는데. 그랬으면서 왜 너는."

알고 있다. 이 남자에게 연우희가 어떤 의미인지. 그가 직접, 몇 번이고 내게 속삭여 주었다.

'울지 마.'

나는 닿지 않을 것을 알면서도 담덕의 뺨에 손을 뻗었다. 누구도 위로해 줄 수 없는 그의 눈물을 닦아 주고 싶었다.

그런데 힘없이 통과할 줄 알았던 손이 담덕의 뺨에 닿았다. 선명하게 느껴지는 감각에 나는 화들짝 놀라 손을 뗐다.

어? 닿았어?

놀란 건 담덕도 마찬가지인 것 같았다. 고개 숙인 채 울고 있던 그가 고개를 들고 주변을 두리번거렸다.

착각이 아니었나?

나는 용기를 내어 다시 한번 손을 뻗었다. 그러자 이번에도 손이 담덕의 뺨에 닿았다. 서서히 그의 뺨을 매만지자 멍하니 입을 벌리고 있던 담덕의 시선이 정확히 '내'가 앉은 곳으로 향했다.

담덕이 손을 올려 제 뺨을 매만졌다. 반투명한 '나'의 손 위에 그의 손이 겹쳐졌다.

"……연우희?"

확신이라고는 하나도 없는 부름이었다.

'응, 나야. 내가 보여? 내 목소리가 들려?'

서둘러 대답했지만 담덕은 아무런 반응도 없었다. 내가 보이거나 목소리가 들리는 건 아닌 듯했다.

그럼 어떻게 내 이야기를 전하지? 아, 감각은 느껴지는 것 같으니까…….

고민하던 나는 천천히 그의 뺨에 닿은 손가락을 움직였다. 오래전 그의 이마에 손가락으로 글을 쓴 적이 있었다. 그때도 내 말을 알아

주었으니, 지금도 뜻이 통하지 않을까?

[울지 마.]

손가락을 움직여 글을 완성하자 담덕의 눈이 크게 뜨였다. 그는 자리에서 벌떡 일어나 '내'가 있는 곳을 빤히 보았다.

전해졌다! 나는 서둘러 손가락을 움직였다.

[어린애도 아니고 왜 그렇게 울어?]

"……너 때문이잖아, 네가 눈을 뜨지 않으니까. 거기서 그렇게 있지 말고 어서 돌아와. 눈을 떠."

[그럴 수가 없어.]

몇 번이나 시도해 봤다. 나의 몸 위에 누워 보기도 하고, 손을 잡아 보기도 하고…… 다시 몸 안으로 들어갈 수 있을 법한 행동은 모두 해 보았지만 모조리 실패했다.

수없는 실패를 겪고 갈수록 희미해지는 내 몸을 보며 나는 서서히 다가올 미래를 실감했다.

[주어진 시간이 다 된 것 같아.]

소진으로 살다가 죽었다고 생각한 순간, 나는 연우희로 다시 눈을 떴다. 죽음 끝에 새로이 얻은 삶은 모든 순간이 내게 선물 같았다.

가족이 있었고, 친구가 있었고, 동료가 있었고, 연인이 있었다. 두 번째로 얻은 삶이기에 더욱 최선을 다했다. 나의 신념을 다해 모든 순간 후회가 없도록, 매일을 그렇게 살았다. 소진으로서 받아 보지 못한 수많은 애정을 받고 행복이 무엇인지도 알았다.

그런데 이제 이 삶마저 끝이 나는 걸까. 아직 해 보지 못한 것들이 너무도 많은데.

그렇게 생각하자 지난 기억들이 밀물처럼 밀려왔다. 우희로서 만났던 수많은 인연들과 순간들이 머릿속을 간단없이 스쳐 갔다.

"이렇게 끝낼 수는 없어. 이렇게 너를…… 끝내 구해 내지 못하고……."

담덕이 눈을 질끈 감았다. 감은 두 눈에서 쉴 새 없이 눈물이 후드득 떨어졌다.

"너를 곁에 두는 게 아니었어. 위험하고 불안한 자리라는 걸 알았는데, 그걸 알면서도 욕심을 부렸다. 이건 전부 내가 만든 비극이야."

어떻게 우희의 죽음이 담덕의 잘못일 수가 있을까? 우희를 죽게 만든 건 미쳐 버린 자의 광기였다.

[네 잘못이 아냐.]

"아니. 다 내 잘못이야."

[아니라니까.]

"아냐. 내 잘못이라고."

하지만 담덕은 납득하지 못했다. 나는 난처해졌다.

이대로 우희가 죽으면 담덕은 해서천이 바라는 대로 미쳐 버릴 것이다. 나는 그걸 바라지 않았다. 이 사람이 역사를 좌지우지하는 위인이라서가 아니었다. 나의 오랜 친구이자, 사랑스러운 남편이자, 내아이의 아버지인 담덕이 남은 삶을 지금처럼 멋지게 살아 주길 바랐다.

[그렇게 생각한다면 다음 생에 보답해.]

"기약 없는 미래가 무슨 소용이야."

[그럼 약속을 하면 되지.]

"약속?"

[그래, 우리 다시 만나자. 언제, 어디에서, 어떤 모습일지는 모르지만 우리 다시 만나. 이왕이면 우리 둘만 신경 쓸 수 있는 그런 세상에서.]

마지막 말과 함께 서서히 몸이 흩어지기 시작했다. 나는 조금 더 손가락을 빠르게 움직였다.

[그러니까 다시 만나기 전까지 제대로 살아야 해. 내가 기억하는 모습 그대로, 먼저 떠난 내가 질투가 날 정도로 멋지게.]

휘갈겨 쓴 글을 담덕이 얼마나 이해할 수 있을지는 알 수 없었다.

허황된 약속이라는 걸 안다. 소진으로서 죽고 우희로 다시 태어난 것이 믿을 수 없는 기적이었듯, 나와 담덕의 재회 역시 기적이라는 탈을 쓴 불가능에 불과하겠지.

하지만 이 허황된 약속이 이 남자의 남은 생을 지탱해 준다면.

[먼저 가서 기다리고 있을게.]

마지막 문장을 담덕의 몸에 새기자마자 우희의 몸에서 튕겨 나올 때처럼 정체를 알 수 없는 강한 힘이 온몸을 감쌌다. 흩어지는 영혼을 끌어당기는 힘에 정신이 아득해졌다.

눈이 멀 것 같은 강력한 빛. 마지막 기억이었다.

終章 종장

낙화유수(落花流水)

빛을 따라 앞으로 간다. 새하얀 공간. 얼마나 시간이 흘렀는지 알수 없었다. 나는 부유(浮遊)한 채 공기의 흐름을 따라 움직이고 있었다.

죽은 건가?

사람들은 끝없이 죽음 이후의 세계를 상상했다. 누군가는 천국과 지옥을, 누군가는 유령이 되어 이승을 떠도는 삶을 상상했다.

하지만 누구도 아무것도 존재하지 않는 백색 공간에 대해서는 말하지 않았다. 그건 나도 마찬가지였다.

이미 환생을 경험한 몸이라고, 이번에도 그럴 거라고 생각했는데. 너무 태평한 생각이었나? 환생은 한 번뿐이라고 정해져 있다든가…….

그렇게 생각하니 담덕에게 미안해졌다. 지킬 수 없는 약속을 해 버리고 말았으니 그에게 큰 죄를 지은 셈이다.

닿지도 않을 사죄를 하고 있으니 하얀 공간 속으로 서서히 소리가 들려오기 시작했다. 알아들을 수 없을 정도로 작은 소리였지만, 아무것도 없던 이 공간에 처음으로 나타난 존재였다.

나는 반가운 마음에 소리에 귀를 기울였다. 그러자 작았던 소리가 점점 커져 선명한 형태를 갖추었다.

소리의 정체는 평범한 대화였다. 젊은 남자와 여자가 나누는. 한 번도 들어 본 적 없는 낯선 목소리였다.

"신체 반응은 있는데 깨어나지를 못하시네요."

"저희도 도무지 이유를 모르겠습니다."

나를 두고 하는 말인가?

하지만 '깨어난다'는 건 살아 있는 사람에게 하는 말이다. 나는 이미 죽었으니 내게 그런 걸 기대하는 건 어불성설이었다.

그때 이상하리만치 선명한 목소리가 귓가에 들려왔다.

"어쨌든 의식이 없는 것 말고는 다 정상이라는 말입니까?"

역시나 처음 듣는 목소리였는데도 어쩐지 귀에 익었다. 누구일까?

지금 말하고 있는 사람의 얼굴을 확인해야겠다는 생각이 들었다. 나는 스스로에게 물었다.

어떻게? 어떻게 이 사람의 얼굴을 보지?

그러자 마음속 깊은 곳에서 금세 대답이 흘러나왔다.

바보야. 눈을 뜨면 되잖아!

아, 그렇구나. 눈을 뜨면 되지?

그렇게 깨닫자마자 어디론가 몸이 엄청난 속도로 빨려 들어가기 시작했다. 속도가 너무 빨라서 토할 것처럼 속이 울렁거렸다.

으아악!

나는 비명을 지르며 알 수 없는 곳으로 끌려갔다. 그만하라고 외치고 싶었지만 비명을 지르느라 말할 겨를이 없었다.

"아아악!"

그 순간 비명이 입 밖으로 터져 나왔다.

입 밖으로 터져 나와?

나는 놀라서 눈을 번쩍 떴다.

응? 눈을 번쩍 떠? 나는 죽었는데?

이해할 수 없는 일들의 연속이었다. 나는 어리둥절한 심경으로 눈동자를 굴렸다. 그러자 주위의 풍경이 눈에 들어왔다.

새하얀 벽과 천장. 하지만 아무것도 없던 그 공간과는 달랐다. 나는 천천히 시선을 아래로 내렸다. 햇살이 들어오는 창, 하얀 수증기가 뿜어져 나오는 가습기, 팔에 꽂힌 링거, 그리고 나를 보고 있는…….

"간호사?"

나는 벌떡 몸을 일으키며 눈앞의 여자를 보았다. 입고 있는 옷이 분명 간호사복이었다.

"네! 정신이 드셨네요!"

놀란 듯 동그랗게 눈을 뜨고 있던 간호사가 내 말에 재빨리 고개를 끄덕였다.

그럼 여긴 병원인가? 왜 병원이지? 나는 고구려에 있었고, 거기서 죽었고, 그래서…….

머릿속이 복잡했다. 밀려오는 두통에 머리를 부여잡았더니 간호사가 서둘러 외쳤다.

"환자분, 어디 불편하세요?"

"아뇨, 그냥 조금 혼란스러워서요."

"하지만."

내 말에 간호사가 난처한 얼굴로 나를 빤히 보았다.

"울고 계신데……."

울고 있다고? 내가?

손을 들어 얼굴을 만지니 정말 뺨이 축축했다. 오열 수준으로 쏟아지는 눈물에 스스로도 당황스러웠다.

"잠시만 기다리세요, 환자분! 담당 선생님 모셔 올게요!"

당황한 간호사가 그대로 문을 열고 병실을 뛰쳐나갔다.

활짝 열린 문 입구에 VIP 병실이라는 팻말이 붙어 있었다. 그 아래에는 환자의 이름이 일부 가려진 채 적혀 있었다. 나는 그 이름을 읽을 수 있었다.

"……김소진?"

우희로 환생하기 전의 '나'의 이름이었다.

◈ ◈ ◈

지금은 2017년. 여기는 대한민국 서울. 나는 김소진이고 직업은 한의사다. 얼마 전 화재 사건을 겪었으나 운 좋게 구조되어 목숨을 지켰고, 한 달 동안 의식을 찾지 못하고 이 병실에 누워 있었다.

"깨어나셔서 정말 다행이에요."

퇴원을 준비하는 내 곁에서 간호사가 웃으며 말했다. 내가 처음 깨어나던 날 곁에 있던 사람이었다. 지난 한 달간의 상황에 대해서 알려 준 사람도 그녀였다.

한 달. 한 달이라고.

우스웠다. 나는 수십 년의 세월을 보내고 왔는데, 사람들은 내가 겨우 한 달 동안 잠들어 있었다고 말한다.

전부 꿈이라고?

나는 화재 사고로 죽어 '우희'로 환생했다고 생각했다. 하지만 김소진은 죽지 않고 이렇게 살아 있었다.

정말, 그게 전부, 꿈?

우희로서 겪은 일을 말하면 미친 사람 취급받을 것이 분명했다. 나는 누구에게도 그 사실을 말하지 못하고 마음 한구석에 밀어 두었다. 퇴원한 뒤 당장 '연우희'에 대해 알아볼 생각이었다.

"여기 소지품이요."

간호사가 내게 작은 종이 쇼핑백을 내밀었다.

"병원에 실려 오실 때 가지고 계시던 것들이요."

쇼핑백을 받아 안을 살펴니 액정이 부서진 휴대전화와 불에 반쯤 타 버린 낡은 지갑이 들어 있었다. 내 것이 확실했다. 하지만 함께 들어 있는 옷은 내 것이 아니었다. 내가 평소 입던 옷과 비슷하기는 했지만, 그것과는 비교도 되지 않을 정도로 고급스러웠다.

"이건 제 옷이 아닌데요."

"아, 그건 보호자 분께서 준비해 두신 거예요. 갈아입을 옷이 필요하시잖아요? 환자복을 입고 퇴원할 수는 없으니까."

"보호자요?"

내게는 보호자라고 말할 사람이 한 명도 없었다. 그나마 이렇게 옷을 챙겨 줄 사람이라면 일하고 있는 한의원의 원장 윤명신뿐이었다.

2년 위의 한의대 선배인 그는 졸업하자마자 개인 한의원을 크게 차렸는데, 무슨 생각인지 내가 졸업할 즈음 제 한의원에서 일하는 건 어떠냐고 제안해 왔다. 학창 시절 내내 앙숙처럼 지냈던 걸 생각하면 놀라운 제안이었다. 나는 그를 기분이 좋을 때는 윤 선배, 기분이 나쁠 때는 윤병신이라고 불렀는데, 굳이 따져 보지 않아도 후자의 경우가 더 많았다. 그만큼 사이가 좋지 않았다는 뜻이다.

툭하면 내게 시비를 걸곤 하던 명신의 제안이라 의심스러운 구석이 많았지만 페이를 높게 불러 속는 셈 치고 제안을 수락했다. 물론 함께 일을 하면서도 명신은 내게 윤병신이라고 불릴 때가 더 많았다.

이걸 그 윤 선배가 준비했다고?

옷을 미리 준비해 줄 만큼 세심하고 사려 깊은 편은 아니었지만 그 말고는 정말 생각나는 사람이 없었다. 의아해하는 내 얼굴을 보고 간호사가 웃었다.

"환자분을 구한 것도 보호자 분이세요. 그분 아니었으면 환자분 큰일 났을 거래요."

점점 더 알 수가 없네. 그 윤 선배가 날 구해?

윤명신은 자기 몸 상하는 건 딱 질색하는 전형적인 부잣집 도련님이었다. 그런 사람이 몸을 던져 다른 사람을, 그것도 나를 구할 리가 없었다. 내가 알고 있는 윤명신과 간호사의 말 속 윤명신이 너무 달랐다. 혼란스러워하는 나를 보지 못했는지 간호사가 계속 그에 대해 떠들었다.

"게다가 아주 잘생기셨던데요? 저희 병동에 소문이 자자해요. 그분이 오시면 얼굴 구경하겠다고 슬쩍 나오는 사람이 얼마나 많은데요."

"아, 잘생기기는 했죠."

성격이 더러워서 그렇지.

반쯤 썩은 얼굴로 웃었지만 떠드는 일에 심취한 간호사는 내 얼굴을 보지 못했다.

"좋으시겠어요, 그런 남편을 두셔서."

"네?"

"보호자 분이요. 남편분 맞으시죠?"

남편이라니. 그 윤 선배가 남편이라니. 내 남편은 담덕…….

나는 오해를 풀기 위해 입을 열었다가 이어지는 깨달음에 곧 입을 다물었다. 아니, 내 남편은 아닌가. 담덕은 우희의 남편이었고, 지금 나는 우희가 아닌 김소진이니까.

우울해지는 기분에 나는 서둘러 말을 돌렸다.

"퇴원 수속은 어디서 해요?"

❖ ❖ ❖

나는 퇴원 수속 카운터에 서서 긴장된 얼굴로 낡은 지갑을 뒤적거렸다. 지갑 안에 든 현금은 고작 2만 3천 원뿐. 신용카드가 있기는 하지만 한도가 그리 크지 않았고, 체크카드 잔고도 얼마였는지 기억이 나지 않았다.

내가 가진 돈으로 충분할 거야. 충분하겠지? 충분하려나? 충분해야 할 텐데.

생각할수록 자신감이 줄어들었다.

나는 한 달 동안 이 병원에 입원해 있었다. 각종 치료비에 입원비까지. 평범한 병실에 있었대도 비용이 만만치 않았을 텐데, 하필 이 병원에서 가장 비싼 VIP 병실에서 한 달을 보냈다.

서울 시내에서 가장 큰 종합병원. 그곳의 VIP 병실에 나를 집어넣은 명신의 사고방식을 이해할 수가 없었다.

뭐, 이러나저러나 부잣집 도련님이라 돈 생각은 못 했겠지. 자기한텐 돈이 문제가 아니니까.

한숨을 내쉬고 있는 그때 무표정한 얼굴로 모니터를 바라보며 키보드를 두드리던 직원이 고개를 들었다.

"퇴원 수속은 다 되셨고요. 일주일 후에 경과 보러 오셔야 하는

데, 예약 언제로 잡아 드릴까요? 18일 토요일 괜찮으세요?"

"네, 오후라면."

"그럼 2시쯤으로 잡아 드릴까요?"

"네."

내 대답에 키보드를 몇 번 더 두드린 직원이 웃으며 말했다.

"네, 예약 시간 10분 전에는 와 주셔야 하고, 하루 전에 예약 안내 문자 보내 드릴게요. 그럼 다음 주에 뵙겠습니다."

깔끔한 인사에 나는 당황해서 손에 들고 있던 신용카드를 내밀었다.

"어, 결제는요?"

직원이 영문을 모르겠다는 듯 나와 신용 카드를 번갈아 보았다.

"결제는 다 되셨는데요?"

"네?"

"보호자 분께서 미리 다 결제하셨습니다."

"……네?"

다시 한번 되묻는 나를 보며 직원이 작게 한숨을 내쉬었다. 이 사람 왜 이렇게 말귀를 못 알아듣지? 그런 표정이었다.

"결제 다 되셨다고요. 보세요, 여기 수납증이요."

나는 얼떨떨한 얼굴로 직원이 건네는 수납증을 받아들었다. 그리고 내역을 확인하는 순간 입을 떡 벌리고 말았다.

하루에 250만 원, 한 달에 7,500만 원. 거기에 치료비며 약값까지. 믿을 수 없는 비용이 수납증에 인쇄되어 있었다.

사람들로 가득 찬 지하철에 앉아 비현실적인 금액이 인쇄된 수납 증을 보고 있자니 기분이 이상해졌다.

순식간에 현실로 돌아온 기분이라고 해야 하나?

아직 이 삶에 현실감을 느끼고 싶지 않았다.

나는 수납증을 대충 주머니 속에 구겨 넣고 종이 가방 속의 휴대전화를 꺼냈다. 혹시나 해서 전원 버튼을 눌러 보았지만 액정이 부서진 휴대전화는 아무런 반응이 없었다. 완전히 부서진 것인지 배터리가 다 소모된 것인지는 알 수 없었다.

지하철에서 내려 익숙한 길을 따라 걷자 금세 한의원에 도착했다. 4층 단독 건물에 입원 병실까지 갖춘 큰 한의원이었다.

변한 게 하나도 없어. 마지막 기억 그대로잖아.

여전한 건 건물뿐만이 아니었다. 안으로 들어서자마자 간호사들이 놀란 눈으로 내게 인사를 건넸다.

"어, 김 선생님. 퇴원하셨어요?"

"네, 오늘요. 병문안 왔었다면서요? 고마워요."

"무슨 말씀이세요? 당연히 가야죠."

"진료실은요?"

"아."

내 말에 간호사가 어색하게 웃었다. 진료실은 내가 화재 사고를 당한 장소였다.

"보수공사는 끝났어요. 타 버린 자료들은……."

"괜찮아요, 그렇게 중요한 자료는 없었어요."

진료실에 두었던 자료들이라고 해 봐야 어차피 한의학 서적들뿐이었다. 중요한 의료 기록들은 전부 컴퓨터 시스템에 저장되어 있으니 문제없었다.

"가구랑 집기는 전부 새것으로 교체해 뒀어요. 윤 원장님께서 지시하셔서요."

"그래요? 원장님은요?"

곧장 집으로 가지 않고 한의원으로 온 건 명신과 할 이야기가 있어서였다. 그가 결제해 준 병원비나 지난 한 달간의 상황을 묻고 싶었다.

"지금 진료 중이세요."

"끝나고 나오시면 제 진료실로 전화 달라고 전해 주세요."

간호사에게 부탁하고 진료실로 향했다. 보수를 모두 끝마친 진료실은 불이 났던 곳이라고 믿을 수 없을 만큼 멀쩡했다. 가구와 집기는 낯설었지만 공간 자체는 익숙했다.

눈으로 풍경을 훑자 불길이 사방을 빼곡하게 채웠던 화재의 순간이 겹쳐졌다.

그날은 다른 한의사 대신 당직을 서던 날이었다. 진료실에서 자료를 살피다 깜빡 졸았는데, 정신을 차려 보니 사방이 새빨간 불길이었다.

그 순간을 떠올리니 숨이 턱 막히는 것 같았다. 나는 손으로 입을 틀어막으며 눈을 질끈 감았다. 고개를 저어 나쁜 기분을 털어 내자 곧 호흡이 돌아왔다.

나는 깊게 숨을 들이마시며 진료실 안으로 들어섰다. 책상 앞에 자리를 잡고 앉으니 어쩔 수 없이 이게 현실이라는 것이 느껴졌다.

사람이 붐비는 지하철. 익숙한 출근길. 간호사들이 반갑게 인사해 주는 한의원. 진료를 보던 나의 공간. 이게 현실이었다.

그럼 고구려는? 연우희는? 담덕은? 그건 전부 뭔데?

그 모든 것이 단순한 꿈이었을 리 없다. 내가 연우희로서 살았던 매 순간은 분명 현실이었다. 현실이 아니라면 그처럼 생생할 수가 없으니까.

지금 순간도 현실이고, 고구려에서 보낸 삶도 현실이라면…….

머리가 복잡했다. 나는 책상 위에 놓인 컴퓨터의 전원을 켜 인터

넷 창을 열었다.

광개토대왕. 익숙한 이름을 입력하자 몇 초 만에 수많은 자료들이 웹페이지에 나타났다.

'이름은 담덕(談德)이며, 고국양왕(故國壤王)의 아들이다. 소수림왕의 정치적 안정을 기반으로 최대의 영토를 확장한 정복 군주로서 완전한 묘호는 국강상광개토경평안호태왕(國岡上廣開土境平安好太王)이다.'

'386년 태자로 책봉되었으며, 391년 고국양왕 사후에 즉위하였다. 즉위 초부터 대방(帶方)을 탈환하고자 백제의 북쪽을 공격하여 석현(石峴) 등 10성을 함락하였고, 396년에는 친히 수군을 거느리고 백제를 정벌하여 58성을 차지하였다.'

'400년 신라 내물왕의 요청으로 5만의 원군을 보내어 왜구를 격퇴시켰으며, 연(燕)나라의 모용희(慕容熙)를 반격하여 신성(新城), 남소(南蘇)의 2성 등 700여 리의 땅을 탈취하였고, 405년과 406년 후연(後燕)의 모용희의 침입을 2번 받았으나 요동성(遼東城)과 목저성(木底城)에서 모두 격퇴하였다.'

모니터 속에 내가 겪었던 많은 일들이 건조한 글씨로 나열되어 있었다. 기록들을 읽을 때마다 지난 기억들이 머릿속에 되살아났다.

나는 고구려의 역사를 깊게 공부하지 않았다. 그랬던 내 머릿속에 이 모든 기억이 있다는 것 자체가 우희로서의 삶이 단순한 꿈이 아니라는 증거였다.

20년 넘는 그 시간들이 이처럼 짧은 글로 정리될 수 있을까?

나는 입술을 질끈 깨물고 빠르게 스크롤을 내렸다. 마지막 문단에서 눈을 뗄 수가 없었다.

'412년 광개토대왕 서거.'

우희가 죽고 채 10년도 되지 않아 담덕도 죽었구나. 속에서 무엇인가가 울컥 올라왔다. 금방이라도 눈물이 날 것처럼 입술이 바르르 떨렸다.

그때 입구에서 누군가의 목소리가 들려왔다.

"김소진."

목소리만으로도 알 수 있었다. 명신이었다.

나는 심호흡을 하며 눈물을 속으로 삼키고 고개를 들었다.

"진료 중이시라고 들었는데요."

"네가 왔다고 해서 대충 끝내고 나왔어."

급하게 왔는지 내 앞에 다가온 명신의 머리카락이 조금 흐트러져 있었다.

"대충이라니……. 그거 의료인으로서 괜찮은 거예요?"

"너야말로 괜찮은 거냐?"

명신이 삐딱하게 팔짱을 낀 채 나를 내려다보았다. 무슨 의미인가 싶어 명신을 보니 그가 헛웃음을 흘렸다.

"오늘 퇴원했다면서 뭐 하러 병원에 나와? 집에나 갈 것이지."

"이거 때문에요."

나는 주머니에 대충 구겨 넣었던 수납증을 명신에게 내밀었다.

"이게 뭔데?"

"수납증이요."

"산재 처리해 달라고?"

"아뇨, 이거 윤 선배가 결제하셨다고 해서……."

내 말에 명신의 얼굴이 기묘하게 일그러졌다.

"내가?"

"아니에요?"

"아닌데."

"보호자 분이 결제했다고 하던데요."

"그러니까 내가 왜 네 보호자야?"

"……네?"

순간 할 말을 잃었다. 명신의 말이 맞았다. 그가 내 보호자일 이유는 하나도 없었다. 하지만 그가 아니면 내 보호자 역을 자처할 사람이 없는 것도 사실이었다. 왜냐하면 김소진은 고아에다 친구도 없고, 연인도 없었으니까.

내가 얼떨떨한 표정으로 굳어 있자 명신이 한숨을 내쉬며 제 머리를 헤집었다.

"너 구해 준 사람."

"네?"

"너 구해 준 사람이 입원 수속까지 다 해 줬어. 결제도 그 사람이 한 거 아냐?"

"그 사람이 누군데요?"

"못 들었어? 병원에서 물어보지 그랬어."

"아, 저는 당연히 윤 선배인 줄 알았어요. 보호자 역할 해 줄 사람이 선배 말고는 딱히 생각 안 나서."

내 말에 심드렁하던 명신의 표정이 조금 풀어졌다. 조금 전까지는 기분 나빠 보이더니 어느 부분에서 기분이 풀린 건지 도무지 알 수가 없었다.

"우리 한의원에 입원한 환자 보호자야. 병문안 왔다가 불난 걸 보고 널 구했다더라."

"구해 준 건 참 감사한 일인데, 환자 보호자가 왜 제 치료비까지 내 줘요?"

"그걸 내가 어떻게 알아?"

명신의 표정이 다시 심드렁해졌다.

나는 의아한 마음으로 수납증을 바라보았다. 수납된 돈은 아무런 관계도 없는 사람이 선뜻 내줄 정도의 금액이 절대 아니었다. 환자 보호자라면 진료 기록에 연락처가 남아 있겠지. 간호사에게 물어서 따로 연락을 해 봐야겠다.

그렇게 생각하며 수납증을 빤히 보는 내게 명신이 말했다.

"합선이었대."

고개를 들어 명신과 눈이 마주치자 그가 한숨을 내쉬며 머리를 벅벅 긁었다.

"화재 원인 말이야. 합선 때문에 불이 난 거라고 하더라. 병원을 후지게 지어서 미안하다."

명신의 말에 나는 황당해져 입을 벌렸다. 내가 아닌 어느 누가 들었어도 비슷한 반응이었을 것이다.

"……이 병원이 후진 거면 한국에 안 후진 한의원이 없을걸요."

지은 지 10년도 안 된 단독 건물에, 진료 과목도 세분화되어 있고, 입원실까지 갖추고 있는 이 한의원의 어디가 후지다는 말인가?

하지만 명신은 제법 진지해 보였다.

"사고 났던 곳에서 지내기가 불편하다고 하면 진료실은 다른 곳으로 바꿔 줄게."

"그럴 필요까지는 없어요."

"정말 괜찮은 거 맞아? 방금 너 책상 앞에 앉아서……"

"아, 그거 보셨구나."

담덕에 대해 찾아보다 울컥한 것을 보고 오해를 한 모양이었다. 나는 새삼스러운 눈으로 명신을 바라보았다.

"설마 지금 저 걱정해 주시는 거예요?"

"야, 당연한 거 아냐? 도대체 날 어떤 놈으로 봤기에 그런 소리를 해?"

"윤 선배는 윤 선배죠."

가끔은 윤병신이고.

속으로 삼킨 말까지 다 읽었다는 양 명신이 이를 바드득 갈았다.

"그으래. 네가 날 어떻게 생각하는지 아주 잘 알겠다."

명신이 내 머리를 거칠게 헤집으며 말했다. 투덜거리는 말투와 달리 내용은 아주 친절했다.

"너 2주간 휴가야. 유급으로 처리해 줄 테니까 집에서 꼼짝 말고 쉬어. 병원에 나올 생각은 하지도 말고. 알겠어?"

❖ ❖ ❖

나는 주어진 휴가 동안 광개토대왕에 관련된 책들을 닥치는 대로 찾아 읽었다. 누구보다 먼저 도서관에 들어가 가장 마지막에 도서관을 나섰다. 그렇게 일주일이 지나자 도서관 직원들이 모두 내 얼굴을 기억할 정도였다.

그렇게 도서관에 상주하며 많은 책을 읽었지만 담겨 있는 내용들은 거의 비슷했다. 대부분의 책들은 광개토대왕비와 《삼국유사》의 기록을 바탕으로 한 왕의 업적에 집중하고 있었다. 정작 내가 찾고 싶었던 광개토대왕의 개인적인 삶에 대해서는 알 길이 없었다.

광개토대왕의 부인에 대한 기록도 찾기 힘든 건 마찬가지였다. 태왕에게 연과 승평이라는 두 아들이 있었다는 기록은 많았지만, 그들의 어머니이자 황후였을 여인에 대해서는 '누구인지 알려진 바 없다'는 내용만이 짧게 실려 있을 뿐이었다.

장수왕에 대한 기록을 읽을 때는 기분이 이상했다. 그 작았던 녀석이 이렇게 많은 일을 해냈다고 생각하면 대견하면서도 마음이 아팠다. 어머니도, 아버지도 일찍 잃고 많이 외로웠을 텐데. 가장 물려주고 싶지 않았던 외로움을 그 아이에게 주고 말았다는 것이 미안했다.

그래도 연이라면 승평과 의지하며 씩씩하게 지냈을 거다. 제신이 아버지처럼 연의 곁을 지켰을 거고, 태림과 운도 그 아이를 많이 도와줬겠지. 어쩌면 지설도 국내성으로 돌아왔을지도 몰라.

재미있는 이야기도 있었다. 나는 장수왕 시절 백제를 뒤흔든 간자의 이름이 '도림'이라는 사실을 발견했다. 바둑 두는 실력이 뛰어나다는 묘사가 있는 걸 보면 내가 아는 도림이 분명했다. 나는 이 사람이 나와 함께 바둑을 두곤 했던 꼬마 스님 도림일지, 신라에서 지낼 때처럼 가명을 내세운 운일지 상상하며 꽤 즐거운 시간을 보냈다.

하지만 즐거움보다는 아쉬움이 많았다. 궁금한 이야기는 너무 많은데, 남아 있는 기록에는 한계가 있었다.

담덕이 어떻게 세상을 떠났는지, 제신은 혼인해 아이를 몇이나 낳았는지, 연의 즉위식은 어땠는지, 승평은 정말 비로의 수장이 되었는지…… 나는 이 시대에 전해지지 않은 그런 이야기들이 궁금했다.

글자와 글자 사이의 여백을 읽으면 기록되지 않은 이야기들을 알 수 있을까? 무의미한 일이라는 걸 알면서도 나는 책을 읽고 또 읽었다.

그렇게 한참 책에 집중하고 있을 때 주머니에서 휴대전화의 진동이 느껴졌다. 휴대전화를 확인하니 깨진 화면에 짧은 안내 문자 하나가 나타났다.

[예약 안내. 김소진 님. 18일(토) 14:00. 서울종합병원.]

"아, 병원."

완전히 잊고 있던 일정이었다.

❖ ❖ ❖

병원에 도착해 의사와 면담을 한 뒤 간단한 검사를 몇 가지 마쳤다. 간단한 검사인 만큼 결과는 금방 나왔다.

"검사 결과상 특별한 문제는 없습니다. 그래도 혹시 모르니 다음 달까지는 매주 오셔서 검사를 받으세요. 이유 없이 한 달 동안이나 의식이 없었으니, 아직 저희가 발견하지 못한 부분이 숨어 있을지도 모릅니다."

의사는 심각한 얼굴로 말했지만 나는 그의 충고를 대수롭지 않게 넘겼다. 몸이 가벼운 게 스스로 느껴질 정도라 어딘가 문제가 있을 거라는 생각이 전혀 들지 않았다.

한 달 동안 의식이 없었던 건 몸에 문제가 있었기 때문이 아냐. 그동안 내가 우희의 삶을 겪었기 때문이지.

한 달이라는 짧은 시간 동안 20여 년을 살았으니 산술적으로는 계산이 맞지 않았다. 하지만 상식적으로 생각할 필요가 없었다. 상식을 끌고 오는 순간 환생이라는 것도 말이 되지 않는다.

"참, 보호자 분도 치료받으셔야 하는데. 같이 안 오셨어요?"

의사의 말을 한 귀로 흘려듣던 내게 놓칠 수 없는 말이 들려왔다.

보호자.

의사가 말하는 '보호자 분'이란 나를 구해 주고 병원비까지 모두 내주었다는 그 사람이 틀림없었다.

대단한 은인임에도 불구하고, 내가 그 사람에 대해 아는 것은 딱 두 가지뿐이었다. 간호사를 통해 알아낸 진호연이라는 그의 이름 석 자와 11자리의 휴대전화 번호. 그게 전부였다.

우리 한의원에 입원했었다는 환자는 그 사람의 어머니였다. 그녀가 아직 입원 중이었다면 일이 쉬웠겠지만, 아쉽게도 그녀는 내가 병원에 누워 있는 동안 이미 퇴원을 해 버렸다.

그나마 기록에 보호자의 연락처가 남아 있어 다행이었다. 나는 곧장 그쪽으로 전화를 걸었지만 몇 번의 시도 끝에도 연락이 닿지 않았다.

대여섯 번 정도 시도를 하고 나니 더 이상 전화를 걸면 민폐일 것 같다는 생각이 들었다. 모르는 번호로 부재중 전화가 엄청 찍혀 있으면 무서울 것 같기도 하고. 나는 다시 전화를 거는 대신 '통화가 가능하실 때 연락 달라'는 문자를 남겼다. 하지만 그에 대한 답장도 없었다.

그게 벌써 일주일 전의 일이다. 그 뒤로 내게 진호연이라는 사람은 상당히 미스터리한 인물로 남았다. 처음 보는 사람을 위해 불길에 뛰어들고, 그 사람을 비싼 병실에 입원시키더니, 비용을 모두 결제해 버리고는, 엄청난 비용이 아깝지도 않은지 연락조차 되지 않았다.

그런데 생각지도 못하게 의사로부터 그의 이야기를 듣게 된 것이다.

"팔에 화상 입으신 거 꾸준하게 치료 안 하면 덧나요. 흉터도 남고. 그러니까 같이 와서 치료받으세요."

"화상이요?"

"네, 꽤 심각했던 걸로 기억하는데."

의사의 말에 나도 모르게 미간이 찌푸려졌다. 얼굴도 모르는 사람에게 도대체 몇 번이나 빚을 진 건지. 이 빚을 모두 갚으려면 평생을 써도 모자랄 것 같았다.

"오늘은 어쩔 수 없고, 다음에는 꼭 데려오세요."

의사가 한 번 더 당부했지만 대답할 수가 없었다.

마음 같아서는 무엇이든 하고 싶었다. 감사 인사도 하고, 대납해 준 병원비도 갚고, 화상 치료도 해 주고 싶었다.

하지만 연락조차 닿지 않는 상대에게는 모두 불가능한 일이잖아.

나는 주머니 속에 들어 있는 휴대전화를 만지며 한숨을 내쉬었다.

여전히 그 사람과 연락이 닿지 않은 채로 2주의 휴가가 모두 끝났다. 오랜만에 출근한 내 모습을 본 명신은 반갑게 인사를 해 주기는커녕 대뜸 얼굴부터 구겼다.

"너 쉬다 온 거 맞아? 얼굴이 엉망인데."

"그렇게 안 좋아요?"

낮에는 도서관에서, 밤에는 인터넷으로. 종일 광개토대왕과 장수왕에 대한 자료를 찾아 읽느라 잠을 제대로 자지 못했다. 대충 계산해 보니 하루에 서너 시간 잔 것이 전부였다. 당연히 얼굴이 좋을 수가 없었다. 출근 준비를 하며 거울을 보았다가 초췌한 모습에 일순 흠칫했지만, 화장으로 대충 가렸다고 생각했다.

"화장하니까 괜찮아 보였는데……."

"넌 그게 화장으로 가려질 거라고 생각했냐?"

"이럴 땐 모르는 척 해 주는 게 예의예요. 오늘 얼굴 상태가 어쩌고 저쩌고, 그런 거 지적하는 거 엄청 실례거든요!"

나는 투덜거리며 접수처에 앉은 간호사에게 다가갔다.

"오늘 제 앞으로 예약된 환자 몇 명이에요?"

"휴가 끝나고 첫 출근이시니까 여유롭게 잡았어요. 차트는 여기 있습니다."

"아, 고마워요."

나는 간호사가 내미는 예약 차트를 받아 들고 환자들의 정보를 살폈다.

내 전담은 비만과 피부 관리 쪽이었다. 심각한 질병을 치료하는 게 아니어서 환자당 진료 시간이 짧아 늘 빡빡하게 예약이 잡혀 있었는데, 오늘은 확실히 평소보다 수가 적었다.

신규 환자가 셋이고, 나머지는 기존에 오시던 분들이네. 첫 진료는 10시 반이고…….

천천히 차트를 살피는 동안 환자 한 명이 문을 열고 안으로 들어섰다. 힐끗 얼굴을 보니 낯선 중년의 여성이었다.

내 환자는 아니구나.

관심을 끄고 다시 차트로 고개를 돌리는데, 간호사의 밝은 목소리가 환자를 맞이했다.

"안녕하세요. 오해란 님 맞으시죠? 오랜만에 오셨네요."

"그동안 조금 바빴어요. 9시 반에 예약해 뒀는데."

"네, 예약되어 있으세요. 바로 진료실로 안내해 드릴게요."

오해란? 익숙한 이름이었다. 어, 그러니까, 그 진호연이라는 사람의 어머니 이름이 오해란 아니었던가?

나는 눈을 동그랗게 뜨고 진료실로 향하려는 중년의 여성을 바라보았다. 나의 시선을 느꼈는지 그녀가 내 쪽으로 고개를 돌렸다. 나는 눈이 마주치는 순간을 놓치지 않고 그녀에게 물었다.

"혹시 진호연 씨 어머님 되시나요?"

내 질문에 의아한 얼굴로 서 있던 그녀의 눈이 커졌다.

"우리 호연이를 아세요?"

내 기억이 맞았다. 나는 허둥대며 그녀 앞으로 가 고개를 숙였다.

"안녕하세요, 저는 김소진이라고 합니다. 여기에서 일하는 한의사고요."

"네에…… 그런데요?"

"한 달 전쯤에 여기서 불이 났었는데, 아드님께서 절 구해 주셨어요. 기억하시죠?"

"아, 그 한의사 아가씨!"

의아한 얼굴로 눈을 깜빡이던 그녀의 얼굴에 미소가 번졌다. 그제야 내가 먼저 말을 건넨 이유를 깨달은 모양이었다.

"그 일을 어떻게 잊어요. 당연히 기억하죠."

"감사하다는 말씀을 드리지 못해서 계속 마음이 무거웠어요. 정말 감사합니다."

다시 한번 고개 숙이며 감사 인사를 건네자 그녀가 민망한 듯 웃으며 손사래를 쳤다.

"난 인사받을 일 한 적 없어요. 전부 호연이가 한 일이고, 난 입원실에 가만히 누워만 있었는데요 뭐."

"그렇지 않아도 진료 기록에 남아 있는 번호로 아드님께 연락을 드렸는데 통 전화를 받지 않으셔서요. 감사 인사도 전하고, 대신 결제해 주신 병원비도 드리고 싶은데…… 어떻게 연락할 방법이 없을까요?"

내 말에 그녀의 입이 서서히 벌어졌다. 조금 넋이 나간 것 같은 얼굴이었다. 그 얼굴을 보자 뒤늦게 연락이 닿지 않는 사정이 있을지도 모른다는 생각이 들었다.

"혹시 연락받기 어려우시면 어머님께라도 병원비를 드릴게요."

서둘러 덧붙이니 그녀가 소리까지 내며 경쾌하게 웃었다.

"나한테요? 그랬다간 큰일 나요, 아하하."

귓가를 울리는 맑은 웃음소리에 나는 얼떨떨해져 그녀를 보았다.

도대체 뭐가 웃긴 거지?

내 말을 되짚어 보았지만 웃을 부분이 전혀 없었다. 그렇게 생각한 건 명신과 간호사도 마찬가지였는지 그 두 사람의 표정도 나와 비슷했다.

"어쩐지, 그 녀석이 여유롭게 일이나 하고 있더라니."

영문 모를 말을 중얼거린 그녀가 데스크에 놓인 메모지에 긴 숫자를 적어 내게 내밀었다. 의미 모를 숫자들을 가만히 보고 있으니 그녀가 여전히 웃음기 섞인 얼굴로 말했다.

"내 아들한테 빚을 졌으니, 해결도 그 녀석하고 봐야죠. 이쪽으로 연락해 보세요. 아마 통화가 될 거예요."

내가 메모지를 받아 들자 그녀가 설명을 덧붙였다.

"진료 기록에 남아 있는 번호는 아마도 한국 휴대전화 번호였을 텐데, 그건 한국에 올 때만 쓰거든요. 지금은 호연이가 홍콩에 있어서⋯⋯. 이번 달 내내 그쪽에 있을 예정이니까 이 번호로 연락하면 바로 받을 거예요."

"감사합니다."

"아니에요. 내가 더 감사하죠."

"네? 무슨 말씀이신지⋯⋯."

영문 모를 말이었다. 하지만 그녀는 내게 상황을 설명해 줄 생각이 없는 것 같았다.

"그럼 잘 부탁해요."

그녀는 그렇게 제 할 말만 남기고 진료실로 사라졌다. 내 두 손을 잡고 가볍게 악수까지 한 뒤였다.

도대체 뭘 잘 부탁하신다는 거야?

나는 온기가 남아 있는 두 손을 내려다보며 고개를 갸웃거렸다.

첫 예약 진료까지 시간이 조금 남아 있었다. 나는 진료실에 앉아 긴장된 마음으로 메모지에 적힌 번호를 눌렀다.

마지막으로 통화 버튼을 누르자 특별하지도 않은 통화 연결음이 들려왔다. 규칙적인 신호음이 이어질수록 긴장이 풀어졌다.

이것도 안 받는 거 아냐? 연락 한번 하기 정말 힘드네.

그런 생각이 들 때쯤, 끝나지 않을 것 같던 통화 연결음이 끊어졌다.

-喂(여보세요)?

뒤이어 흘러나온 건 우리말이 아니었다. 당황해서 순간 말을 잇지 못하자, 잠시 부스럭대는 소리가 나더니 곧 익숙한 말이 이어졌다.

　-아, 죄송합니다. 번호를 확인 안 하고 받아서 한국에서 온 전화인 줄 몰랐어요. 누구시죠?

　낯설지만 익숙한 목소리였다. 하얀 공간 속에서 들었던 그 목소리. 저 목소리를 듣고서 눈을 떠야겠다고 생각했었지.

　하지만 정작 눈을 떴을 때 나를 맞이해 준 사람은 간호사뿐이었다.

　"진호연 씨 되시나요?"

　-네, 그런데요.

　"아, 안녕하세요. 저는 김소진이라고 합니다. 한 달 전에 절 구해 주셨는데, 혹시 기억하시나요? 어머니께서 입원해 계시던 한의원에서요."

　-아.

　내 말에 상대방이 짧은 탄성을 내뱉었다. 그 뒤로 이어질 말을 기다렸지만 수화기 너머에서 들려오는 소리는 하나도 없었다.

　끊어졌나?

　혹시나 해서 휴대전화 화면을 보았지만 전화는 정상적으로 연결되어 있었다.

　-김소진 씨.

　화면을 확인하고 있는 그때 수화기 너머로 목소리가 들려왔다. 나는 서둘러 휴대전화를 귀에 가져갔다.

　-당연히 기억합니다. 그런 일을 고작 한 달 만에 잊어버릴 사람은 상당히 드물지 않습니까?

　어쩐지 웃음이 섞인 목소리였다.

하긴. 생각해 보면 우스운 질문이었다. 큰불이 나고, 사람을 구하느라 화상을 입고, 엄청난 병원비까지 냈는데 그 일을 잊어버릴 리가 없지 않나.

나는 민망해져 헛기침을 하며 재빨리 본론으로 화제를 돌렸다.

"감사합니다. 덕분에 목숨을 구했어요. 더 빨리 인사를 드리고 싶었는데 연락이 닿지 않아서…… 한국 번호로 전화를 드렸거든요."

—그러셨군요.

그렇게 대답하는 그의 뒤에서 다른 사람의 목소리가 들려왔다. 외국어라 알아들을 수는 없었지만, 분위기상 그를 급하게 찾는 것 같았다.

"혹시 지금 통화가 곤란하신 거면……."

—아뇨, 괜찮습니다.

질문이 끝나기도 전에 그가 딱 잘라 말했다. 잠시 그의 목소리가 멀어졌다. 그는 자신을 부르는 사람과 짧게 대화를 나누더니 금세 다시 통화로 돌아왔다.

—감사 인사를 들으려고 한 일은 아닙니다.

"그래도 감사합니다. 저 구하다가 다치기까지 하셨다고 들었어요. 화상 입으신 거, 제대로 관리 안 하면 덧나니까 꼭 병원에서 치료받으셔야 한대요. 치료비는 제가 부담할 테니까 꼭 병원에 가 주세요."

—병원에서 치료라…….

잠시 생각하던 남자가 질문을 던졌다.

—그거, 김소진 씨가 해 주면 안 됩니까?

"예?"

—그쪽도 의료인이잖아요. 화상도 치료하실 수 있을 것 같은데.

"할 수야 있는데, 그래도 화상이면 저희 쪽보다는 화상을 전문으로 보는 외과나 피부과 쪽이 더 좋으실 것 같아요. 게다가 전 화상 쪽 전문가도 아니고요."

　—그게 걱정이신 거면 괜찮습니다. 이번 달은 제가 조금 바쁘고, 다음 달 초에는 시간이 나요. 첫째 주 수요일 어떻습니까? 오후 7시로.

　"어…… 그때로 예약 잡아 드릴까요?"

　거침없이 말하는 상대의 분위기에 휩쓸려 얼떨떨하게 말하니 그가 웃으며 대답했다.

　—네. 잡아 주세요, 예약. 그럼 다음 달에 뵙죠.

　그 말과 함께 전화가 끊어졌다.

　"어, 잠시만요! 먼저 내주신 치료비 이야기도 해야……."

　그제야 정신이 들어 서둘러 말해 보았지만 이미 끊어진 전화에 대고 말하는 건 아무 소용이 없었다.

　"아, 정작 중요한 걸 말 못 했잖아."

　다시 전화를 걸었지만 그는 응답이 없었다. 한 번 더 걸어 볼까 생각했지만 금세 마음을 접었다.

　많이 바빠 보였지, 그 사람.

　계속 전화를 하는 것도 방해일 것 같았다. 어차피 다음 달에 보니까, 그때 얼굴 보고 이야기하면 되겠지 뭐.

　나는 한숨을 내쉬며 휴대전화를 내려놓았다. 때마침 예약 시간이 다가왔는지 간호사가 진료실 문을 두드리고 안으로 얼굴을 빼꼼 내밀었다.

　"선생님, 환자분 오셨는데 안으로 모실까요?"

　"네, 그렇게 해 주세요."

　"예."

간호사가 활짝 웃으며 진료실을 나섰다. 그 모습을 보다가 남자가 부탁한 예약이 생각났다.

"잠시만요!"

서둘러 간호사를 부르자 문을 닫고 나섰던 그녀가 다시 돌아와 얼굴을 내밀었다.

"네, 선생님. 무슨 일이세요?"

"예약 하나만 잡아 줄래요? 다음 달 첫째 주 수요일 오후 7시요."

"선생님……."

내 말에 간호사의 얼굴이 난처함으로 물들었다. 나는 놀라서 그녀에게 물었다.

"벌써 예약 잡혀 있어요? 다음 달 스케줄인데?"

"그게 아니라…… 저희 수요일에는 야간 진료 없잖아요. 6시 진료가 마지막인데."

"아."

그랬다. 8시까지 야간 진료를 하는 건 화, 목, 토 사흘뿐이었다.

"아아아, 그랬죠. 오랜만이라 완전히 잊고 있었어요."

나는 머리를 부여잡으며 책상 위의 휴대전화를 바라보았다.

다시 통화할 수 있으려나?

❖ ❖ ❖

결국 나는 다음 달 수요일이 될 때까지 그 사람과 통화를 하지 못했다.

어지간히 바쁜 사람인가 보네. 어떻게 전화 한번 하는 게 이렇게 힘드냐?

투덜거려 봐도 소용없었다. 별생각 없이 예약을 잡아 주겠다고 나선 내 잘못이니 내가 수습을 하는 수밖에 없다.

"그럼 저희는 먼저 가 볼게요, 선생님."

다른 사람들은 모두 퇴근하고, 마지막까지 데스크를 지키던 간호사까지 한의원을 나섰다.

이제 이 건물에 남은 사람은 당직 한의사와 간호사, 팔자에도 없이 연장 근무를 하게 된 나, 단 셋뿐이었다. 아, 경비 아저씨도 한 분 추가.

나는 그런 영양가 없는 생각을 하며 진료실 의자에 몸을 묻었다. 약속된 7시까지는 아직 여유가 있었다.

이제 좀 살 것 같다. 야간 진료가 없는 날은 예약이 너무 빡빡하단 말이야.

그 사이 나는 빠르게 김소진의 현실로 돌아왔다. 매일이 바쁘고 정신없이 흘러가 다른 생각을 할 여유가 없었다.

물론 찰나의 틈이 날 때마다 우희의 삶이 머릿속을 잠식했다. 그곳에서 만난 인연들과 여전히 생생한 기억을 되감다 보면 속절없이 시간이 흘러, 의아하게 나를 부르는 간호사의 목소리에 정신을 차린 것이 한두 번이 아니었다.

지금도 마찬가지였다. 편안한 의자에 앉아 여유가 생기자마자 머릿속이 우희의 삶으로 가득 찼다.

상념은 오래가지 못했다. 가볍게 문을 두드리는 소리가 들렸다.

벌써 시간이 다 됐나?

벽에 걸린 시계를 보니 바늘이 정확히 7시를 가리키고 있었다.

"들어오세요."

그렇게 말하며 자리에서 일어서자 문이 열리고 한 남자가 들어섰다. 딱 떨어지는 슈트를 입고 안으로 들어선 남자는 키가 크고 체격이 좋았다.

"안녕하세요, 김소진 씨."

남자의 인사에 나는 자리에서 일어서 그를 바라보았다.

안녕하세요, 진호연 씨.

그렇게 말을 하려고 했는데.

남자의 얼굴을 보는 순간 입이 돌이라도 된 것처럼 딱딱하게 굳어 버렸다.

남자는 인사도 없이 굳어 있는 나를 말 없이 바라보았다. 그의 눈동자가 커질 대로 커진 나의 두 눈을 꿰뚫어 보는 것 같았다.

"제가……."

남자가 조심스럽게 입을 열었다.

"지금부터 우스운 이야기를 하나 할까 합니다. 당신이 믿으실지는 모르겠지만……."

그가 살짝 웃었다.

"전 태어나면서부터 제가 특별하다는 걸 알았습니다. 어머니의 배 속에 있을 때부터 전생의 기억을 가지고 있었거든요."

나도 그런 생각을 한 적이 있었다. 고구려에서 우희라는 여자아이로 눈을 떴을 때의 일이었다.

"물론 모든 기억을 가지고 있는 건 아닙니다. 대부분의 기억은 아주 희미해서 꿈인가 싶을 정도였죠. 하지만."

잠시 말을 멈춘 남자가 나를 빤히 보았다. 내 얼굴을 살피는 집요한 시선에 뺨이 따갑게 느껴질 정도였다.

"한 사람에 대한 기억만은 유독 선명했습니다. 이름이나 얼굴은 몰라요. 그런데 그 사람과 나눈 이야기, 함께 보낸 시간, 그리고 마지막 약속까지. 그 모든 게 선명해서…… 난 단 한 순간도 그걸 잊어 본 적이 없어요."

남자가 천천히 내게로 다가왔다. 걸어오는 동안에도 그는 말을 멈추지 않았다.

"신기하지 않습니까? 내 이름조차 떠오르지 않는 희미한 기억 속에 그토록 선명하게 남은 사람이라니, 과연 그 사람은 누구일까. 난 늘 궁금했어요."

남자의 말이 끝나는 순간. 그의 걸음이 정확히 내 앞에서 멈춰 섰다.

"김소진 씨."

분명히 내 이름인데 어딘가 현실감이 없었다. 전부 이 남자 때문이었다.

"혹시 당신이 그 사람입니까? 나하고 다시 만나자고 약속한 적 있어요?"

약속이라는 말이 나오는 순간 심장이 쿵 하고 내려앉았다.

"이상한 말이라는 거 압니다. 하지만 처음 봤을 때 당신이 그 사람과 똑같은 말을 해서……."

나는 다리에 힘이 풀려 그대로 자리에 쪼그려 앉았다.

무릎 사이에 얼굴을 파묻자 남자가 놀라서 몸을 숙이며 내 등을 받쳐 주었다. 내가 뒤로 넘어지지 않도록 배려해 준 것 같았다.

"괜찮습니까?"

"그쪽도 똑같아요."

"네?"

"그쪽도 똑같다고요."

나는 입술을 질끈 깨물고 고개를 들었다.

그러자 너무나 익숙한 얼굴이 눈에 들어왔다. 시원한 눈매. 날렵한 콧날. 굳게 다문 입술.

내가 기억하는 담덕의 얼굴과 어리둥절한 눈으로 나를 바라보는 남자의 얼굴이 완전히 똑같았다.

"나랑 다시 만나자고 약속한 그 사람이랑 당신 얼굴이…… 너무 똑같아요."

그렇게 말하자마자 눈에서 눈물이 쏟아졌다.

이럴 수가 있나? 얼굴이 어쩜 이렇게 똑같을 수가 있어? 이 사람이 담덕인가? 정말 다시 만나자는 약속을 지키러 와 준 건가? 정말로?

이어지는 질문으로 머릿속이 복잡했다.

그때 남자가 손을 뻗어 내 눈물을 닦아 주었다. 눈물로 흐려진 시야 속에서 그가 미소를 짓고 있었다.

"'당신'이 그랬잖아요. 이 얼굴이 아니면 안 된다고."

그 말이 도화선이 되어 오래전 한 사람과 나누었던 대화가 머릿속에 떠올랐다.

"네가 좀 덜 고왔으면 좋겠다. 다른 사내들이 널 안 보게."

"덜 고왔으면 너도 날 안 좋아했을지도 몰라."

"아니, 난 좋아했을 거야. 네가 어떤 모습이든…… 난 좋아했을 거야."

"난 지금 네 얼굴이 좋은데."

"뭐?"

"그러니까 꼭 이 얼굴이어야 돼. 난 잘생긴 게 좋거든."

오래전의 약속을 지키기 위해 그 사람이 여기, 내게로 왔다.

낙화불어공사지(落花不語空辭枝)

　　　　　떨어지는 꽃은 말없이 가지를 떠나고,

유수무심자입지(流水無心自入池)

　　　　　흐르는 물은 무심하게 절로 못에 드는구나.

　　　　　　　　　　백거이(白居易)

　　　　　　　　〈낙화유수〉 完

담덕 외전

조운모우(朝雲暮雨)

오늘 태학에서 이상한 녀석을 만났다.

연우희. 북부 절노부에서 왔다는 고추가의 조카였다.

고추가가 친딸처럼 아낀다더라, 절노부 사람들이 보물처럼 애지중지한다더라, 크면 천하의 절색이 될 미인이라더라.

그 애에 대한 소문은 많았지만 크게 관심이 가진 않았다. 귀한 집 아가씨들에게는 으레 그런 소문이 따라붙는 법이니까.

하지만 실제로 본 그 애는 내 생각과는 완전히 다른 사람이었다.

그 애는 다리 다친 아이를 능숙하게 돌보고, 냄새 하나만으로 단번에 수리취를 알아보았다. 내가 서책을 뒤져 공부한 약초의 효능도 정확하게 알고 있었다. 의술에 조예가 깊음이 분명하니 평범한 귀족 아가씨가 아니었다.

이 애가 내게 도움을 줄 수 있지 않을까?

아버지의 건강이 날로 나빠지고 있었다. 예전 같았다면 의원을 불러 금세 치료를 받았을 텐데, 지금 아버지는 그럴 수가 없었다.

아버지는 평범한 사내가 아닌 고구려의 태왕이었다. 그것도 귀족들에게 수많은 견제를 받고 있는 힘없는 왕이었다. 아버지의 건강 상태가 바깥에 알려지면 귀족들이 기다렸다는 듯 아버지를 물어뜯을 것이다.

이를 두려워한 아버지는 병을 숨겼다. 치료받지 않고 속으로 삭이니 병은 점점 더 고약해졌다.

지금 아버지를 도울 수 있는 사람은 나밖에 없었다. 의술에 관련된 서책을 읽으며 방도를 찾아보았지만 금방 한계에 부딪혔다.

그러던 와중에 그 애를 발견했다. 다친 사람을 보고 망설임 없이 나서더니 믿을 수 없을 만큼 능숙한 솜씨로 환자를 치료해 낸 그 애를.

"잘난 집안 애들이 왜 그렇게 유치한 짓을 하는지 모르겠다니까. 출신으로 사람을 구분하다니 얼마나 편협해?"

우습게도 그 애는 나를 전혀 몰랐다. 북부에서 와서 국내성 사정을 모르는 걸까? 내가 한미한 집안의 자식이라 다른 아이들에게 배척당한다고 생각한 모양이었다.

"너 내가 누군지 몰라?"

"알아야 해?"

내가 태자라고 생각한 것도 아니면서. 내게 큰 보답을 돌려받을 수 있다고 생각한 것도 아니면서. 그 애는 나를 도와주겠다고 했다.

어쩌면 괜찮을지도 모르겠다는 생각이 들었다. 보답을 바라지 않고 곤란한 사람을 돕기 위해 나서 준 이 애라면 믿어도 괜찮을 것 같았다.

게다가 절노부 연씨라면 아버지의 오랜 우방이었다. 그 집안사람이라면 아버지도 믿어 줄 것이다.

우희. 절노부의 연우희.

나는 잊어버리지 않도록 몇 번이고 그 아이의 이름을 되뇌었다.

❖ ❖ ❖

우희에게 진짜 내 이름을 밝히지 못했다.

처음부터 속일 생각은 아니었다. 하지만 내가 태자 담덕이라고 말하는 순간 그 애 역시 다른 사람들처럼 달라져 버릴까 봐 무서웠다.

나는 또래 친구가 전혀 없었다. 궁에 들어오기 전에는 평범하게 친구들과 어울려 지냈지만, 아버지가 왕위에 오르고 내가 태자가 되며 모든 것이 변해 버렸다.

모든 사람이 나를 담덕이 아닌 태자로 대했다. 마음의 벽을 두고 깍듯하게 대하거나 적개심을 숨기지 않으며 경계했다.

드물게 호의를 보이며 다가오는 녀석들도 있었다. 하지만 얼마 지나지 않아 그 호의 역시 '담덕'이 아닌 '태자'를 향한 것이라는 걸 깨달았다.

우희와는 평범한 친구처럼 지내고 싶었다. 그래서 기회가 있음에도 내 정체를 밝히지 못했다. 그게 오해를 불러올 것이라고는 생각지도 못했다.

"전 태자님이랑 혼인 안 할 겁니다!"

혼인이라니? 우희와 내가 혼인이라니?

그제야 돌아가는 상황을 알게 됐다. 어른들 사이에 나와 우희의 혼담이 오간 모양이었다.

하지만 내게 필요한 건 부인이 아니라 친구였다. 나는 우희에게 호언장담했다.

"걱정하지 마, 나도 너랑 혼인할 생각은 없으니까. 진짜 너랑 혼인하라고 하셔도 안 한다고 할게."

그렇게 나와 우희는 오해를 풀고 친구가 되었다. 모든 과정을 지켜본 아버지는 묘한 얼굴로 웃었다.

"왜, 그 아이가 마음에 들지 않느냐? 다른 아이를 데려올까?"

"다른 아이도 필요 없습니다. 지금 제게 필요한 사람은 부인이 아니라 친구인걸요."

"친구?"

"예. 친구요, 아버지."

"부부는 가장 가까운 친구라는 말도 있지."

"아버지!"

"그래, 그래. 네 뜻이 그렇다면 그렇게 하자. 혼담은 더 이상 진행하지 않으마. 하지만 담덕, 내가 장담하마. 오래지 않아 크게 후회할 날이 올 게다."

"후회요? 그럴 일 없습니다."

이해할 수가 없었다. 좋은 친구가 생겼는데 도대체 무엇을 후회한다는 말인가?

어리둥절한 나를 보며 아버지가 유쾌하게 웃었다.

"그 자신감, 채 오 년도 못 갈 것이다."

아버지가 미래를 들여다보기라도 한 것처럼 확신에 차서 말했다. 하지만 나도 나름의 확신이 있었다.

"어찌 그리 확신하십니까? 저는 후회 안 합니다."

"그러는 너는 어찌 그리 확신하느냐? 오 년 후에도 네가 똑같은 소리를 할 수 있나 보자."

"오 년 후에도 제 생각이 바뀌지 않으면 어찌하시겠습니까?"

"무엇이든 네 소원 하나를 들어주지."

"소원이요? 무엇이든지?"

"그래."

"약조하신 겁니다?"

"약조하마. 하지만 내 말이 맞으면 너도 내 소원을 하나 들어줘야겠다."

"예, 저도 그렇게 하겠습니다."

아버지와 나, 모두 자신감에 차 있었다. 그 내기의 결과가 가려지는 건 생각보다 가까운 미래였다.

❖ ❖ ❖

우희는 좋은 친구였다. 그 애와 함께 보내는 시간이 너무나 즐거워서, 나는 날이 갈수록 그 애가 좋아졌다.

우희를 좋아하지 않을 이유가 없었다. 매사에 당당한 것도, 다른 사람은 꿈도 꾸지 못하는 놀라운 생각을 하는 것도, 또래에 비해 어른스러운 것도 모두 좋았다. 우희의 자유로운 생각과 행동을 보고 있으면 함께 날개를 달고 먼 곳까지 날아가는 기분이었다. 그 애와 함께 있으면 국내성도, 고구려도 아닌 새로운 세상에 두 발을 딛고 서 있는 것만 같았다.

무엇보다 그 애는 나를 태자가 아닌 담덕으로 봐 주는 유일한 사람이었다. 종종 아버지조차도 나를 태자로 대하는데, 우희는 언제나 담덕의 친구로 곁에 머물러 주었다. 그래서 나는 우희가 좋았다.

시작은 인간적인 애정이나 친구로서의 호의였을 것이다. 거기에 하나가 더해지는 게 얼마나 쉬운 일인지, 열두 살의 나는 몰랐다.

내가 아버지는 처음부터 간파했던 그 사실을 서서히 깨닫기 시작한 건 열다섯 무렵이었다.

"나는 멍청이가 틀림없어……."

맥없이 땅에 처박힌 화살을 보며 우희가 제자리에 주저앉았다.

매번 궁에 놀러 올 때마다 활 쏘는 연습을 하는데도 우희는 놀라울 정도로 발전이 더뎠다.

도무지 이해가 되지 않았다. 그냥 활을 들고, 과녁을 노리고, 활시위를 당겼다가 놓으면 되는데, 이 간단한 일이 어째서 어려운 걸까?

물론 그런 말을 할 때마다 우희는 도끼눈을 뜨고 나를 타박했다.

"그러는 너는 태어날 때부터 활을 잘 쐈어? 너도 못 하던 시절이 있었을 거 아냐!"

"아니…… 난 처음부터 그냥 잘되던데?"

"……이, 이, 이, 재수 없는 신동!"

일련의 경험을 통해 나는 하나를 확실히 배웠다. 솔직하게 말하는 것만이 능사는 아니구나.

몇 년이나 우희의 타박을 듣다 보니 이제는 요령이 생겨서, 나는 묵묵히 우희가 땅에 처박은 화살을 주울 뿐이었다.

"그래도 많이 늘었잖아."

주운 화살을 우희에게 건네며 위로의 말도 잊지 않았다.

"처음보다는 훨씬 낫지. 조금이라도 발전한다는 건 중요한 거야."

완전히 빈말은 아니었다. 바로 코앞에 맥없이 떨어지던 화살이 이제 과녁 근처에 가기는 한다는 게 발전이라면 발전이니까.

"마음에도 없는 소리."

하지만 일련의 경험을 통해 나만 배운 게 아니었다. 빤히 보이는 영혼 없는 칭찬에 우희가 입을 비죽이며 자리에서 일어섰다.

"네가 보기에는 뭐가 문제 같아?"

솔직하게 지적하자면 끝도 없었다. 하체의 중심이 흔들리고, 시위를 당기는 힘이 약하고, 그러다 보니 조준점이 정확하지 않았다.

하지만 그런 설명은 몇 번이나 했는걸.

나는 한숨을 내쉬며 사대(射臺:활을 쏠 때 서는 자리)를 가리켰다.

"서서 자세 잡아 봐."

우희는 순순히 사대에 서서 자세를 잡았다. 역시나 빈틈투성이였다. 나는 발로 우희의 신발을 살짝 밀었다.

"다리는 어깨너비로 벌리고."

"이렇게?"

"응, 그렇게. 그리고 상체는……."

설명보다는 직접 자세를 잡아 주는 게 편했다. 나는 우희의 등 뒤에 바짝 붙어 섰다. 내 그림자에 우희가 완전히 가려졌다.

좀 더 어렸을 때엔 키가 비슷했는데 이제는 비교할 수 없이 내가 더 컸다. 비교할 수 없는 건 키뿐만이 아니었다.

시위를 당기는 우희의 손목은 희고 가늘었다. 내가 붙잡고 강하게 힘을 주면 금방이라도 뚝 부러질 것 같았다.

나는 내 손목과 우희의 손목을 번갈아 보았다. 여태까지 한 번도 의식하지 못했던 차이가 언제부터인가 계속 눈에 들어왔다. 기분이 이상했다.

나는 이상해지는 기분을 가라앉히기 위해 시선을 위로 올렸다. 그게 좋은 선택이 아니었다는 건 금세 깨달았다.

활 쏘는 데 방해가 된다며 질끈 묶은 머리카락 아래로 손목만큼이나 하얀 우희의 목덜미가 눈에 들어오자 기분이 더 이상해지고 만

것이었다.

이상해. 이상하다고.

이유를 알 수 없는 기묘한 기분이었다. 가슴이 간질거리고 손끝까지 열이 올랐다.

"담덕? 나 팔 아픈데, 아직 멀었어?"

나는 우희의 재촉에 겨우 정신을 차렸다.

"……팔꿈치가 너무 내려갔어."

잘못된 자세를 살피고 있었다는 양 태연하게 우희의 팔을 살짝 잡아 올렸지만 열기는 도통 사라지지 않았다.

"이렇게 올리면 돼? 이제 됐어? 활시위 놓아도 돼?"

"응."

말이 떨어지기 무섭게 우희가 부들부들 떨리는 손을 놓았다. 화살이 예쁜 선을 그리며 날아가 과녁의 끄트머리에 겨우 박혔다. 내 기준에서는 완전히 낙제점이었지만 우희는 신이 나서 방방 뛰었다.

"맞았어!"

우희가 활짝 웃으며 뒤돌아섰다. 자세를 잡아 주느라 바짝 붙어 있었던 탓에 돌아선 우희의 얼굴이 너무 가까웠다.

나는 나도 모르게 한 걸음 뒤로 물러섰다. 스스로도 이유를 알 수가 없었다.

우희와 활을 쏘는 건 너무 익숙한 일상인데, 주변의 풍경도 평소와 다를 바가 없는데. 혼자만 가슴이 울렁거렸다. 혼란스러움에 머리가 빙글 도는 기분이었다.

제자리에서 방방 뛰던 우희도 그런 나를 보며 눈을 껌뻑였다. 어쩐지 얼굴에 걱정이 가득했다.

"담덕, 어디 아파?"

우희가 멀어진 만큼 다가오며 물었다. 나는 당황해서 다시 한 걸음 더 뒤로 물러섰다.

"어, 음, 아니?"

"그런데 왜 이렇게 얼굴이 빨갛지?"

도망친 보람이 없었다. 오히려 상황이 더 나빠졌다. 우희가 또다시 가까이 다가서더니 이번에는 팔을 뻗어 내 이마에 손을 얹기까지 했다.

"뜨거워. 열도 있는 것 같은데? 정말 아픈 거 아냐?"

그냥 내버려 뒀다가는 당장 진맥까지 할 기세였다.

우희는 의술에 조예가 깊었다. 진맥을 하면 이상한 내 기분의 정체를 알아차릴지도 모른다.

이상한 기분의 정체는 알 수 없었지만, 우희에게 들켜서는 안 된다는 생각이 본능적으로 들었다. 나는 우희의 손을 피하며 팔로 달아오른 얼굴을 가렸다.

"괜찮다니까. 그냥 네가……"

"내가 뭐?"

"네가 너무 달라서……."

"너무 다르다고?"

우희가 어리둥절한 얼굴로 제 차림을 살폈다. 옷이며 머리 모두 평소와 다를 바가 없었다.

"평소랑 똑같은데?"

"아냐, 달라."

"뭐가?"

그냥 네가 전부, 나랑은 달라.

나는 차마 우희의 말에 대답하지 못하고 입을 꾹 다물었다. 우희가 영문을 모르겠다는 듯 제 얼굴을 빤히 보았지만 도무지 입을 뗄 수가 없었다.

머릿속에서 무엇인가가 뚝 하고 부러진 기분이었다. 견고하게 쌓여 있던 벽이 와르르 무너져 내린 것도 같았다.

부러진 것을 다시 붙일 수는 없다. 무너진 벽을 다시 세우는 것도 불가능했다.

그래, 얘 여자애였지.

완전히 잊고 있었던 사실을 의식하는 순간이었다.

❖ ❖ ❖

그렇게 한번 차이를 인식하자 이후로는 뭘 해도 다른 점만 보였다. 어릴 적에는 별생각 없이 하던 행동들도 어쩐지 하지 말아야 할 금기처럼 느껴져 매사에 조심스러웠다.

덕분에 우희를 만날 때마다 머릿속이 복잡했다. 예전과 다를 바 없이 나를 대하는 우희를 보면 속에서 열불이 나기도 했다.

나만 이러는 거야? 왜 나만 이렇게 신경이 쓰이는 거냐고!

상당히 억울했다. 우희는 제 속도 모르고 태평한데, 혼자만 전전긍긍하고 있는 게 빤히 보였다.

하지만 그런 불만을 시원하게 말할 수도 없었다. '친구'라면 우희의 행동이 옳았다.

의식하지 않고 스스럼없이 대하는 게 친구 아닌가? 그런 친구가 필요하다고 말한 사람은 다른 누구도 아닌 나였다. 그런데 이제 와서 편안한 친구로 자신을 대하는 우희의 태도가 마음에 들지 않는다며 떼를 쓸 수는 없었다.

게다가 나는 그 이상한 기분의 정체를 완전히 파악하지 못하고 있었다. 뭔가 거슬리고 신경 쓰이는 건 분명한데, 그 이유를 알 수 없었다.

그 기분의 정체를 명확하게 알게 된 건 성인이 되던 해의 탄일이었다.

그날은 오전부터 분주했다. 매년 탄일이 그랬지만, 그해의 탄일은 그 의미가 각별한 만큼 무엇이든 더 크고 화려했다. 떠들썩한 축하연이 벌어지고 아버지는 내게 절풍을 선물했다. 이제 내가 한 사람의 성인으로 한몫을 하게 됐다는 증표였다.

축하연을 마친 뒤 지친 몸을 이끌고 방으로 돌아왔더니, 주인보다도 먼저 우희가 자리를 차지하고 있었다.

"왜 이렇게 늦었어? 한참 기다렸잖아."

제 방인 양 자연스럽게 침상에서 뒹굴거리고 있는 우희를 보니 헛웃음이 흘러나왔다. 너무 익숙한 풍경이었지만 이제는 그마저도 거슬렸다.

"여기가 네 방이냐? 도대체 누가 주인도 없는 방에 널 들여보내 준 거야?"

"들여보내 주기는. 내가 알아서 들어왔지. 아무도 막지 않던걸."

우희가 내 방에 드나든 게 하루 이틀 일이 아니었다. 그러다 보니 시중을 드는 궁인이며 처소를 지키는 근위대원들까지 우희의 출입을 당연하게 여겼다.

아무리 그래도 이렇게 늦은 밤에 여자애를 내 방에 들여놓는 게 정상이냐고? 다들 무슨 생각을 하는 건지 모르겠다니까.

어린애들끼리 뭘 하겠냐고 생각하는 건가? 어려서부터 매일 이랬으니까?

오늘을 기점으로 나는 완전히 성인이 되었다. 하지만 사람들은 여전히 나를 어린애처럼 대하고 있었다. 역시 거슬렸다.

"시간이 너무 늦었어. 빨리 돌아가."

"네 탄일을 축하해 주러 온 건데 보자마자 쫓아낼 생각이야?"

"그럼 빨리 축하해 주고 돌아가면 되잖아."

"매정하기는."

우희가 투덜거리며 침상에서 내려왔다. 하지만 내 말처럼 순순히 집으로 돌아갈 생각은 없어 보였다.

"준비해 온 축하주는 다 비우고 돌아갈 거야. 내 친구가 성인이 됐는데 축하주 정도는 나눠 마셔야지 않겠어?"

우희가 탁자 위에 놓인 병과 잔을 가리키며 말했다. 안주로 준비한 요리도 몇 가지 있었다.

"축하연이 생각보다 길어지는 바람에 다 식었겠다. 그래도 맛은 괜찮을 거야. 몇 번이나 연습했거든."

"……얼마나 기다렸는데?"

"서너 시간쯤 됐나? 잘 모르겠어."

어쨌든 많이 기다렸다는 뜻이었다.

내 탄일을 축하해 주겠다고 한참 전부터 여기에서 기다리고 있었을 우희를 생각하니 부루퉁했던 얼굴이 조금 풀어졌다.

"그냥 돌아가지 그랬어."

"어떻게 그래? 네 탄일인데."

우희가 그때를 놓치지 않고 내 팔을 잡아끌었다. 얼떨결에 끌려가 의자에 앉으니 우희가 손수 젓가락을 쥐여 주었다.

"자, 어서 먹어 봐."

눈을 빛내는 모양이 어딘가 수상했다. 나는 의심스러워져 우희와 음식을 번갈아 보았다.

"뭐 이상한 거 넣었어?"

"아니! 사람을 뭘로 보고."

"그런데 그 눈빛은 뭐야?"

"그냥 네 반응이 궁금해서 그러지. 네 입맛을 생각하면서 만들긴 했는데…… 그래도 맛없다고 할지도 모르니까 괜히 긴장되기도 하고."

우희가 우물거리며 내 옆에 자리를 잡고 앉았다. 그 모습을 보다가 무엇인가를 깨달았다.

"……설마 이거 다 네가 만든 거야?"

"설마라니. 그게 그렇게 놀라워?"

"그러니까, 정말 네가 만든 것이라고?"

"그렇다니까. 난 요리도 못 하는 사람인 줄 알았어?"

그 말을 듣고 자세히 요리를 살피니 어설픈 구석이 보였다. 완벽한 궁인들의 요리와는 달랐다.

"이번 탄일은 특별하잖아. 축하하는 의미로 직접 상을 차려 주고 싶었어. 그러니까 계속 그렇게 보지 말고 어서 먹어. 안 하던 짓을 하려니 민망해 죽겠단 말이야."

우희의 재촉에 못 이겨 음식을 하나 집어 먹었다. 어설픈 모양새에 비해 생각보다 맛이 괜찮았다.

놀라서 우희를 보자 그 애가 기다렸다는 듯 씨익 웃으며 술잔을 내밀었다.

"어른이 된 걸 축하해, 담덕."

일찍 돌려보낼 생각이었지만, 이런 축하를 받고 나니 도저히 술을 거절할 수가 없었다.

"……고마워."

그렇게 한 잔을 받아먹고 나니 그 뒤는 쉬웠다.

한 잔이 두 잔이 되고, 두 잔이 세 잔이 됐다. 비워 낸 잔이 많아질 수록 기분이 들뜨고 정신이 몽롱해졌다.

"아, 술이 다 떨어졌네."

그렇게 부어라 마셔라 하다 보니 우희가 준비해 온 술도 금세 동이 났다. 비워 낸 술만큼 몸이 나른해졌다. 우희의 상태도 나와 비슷해 보였다.

아니, 저걸 비슷하다고 하기는 힘든가?

우희는 몸을 제대로 가누지 못하고 앞뒤 좌우로 흔들고 있었다. 함께 술을 나눠 마신 적은 예전에도 있었지만, 이렇게까지 취한 모습은 처음이었다.

축하주라며 가져온 술이 평소보다 더 독하긴 했지. 아마 나를 취하게 만들어 버릴 속셈이었겠지만…….

"연우희, 네가 먼저 취해 버리면 어떡해? 이렇게 독한 술을 가져올 때부터 알아봤다. 집으로는 어떻게 돌아갈 셈이야? 아무래도 너희 저택에서 사람을 불러와야겠는데…….."

"으으, 잔소리꾼. 네가 말할 때마다 머리가 울려."

"술을 그렇게 마셨으니까 당연하지."

"하지만 넌 멀쩡하잖아. 나보다 훨씬 더 많이 마셨는데."

"너보다 내가 술이 더 강한가 보지. 앞으로는 이렇게 술 많이 마시지 마. 이기지도 못하는 술을 마셔서 뭐 해? 머리만 아프고 힘들기만

하지."

"그래도 술을 마시면 진심이 나온다고 해서. 취중진담이라고 들어는 봤나 몰라."

"취중진담? 술 안 마셔도 너한테는 다 이야기하는데, 꼭 술을 마셔야 해?"

"아니잖아. 너 요즘 나한테 묘하게 어색하게 구는 거 다 보여. 내가 뭐 잘못한 거 있어?"

우희가 여자애라는 걸 인식하고 난 후 예전과 똑같이 대하는 게 힘들어서 묘하게 어색해지는 순간이 있었다. 잘 감춘다고 했는데 우희가 그걸 알아챘을 줄이야.

꿀 먹은 벙어리가 된 나를 보며 우희의 어깨가 축 처졌다.

"거봐, 말 못 하잖아. 취하게 만들어서 이유나 들을까 했더니, 대단하신 광개토대왕님은 술도 잘 마시네."

"광개토대왕? 그건 또 무슨 소리야?"

술에 취한 우희가 알아들을 수 없는 말을 쏟아 내기 시작했다. 취해 버린 사람에게서 답을 기대할 수는 없었다.

"나만 취하고 이게 뭐야? 억울하다. 억울해 죽겠다!"

우희가 자리에서 벌떡 일어서며 소리쳤다.

의자에 앉아서도 비틀거리던 몸이 일어서는 걸 감당할 수 있을 리 없었다. 우희의 몸이 그대로 바닥으로 고꾸라졌다.

나는 재빨리 튀어 나가 넘어지려는 우희의 몸을 붙잡았다. 하지만 쓰러지는 걸 막기는 힘들었다. 나는 그대로 우희를 감싸며 바닥에 쓰러졌다. 넘어지면서 부딪힌 뒤통수가 아릿했다.

하지만 고통보다도 눈앞의 풍경이 더 당황스러웠다. 우희의 얼굴이 코앞에 있었다. 정신이 번쩍 들었다. 우희가 내 위에 올라타 있었다. 우희의 얼굴에 미소가 가득했다.

"야, 웃지 말고 빨리 일어나."

"싫어."

"뭐?"

"싫다고! 요즘 계속 나 피하더니 꼴도 좋다! 절대 안 일어날 거야!"

우희가 그렇게 소리치며 외려 나를 끌어안았다. 나와는 다른 부드러운 몸이 품속으로 파고들자 당황스러움에 소리가 높아졌다.

"뭐 하는 거야! 일어나라니까!"

"싫다고 했잖아!"

"무슨 짓이야!"

"그러게 누가 계속 나 피하래? 어?"

"피한 적 없어!"

물론 거짓말이었다. 우희는 취한 와중에도 내 거짓말을 잘도 간파해 냈다.

"웃기시네. 내가 바보야? 뻔히 보일 정도로 날 피해 놓고는! 거짓말하는 못된 입이 이놈인가?"

우희가 두 손으로 내 얼굴을 붙잡고 입술을 노려보았다.

"내가 아주 혼내 줘야지."

"혼내 주긴 뭘……"

두 뺨을 붙잡은 손을 물리치고 고개를 돌리려는 순간. 우희가 내 입술을 덥석 깨물었다. 머릿속이 하얗게 물들었다.

입술을 물어? 내 입술을? 연우희가?

우희가 멍하니 굳어 버린 내 아랫입술을 잘근잘근 씹었다. 술에 취한 탓인지 무는 힘이 무척이나 약했다. 덕분에 아픔보다도 맞닿은 입술의 감촉이 더 선명했다.

순식간에 얼굴이 달아올랐다.

"뭐, 뭐, 뭐 하는 거야!"

상체를 벌떡 일으키자 우희의 머리가 내 어깨에 힘없이 툭 떨어졌다. 고른 숨이 목덜미를 간지럽혔다. 태평하게도 잠이 든 것 같았다.

차라리 다행이었다. 달아오를 대로 달아오른 얼굴을 보여 줄 용기가 없었다.

"미치겠네."

그간 나를 괴롭혔던 정체 모를 기분의 이유를 이제는 알 수 있을 것 같았다. 심장이 너무 두근거려서 터질 듯했다.

❖ ❖ ❖

다행인지 불행인지 우희는 그날의 일을 전혀 기억하지 못했다.

"축하주를 반쯤 나눠 마셨던 것까지는 기억나는데……."

우희가 멋쩍게 볼을 긁적였다. 거짓말을 하는 기색은 없었다.

축하주를 반쯤 나눠 마셨던 시점이라면 초반 중에서도 초반이었다. 아주 기가 막혔다.

"거기서부터 기억에 없을 줄이야."

도대체 무슨 배짱으로 날 먼저 취하게 만들 셈이었던 거지? 황당했지만 하나는 확실했다.

"너 어디 가서 절대 술 마시지 마."

"반성 중이야."

우희가 숙취의 흔적이 역력한 얼굴로 두 손을 들었다.

"그런데 억울하긴 진짜 억울하단 말이지. 넌 왜 이렇게 술을 잘 마셔? 나 한 잔 마실 때 너한테는 두세 잔씩 줬단 말이야."

"내가 너보다 술을 잘 마시는 게 그렇게 억울해?"

"활 쏘는 걸 가르쳐 줄 때마다 날 바보 취급하니까 술로라도 이겨 보려고 했지."

"하아, 진짜 억울한 사람이 누군데."

절로 한숨이 나왔다.

앞으로 나는 무슨 일을 하더라도 이 애에게 한 수 접어 주게 될 것이다. 이 애가 무슨 일을 하더라도 밉지 않을 것이고, 이 애가 원하는 거라면 무엇이든 해 주고 싶을 것이다. 이 애 생각으로 머릿속이 복잡해 밤잠을 설칠지도 모른다.

나는 가장 중요한 부분에서 연우희에게 졌다. 이 승패를 뒤집을 수 있는 날이 오기는 할까? 잘 모르겠다.

그렇게 생각하니 더 억울해졌지만 어쩔 수 없었다. 그냥 인정하는 수밖에.

나는 여전히 우희를 좋아한다. 예전과는 조금 다른 의미로.

'좋다'는 말의 또 다른 의미를 깨달은 뒤 나는 아버지에게 순순히 고백했다.

"아버지, 제가 졌습니다."

잠시 말뜻을 가늠하던 아버지가 오래전 내기를 떠올리고 웃음을 터뜨렸다.

"내가 이기게 될 줄은 진즉에 알았다. 그런데……."

유쾌하게 웃던 아버지가 손가락으로 가볍게 내 이마를 튕겼다.

"아무리 그래도 그렇지, 이 녀석아! 오 년도 채 못 버티고 넘어갔단 말이냐?"

❖ ❖ ❖

마음이 달라졌다고 단번에 상황이 변한 건 아니었다. 애초에 한쪽의 일방적인 마음일 뿐이라 빠르게 진전될 수가 없었다.

하지만 나는 조급하게 생각하지 않았다. 오래도록 우희를 지켜보며 깨달은 것인데, 그 애는 지나칠 정도로 이성 문제에 둔감했다. 나는 물론이고 또래의 사내들을 전혀 이성으로 보지 않는 것 같았다. 나만 대상 외가 아니라는 건 다행이지만 언제까지고 친구 놀이나 하며 지낼 생각도 없었다.

어차피 우희의 가장 가까운 곳에 있는 사람은 나였다. 이렇게 곁을 지키고 있으면 내가 그랬듯 우희 역시 자연스레 나를 이성으로 인식하리라 생각했다.

그런데 이렇게 강력한 경쟁자가 있을 줄은 몰랐지.

서부를 지키는 소노부 해씨 가문의 운. 우희의 오라비인 제신과는 오랜 친구이며 수려한 외모와 유들유들한 성격으로 사람들 사이에서 제법 평가가 좋은 자였다.

정치적으로는 아버지의 가장 큰 적수인 해서천의 아들이기도 했다. 우희의 문제를 떠나서라도 나와 그는 그리 가까운 사이가 아니었다.

해운을 경계할 이유가 하나 더 늘었군.

운이 나와 같은 마음으로 우희를 바라보고 있다는 건 금방 깨달았다. 내 눈이 우희를 쫓고 있는 것처럼, 운의 눈도 언제나 그 애를 쫓고 있었으니까.

아마 해운도 내 마음을 알아챘겠지.

처음에는 조금 방심했던 것 같다. 우희와 운의 사이는 빈말로도 좋아 보이지 않았다. 오히려 앙숙이라고 할 만큼 나빠 보였다.

두 사람이 내 생각보다 가까운 사이라는 걸 깨달은 건 수곡성에서였다. 회랑에 들어서자마자 본 장면이 문제였다.

우희가 운의 방에서 나오고, 운이 우희의 이마에 입술을 맞추었다. 우희는 놀라서 펄쩍 뛰었지만 분위기가 나빠 보이지는 않다. 혼자 있을 때는 여리게 생긴 편이 아닌가 싶었던 운이 우희 앞에서는 어엿한 사내처럼 보였고, 평소 사내처럼 털털했던 우희가 운의 앞에서는 수줍게 얼굴을 붉히고 있었다.

인정하기는 싫지만, 나란히 선 두 사람을 보니 그림이 썩 괜찮았다. 내가 우희와 나란히 섰을 때는 저런 분위기가 나오지 않겠지.

그렇게 생각하니 처음으로 운에게 질투가 났다.

우희의 기억 속에 나는 어렸을 적 처음 만났던 소년으로 남아 있는 것 같았다. 아버지를 도와 달라며 손을 내밀었던 꼬마 담덕의 모습이 언제쯤이면 그 애의 기억 속에서 희미해질까?

우희는 제가 내 누님이라도 된 것처럼 나를 지켜 주고 싶어 했다. 이젠 내가 저보다 훨씬 큰데도 무슨 일만 생기면 내 앞에 서서 나를 지켰다.

하지만 운은 아니었다. 우희는 운을 시키려고 생각하지 않았다. 그래서 그에게 의지하고 약한 모습을 보이기도 한다.

나와는 다른 운의 출발점이 부러웠다. 볼 장 다 본 친구보다 오라버니의 친구가 훨씬 더 유리하게 보였다.

하지만 운을 미워할 수도 없었다.

"저를 곁에 두십시오. 끊임없이 감시하셔도 좋습니다. 제게 당신의
옆을 허락하신다면 비극을 막을 수 있을 겁니다."

해운은 내가 생각하던 것보다 훨씬 괜찮은 사람이었다. 벽을 세우
고 있는 내게 먼저 손을 내밀 용기도 있었고, 소중한 것을 지키기 위
해 다른 것을 포기하는 과감함도 있었다.

나는 그런 사람을 좋아했다. 그가 소노부 해씨가 아니었다면, 그가
우희를 좋아하지 않았다면. 우리는 좀 더 가까운 친구가 될 수도 있
었을 것이다.

물론 나의 경쟁자는 해운 하나만이 아니었다.

우희는 신념이 대단한 녀석이었다. 옳다고 생각한 일이 있으면 누가
뭐라고 해도 그 일을 해내고 만다. 그 방식이 보통 사람들과는 다른
경우가 많았지만, 나는 그게 우희답다고 생각했다. 내가 그 애를 마
음에 품은 이유이기도 했다.

태림도 비슷한 이야기를 했다. 내가 우희를 지키라는 명을 내린 뒤
의 일이었다.

"어때, 우희를 호위하는 건?"

"시행착오를 많이 겪었지만 이제는 괜찮습니다."

태림은 낯을 많이 가리는 편이었다. 험한 전쟁터에서 오랜 시간을
보낸 데다, 국내성에서도 사내들 틈에서 일하는 경우가 많아 여인을
대하는 게 서툴렀다.

여인을 대하는 건 지설이 조금 더 나았다. 귀족 집안 출신인 데다
사람을 대하는 요령이 좋은 편이었다.

그럼에도 지설이 아닌 태림을 우희에게 붙인 건 그가 내가 아는 가

장 강한 사람이기 때문이었다. 우희를 지킬 사람이 필요하다면 그 사
람은 이 고구려에서 가장 강한 사람이어야만 했다.

태림이 그 기준에 딱 맞았다. 익숙하지 않아 초반에는 시행착오를
겪겠지만 우희라면 태림도 금세 마음을 열 수 있을 거라고 생각했다.

내 예상은 정확히 맞아떨어졌다.

"우희가 조금 특이하지? 보통 고구려 아가씨들과는 달라. 보통 고구
려 사내들과도 다르고. 뭐라고 할까, 생각이나 행동이 이곳 사람이 아
닌 것 같아. 늘 새로운 걸 보게 된다니까."

"무슨 말씀이신지 알 것 같습니다."

"그렇지? 예상대로 움직이는 법이 없어. 생각지도 못한 말로 늘 나
를 놀라게 해. 그러면서도 늘 '나'를 보고 있다는 게 좋아. 그 애에게
난 항상 담덕이거든."

"그분께 제가 전하의 호위나 고구려 제일의 용사가 아닌, 그저 태림
인 것처럼 말이죠."

"그래, 그런 것처럼."

사람 보는 눈이 까다로운 지설도 금세 우희를 좋아하게 됐다. 입으
로는 툴툴거렸지만 행동에서 마음을 활짝 연 티가 났다. 물론 그걸 지
적하면 지설은 아니라고 펄쩍 뛰었지만.

우희의 세상이 넓어질수록 나는 점점 더 불안해졌다. 나를 알아주
는 사람은 우희가 유일하건만, 그 애의 진짜 모습을 알아주는 사람은
너무 많았다.

우희의 아버지, 제신, 운, 태림, 지설, 우희의 사촌들과 백부, 절노
부의 몸종 달래, 하다못해 이름 모를 환자들까지. 나는 그 애의 수많
은 세상 속 하나일 뿐이었다.

그 애의 유일이 되고 싶다는 욕심은 언제든 있었다. 유일이 되기 위한 방법도 수없이 떠올랐다. 하지만 어떤 방법도 늘 생각에만 그칠 뿐이었다.

나는 함께 축하주를 나눠 마신 그 탄일에 우희에게 패배했다. 그 이후로 나는 그 애가 원하지 않는 것은 어떤 것도 할 수 없었다.

나와 반대로 우희는 종종 다른 존재들을 위해 나를 버렸다. 아버지를 위해, 제신을 위해, 아픈 사람들을 위해.

불길이 치솟는 도압성 앞에서도 마찬가지였다. 우희는 늘 그랬듯 나를 두고 다른 소중한 것을 향해 달려갔다. 이해할 수 있었다. 도압성 안에는 우희의 아버지와 제신이 있었으니까.

정작 미워진 건 우희가 아닌 나 자신이었다. 우희가 위험 속으로 뛰어드는 것을 보면서도 나는 그 뒤를 쫓을 수가 없었다.

"전하, 절대 안 됩니다. 피신하셔야 합니다."

지설이 그렇게 말리지 않았더라도 나는 우희의 뒤를 쫓지 않았을 것이다.

나는 나라는 사람에게, 아니, '고구려의 태자 담덕'에게 어떤 의미가 있는지 잘 알고 있었다. 나는 백제군에게 붙잡혀서도, 죽임을 당해서도 안 되는 몸이다.

그래서 불길 속으로 뛰어드는 우희를 따라가지 못했다. 망설임 없이 우희를 뒤따라간 태림이, 그보다 먼저 도압성으로 출정한 제신과 운이 부러웠다.

내가 태자가 아니었다면. 그래서 모두가 뛰어든 저 불길 속으로 함께 갈 수 있었다면 얼마나 좋았을까?

부질없는 소망이었다. 나는 입술을 깨물고 도압성과 멀리 떨어진 곳으로 말머리를 돌렸다.

❖ ❖ ❖

도압성은 백제군에게 완전히 짓밟혔다. 다행히 다지홀로 피신한 사람들이 있었지만 그중에는 아는 얼굴이 없었다. 장군도, 제신도, 운도, 그리고 우희도.

흔한 단서조차 없었다. 난리 통에 겨우 몸만 피한 것인지 그들을 보았다는 사람도 없었다.

"죄송합니다. 도압성이 너무 어지러워 우희 님을 찾지 못했습니다."

곧장 우희를 뒤따라갔던 태림이 죄인처럼 고개를 숙였다.

나는 괜찮다는 의미로 태림의 어깨를 힘주어 붙잡았다. 아군과 적군이 뒤섞인 전쟁터에서 누군가를 찾는 건 어려운 일이었다. 우희를 놓친 것도 태림의 잘못이 아니었다. 그리고 무엇보다 누군가의 잘잘못을 따지고 있을 여유가 없었다.

"지금부터 찾으면 된다. 죽지만 않았다면 어떻게든 찾을 수 있어."

시간이 걸리겠지만 불가능한 건 아니었다. 게다가 정보 수집이라면 누구보다 뛰어난 지설이 곁에 있었다.

지설은 내 기대를 저버리지 않고 빠르게 정보를 모아 왔다.

"백제군은 도압성을 친 뒤 석현성으로 물러났다고 합니다. 물러나며 한 무리의 포로를 잡아갔다는데, 그중에 인상착의가 우희 님과 비슷한 사람이 있답니다."

"석현성에 포로로?"

포로로 잡혀갔다면 오히려 안심이었다. 포로는 협상에 있어 중요한 도구였다. 잠시 고초를 겪을 수는 있지만, 쉽게 목숨을 앗아 가지는 않을 것이다.

"그쪽에서 포로를 넘기는 대가로 원하는 게 뭐지?"

"그것까지는 아직 알아보지 못했습니다."

백제군의 입장에서는 급할 것이 없다. 포로를 데리고 있으면서 최대한 상황을 살핀 뒤, 가장 가치가 있을 순간에 자신들이 원하는 것과 교환하면 된다.

그러나 나는 그걸 기다리고 있을 시간이 없었다.

"석현성으로 간다. 도압성에서 보낸 사자로 위장해 석현성주와 접촉해 보지."

"폐하의 허락을 받지 않고 협상을 하시겠다는 겁니까? 추후에 문제가 생길 겁니다. 게다가 저희 쪽에서 급하게 접촉하면 포로 중에 중요한 사람이 있다는 걸 들킬 수도 있습니다. 좋지 않은 방법입니다. 또 전하의 정체가 들켰을 경우……."

"지설."

나는 손을 들어 지설의 말을 막았다. 전부 옳은 말이었다.

"내가 그런 걸 몰라서 석현성으로 가자고 한 것 같아?"

이미 알고 있었다. 이성적으로 생각하면 다른 수를 써야 했다.

하지만 손을 놓고 있을 수가 없었다. 당장 석현성으로 가 우희의 얼굴을 보아야 내가 살 것 같았다.

"폐하께는 전령을 보낸다. 하지만 답을 기다릴 시간은 없어. 먼저 움직이고 후에 문책을 받겠다. 모든 책임은 내가 지지."

"……전하께서 그렇게까지 말씀하신다면 저희는 따르는 수밖에요. 방법을 찾아보겠습니다."

　　◈ ◈ ◈

　석현성과 접촉하는 건 생각보다 어렵지 않았다. 석현성주는 다른 곳에 정신이 팔린 사람처럼 혼이 빠져 있었다. 알고 보니 아신 태자가 석현성에 머무르는 중이라고 했다.

　태자 뒷바라지에 정신이 팔린 성주 때문에 협상은 지지부진했다. 포로를 풀어 주는 대신 수곡성을 달라는 과한 요구만 일방적으로 반복하며 협상 의지를 보이지 않았다.

　그러던 와중에 더 큰 문제가 터졌다.

　"전하, 성내에 전염병이 돌고 있다고 합니다."

　사신으로 위장해 석현성에 들어온 뒤 빠르게 상황을 파악한 지설이 조심스럽게 속삭였다.

　"전염병?"

　"예, 죽어 나간 사람이 병사들의 삼분지 일은 된다고 하니 제법 많지요. 게다가……."

　"게다가?"

　"태자 역시 전염병에 걸려서 오늘내일한다는 소문이 있습니다."

　"태자가 병에 걸렸다니. 그래서 이렇게 분위기가 어수선했군."

　얼마 전부터 석현성주가 코빼기도 보이지 않더라니 태자가 병에 걸렸을 줄이야. 아신 태자가 죽고 사는 문제에는 큰 관심이 없었지만, 그로 인해 협상이 지체되는 건 곤란했다.

　"반가운 소식도 있습니다."

　심각해져 턱을 매만지는 나를 보며 지설이 웃었다.

이 와중에 반가운 소식이 뭐가 있다고?

시큰둥하게 지설을 보았더니 그의 웃음이 더 짙어졌다.

"도압성에서 잡혀 온 포로 하나가 고구려의 사신과의 만남을 청했답니다. 의술을 다룰 줄 아는 여인인데, 전염병을 고치는 대가로 저희와의 만남을 청했다고요."

의술을 다룰 줄 아는 여인.

두말할 것도 없이 우희였다.

◆ ◆ ◆

우희의 몰골을 마주한 순간 숨이 턱 막혔다. 그간 고생을 많이 했는지 옷이 엉망이었다. 얼굴은 핼쑥했고 곳곳에는 생채기가 나 있었다.

하지만, 그래도 살아 있었다.

이곳에 우희와 비슷한 사람이 있다는 이야기를 듣고 희망을 가지긴 했지만, 직접 얼굴을 보기 전까지는 그 사람이 우희라고 확신할 수 없었다.

어쩌면 진짜 우희는 내가 알지 못하는 곳에서 쓸쓸하게 죽어 갔을지도 몰라.

이 순간 살아 있는 우희를 마주하기 전까지 매일 밤 나를 괴롭혔던 악몽이었다. 그래서 따뜻한 말보다 원망이 먼저 튀어나왔다.

"참으로 고약한 녀석이다."

차마 손을 뻗을 수도 없었다. 혹시라도 이게 꿈은 아닐까 두려웠다. 우희에게 닿으면 이 꿈이 깰지도 모른다.

나는 용기를 내 우희의 목덜미를 매만졌다. 붉은 상처에 손이 닿자 비로소 실감이 났다.

우희가 살아 있구나. 이 애가 내 앞에 있어.

"우희야."

나는 이름을 부르며 그 애를 끌어안았다. 이렇게 하지 않으면 또 다시 우희가 내 눈이 닿지 않는 곳으로 사라져 버릴 것만 같았다.

따뜻한 우희의 몸을 껴안으니 익숙한 체향이 코끝에 닿았다. 비로소 마음이 놓였다.

"넌 내가 얼마나 두려웠는지 모를 거다."

"알아, 걱정 많이 했을 거라는 거."

우희는 그렇게 말했지만, 나는 그 애가 평생 내 마음을 모를 것이라는 걸 알았다. 우희는 언제나 나의 모든 것이지만, 우희에게 내가 모든 것이 되는 순간은 오지 않을 테니까.

평생 내가 우희의 모든 것이 되지 않아도 좋다. 그저 이 애가 내 곁을 떠나지만 않았으면, 내 눈이 닿는 곳에만 있어 준다면 그것만으로도 괜찮았다.

하지만 그것도 쉽지 않을 것이다. 내가 좋아하는 우희는 나를 두고 도압성으로 향했던 것처럼 또다시 자유롭게 제가 원하는 곳으로 날아갈 것이다.

그리고 나는 그런 너를 너무 좋아하지.

억울했다. 정말로 억울했다.

그래도 이게 누군가를 좋아하는 사람의 숙명이라면 어쩔 수 없었다.

나는 어쩐지 서글퍼져 우희의 목덜미에 얼굴을 묻었다.

◆ ◆ ◆

백제는 포로의 석방 조건으로 아신의 병을 치료해 줄 것을 내걸었다. 거절하고 우희와 제신만 구출할 수도 있었지만, 우희가 아신의 병에 도전해 보겠다고 나섰다.

우희의 뜻이 그렇다면 그 애를 응원하는 수밖에 없었다. 나는 아버지를 훌륭하게 돌봐 준 우희의 의술을 믿었다. 우희는 내가 만나 본 어떤 사람보다도 의술에 조예가 깊었다. 고구려에서 의술을 가장 잘 안다는 궁의 태의보다도 뛰어났다.

하지만 그런 우희도 아신의 병을 고치는 일에는 애를 먹었다. 곁에서 우희를 지키는 태림의 보고에 따르면 아신의 태도가 협조적이지 않다고 했다.

"오늘 밤이라도 도망가는 게 좋지 않을까요?"

별 차도가 없는 상황에 지설은 회의적이었다. 지금이라도 애초의 계획처럼 우희와 제신을 데리고 성을 떠나자고 했다.

하지만 우희가 포기하지 않았다. 우희가 포기하지 않았다면 나는 끝까지 그 애를 믿을 생각이었다.

"우희는 태자를 고칠 거야."

"하지만……."

"우희를 믿어. 그 녀석, 정말 대단한 의원이거든."

나의 장담이 민망하지 않게 우희는 아신의 치료에 성공했다. 그 방법 역시 평소의 우희처럼 무모하고 대담했다.

"전하."

태림이 사색이 되어 우희를 안고 왔다. 태자의 치료가 성공적이라는 말을 듣고 안심하고 있던 나와 지설 모두 놀라서 자리에서 일어났다.

"무슨 일이냐?"

"우희 님께서 독을 드셨습니다."

"뭐, 독을? 감히 누가 그런 짓을 해?"

지설이 이를 바드득 갈았다.

"태자의 목숨을 구해 준 은인에게 독을 먹여? 역시 백잔 놈들은 믿는 게 아니었어."

지설은 드물게 흥분한 얼굴이었다. 당장에라도 검을 뽑아 들고 석현성주의 목을 딸 기세였다.

그 모습에 당황한 태림이 서둘러 고개를 저었다.

"그게 아닙니다. 독은 우희 님께서 스스로 드신 겁니다. 아신 태자에게 같은 독을 썼는데, 그게 안전하다는 걸 보여 주시려고요."

"……뭐?"

지설이 이해가 가지 않는다는 듯 미간을 찌푸렸다. 상황이 제대로 이해되지 않는 건 나도 마찬가지였지만 한가하게 사정을 듣고 있을 수는 없었다.

"우희가 대책도 없이 독을 먹었을 리 없지. 태림, 우희가 쓰러지기 전에 어떻게 하라고 했지?"

"반하와 백반, 그걸 가루 내어 먹여 달라고 하셨습니다. 그럼 해독이 될 거라고요."

"지설, 반하와 백반을 구해 와라. 양심이 있다면 백제군도 우리를 도와주겠지."

"예."

지설이 화살보다 빠르게 튀어 나갔다.

"태림, 우희는 여기 눕히고."

"예."

태림이 침상에 우희를 내려놓았다. 축 늘어진 우희의 얼굴이 금방이라도 죽을 것처럼 창백했다. 퍼런 입술에는 온기가 하나도 없었다.

의술에 대해서는 하나도 모르지만 몸을 따뜻하게 해 줘야겠다는 생각이 들었다. 차게 식은 우희의 손과 발을 주무르며 온기를 돌게 하자 떠났던 지설이 돌아왔다.

"석현성주가 약을 준비해 주었습니다. 반하와 백반을 탄 물이랍니다. 곧 의원도 수소문해 보내 주겠다 했습니다."

"이리로."

숟가락으로 약을 떠 입안에 흘려보냈지만 먹는 것보다 버리는 양이 더 많았다. 이대로는 곤란했다.

나는 사발을 들어 입안에 해약을 머금고 우희의 입술에 입을 맞추었다. 옆에 서 있던 태림과 지설이 숨을 들이켰다.

우희의 턱을 붙잡으니 굳게 닫혀 있던 입이 살짝 벌어졌다. 나는 그 틈으로 입에 머금은 해독약을 열심히 밀어 넣었다. 다행히 숟가락으로 먹일 때보다 입안으로 들어가는 양이 많았다. 나는 사발이 바닥을 보일 때까지 같은 행동을 몇 번이나 반복했다.

약 기운이 돌기 시작하는지 차가웠던 우희의 몸에 온기가 조금씩 돌아왔다. 파란빛이었던 입술에도 서서히 핏기가 비쳤다.

나는 안도의 한숨을 내쉬며 의자에 주저앉았다.

"혹시 모르니 약을 더 구해 오는 게 좋겠다. 의원도 언제 올 수 있는지 확실히 물어보고."

지설과 태림을 향해 말했지만 누구도 반응이 없었다. 답답해져 고개를 돌리니 두 사람이 멍청한 얼굴로 입을 벌리고 있었다.

"왜 그러고 서 있어?"

미간을 찌푸리며 묻자 먼저 정신을 차린 지설이 어색하게 웃었다.

"전하의 이런 필사적인 모습은 처음이라서요. 늘 여유로우실 줄 알았습니다. 눈앞에서 전쟁이 벌어졌을 때도 그러셨고, 훈련할 때나 사냥터에서도 누구보다 냉정하게 움직이시는 분이 지금은⋯⋯."

지설의 시선이 나를 비껴가 누워 있는 우희를 향했다.

"전쟁이나 사냥이라면 냉정할 수 있어. 거기엔 이기기 위한 법칙이 있으니까."

병법에는 꽤 자신 있었다. 사냥법도 잘 알았다. 어떤 상황에서 어떤 방법을 쓰면 되는지. 병법이나 사냥법에는 정답에 가까운 법칙이 있었다.

하지만 우희는 아니었다. 이 애에게는 그런 법칙이 없었다. 그러니 내가 필사적으로 움직일 수밖에.

"지금 본 건 비밀이야."

"예?"

"그, 약을 어떻게 먹였는지, 그런 거 말이야."

우희가 괜찮아지고 있다는 확신이 들자 정신이 조금 차분해졌다. 그제야 걱정이 되기 시작했다. 우희가 약을 어떻게 먹였는지 알게 되면 어떤 반응을 보일지 상상이 되지 않았다.

"아니, 이제 와 그게 걱정되십니까?"

지설이 황당하다는 듯 나를 보다 헛웃음을 흘렸다. 옆에 선 태림도 어이가 없다는 눈이었다.

나는 멋쩍어져 두 사람의 눈을 피하며 다시금 명을 내렸다.

"약을 더 구해 오라니까. 의원도 좀 데려오고."

　　　　◈　◈　◈

　우희의 활약 덕분에 석현성에 붙잡혔던 포로 전원이 고구려로 돌아
갈 수 있게 되었다. 기꺼운 일이었지만 이 일을 계기로 우희를 보는 아
신의 눈이 달라진 게 문제였다.

　"혹시라도 마음이 바뀌면 언제든 와라. 내 생각은 변함없으니까."

　우희를 보는 아신의 눈에 애정이 넘쳤다. 이런 일에 둔한 우희는 그
런 의미가 아니라고 펄쩍 뛰었지만 나는 물론이고 지설과 태림까지 아
신의 마음을 간파했다.

　심지어 아신은 우희에게 자신을 증명하는 옥패까지 주었다. 우희와
자신의 인연을 과시하는 일종의 증표였다.

　나도 아직까지 우희에게 그런 걸 준 적이 없는데. 처음 보는 백제
태자 놈에게 선수를 빼앗겼다.

　속이 부글부글 끓었다. 그걸 모를 지설이 아니었다.

　"보세요, 어찌하실 겁니까? 예?"

　지설이 의미심장하게 웃으며 내 옆구리를 찔러 댔다.

　"이러다 아가씨를 백제 태자에게 빼앗기게 생겼습니다. 저는 우리
고구려가 백제에 지는 건 못 봅니다."

　"빼앗기기는. 그런 일 없다."

　"글쎄요, 지금 하시는 걸로 봐서는……."

　지설의 말에 태림이 헛기침을 했다. 지설을 말리는 게 아니라 웃음
을 참느라 나온 헛기침이었다.

　두 사람에게 약점이 단단히 잡혔군.

"분위기가 왜 이래?"

하지만 돌아온 우희는 아무것도 읽지 못했다. 모든 사람이 다 아는데 정작 당사자만 모른다.

"아무것도."

나는 한숨을 내쉬었고, 지설은 다시 내 옆구리를 찔렀고, 태림은 조금 전보다 더 크게 헛기침을 했다. 그리고 여전히 우희는 영문을 모르겠다는 듯 눈을 깜빡였다.

❖ ❖ ❖

백제에서 고구려로 돌아가는 길에 급보가 도착했다. 아버지의 병환이 깊어졌다는 서신이었다.

우리는 속도를 높여 휴식 없이 곧장 국내성으로 향했다. 버거운 속도였지만, 심각한 소식을 접한 뒤라 누구도 지친 내색을 하지 못했다.

"담덕."

아버지의 얼굴은 심각했다. 누가 보아도 죽음의 기운이 드리운 얼굴이었다.

"어째서……"

우희가 아버지를 돌본 이후 상태는 계속 나아졌다. 우희가 잠시 국내성을 떠나기는 했지만, 아버지가 먹을 약재는 충분히 준비해 두었다고 했다. 이렇게까지 갑자기 악화될 이유가 없었다.

"설마 그쪽이 손을 쓴 겁니까?"

"알 수 없단다. 그들이 얼마나 은밀하게 움직이는지 알지 않니."

모른다고는 하지만 이런 일을 벌일 사람은 해서천뿐이었다. 중간에서 약재를 바꿔치기한 걸까? 머리가 복잡했다.

해서천의 수법은 언제나 교묘했다. 사람들이 눈치채지 못하는 사이 정확히 상대의 숨통을 노린다. 나는 이를 바드득 갈았다.

"밝혀낼 겁니다. 그들이 무슨 짓을 했는지."

"아니, 그러지 말거라."

"아버지!"

"나는 이미 늦었다. 다 죽어 가는 사람의 목숨이 애달프다고 그들과 대립해서는 안 돼. 그들 역시 고구려의 백성이다. 너는 그들을 품고 가야 한다. 그래야 진정한 이 나라의 태왕이 될 수 있어. 나는 그러지 못했지만, 너는 할 수 있다."

"……저는 그리 아량이 넓지 못합니다."

"아량이 넓어서가 아니다. 그들에게 가장 큰 굴욕이 무엇인지 생각해 보거라. 인정하고 싶지 않은 자에게 머리를 숙일 수밖에 없는 것, 그게 해서천 같은 자의 가장 큰 굴욕이지."

"그래도 싫습니다. 저는 제 마음이 편한 쪽으로 복수를 할 겁니다."

"담덕."

아버지가 힘없이 내 이름을 부르며 손을 뻗었다. 나는 그의 앞으로 다가가 두 손을 꼭 잡았다.

"오래전 너와 내가 내기를 했었지. 그때 내가 이겼고, 나는 소원을 쓰지 않았다."

"그랬습니다."

"이제 그 소원을 말할 시간이구나."

아버지가 내 손을 힘주어 잡았다. 강하게 나를 붙잡은 마른 손에서 의지가 느껴졌다.

"내 죽음에 복수를 하지 말아라. 적마저 마음에 품는 위대한 왕이 되거라."

"그건⋯⋯."

"그게 나의 소원이다, 담덕. 나는 약한 왕이었으나 너는 강한 왕이 되거라. 진정으로 강한 자는 적을 부수지 않고 제 아래에 둔다. 알겠느냐?"

아버지의 두 눈이 선명하게 나를 향했다. 형형한 눈빛에 담긴 무거운 유언이었다.

나는 아버지의 마지막 말을 거부할 힘이 없었다.

"예."

나의 대답에 아버지가 웃었다.

"다행이구나. 네 곁에 우희 그 아이를 두고 가서 내 마음이 조금 편하다. 내 소원을 들어가면서까지 인정한 마음이니, 꼭 그 아이와 행복해지거라."

"그것도 내기의 소원이십니까?"

"이건 아비로서의 바람이다."

그는 죽음 앞에서까지 태왕으로서의 모습을 지켰으나, 마지막 순간, 그 찰나의 순간에서만큼은 나의 아버지였다.

❖ ❖ ❖

'아들'에게 마지막 말을 남긴 후 아버지의 건강은 급격히 나빠졌다. 하루 중 거의 대부분 의식이 또렷하지 않았고, 짧게나마 정신이 돌아오는 때는 아들 담덕이 아닌 태자 담덕에게 여러 가지 뜻을 전할 뿐이었다.

내년 정월 내게 왕위를 넘기겠다는 것 역시 그중 하나였다. 그간 태왕의 가장 든든한 우군을 자처했던 절노부에서도 아버지의 뜻을 환영했다.

"지금처럼 건강이 나빠지시기 전, 태왕께서 제게도 어지(御旨:임금의 뜻)를 남기셨습니다. 혹 의사 표현을 하기 힘들 정도로 건강이 나빠지거든 태자인 담덕에게 양위하시겠다고요. 아픈 왕이 오랫동안 자리를 차지하고 있으면 왕권이 크게 흔들릴 것이라며 우려하셨지요."

절노부의 수장인 우희의 백부가 지난 사정을 설명했다. 과연 아버지다운 결정이었지만 나로서는 쉽게 받아들일 수가 없었다.

내가 왕위에 오른다는 건 아버지의 죽음을 만천하에 공포하겠다는 말이었다. 아직 숨이 멀쩡하게 붙어 있는 아버지를 두고 어떻게 그런 결정을 내릴 수 있을까?

태의는 아버지의 회복이 불가능하다고 선언했다. 하루하루를 버티고는 있지만 서서히 죽어 가고 있을 뿐이라고, 먹고 있는 탕약들도 고통을 조금 줄여 주는 정도일 뿐이라고 했다.

의술을 모르는 내가 보기에도 아버지의 회복은 쉽지 않아 보였다. 하지만 그 모든 걸 알면서도 아버지를 포기하는 건 쉽지 않았다.

"조금 생각해 보겠습니다."

"전하, 혼란을 피하고자 한다면 늦어도 내년 정월에는 왕위에 오르셔야 합니다. 폐하의 뜻도 같으실 겁니다."

"알고 있습니다. 그래도 잠시 생각할 시간을 주세요."

내가 두 번이나 같은 말을 하자 그도 어쩔 수 없었는지 곤란한 얼굴을 하면서도 물러났다.

그날부터 나는 바쁘게 움직였다. 낮에는 아버지를 대신해 국사(國事)를 살피고, 저녁에는 아버지의 곁을 지켰다.

과중한 업무에 몸이 두 개라도 모자랄 지경이었지만 그게 편했다. 몸을 혹사하는 건 고민을 잊기 위한 가장 쉽고도 효과적인 방법이었다.

우희가 궁을 찾은 것도 그 무렵이었다.

아버지의 병환으로 궁의 분위기가 어수선했기 때문인지, 아니면 바빠진 나를 배려했기 때문인지 우희는 한동안 나를 찾아오지 않았다.

언제는 내가 오지 말래도 매일 나를 찾아오더니.

나를 보러 올 수 없었던 상황은 이해했지만 서운한 마음이 드는 건 어쩔 수 없었다.

두고 봐, 만나면 순순히 반겨 주지는 않을 테니까.

하지만 태연하게 활 쏘는 걸 가르쳐 달라며 나를 찾아온 우희의 얼굴을 보는 순간, 기쁨이 마음 한구석에 몸을 웅크리고 있던 섭섭함을 순식간에 몰아냈다.

나도 참 답이 없네. 얼굴 한 번 봤다고 이렇게 기분이 좋아지는 게 말이 돼?

참으로 우스웠다. 우희를 만나기 직전까지 나는 과중한 업무로 몸이 무거웠고, 잠이 부족해 정신이 몽롱했다. 어려운 고민으로 머리가 터져 버릴 것도 같았다.

그런데 우희의 얼굴을 보는 순간 모든 것이 저만치 날아갔다.

평소와 다를 바 없이 활을 쏘는 우희의 태평함에 나까지 동화된 것일까? 이 순간만큼은 어떤 근심도 나를 괴롭히지 못했다.

하지만 그런 기분도 오래가지는 못했다. 우희가 대수롭지 않게 꺼낸 말 한마디 때문이었다.

"그…… 정략혼이라고 해야 하나…… 폐하께서 내게 부탁하셨거든. 내가 너와 혼인했으면 한다고."

우희가 내게 혼인하자고 했다.

우희와 내가 혼인한다? 분명 바라던 일이다. 나는 당연했고, 아버지를 비롯한 많은 어른들이 바랐을 일이다.

어른들에게는 어떤 방식의 혼인이든 상관없었겠지. 하지만 적어도 나는 우희와 이런 식으로 혼인을 이야기하고 싶지 않았다.

언젠가 우희가 내 마음을 알아주고, 그 애도 나와 같은 마음이 되어서, 그 결과로 혼인을 하여 행복한 가정을 꾸리는 것. 보통의 사내나 여인들처럼 평범한 가정은 아니겠지만 우희와 나의 마음만 통한다면 내가 어렸을 적부터 꿈꾸던 가족의 모습을 만들 수 있을 거라고 생각했다.

그런데 우희는 나와 전혀 생각이 달랐다. 나와 마음이 통하기는커녕 나를 사내로 보고 있지도 않았다. 그저 친구인 나를 도와주고 싶어서. 그런 해맑은 이유로 나와 혼인하자고 하는 우희를 보고 있으니 그 애를 만나 들떴던 마음이 순식간에 나락으로 처박혔다. 더러운 진흙탕에 머리부터 고꾸라진 것만 같은 기분이었다.

"난 황후에게서 난 자식이 필요해. 그래야만 후계가 안정되니까. 난 내 황후랑 모든 걸 할 거야. 네가 그걸 할 수 있어?"

도저히 가라앉은 기분을 감출 수가 없었다. 나의 날카로운 말에 우희는 당황한 기색이 역력했다. 내가 이런 반응을 보일 줄 꿈에도 몰랐다는 얼굴이었다.

그 정도로 나를 사내로 보지 않았다는 거겠지.

화가 났다. 나를 사내로 보지 않는 우희에게도, 그 애에게 고작 친구밖에 되지 못하는 나 자신에게도 화가 났다.

"그런 각오도 없으면서 내 황후가 되겠다 했어? 그런 가벼운 마음 이라면 이런 이야긴 꺼내지 마. 아무리 태왕 폐하의 부탁이라도."

"가벼운 마음 아니야."

아니, 널 향한 내 마음이 얼마나 무거운지 안다면 넌 그런 말 못 해. 내가 널 볼 때마다 무슨 생각을 하는지, 너와 무엇을 하고 싶은지 알 게 된다면. 넌 절대 그런 말 못 해.

그래서 나는 우희에게 보여 주기로 했다.

내가 진짜 너와 하고 싶은 게 뭔지, 내가 너를 어떻게 보고 있는 지, 그러니 나와 혼인한다는 게 어떤 의미인지.

"난 너랑 혼인할 거야! 네가 무슨 말을 하더라도……."

나는 언젠가 술에 취한 우희가 내게 그랬던 것처럼 소리치는 그 애 의 입술을 덥석 깨물었다. 놀라서 벌어지는 입술 사이로 혀를 밀어 넣 자 내게 붙잡힌 우희의 몸이 굳는 게 느껴졌다.

긴장하지 말고 내 말을 좀 들어.

나는 굳어 있는 우희의 등을 손으로 가볍게 쓸어 보았다. 언제나 우 희의 가까이에 있었지만 이렇게 이 애의 몸을 만지는 건 처음이었다.

손끝에 닿는 몸은 상상했던 것보다 훨씬 더 부드러웠다. 돌덩이처 럼 단단한 사내놈들의 몸과는 완전히 달랐다.

천천히 등을 쓸어내리는 손길을 따라 굳어 있던 우희의 몸이 풀어 지는 게 느껴졌다. 나는 그때를 놓치지 않고 우희의 몸을 바짝 끌어 당겼다.

비틀거리던 우희가 내 가슴팍 옷사락을 쥐었다. 그럴 리 없다는 건 알면서도 그게 마치 허락인 것처럼 느껴져서, 나는 더 필사적으로 우희에게 파고들었다.

우희를 가장 잘 아는 사람은 나여야 돼. 그러니까, 다른 사람들이 절대 닿을 수 없는 깊은 곳까지 내가 모두 정복할 거야.

말캉한 혀와 볼 안쪽의 여린 살, 고른 치열과 미끄러운 입천장.

하지만 아무리 우희의 입술을 탐해도 확신이 들지 않았다. 조금 더 깊은 곳, 나만이 닿을 수 있는 그런 곳이 있을 것만 같았다.

그렇게 생각하며 눈을 뜨는 순간 놀라움으로 크게 떠진 우희의 두 눈과 마주쳤다. 순간 벼락에 맞은 듯 정신이 번쩍 들었다.

지금 내 앞에 선 우희는 내가 원하는 깊은 곳을 내주지 않을 것이다. 필사적인 나의 입맞춤에도 내 마음은 우희에게 닿지 않았다.

허탈해졌다. 나는 우희의 입술을 깨물고 그 애에게서 떨어졌다. 멀어지는 나를 보는 우희의 눈동자에 혼란이 가득했다.

"그러니 네가 혼인하자는 말을 가볍게 꺼낸 거라고. 이제 알겠어?"

연우희, 내가 무슨 짓을 해도 너에게 난 그냥 친구야?

우희가 어떤 반응을 보이든 견딜 수 없을 것 같았다. 이 애가 보일 수많은 반응 중 내가 바라는 반응은 단 하나도 없을 테니까.

나는 그대로 몸을 돌려 자리를 벗어났다.

그렇게 헤어진 후 나와 우희는 좀처럼 만날 기회를 잡지 못했다.

무리해서 시간을 내면 잠시 이야기 나눌 시간 정도야 만들 수는 있었다. 하지만 나는 우희의 입에서 나올 말이 무서워 일부러 내 앞에 닥친 국사에만 집중했다.

그러는 동안 시간이 흘러 우희의 탄일이 다가왔다. 올해의 탄일은 여러모로 특별했다. 내가 절풍을 받고 제 몫을 하는 고구려 용사로 인정받은 것처럼, 우희 역시 비녀를 받고 한 사람의 성인으로 대우받게 될 터였다.

얼마 전의 다툼이 없었다면 신이 나서 우희의 선물을 준비했겠지. 하지만 지금은 우희가 내 선물을 반길 것인지도 확신할 수 없었다. 아니, 그 전에 내 얼굴을 보고 싶어 할지도 의문이었다.

그런 고민으로 시간을 보냈더니 정신을 차렸을 때는 이미 해가 지평선 아래로 떨어진 후였다. 어둑해진 하늘을 보니 환한 태양 아래서는 몸을 숨겼던 용기가 슬쩍 머리를 내밀었다. 이런 어둠 속이라면 어떤 한심한 얼굴이라도 감출 수 있을 것 같았다.

나는 곧장 채비를 마치고 우희의 집으로 향했다. 하지만 우희는 없었다. 몸종 달래에게 물으니 머리가 복잡하다며 산책나갔다고 했다.

우희가 갔을 법한 곳들을 돌아다니며 수소문했더니 그 애가 성벽으로 향하는 걸 본 사람이 있었다. 계단을 올라 성벽 위에 다다르자 탄일이라고 고운 옷을 차려입은 우희가 보였다.

우희는 국내성 바깥의 먼 하늘을 바라보고 있었다. 나는 가만히 별빛이 내려앉은 우희의 얼굴을 바라보았다. 좋은 날을 맞이한 사람답지 않게 그 애의 얼굴이 어두웠다. 어째서인지 우희가 다른 사람처럼 느껴져 쉽게 다가설 수가 없었다. 밝게 웃고 자신감 넘치는 우희의 얼굴은 익숙했지만 이렇게 우울한 모습은 처음이었다.

그때 우희의 눈에서 눈물이 흐르기 시작했다. 가느다란 물줄기가 폭포수처럼 굵어졌는데도 우희는 소리조차 내지 않았다.

숨죽여 우는 우희의 모습을 보는 순간 나는 잠시 잊고 있었던, 어쩌면 가장 중요했던 사실 하나를 깨달았다.

마음속의 내가 물었다.

네게 가장 중요한 게 뭐야? 이 애가 네 마음을 알아주는 거야?

나는 나에게 대답한다.

아니, 나는 그냥 이 애가 웃었으면 좋겠어. 하고 싶은 걸 하고, 원하는 것을 가지고, 그래서 이 세상에서 가장 행복한 사람이면 좋겠어.

그러자 나를 실망하게 하고, 분노하게 하고, 망설이게 했던 모든 상념들이 무의미해졌다.

다른 건 모르겠다. 나는 그냥, 이 애가 지금처럼 울지 않았으면 좋겠다.

"왜 울어, 이 좋은 날?"

"그냥 울었어. 혼자라서, 그게 싫어서."

나는 우희가 한 말을 따라 중얼거렸다. 혼자라서……. 나는 잠시 그 말을 되뇌다 우희 쪽으로 걸음을 옮겼다.

"내가 왔으니 이젠 혼자가 아니네."

"그래. 그러니 이젠 안 울어도 되겠다."

우희가 눈물을 닦으며 웃었다.

"오늘은 내 탄일인데…… 선물은 없어?"

준비한 선물은 있었다. 지난 몇 개월간 고심해서 고른 반지였다. 궁을 나설 때부터 몸에 지니고 있었지만 우희에게 어울리는 선물이 아닌 것 같았다.

반지를 주려고 했던 건 욕심이 있어서였다. 나는 우희를 갖고 싶었다. 우희가 내 사람이 되어 줬으면 했다.

하지만 전부 틀린 생각이었다.

정말 우희를 좋아한다면, 내가 이 애를 가지는 게 아니라, 나를 이 애에게 주면 된다. 이렇게나 간단한 일이었는데. 왜 여태까지 그걸 몰랐을까?

우희가 내 뜻을 모른다고 속을 끓일 이유가 없다. 우희를 내 뜻대로 움직이게 하지 말고 내가 우희의 뜻대로 움직이면 되니까.

그러니, 연우희.

"날 줄게."

"응?"

"올해 네 탄일에는 날 주겠다고."

열여섯의 어느 날. 나는 우희에게 나를 선물했다.

"네가 하지 말라는 건 안 하고, 네가 하라는 건 무조건 할 거야. 왜냐하면 난 오늘 나를 네게 줬으니까. 나 고구려의 태자 담덕은 오늘부터 네 것이야. 그러니 무엇이든 네 뜻대로 해."

그것이 오랜 열병을 치르고 찾아낸 나의 결론이었다.

❖ ❖ ❖

왕위에 오른 뒤에는 국내성을 떠나 있는 날이 많았다. 전쟁 때문이었다.

나는 사실 전쟁을 즐기는 편이 아니었다. 싸우지 않고 이길 수 있다면 그편이 제일 좋다고 생각했다. 하지만 시작한 전쟁은 어떻게든 이겨야 한다. 전쟁의 승패에 수많은 사람들의 미래가 걸려 있다.

패배한 자들의 미래는 뻔했다. 집과 가족을 잃고 난민이 되거나, 포로로 잡혀가거나, 도망칠 새도 없이 죽는다. 내가 도압성에 본 패배의 모습이었다.

이기면 그런 불행을 피할 수 있었다. 나는 영광을 얻기 위해서가 아니라 불행을 떨쳐 내기 위해 전쟁터로 떠났다.

긴 시간 전쟁터를 떠돌다 국내성에 돌아올 때마다 우희는 조금씩 달라졌다. 앳된 소녀의 모습은 사라지고 성숙한 여인이 자리를 지키고 있었다.

변한 것은 외모만이 아니었다. 결코 변하지 않을 거라고 생각했던 우희의 마음도 어느 순간 달라졌다.

"내가 친구인 담덕뿐만이 아니라 사내인 담덕도 원한다는 걸 인정하기로 했어."

비를 피하려 찾아 들어갔던 작은 집에서 우희가 내게 고백했다.

"친구인 담덕뿐만이 아니라, 사내인 담덕도 내게 달라고 하면 너무 무리한 요구일까?"

의미 없는 질문이었다. 이미 우희는 나의 모든 것을 가졌으니, 사내인 담덕 역시 오래전부터 그 애의 것이었다.

우희는 나와 세상 누구보다 가까워지고 싶다고 했다. 그 애와 처음 입을 맞추며 나 역시 가졌던 열망이었다.

어떻게 하면 사랑하는 사람과 세상 누구보다 가까워지는지는 알고 있었다. 전쟁터를 구르는 사내놈들의 관심사는 대부분 여인과의 밤이라, 병사들이 떠드는 이야기만 듣고 있어도 그 일을 빠삭하게 알 수 있었다.

어떻게 하면 내 여인을 기쁘게 할 수 있을까?

직접 해 보는 건 처음이었지만 자신은 있었다. 나는 몸으로 하는 건 다 잘하는 편이었으니.

그날 나와 우희는 단 한 번도 타인과 나누지 않았던 체온과 숨으로 서로를 가득 채웠다. 말로 하지 않아도 서로의 마음을 알 수 있었다.

이제 우리는 완전한 연인이었다.

❖ ❖ ❖

서로의 마음이 통하면 좋은 일만 있을 줄 알았다. 하지만 꼭 그런 것도 아니었다.

전쟁을 피할 수 없는 나와 의술을 사명으로 여기는 우희.

우리 사이에는 극명한 입장 차이가 있었다. 나는 이기기 위해 사람을 죽여야 했고, 우희는 의원으로서 사람을 살려야 했다.

우희와 처음 만나는 순간부터 그 애의 신념을 알고 있었다. 상대가 누구든 아프고 도움이 필요한 사람이라면 손을 내민다.

우리 인연은 우희의 신념으로 시작되었다. 그 애는 아버지의 병환으로 시름에 빠진 소년에게 망설임 없이 도움을 주었다. 내가 누구인지, 내 아버지가 누구인지도 몰랐으면서 당연히 아픈 사람을 고쳐야 한다고 생각했다.

일반적인 생각은 아니었다. 나는 그 일반적이지 않은 우희의 모습에 매료되어 그 애를 사랑하게 됐지만, 그 생각이 사람들에게 쉽게 받아들여지지 않을 거라는 사실도 알고 있었다.

우려하던 일이 터진 건 백제와 대립하던 수곡성에서였다. 패퇴한 백제군 하나가 심각한 부상을 입은 채 우리 성으로 왔다. 우희는 도움을 청하는 백제군을 살리려 했고, 우리 병사들은 적을 살려 둘 수 없다며 이를 갈았다. 나는 둘 중 하나를 선택해야만 했다.

보는 눈이 없었다면 당연히 우희의 뜻을 존중했겠지만 그곳은 전장이었다. 수많은 병사들의 눈이 우리를 향하고 있는 상황에서 오랜 원수인 백제군에게 자비를 베풀 수는 없었다.

나는 부상당한 백제군을 죽이고 반발하는 우희를 지설과 함께 국내성으로 돌려보냈다. 그게 '태왕'으로서 옳은 결정이었다. 또한 우희를 향한 병사들의 비난을 막을 방법이기도 했다.

상심한 우희의 모습이 마음에 걸렸지만 전쟁이 끝난 후 차분하게 이야기를 나누면 해결될 일이었다. 나도 우희도 서로의 입장을 잘 이해하고 있으니 어려운 일은 아닐 터.

그러나 국내성에 떠돌기 시작한 소문이 모든 것을 어긋나게 만들었다. 우희가 나를 홀려 나라를 백제에 바치려 한다는 말도 안 되는 이야기였다. 하지만 겉으로 보기에는 그럴듯한 이유가 있었다.

우희가 오래전 백제 아신 태자의 목숨을 구한 일, 아버지의 흔적을 찾고자 백제 땅에 갔다가 아신의 보호를 받은 일, 수곡성에서 부상당한 백제 병사를 살리려 한 일. 실제로 있었던 각각의 사건이 하나로 합쳐지자 존재하지도 않았던 음모가 진실처럼 여겨졌다.

제 딸을 황후로 세우고 싶어 했던 해서천은 신이 나서 우희를 물어뜯기 시작했다. 그에 동조하는 귀족들도 갈수록 늘어났다.

지금 이 순간 가장 힘든 사람은 내가 아니라 우희였다. 그 애를 위로하고 지난 다툼에 대한 오해도 풀고 싶었지만 모두가 나를 말렸다.

"소문이 가라앉기 전까지는 만남을 자제하십시오. 우희 님과의 만남이 소문을 부추기는 꼴이 되어 그분에게도 좋지 않습니다. 지금은 소문이 어떻게 퍼졌는지 알아보고 싹을 자르는 게 중요합니다."

지설이 조언했다. 그는 우희와 먼저 국내성으로 귀환했던 탓에 측근들 중에서 상황 파악이 제일 빨랐다.

소문을 퍼트린 주체가 누구인지 알 수 있는 가장 쉬운 방법은 이 소문으로 누가 이득을 보는지 살펴보는 것이었다. 그렇다면 이번 사건으로 이득을 본 사람은 누구인가?

우희와 나의 혼인을 막으려 애쓰던 소노부의 수장 해서천, 바로 그 사람이었다.

"사실 저는 다로가 소노부의 간자는 아닐까 생각 중입니다."

"다로가?"

"예, 백제 땅에 있었을 때 묘한 일이 있었던 터라…….."

다로는 오랫동안 비로에서 일한 대원이었다. 그런 사람에 대한 의문을 제기하는 게 쉽지는 않았을 것이다. 그만큼 확실한 심증이 있다는 뜻이었다.

"허락해 주신다면 다로의 뒤를 캐 보겠습니다."

"소문을 잡을 수만 있다면 어떤 일이든 해 볼 가치가 있지. 허락한다."

태왕의 가장 은밀한 무기인 비로를 조사하는 일이었다. 지설은 믿을 만한 소수의 인물만을 추려 조사를 시작했다.

그 무렵 우희가 먼저 나를 찾아왔다. 소문에 시달린 것인지 얼굴이 좋지 않았다.

내 옆에 있지 않았다면 이런 소문에 시달릴 일도 없었겠지. 태왕인 내 옆에 있어서, 나의 소중한 사람이라서, 내 황후가 될 사람이라서. 모두가 우희의 말과 행동을 주시했다. 그러니 그 애가 받는 모든 비난은 나로 인해 시작된 셈이었다.

그걸 누구보다 잘 알고 있었기에 나는 우희의 소원을 필사적으로 막지 못했다.

"나 너랑 혼인 안 할래."

앞으로도 우희가 감당해야 할 일은 많았다. 그 애가 기꺼이 모든 것을 감내하겠다면 고마운 일이지만, 그것이 버거워 떠나고 싶다면 나는 붙잡을 힘이 없었다. 우희에게는 어떤 길이든 선택할 권리가 있으니까.

"난 자유로운 게 좋아. 궁에 붙어사는 지루한 일상은 도저히 견딜 수가 없는데 어찌 황후가 되겠어?"

결국 우희가 견딜 수 없는 건 '담덕'의 곁에 머무르는 게 아니라 '태왕'의 황후가 되는 일이었다.

나는 오래전 결심했다. 내가 원하는 곳에 우희를 두지 말고, 우희가 원하는 곳으로 내가 가자고. 하지만 나는 '태왕'으로서의 나를 버리고 '담덕'으로서만 우희 곁에 머무를 수 없었다. 이미 내 어깨에는 수많은 사람의 기대와 삶이 얹혀 있었다.

머릿속에서 도압성에서의 일이 떠올랐다. 우희는 망설임 없이 제 길을 찾아 떠났고, 나는 그런 우희의 뒤를 쫓지 못했다. 지금이 마치 그 순간 같았다.

자유롭고, 똑똑하고, 특별한 우희. 그 애가 떠나고자 한다면 나는 붙잡을 수가 없다.

"미워해. 모든 것이 널 감당하지 못한 내 잘못이니까."

결코 듣고 싶지 않았던 사과와 함께 우희가 내 곁을 떠났다. 궁을 나선 그 애가 흔적도 없이 사라졌다는 이야기를 들은 건 닷새 후의 일이었다.

❖ ❖ ❖

"무슨 말이야?"

"우희는 집으로 돌아오지 않았습니다."

"집으로 돌아가지 않았으면, 그 애가 어디로 가?"

"······그걸 저도 모르겠습니다. 국내성 일대를 모두 뒤졌지만 찾을 수 없었습니다."

"연제신, 그건 우희의 오라비로도, 비로의 수장으로도 자격 미달인 발언 아닌가? 왜 빨리 내게 말하지 않았지?"

"폐하께 알린다고 달라질 것이 없었으니까요. 어차피 비로를 움직여 우희를 찾으셨을 테지요. 그렇지 않아도 심기가 복잡하신데 고민거리를 더해 드리고 싶지 않았습니다. 이렇게까지 우희를 찾지 못할거라는 생각도 하지 않았고요."

"그래도 알렸어야지!"

제신의 잘못이 아니라는 걸 알았지만 날카로운 목소리를 감출 수 없었다.

우희가 사라지다니. 죽은 자의 치부까지 찾아낸다는 비로가 그 애의 행적을 찾지 못하다니.

손이 부들부들 떨렸다. 안 좋은 생각이 수없이 머릿속을 스쳐 갔다.

적의 대군을 앞에 두고서도 두려움을 느낀 적이 없었는데. 나는 이 순간 너무 두려웠다. 숨이 턱 막혀 금방이라도 질식할 것만 같았다.

"너무 걱정 마십시오. 그 애는 똑똑한 녀석이니까 제 몸은 잘 지킬 겁니다."

"우희가 똑똑하다는 건 알아. 하지만 똑똑하다고 잘 살아갈 수 있는 세상이 아니잖아."

누군가를 향해 검을 휘두르는 것이 너무 당연한 세상이었다. 제 이익을 위해서라면 사람은 충분히 잔인해질 수 있었다. 그 잔인함이 우희를 향한다면⋯⋯.

"폐하, 제 누이는 제가 찾을 겁니다. 무슨 수를 써서라도요."

제신이 이어지는 내 걱정을 잘랐다. 그 말이 마치, 나는 우희와 아무런 상관없는 사람이니 관여할 필요가 없다는 것처럼 들렸다. 할 말을 잃고 제신을 보니 그가 굳은 얼굴로 말했다.

"우희는 머무를 자리가 없어서 떠난 겁니다. 모두가 우희에게 손가락질했어요. 폐하께, 이 고구려에 해가 된다면서요. 그 애는 강한 심지를 가졌지만, 그래 봐야 이제 막 어른이 된 어린 여자애죠. 견디기 힘들었을 겁니다."

"내가 우희가 있을 자리를 빼앗았다는 말인가?"

"폐하께서 빼앗으신 게 아닙니다. 하지만 적들이 빼앗도록 두셨지요."

그랬다. 나는 나의 적들이 활개 치도록 손을 놓고 있었다.

아버지의 유언 때문에? 아니다. 아버지는 그들을 내 아래에 두라고 했지 그들을 자유롭게 놓아주라고 하신 게 아니었다.

나는 단순하게 생각했다. 전쟁에서 이기고, 나라가 강해지고, 왕권이 높아지면 그들이 자연스럽게 나를 인정하고 내 사람이 되어 줄 거로 생각했다. 우스울 정도로 순진한 생각이었다.

나는 태왕으로서 조금 더 교활해질 필요가 있었다. 백성에게는 덕을 베풀되 적에게는 치밀하게 다가가야 했다.

태왕에게는 두 가지의 얼굴이 필요했다. 나는 어리석게도 소중한 사람을 잃은 뒤에야 그 사실을 깨달았다.

"정말 우희를 생각하신다면 그 애가 돌아올 자리를 만들어 주세요.

찾는 건 오라비인 제가 합니다. 하지만 자리를 만드는 건 제가 할 수 없어요. 오직 폐하만이 하실 수 있습니다."

자리는 자연스럽게 만들어지는 게 아니다. 아버지는 그 사실을 이미 알고 계셨다. 그래서 태자인 담덕, 태왕인 담덕의 자리를 만들기 위해 부단히 노력하셨다.

내게도 그런 노력이 필요했다. 내 사람들을 지키기 위해서 내가 정신을 차려야 한다.

입술을 질끈 깨무는 나를 보며 제신이 참담한 얼굴로 입을 열었다.

"다로를 구금했습니다."

"……간자라는 증거가 나왔나?"

"저희가 의심하고 있다는 걸 알아차렸는지 소노부에서 먼저 다로를 버렸습니다. 아직 자백은 받지 못했습니다만 제가 설득해 보겠습니다. 저와 이야기를 나누면…… 아마 다 털어놓을 겁니다."

그렇게 말하는 제신의 눈에 말로 표현할 수 없는 강한 확신이 담겨 있었다.

❖ ❖ ❖

다로의 고백으로 모든 사실이 밝혀졌다. 그녀는 소노부의 간자였고, 그들의 목표는 우희를 없애는 것이었다. 다로는 소노부의 모든 명을 따랐지만 우희를 죽이라는 마지막 명은 수행하지 못했다. 오히려 우희를 빼돌리려는 시도가 들통나 그들에게 버림받았다.

딱히 동정심은 들지 않았다. 고맙다는 마음도 없었다. 마지막 순간 우희를 도우려고 했다지만 다로는 그전까지 수많은 사람들을 속이고 다치게 했다.

그녀에 대한 처분은 제신에게 일임했다. 비로 안에서 벌어진 일이니 처분 역시 비로의 수장에게 맡기는 게 좋을 것 같았다.

다로의 배신이 밝혀지자 비로의 대원들 모두가 충격에 휩싸였다. 다로는 비로의 핵심 인력 중 하나였기 때문에 그녀를 믿고 따랐던 사람이 많았다.

나 역시 다로를 믿었다. 하지만 지금 이 순간 나를 가장 괴롭게 하는 건 그녀를 향한 깊은 배신감이 아니었다.

나는 우희가 내 곁에 머무르는 것이 힘들어 나를 떠난 것이라 생각했다. 그래서 붙잡지 못했다. 우희가 힘들다면 내가 붙잡을 수는 없다고 생각했다.

하지만 우희가 떠난 이유는 힘들어서가 아니었다. 우희는 나를 지키기 위해 떠났다. 자신의 존재가 태왕의 권위에 흠집을 준다고 생각해서, 소중한 것이 모두 남아 있는 국내성을 버리고 종적을 감췄다.

한때 나는 우희가 다른 소중한 존재를 위해 나를 쉽게 버렸다는 사실에 서글퍼했다.

소중한 존재가 너무나도 많은 우희. 내가 그 애의 가장 소중한 존재, 무엇과도 바꿀 수 없는 유일한 존재가 될 수 없다는 사실이 견디기 힘들었다.

그런데 그랬던 우희가 나를 위해 다른 소중한 것들을 버렸다.

우희에게 내가 얼마나 소중해졌는지, 그 사실을 그 애가 떠나고 난 뒤에야 알게 되다니. 우희의 모든 것을 알고 있다고 자부했으면서 정작 그 애의 마음을 읽지 못했다.

국내성을 떠나며 너는 어떤 생각을 했을까? 너의 가족도, 추억도.

모두 이곳에 남아 있는데. 너는 나를 위해 그 모든 것을 버리고 먼 길을 떠났구나.

도저히 견딜 수가 없었다. 우희가 당연히 있어야 할 국내성에 그 애의 빈자리가 보일 때마다 후회와 괴로움이 밀려왔다.

잠을 잘 수도 없었다. 잠이 들면 여지없이 꿈속에 우희가 찾아와 서럽게 울었다. 내가 가장 싫어하는 모습이었다. 달래 주고 싶어 아무리 손을 뻗어도 우희는 닿지 않는다. 내가 할 수 있는 건 그저 울고 있는 그 애를 무력하게 바라보는 것뿐이었다.

나는 차라리 빈자리를 보지 않기로 마음먹었다. 전쟁을 핑계로 바깥을 전전하며 전쟁의 승리에만 집중했다. 눈앞의 적을 베고, 승리를 위한 계책을 고민하고, 하나의 전쟁이 끝나면 새로운 전쟁을 찾아 떠났다.

고구려는 연전연승을 이어 갔다. 당연한 결과였다. 잠도 자지 않고 오로지 승리에만 매달렸으니 이 정도 성과는 있어야 했다.

"폐하, 이제 그만 주무셔야 합니다."

늦은 밤. 막사의 불이 꺼지지 않은 것을 보았는지 지설이 한숨을 내쉬며 안으로 들어왔다.

"그렇게 말해도…… 잠이 안 오는데 억지로 잘 수는 없잖아?"

"억지로라도 주무셔야 합니다. 벌써 사흘째 깨어 계시잖습니까."

"사흘? 시간이 그렇게나 흘렀나."

"예, 그렇게나 흘렀습니다. 그러니까 제발 좀 주무세요. 이러다 죽습니다. 게다가 술은 또 왜 이렇게 많이 드셨는지."

지설이 바닥에 굴러다니는 술병을 보며 미간을 찌푸렸다.

"아, 이것도 어느새 이렇게 많이 비웠군."

술에 취해 잠이 들면 꿈을 꾸지 않는다. 그래서 정말 잠이 필요한 순간이 오면 정신을 잃을 때까지 술을 마셨다. 하지만 언제부턴가 술도 듣지 않았다.

"답이 없군요. 이 독한 술들도 안 먹힐 정도로 제정신이 아니라니."

지설이 무례하게도 내 어깨를 잡아끌어 간이 침상에 밀어 넣었다.

말로는 예의 없이 굴어도 행동은 늘 깍듯한 지설이었다. 그랬던 지설의 행동에 황당해져 바라보니 그가 당당한 얼굴로 어깨를 으쓱거리더니 이불까지 덮어 주었다.

"……뭐 하는 거야?"

"충성스러운 신하가 폐하를 보필하고 있는 거죠. 잠이 안 오시면 자장가라도 불러 드릴까요?"

"자장가? 어린애도 아니고 고작 그런 걸로 잠이 들 수 있겠어?"

나는 지설이 덮어 주었던 이불을 걷어 내고 자리에서 일어서며 일 이야기로 화제를 돌렸다.

"국내성에는 피곤한 일뿐이야. 다들 시끄럽게 제 할 말만 떠들지. 차라리 이곳이 편해. 아무 생각 없이 싸우고 또 싸우다 보면 시간이 흐르니까. 이제 국내성은 조용해졌겠지? 모두가 바라던 후계자를 데려왔으니 더 할 말도 없을 거야."

내 말에 지설의 얼굴이 어두워졌다.

"하지만…… 그 아이는 폐하의 핏줄이 아니잖습니까. 전쟁터에서 거둔 아이를 정말 후계자로 삼을 생각이십니까?"

"능력이 걱정이라면 내가 잘 가르치면 돼. 핏줄이 문제라면 우리 가문 여자아이와 혼인시키면 되고. 승평이 우리 가문의 데릴사위가 되는 셈이지."

우희가 사라지자 귀족들은 기다렸다는 듯 제 딸을 내게 밀어 넣었다. 짧은 시간 국내성에 머무를 때면 처음 보는 귀족 여인들이 밤마다 내 방을 찾아왔다. 어떻게든 하룻밤을 보내기만 하면 그 여인을 황후로 세울 생각인 것 같았다.

돈을 받고 귀족 여인들을 내 방에 접근하게 해 준 궁인을 찾아 엄벌을 내렸더니 그 후에는 그런 일이 사라졌지.

'담덕'인 나는 우희가 아닌 다른 사람과 혼인한다는 걸 생각해 본 적이 없었다. 우희가 아닌 다른 사람에게서 아이를 얻는 것도 당연히 생각하지 않았다.

하지만 '태왕'인 나에게는 황후나 후계자가 반드시 필요했다. 그래서 전쟁터에서 만난 아이를 거뒀다. 피 한 방울 섞이지 않은 아이였지만, 귀족들에게는 전쟁터에서 만난 여인을 취해 얻은 아이라고 선언하고 궁으로 들였다. 그 아이가 승평이었다.

"아직도 그분을 기다리십니까?"

"기다린다? 글쎄, 이건 그 애를 기다리는 건가?"

기다림이라는 건 상대가 돌아와 주기를 바라는 마음이 있을 때 하는 말이었다. 하지만 지금의 나는 우희가 돌아오기를 바라지 않으니, 그 애를 기다리는 게 아니었다.

우희가 있어야 할 곳은 이 세상에서 가장 안전하고 따뜻한 공간이어야만 한다. 내 옆자리는 아직 그런 공간이 아니었다.

그러니까.

"나는 좀 더 강해져야 해. 두 번 다시 내 사람을 잃지 않아도 될 만큼 강한 태왕이 될 거야."

그때가 올 때까지 이기고 또 이기는 수밖에.

"지설, 다음 전장은 어디지? 밤은 길고 시간은 많으니, 함께 전략을 고민해 볼까?"

"……참으로 지독하신 분입니다."

지설이 질린 얼굴로 고개를 저었다.

❖ ❖ ❖

"폐하, 신라에서 구원 요청이 왔습니다."

북쪽 전선에 집중하고 있는 와중에 신라에서 급보가 날아왔다. 백제와 왜, 가야의 연합군이 신라를 밀고 들어와 왕경이 위태롭다고 했다.

신라는 우리의 오랜 우방이었다. 백제를 견제하는 데 큰 도움이 되는 나라이기도 했다. 원군을 보내 신라를 도와야 하는 상황이었다. 하지만 북쪽 전선을 무작정 비울 수도 없었다. 팽팽한 긴장을 유지하고 있는 상황에서 대규모 병력을 뺀다면 후연이 기다렸다는 듯 아래로 밀고 내려올 것이다.

나는 고민 끝에 결론을 내렸다.

"지설은 여기 남아 북쪽 전선을 지킨다. 나와 태림은 병력을 이끌고 남쪽으로 가지. 하지만 대외적으로는 내가 여기 남고, 태림과 지설이 남쪽으로 떠난 것으로 한다."

"그렇군요. 폐하께서 여기 남아 계시다고 한다면 아무리 많은 병력이 빠졌어도 후연이 쉽게 움직이지 못할 겁니다. 좋은 방책입니다."

최대한 빠르게 신라 상황을 정리하고 북쪽으로 귀환한다. 대규모의 병력이 그런 목표를 안고 신라 땅으로 향했다.

첫 번째 목표는 아주 쉽게 달성됐다. 조악한 무기를 휘두르는 왜

군은 전쟁에 닳고 닳은 고구려 군대를 감당하지 못하고 순식간에 무너졌다.

왕은 고구려의 호의에 크게 감사했다. 내가 직접 군대를 이끌고 온 것을 보며 크게 놀라기도 했다.

"곧장 북쪽 전선으로 돌아가십니까?"

"그리할 겁니다. 그쪽의 사정도 중요하니까요."

"그렇다면 돌아가시기 전에 병력을 정비하심이 어떻습니까? 실성의 어머니 이리 부인이 사가에 진료소를 열어 병사들을 치료해 주고 있습니다."

"실성의 어머니가 진료소를 열었단 말입니까?"

"응당 나라에서 해야 할 일이지만, 보시다시피 정국이 어수선하여 신료들의 힘을 모으기 어렵습니다. 하여 이리 부인께서 대신 힘써 주고 있지요."

전쟁 통에 열린 진료소라. 어쩔 수 없이 우희가 떠올랐다.

다친 병사들은 많지 않았지만 진료소에 들러 작은 도움이라도 주고 싶어졌다. 병사들의 부상에 대비해 약재를 넉넉히 가져왔으니 진료소에 조금 나누어 줄 수도 있을 것 같았다.

"그러면 한번 진료소를 찾아보지요. 그렇지 않아도 고구려에 머무는 실성의 안부를 모친에게 전해야겠다 생각했습니다. 위치를 알려 주시겠습니까?"

그렇게 찾은 진료소에서 나를 맞이한 사람은 실성의 어머니 이리 부인이 아닌 똘똘한 꼬마였다.

"많이 아픈 사람은 이쪽, 덜 아픈 사람은 저쪽, 안 아픈 사람은 장소가 협소하니 돌아가셔야 해요. 가족이나 친구가 있어도 나중에 보러 오시고요. 해가 지면 조금 한산해집니다."

아이에게서 눈을 떼기가 힘들었다. 어린애답지 않은 똘똘한 모습이 마음에 들기도 했거니와 나를 바라보는 눈빛이 어딘가 익숙해 시선이 떨어지지 않았다.

"네가 이 진료소의 대장이냐?"

"저는 그냥 연이고요, 대장은 제가 아니라 저희 어머니예요."

"……네 어머니? 이 진료소를 너희 어머니가 운영한다고?"

진료소를 운영하는 건 이리 부인이라고 했다. 이리 부인에게는 이렇게 어린 아들이 없었다. 의아함은 곧 만난 이리 부인과의 대화에서 해소되었다.

"약재를 나눠 주신다고요?"

"예, 저희보다는 이곳 진료소에 더 필요한 것 같아서요. 저희는 본진에 더 많은 물량이 있습니다."

"왜군도 몰아내 주시고, 약재까지 기꺼이 나눠 주시니 어찌 감사해야 할지 모르겠습니다."

"아닙니다. 신라는 저희의 우방. 당연히 해야 할 일이지요."

나는 몇 번이고 감사 인사를 건네는 이리 부인에게 궁금하던 것을 물었다.

"그런데 이 진료소에 어린아이가 있더군요."

"아, 연이를 만나셨습니까? 제 어미를 닮아 똘똘한 아이지요."

사내아이라면 보통 '제 아비'를 닮았다고 하지 않나? 순간 의문이 머릿속을 스쳐 지나갔다. 하지만 이리 부인은 내 의문을 눈치채지 못했는지 제 할 말을 이어 나갈 뿐이었다.

"이 진료소를 열게 된 것도 그 아이 어미 덕분입니다. 어디서 배웠는지 의술에 아주 뛰어나더군요. 처음 우리 집에 올 때부터 혼자였는데, 참으로 괜찮은 아이라 좋은 사람과 맺어 주려고 생각 중입니다. 그렇지 않아도 도림 선생이라고, 제 딸의 스승이 그 애에게 마음이 있는 것 같더군요."

"도림? 도림이 여기 있습니까?"

해운이 신라의 세작으로 활동하며 쓰고 있는 이름이었다.

"예? 도림 선생을 아십니까? 육 년 전부터 저희 집에서 제 딸을 가르치고 있는 사람인데."

의술을 아는 여인과 육 년 전 이곳에 왔다는 도림. 여러 가지 정보가 하나로 합쳐지자 나는 어렵지 않게 진실을 깨달을 수 있었다.

우희야, 네가 여기에 있었구나.

그 여인의 이름은 김소진이라고 했다. 이름은 달랐지만 정황 상 그 여인은 분명 우희였다.

이리 부인에게 더 많은 것을 묻고 싶었지만, 그 애에 대해 캐묻는 나를 수상하게 여겼는지 말을 돌리며 더 이상 자세한 이야기를 해 주지 않았다. 결국 그 여인을 직접 만나 보는 수밖에 없었다.

❖ ❖ ❖

오랜만에 만난 우희는 여전했다. 시간이 흘러 외모는 성숙해졌지만 풍기는 분위기는 내 기억 속 우희 그대로였다.

묻고 싶은 게 너무나도 많았다. 그동안 어떻게 지냈는지, 힘들지는 않았는지, 날 원망하는지, 그래서 육 년 동안 여기에 있었던 건지, 저 아이는 누구인지, 왜 해운에게는 행적을 밝히고 함께 있는 것인지.

하지만 수많은 질문보다 중요한 건 우희가 내 앞에 있다는 사실이었다. 이 애가 내 시선 안에 있다는 사실 하나만으로도 지옥 같았던 삶이 조금은 살 만해졌다.

수많은 의문에 대한 답이 내가 원하던 것이 아니라도 좋다. 우희가 그리는 미래에 내가 없어도 좋다. 그저 네가 내 눈앞에만 있어 준다면, 세상 어떤 고통도 감내할 수 있을 것 같았다. 어떤 미래가 나를 기다리든 네가 없던 과거보다는 나을 테니까.

하지만 이따금 욕심을 내게 된다. 해맑게 다가오는 연을 마주하는 순간이었다.

"오늘도 활 쏘는 걸 가르쳐 주실 거지요?"

연은 나를 너무 닮았다. 외모보다도 사소한 행동에서 나의 습관들이 보였다. 특히 활을 쏠 때는 내 모습을 겹쳐 보는 것 같았다.

우희는 잘 모르겠지만, 나는 활을 조금 특이하게 쏜다. 발의 위치나 몸의 중심이 보통 사람들과는 달랐다. 정석은 아니지만 내게는 그 자세가 제일 편하고 적중률이 높았다. 다른 사람에게 이 자세로 쏘라고 하면 백이면 백 중심이 흔들려 엉뚱한 곳으로 활이 날아간다. 그런데 연이 나와 똑같은 자세로 활을 쐈다.

"……발을 왜 그렇게 해? 그렇게 두면 안 된다. 몸의 중심도 좀 더 앞에 둬야 해."

"하지만 그렇게 하면 불편하단 말이에요. 이 자세가 더 편해요."

분명 정석으로 가르쳐 주었고, 시범을 보일 때도 일부러 정석의 방법으로 활을 쐈는데, 연은 귀신같이 내 방식으로 돌아왔다. 모른 척하려야 모른 척할 수가 없었다.

연우희, 도대체 무슨 자신감으로 이 애를 내 앞에 보여 준 거야? 내가 이 애를 못 알아볼 거로 생각했어?

연은 내 아들이었다. 확신하기까지는 오랜 시간이 걸리지 않았다. 우희가 입을 열지 않기에 연을 공략했더니 금세 원하던 답을 얻을 수 있었다.

"연이 네가 몇 살이라고 했지?"

"그건 왜 물으세요?"

"몇 살인데 이렇게 활을 잘 쏘나 궁금해서 그러지."

경계심에 찬 눈으로 나를 보던 연이 금세 기분 좋게 웃으며 이야기를 시작했다.

"올해로 여섯 살입니다."

"여섯 살이라……."

우희와 밤을 보냈던 날로부터 아무리 따져 보아도 아이가 여섯 살일 수는 없었다. 아이가 거짓말을 할 리는 없으니, 계산대로면 우희가 나와 밤을 보내기 전 누군가와 동침했다는 의미가 된다.

하지만 분명 우희는 그날이 처음이었다. 그렇다면 가능성은 하나뿐이었다.

"혹 열 달을 다 채우지 않고 태어났느냐?"

"그걸 어찌 아셨어요? 열 달을 다 채우지 않고 태어난 애들은 일찍 죽는 경우가 많은데, 전 크고 튼튼하다면서 다들 신기해했어요."

"그럼…… 생일은 겨울이겠구나?"

"예! 맞습니다! 정말 어찌 그리 다 아세요?"

"어른이 되면 그 정도는 다 보이는 법이다."

"와, 어른은 생각보다 대단하네요. 연리 누님은 전혀 그렇게 대단해 보이지 않는데."

"종종 그렇지 않은 사람도 있지."

"그렇군요."

모든 정황이 명백한데도 우희는 내게 연의 정체를 밝히지 않았다. 우희가 이 사실을 숨기고 싶어 한다면 나는 그 장단에 맞춰 줄 수밖에 없었다. 우희가 내 눈앞에만 있어 준다면 무엇이든 그 애의 뜻대로 하기로 마음먹었으니까.

하지만 우희의 마음을 돌리기 위해 작은 수를 쓰는 것 정도는 괜찮지 않을까?

"연아."

"예, 어르신."

"넌 아버지가 누구인지 아느냐?"

"얼굴을 본 적은 없습니다. 어머니 말로는 먼 곳에서 장사를 하신 대요. 너무 바쁘셔서 저희를 찾아올 수가 없다고요."

"아버지가 많이 보고 싶으니?"

"보고 싶다기보다는, 저도 아버지가 있었으면 좋겠습니다. 다들 아버지가 있는데 저만 없으니까……."

"그럼 네 가장 큰 소원은 아버지를 갖는 거겠구나?"

연은 대답이 없었다. 하지만 입을 꾹 다물고 고개를 숙이는 모습에서 대답을 짐작할 수 있었다.

이 애는 아버지를 원하고 있었다. 하지만 그 얘기를 하면 어머니가 속상해할까 봐 말하지 못하는 것뿐이었다.

그래서 연에게 내기를 제안했다. 이 아이가 마음 놓고 소원을 말할 기회를 잡을 수 있도록. 그래서 우희의 마음이 흔들리도록.

미리 나에 대해 일러두는 것도 잊지 않았다.

"연아, 내가 뭘 하는 사람 같으냐?"

"활을 잘 다루시니 장군님이겠지요. 검을 든 분들도 여럿 거느리고 계시고요."

"틀렸다."

"예에? 장군님이 아니시라고요?"

"그래. 나는 장사꾼이다."

왕의 임무는 전쟁뿐만이 아니었다. 나라 간의 교역을 책임지는 사람이기도 하니, 어떤 의미에서는 장사꾼이었다.

아마 우희도 그런 의미에서 연에게 '아버지는 장사를 한다'고 말하지 않았을까?

"아주 크게 장사를 하느라 정신이 없지."

"제 아버지처럼요?"

"그래, 네 아버지처럼."

내 대답에도 연은 찜찜한 얼굴이었다. 나를 위아래로 훑어보며 고개를 갸웃거렸다.

"이상하네. 아무리 봐도 장군님 같으신데……."

내 예상은 정확했다. 자식 이기는 부모 없다고, 우희는 결국 연의 뜻에 무너졌다.

"연이는 네 아들이야. 그 아이의 아버지가 되어 줄래?"

"다행이다. 연이가 내 아들이라고 말해주길 얼마나 기다렸는지 넌 모를 거야. 정말…… 내 인생에서 가장 오랜 기다림이었어. 연이에 대해서도, 너의 지난 육 년에 대해서도……. 하루에도 몇 번씩 묻고 싶었지만 꾹 참았어. 하지만 이제 됐어. 네가 결국 이렇게 내게 와줬으니까. 그냥…… 됐어."

연을 계기로 나와 우희는 빠르게 지난날의 오해를 풀었다. 제관을 몇 번이나 닦달해 혼례일을 잡고, 둘만의 조촐한 혼례를 치르며 나와 우희는 진정한 부부가 되었다.

이제 국내성에 돌아오면 우희가 있다. 나와 우희를 꼭 닮은 연과 제형을 잘 따르는 승평이 있다. 아버지가 세상을 떠난 뒤 내게는 없었던 가족이 생긴 것이다.

모든 것이 좋은 순간이었다. 나는 매일이 즐거웠고, 전쟁터에서도 늘 내가 돌아갈 집을 생각했다.

꿈만 같은 시간이 산산이 부서진 건 마지막 후연과의 전쟁을 마친 뒤였다.

후연으로부터 요동을 지켜 낸 건 큰 의미가 있었다. 신라는 발밑에 두었고, 백제는 재기를 꿈꿀 수 없을 만큼 산산조각을 낸 데다, 후연마저 적수가 아님을 만천하에 보여 주었으니 이제는 명실공히 고구려의 시대였다. 이제 지난날들처럼 전쟁에 목숨을 걸지 않아도 된다. 태평성대의 날이 코앞에 있었다.

국내성으로 돌아오며 나는 우희와 함께할 평온한 삶을 꿈꾸었다. 이제 태왕으로서의 의무는 조금 내려놓고 담덕으로서 그 애와 더 많은 시간을 보낼 수 있었다.

나는 이 순간을 위해 그토록 치열하게 싸워 왔다. 이제는 달콤한 열매를 먹을 시간이었다.

그걸 증명이라도 하듯 국내성에 돌아오자마자 즐거운 소식이 나를 기다리고 있었다.

"나 임신했어."

우희와 나의 또 다른 아이가 찾아온 것이다. 날아갈 것처럼 기뻤다.

연이 태어나는 모습은 지켜보지 못했지만 이 아이는 내가 모든 순간을 함께할 수 있다. 아이를 가진 우희가 외롭지 않도록 함께 시간을 보낼 수도 있다. 우희의 남편이자 아이의 아버지로서 모든 의무를 다할 기회가 온 것이다.

행복했다. 너무 행복해서, 그 행복에 취한 나머지 나는 다가오는 불안을 미처 파악하지 못했다.

❖ ❖ ❖

해서천과 마지막 인사를 했다. 아버지를 끊임없이 괴롭혔고 나를 애먹였던 정적의 퇴장이었다. 모든 것을 내려놓은 듯 초연한 노인의 모습을 보니 비로소 모든 것이 끝났다는 게 실감 났다. 이제 정말 고구려 태왕의 권위에 도전할 사람은 없었다.

"폐하!"

그런데 다급한 목소리와 함께 악보(惡報)가 찾아왔다.

"황후마마의 처소에 불이 났습니다! 도무지 불길이 잡히질 않습니다!"

눈앞이 아득해졌다. 나는 정신없이 우희의 처소로 달려갔다. 타오르는 불길과 애처롭게 발을 구르는 사람들. 지옥보다 더한 풍경에 숨이 턱 막혔다.

나는 사람들의 만류를 뿌리치고 우희에게로 달려갔다. 힘없이 늘어진 우희를 끌어안고 밖으로 뛰어나오는 순간 모든 절망이 머릿속을 스쳐 갔다.

내가 장담했는데. 세상에서 가장 안전하고 따뜻한 곳에서 너를 지켜 주겠다고, 그렇게 약속했는데.

불행이 내가 아닌 우희를 찾아갔다. 내게 악의를 품은 자가 내가 아닌 우희를 해쳤다. 내 곁에 있지 않았다면 겪지 않았어도 될 불행이었다.

어디서부터 잘못된 걸까? 우희와 혼인을 하지 말았어야 했나. 우희를 신라에 그냥 두고 왔어야 했나? 아니, 애초에 내가 우희와 만나지 말았어야 했던 걸까.

우희는 하루하루 죽어 갔다. 태의는 방법이 없다며 고개를 저었다.

"죽지 마, 연우희."

우희가 없다면 지난 내 삶에 무슨 의미가 있을까. 누구에게든 애원하고 싶었다. 제발 이 사람을 데려가지 말라고. 나는 아직 못 해 준 게 너무나 많다고.

눈물이 쏟아졌다. 우희 앞에서는 울고 싶지 않았는데. 고요하게 죽어 가는 우희의 손을 잡으니 어쩔 수 없이 눈물이 쏟아졌다.

오늘 우희가 죽는다.

절망적인 예감이 나를 덮쳤다. 아무리 애원해도 하늘은 이 애를 데려갈 것이다.

어째서? 왜 하필 이 애를 데려가시는 걸까? 전쟁터에서 수많은 사람을 죽인 죄라면 내가 지었다. 이 애는 오히려 모두를 살리고 싶어 했다. 선하고 좋은 녀석이었다. 단 한 번도 타인에게 해가 되기를 바란 적 없는 그런 녀석이었다.

그러니 차라리 나를 데려가시라고. 어차피 이 애가 없으면 내 삶은 빈껍데기에 불과한데.

그때 우희가 내게 말했다. 모습은 보이지 않았지만, 목소리도 들리지 않았지만 그건 분명 우희였다.

[우리 다시 만나자.]

우희는 내게 약속을 하자고 했다. 수의를 주고받으며 나누었던 맹세처럼 다음 생에도 다시 만나자고.

[다시 만나기 전까지 제대로 살아야 해. 내가 기억하는 모습 그대로, 먼저 떠난 내가 질투가 날 정도로 멋지게.]

어려운 일이었다. 우희가 없는 세상에서 내가 제대로 살아갈 수 있을 리 없으니까. 네가 나를 떠났던 육 년처럼 내게 남은 모든 순간이 지옥일 것이다.

하지만 나는 우희가 원하는 것이라면 무엇이든 한다. 오래전부터 나는 내가 아닌 그 애가 원하는 대로 살아가기를 맹세했으니까.

[먼저 가서 기다리고 있을게.]

그러니 나는 지금 네가 말한 소망 역시 따를 수밖에 없다. 남은 시간 최선을 다해 살고, 생이 다하는 날 비로소 너의 곁으로 갈 것이다.

우희와 나의 작별이었다. 또한 새로운 만남의 기약이었다.

❖ ❖ ❖

우희가 떠난 뒤에도 남은 사람들의 생은 계속됐다. 모두 슬픔을 안은 채, 하지만 그 애의 뜻에 따라 담담하게 앞을 향해 걸어갔다.

태자가 된 연은 서책 읽는 데 열심이었다. 형 따라 하기를 좋아하는 승평도 그 항상 그 옆을 지켰다.

"아버지께서는 전쟁을 통해 주변 나라들을 정리하셨지요. 누구도 고구려를 넘보지 못하도록 하셨습니다. 이젠 이 나라의 내실을 다질 차례입니다. 그러려면 지식을 쌓아야 해요. 어머니께선 지식 쌓는 데 서책 읽는 것보다 좋은 게 없다고 하셨지요."

과연 훌륭한 왕이 될 재목이었다. 아마 나보다 더 대단한 태왕이 되지 않을까? 나와 우희의 피를 이어받은 녀석이니 보통 대단한 놈은 아닐 것이다.

운은 백제로 떠났다. 제 아비의 원한과 악행이 잔상처럼 남아 있는 고구려에서도, 우희와의 추억이 많은 신라에서도 살아갈 수 없다며 백제를 택했다.

"평생 속죄하는 마음으로 살 겁니다. 해운이라는 이름도 버리겠습니다. 저는 이제 도림입니다. 이 이름으로 왕가에 충성을 다하며 아비의 죄를 씻어 내지요. 먼 훗날 태자께서 왕위에 오르시어 제 힘을 필요로 하시면, 언제든 돌아오겠습니다."

제신은 이야기가 오가던 순노부 여인과 혼인했다. 처음에는 데면데면하더니, 어느 순간 제 부인에게 푹 빠진 것 같았다.

"이제 비로의 수장은 안 할 겁니다. 승평 님이 조금 더 자라시면 그분께 넘길 거예요. 아버지부터 시작해 저까지, 비로에는 충분히 몫을 했습니다. 그러니 저도 이제 가족들과 함께 시간을 보내야 하지 않겠습니까? 그게 제 누이가 가장 바라는 제 모습이거든요."

옳은 말이었다. 우희라면 제신이 가족들과 함께 편안한 여생을 보내기를 누구보다 바랄 것이다.

태림은 연의 호위가 되었다. 그가 먼저 청했고, 나는 거부할 이유가 없어 승낙했다.

"그분을 지키지 못했습니다. 불길이 치솟는 마지막 장면이 머릿속에서 사라지지 않아요. 폐하께서 그분의 안위를 제게 맡기셨는데, 그분은 늘 저를 믿어 주셨는데, 믿음에 보답하지 못했습니다. 그러니 두 분의 가장 소중한 분, 태자 전하를 제가 지키겠습니다. 먼 훗날 그분이 세상을 떠나는 날까지 이 몸이 부서지는 한이 있더라도 곁에서 그분을 지키겠습니다."

지설은 신라에 자리를 잡고 세작으로 일했다. 해영과의 사이에서 아이도 셋이나 낳았다. 우희가 남겨 준 처방으로 약을 먹었더니 영의 약한 몸도 많이 좋아졌다고 한다.

「저희는 이곳 신라에서 살아가며 폐하와 태자 전하의 힘이 되겠습니다. 신라는 점점 힘을 키워 가고 있는 나라이니 믿을 만한 사람을 이곳에 두시는 게 옳습니다. 영은 최근 우희 님께서 남기신 식물도감을 이어 쓰기 시작했습니다. 완성되면 제일 먼저 폐하께 보내 드리겠습니다.」

다로는 후연에서 부훈영으로 죽었다. 자신이 지었던 죄를 안고, 고구려에는 어떤 것도 남기지 않은 채 조용히 죽음을 맞았다.

그리고 나는.

나는 잘살고 있었다. 밥도 잘 먹고, 잠도 충분히 잤다. 때로는 웃기도 하고, 사람들과 즐거운 시간도 보냈다.

하지만 때때로 공허해졌다. 밥을 먹어도, 잠을 자도, 웃어도, 사람을 만나도 마지막 순간에는 한 사람이 떠올랐다.

그래도 나는 괜찮았다. 내게는 우희와 나눈 약속이 있었으니까. 그 애가 오로지 나 한 사람과만 나눈 소중한 약속.

나는 언제나 우희의 유일한 사람이 되고 싶었고, 이 약속을 가짐으로써 그녀의 유일한 사람이 되었다. 그러니까 모든 것이 괜찮았다.

기다림마저 설레는 오늘.

너는 어디에서 나를 기다리고 있어?

현대 외전

비익연리(比翼連理)

담덕의 얼굴을 한 남자가 슈트를 입고 카페에 앉아서 커피를 마시며 휴대전화를 확인하고 있다.

담덕의 얼굴과 현대의 문물. 내게는 정말 어색한 조합이었다.

물론 이 남자가 담덕이 아니라는 건 안다. 아니, 담덕은 담덕인데 환생을 한 담덕이다. 그러니까…….

진호연. 지금은 이런 이름이었다.

"왜 그렇게 보십니까?"

제 얼굴을 빤히 쳐다보는 시선을 느꼈는지 휴대전화를 보던 호연의 눈이 어느새 나를 향해 있었다. 나는 순순히 감상을 털어놓았다.

"신기해서요. '이 얼굴'을 한 사람이 커피를 마시고 있는 게."

"아, 역시 그런가요."

호연이 현대 문물에 둘러싸인 제 모습을 보며 웃었다.

"저도 어렸을 때는 꽤 고생했습니다. 머릿속에 있던 기억과 현실의 괴리가 엄청났으니까요. 과거에 대한 기억은 당신 아니면 전쟁에 대한 것뿐이었고……."

확실히 그럴 것이다. 현대의 사람이 과거로 가면 불편한 점이 많을 뿐이지만, 과거의 사람이 현대로 오면 문화 충격이 엄청나겠지.

100년만 미래로 가도 충격적일 텐데 이 남자는 몇 세기를 뛰어넘어 고대에서 현대로 왔다. 천지개벽 수준의 변화에 적잖이 당황했을 것이다.

"그래도 지금은…… 보시다시피 완벽하게 적응했죠."

호연이 손에 든 커피를 익숙하게 마시며 어깨를 으쓱거렸다.

그 자신감처럼 그는 현대에 아주 잘 적응했다. 적응도 보통 잘 적응한 수준이 아니었다.

진호연. 홍콩계 글로벌 투자 자문회사의 최고 경영자. 〈타임〉에서 선정한 젊은 기업가 20인.

젊은 한국 청년이 저명한 해외 기업을 이끌고 있다는 특별한 이력 덕분에 국내에서도 꽤 많은 관심을 받고 있는 것 같았다.

당장 인터넷에 그의 이름을 검색하면 관련 정보들이 한가득 나왔다. 출신, 나이, 가족 관계는 물론이고 지극히 사적인 부분까지 떠들어 대는 기사도 많았다.

얼굴이야 당연히 잘생겼고, 어마어마한 부자에다, 능력까지 대단한 이 남자에게 세간의 관심이 집중되는 건 그다지 놀라운 일이 아니었다.

예나 지금이나 참으로 사생활이 없는 남자라니까.

전생에서는 왕이요, 현생에서는 유명한 기업가.

남들은 한 번 살기도 힘든 인생을 두 번이나 살고 있는 걸 보면 이 남자가 대단한 운을 타고나긴 한 모양이다.

나는 지금 이 대단한 남자와 두 번째 연애를 하고 있다.

이야기는 나와 호연이 처음 만난 날, 그의 얼굴을 본 후 내가 대성통곡해 버렸던 바로 그날로 거슬러 올라간다.

❖ ❖ ❖

제자리에 주저앉아 통곡하는 나를 겨우 달랜 호연이 처음 꺼낸 말은 바로 이거였다.

"책임지세요."

"네?"

"저랑 약속하신 분이 김소진 씨 당신이 맞으면, 저 책임지시라고요."

"……네?"

눈물이 줄줄 흘러 제정신이 아니었다. 얼떨떨하게 묻는 나를 보며 호연은 태연하게 품속에서 손수건을 꺼냈다.

"기억 속에 남아 있는 여자 때문에 평생 연애 한 번 못 해 봤어요. 나는 분명 그 여자랑 결혼하고 애까지 낳았는데, 그 여자하고 다시 만나자고 약속까지 했는데. 그런 사람 버려 두고 다른 사람이랑 연애하면 그거 불륜이잖아. 그렇게 생각하니까 도저히 다른 여자가 좋아지질 않았죠."

호연이 조곤조곤 이야기를 이어 가며 눈물로 얼룩진 내 얼굴을 닦아 주었다. 조심스러운 손길 때문인지 손수건이 닿은 뺨이 간질거렸다.

"그 약속이 진짜인지, 그 여자가 이 세상에 있기는 한 건지. 모든 게 불확실했지만 떨쳐 버릴 수가 없었습니다. 마치 이 몸에 오래전의 약속이 깊은 낙인처럼 새겨진 것 같았어요."

눈물을 닦아 주던 호연의 손이 멈췄다. 내 뺨을 바라보던 그의 시선도 이제는 내 두 눈을 똑바로 향하고 있었다.

"반쯤은 포기하고 살았습니다. 이런 말도 안 되는 생각을 하는 내

가 미친놈이겠지. 이건 누구에게도 말하면 안 돼. 다들 날 미쳤다고
할 테니까. 그렇게 생각하면서 27년을 살았어요. 우연히 어머니를 위
해 찾은 이 한의원에서 당신을 만나기 전까지는."

　도대체 언제였을까? 내 기억 속에는 호연과 마주쳤던 날의 기억이
없었다. 당연한 일이었다. 화재 사건 이전의 내게는 우희로서의 기억
이 전혀 없었으니까.

　"그때 당신은 누군가와 다투고 있었죠. 능력이 아닌 출신으로 사람
을 차별하는 건 말도 안 되는 일이라고 화를 냈어요. 내 기억 속에 있
는 그 여자처럼."

　아, 그 일이라면 기억 난다.

　명신은 같은 학교 출신의 한의사들 위주로 한의원을 꾸렸다. 어쩌
면 당연한 결정이었다. 한의학이라면 우리 학교가 제일 유명했다.

　하지만 한의원이 유명해지고 환자가 늘어나자 인맥만으로는 인력
유지가 힘들어졌다. 그러다 보니 자연스럽게 다른 학교 출신의 한의
사들도 채용하기 시작했다.

　학연으로 똘똘 뭉친 선배들은 그들을 은근히 배척했다. 누구도 말
하지 않았지만 암암리에 도는 분위기가 있었다.

　그게 마음에 들지 않았던 나는 결국 선배들과 한바탕 다퉜다. 학부
시절부터 과 생활에 적극적으로 나서지 않아 이미 선배들에게 찍힌
몸이라 무서운 게 없었다.

　결국 명신의 중재로 다툼이 수습되긴 했지만 언성이 높아진 탓에 싸
움을 지켜본 환자들도 몇 명 있었다. 그중 한 사람이 호연이었나 보다.

　"어쩌면 흔한 말이었을지도 모릅니다. 그런데 이상하게 당신의 모습
이 눈에 박히더군요. 그래서 여기에 올 때마다 당신을 지켜봤어요. 날

이 갈수록 내 기억 속의 여자와 당신 사이에 비슷한 점이 많다는 걸 깨달았죠."

호연의 눈이 나를 샅샅이 살폈다. 그간 자신이 발견한 '나'와 '우희'의 닮은 부분을 다시 확인하기라도 하는 것처럼. 그리고 다시 나와 눈이 마주치는 순간 호연이 세상 누구보다도 환하게 웃었다.

"그러다가 당신 진료실에 불이 났고, 나는 당신을 무사히 구했고, 이제는 당신이…… 날 알아보네요."

기쁘다는 듯 진심으로 웃고 있는 호연의 미소에 숨이 턱 막혔다. 주변을 흐르는 공기가 멈추고, 소음이 멀어지고, 시간마저 제자리에 못 박힌 것 같았다.

이 남자는 태어나면서부터 전생의 기억을 고스란히 간직하고 있었다. 나와 나누었던 약속을 인이 박일 정도로 곱씹으면서 두 번째 생을 살아왔다.

내가 먼저 세상을 떠난 고구려에서, 내가 전생을 기억하지 못하고 살아왔던 현대에서. 이 남자는 홀로 이 약속을 간직한 채 얼마나 많은 시간을 살아온 것일까?

미안했다. 이 남자에게 너무 미안해서 겨우 멈췄던 눈물이 또다시 터졌다.

"또 울어요? 난 당신이 우는 게 정말 싫은데."

"미안해요. 나도 안 울고 싶은데, 그런데 계속 눈물이 나요."

"울지 말아요. 계속 우니까 부탁을 못 하겠잖아."

"부탁해도 돼요. 내가 뭐든 다 들어줄게요. 내가 너무 늦게 기억해서…… 진짜 너무 미안해서……."

"김소진 씨, 그런 말 함부로 하는 거 아니에요. 나중에 후회해."

"아니에요, 진짜 후회 안 해요. 그러니까 뭐든 다 말해요. 내가 미워서 한 대 때린다고 해도 다 이해할게요. 나 같아도 한 대 때렸어. 약속해 놓고 기억도 못 하고 혼자만 잘살았잖아요."

대충 눈물을 닦아 내는 나를 보며 호연이 픽 웃었다.

"나 혼자 버려 두더니 이젠 여자 때리는 쓰레기로 만들려고요?"

"아뇨!"

"그럼 왜 그런 말을 해? 내가 당신을 어떻게 때린다고. 게다가 바라는 건 처음부터 말했잖아요. 왜 계속 모른 척해요?"

그런 걸 언제 말했는데?

영문을 몰라 눈을 껌뻑이니 호연이 눈을 가늘게 떴다.

"분명히 말했는데. 나 책임지라고."

"……네?"

"당신 기다리느라 수십 년 동안 수절하면서 살았어요, 내가. 과거까지 합하면 그것보다 더 길고요. 그러니까 당신이 나 책임지세요. 도의적으로 그래야 맞죠."

"네? 구체적으로 뭘 어떻게 책임지라고 하시는 건지……."

"뻔하잖아요. 당신만 기다리면서 수절한 사람을 어떻게 책임져야겠어요, 김소진 씨?"

호연이 나를 빤히 보았다. 바라는 답이 있는 게 분명한데 도무지 그게 뭔지 알 수가 없었다.

아무리 기다려도 내가 입을 떼지 못하자 결국 호연이 씨익 웃으며 입을 열었다.

"나랑 결혼해야죠."

"……네?"

"뭡니까, 이 반응은. 설마 나랑 결혼 안 하려고 했어요?"

웃고 있던 호연의 눈이 순식간에 날카로워졌다.

"혹시 내가 수절하고 살 동안 그쪽은 다른 남자 만났나? 몇 명이나 만났어요? 지금도 남자 친구 있는 건가?"

"아뇨! 없어요! 한 명도 없었어요!"

고민할 시간도 없이 재빨리 튀어나온 대답에 호연이 만족스럽게 웃었다.

모태 솔로 김소진이었던 지난날들이 다행인 순간이 올 줄이야. 역시 사람은 오래 살고 볼 일이었다.

"그럼 뭐가 문제예요? 나랑 결혼하면 되겠네. 그게 너무 급하다고 생각하면 연애부터 해도 좋고요."

호연이 나를 향해 물었다.

"그럼 오늘부터 나랑 연애할까요, 김소진 씨?"

이런 제안에 내가 할 수 있는 대답은 하나뿐이었다. 나는 고민할 것도 없이 연신 고개를 끄덕였다.

그게 두 번째 연애의 시작이었다.

호연은 상당한 워커홀릭이었다. 나는 그게 당연하다고 생각했다. 담덕의 환생이라는 남자가 일에 소홀하다면 그게 더 이상했을 것이다.

고구려에서 담덕은 늘 바빴다. 대부분의 시간을 전쟁터에서 보냈고, 국내성에 머무를 때도 국사를 게을리하지 않았다.

호연도 비슷했다. 회사의 본사는 홍콩에 있는데다 업무 특성상 해

외 출장이 잦아 대부분의 시간을 밖에서 보냈다. 일주일 전에는 프랑스, 사흘 전에는 호주, 어제는 이집트.

정신없이 세계 곳곳을 누비는 호연을 보고 있자면 발에 땅을 붙이고 있는 시간보다 비행기에서 보내는 시간이 더 길지 않을까 싶을 정도였다.

그래도 호연은 매일같이 내게 연락했다. 그가 있는 곳이 몇 시든 내가 퇴근하는 시간에 맞춰 안부 전화를 걸었고, 전화 연결이 힘든 곳이면 문자 메시지를 남겼다.

[이제 사막 지역으로 들어가서 한동안 연락이 힘들어질 것 같아요. 닷새 후에는 서울로 돌아갑니다. 선물 사 갈게요. 혹시 갖고 싶은 거 있어요?]

아침에 일어나니 호연이 보낸 메시지가 도착해 있었다. 그걸 보자마자 정신이 번쩍 들었다.

사람들은 상상도 못 하겠지. 이 남자의 '혹시 갖고 싶은 거 있어요?'가 얼마나 위험한 질문인지.

사실 처음에는 나도 대수롭지 않게 생각했다. 그래서 대답을 할 때도 별생각이 없었다.

"선물이요? 그냥 빈손으로 와도 돼요."

—내가 꼭 주고 싶어서 그래요. 내 일정이 너무 바빠서 자주 만나지도 못하잖아. 이런 거라도 할 수 있게 해 줘요.

"정말 빈손이어도 되는데……. 그렇게 마음에 걸리면 아무거나 눈에 보이는 걸로 사 줘요. 나 정말 아무거나 상관없으니까."

-그래요?

그렇게 통화가 마무리된 후, 호연이 짧은 메시지를 보내왔다.

[자동차 좋아해요?]

밑도 끝도 없는 질문이었지만 선물 이야기인 것 같았다. 머릿속에 자동차 모양 키링이나 마그넷이 떠올랐다. 기념품은 역시 키링이나 마그넷이지. 무난하네.

[좋아해요.]

[다행이네요.]

그리고 평화롭게 선물 이야기가 마무리된 후, 호연이 한국으로 돌아와 내게 건넨 선물은 어째서인지 진짜 자동차였다.

자동차 모양 키링이 아니라. 자동차 모양 마그넷도 아니라. 진짜 사람들이 운전하고 다니는 그 자동차.

자동차도 보통 자동차가 아니었다. 알 만한 사람은 다 아는, 이걸 사려면 억 소리 난다는 고가의 외제 차였다. 어쩌다가 이 엄청난 차가 내 눈앞에 나타났단 말인가?

굳어 버린 나를 향해 호연이 물었다.

"색이 마음에 안 들어요? 하얀색이면 무난할 거라고 생각했는데."

……지금 그게 문제야?

"색이 문제가 아니잖아요."

"아, 다른 차종을 원했다든가? 하지만 아무거나 좋다고 하셔서."

"그게 아니라!"

머리를 부여잡는 나를 보며 호연이 영문을 모르겠다는 듯 고개를 갸웃거렸다.

"세상에 출장 선물로 자동차를 사 오는 사람이 어디 있어요?"

"출장지가 독일이었거든요. 좋은 차가 많이 보여서. 눈에 보이는 거 아무거나 사 달라고 했잖아요."

"그래요……. 독일에 좋은 차 많죠……."

그걸 생각 못 하고 눈에 보이는 거 아무거나 사 달라고 한 내가 잘못했네. 내가 잘못했어.

도무지 벌어진 입이 다물어질 줄을 몰랐다. 할 말을 잃은 나를 보며 호연의 얼굴이 조금 시무룩하게 변했다.

"마음에 안 듭니까?"

어두워진 얼굴을 보니 실수했다는 생각이 들었다. 어쨌든 좋은 마음으로 준 선물인데, 보자마자 놀라서 고맙다는 말도 안 했다.

"아뇨, 마음에 안 드는 게 아니라……. 날 생각해서 이렇게 선물을 준비해 준 건 정말 고마워요. 그런데 너무 과하지 않아요? 겨우 출장 다녀와서 주는 선물로는."

"이게 과한가요?"

"엄청 비싼 거잖아요. 매번 출장 다녀올 때마다 이렇게 비싼 선물을 사 올 생각은 아니죠?"

"그러면 안 됩니까?"

그러니까, 매번 이렇게 비싼 선물을 사 올 생각이었다는 거다.

나는 기겁해서 손을 내저었다.

"당연히 안 되죠!"

"어째서요?"

호연이 이해할 수 없다는 듯 고개를 한쪽으로 기울였다.

"나한테 이 정도는 별로 비싼 것도 아니에요. 내 지갑 사정이 걱정이라면 문제없어요."

"호연 씨가 얼마나 부자든 그건 호연 씨 돈이지 내 돈이 아니잖아요."

"당신 거 맞아요."

"네?"

"아주 오래전에 당신이 날 가졌잖아요. 그러니까 내가 가진 건 전부당신 거예요. 오래전부터 그랬듯, 지금도 여전히."

이 남자는 드라마 대사 같은 말을 평범한 인사처럼 자연스럽게 하는 재주가 있었다.

여상스러운 말투 덕분에 한 박자 늦게 그의 말뜻을 알아차렸고, 얼굴이 새빨개졌다.

고구려에서 들을 땐 이렇게까지 부끄러운 말인 줄 몰랐는데. 현대를 배경으로 들으니까, 이거 엄청나게 부끄럽다.

나는 호연의 눈을 피해 고개를 푹 숙였다. 민망함에 애꿎은 바닥만 노려보고 있으니 그가 내 머리를 쓰다듬었다.

"지금까지 돈은 나한테 큰 의미가 없었어요. 내가 일을 제대로 하고 있는지 객관적으로 확인할 수 있는 쉬운 지표일 뿐이었죠. 그런데 그걸로 소진 씨에게 줄 선물을 살 수 있다고 생각하니까…… 그제야 돈이란 놈이 좀 대단해 보이더군요."

머리를 쓰다듬던 호연의 손이 아래로 떨어졌다. 목덜미, 어깨, 팔을 따라 내려온 손이 내 손목을 가볍게 붙잡았다.

"김소진 씨. 당신 남자 친구는 돈이 많아요. 당신에게 뭘 사 주고 싶다고 생각했을 때, 가격표를 안 보고 그냥 살 수 있을 정도는 됩니다. 주변 사람들에게 물어보니 이게 연인으로서 상당한 장점이라던데, 아닌가요?"

돈 많은 남자 친구. 장점인 건 확실했다. 하지만 아무리 그래도 정도라는 게 있는 거 아닌가?

적당한 선물이야 기쁘게 받을 수 있지만, 억 소리 나는 외제 차는 너무 부담스러웠다. 병원비도 절대 받지 않겠다고 해서 갚지 못했는데 차까지 받을 수는 없었다.

"매번 이렇게 비싼 선물을 샀다간 파산할걸요. 난 내 남자 친구가 그렇게 되는 건 싫어요."

"파산이요? 고작 이런 걸 사느라?"

진심으로 이해가 안 된다는 목소리였다.

"제가 오늘 하루 아무 일도 안 하고 누워서 시간을 보내도 예금 이자가 들어와요. 그 하루 이자가 저 차 값보다 많을걸요."

……이 남자, 아무래도 내 생각보다 더 돈이 많은가 보다. 선물을 거절하기 위한 다른 이유가 필요했다.

"어, 음, 직원들이 사장님의 사치를 비난한다든가 그럴지도 모르고."

"내가 열심히 일해서 번 내 돈으로 내 여자 친구에게 줄 선물을 사겠다는데 직원들이 왜요? 회삿돈을 횡령한 것도 아닌데요. 게다가 내 비서들은 나한테 제발 돈 좀 쓰고 다니라고 그래요. 매일 회사에 붙어서 일만 하니까 자기들이 죽겠다면서요. 차 고르느라 여기저기 돌아다녔더니 오히려 좋아하던데요?"

"그, 그래요?"

논리를 잃고 방황하는 내게 호연이 결정타를 날렸다.

"난 소진 씨가 뭐든 좋은 것만 가졌으면 좋겠어요. 내 욕심이 그래요. 그러니까 부담스러워하지 말고 그냥 받아 주면 안 될까요? 다음에는 조금 더 평범한 걸로 사 올게요."

호연이 비 맞은 고양이처럼 처량하게 나를 바라보며 말했다.

장담하건대 이 눈빛에 넘어가지 않을 사람은 이 세상에 없을 거다.

"……네에, 그럴게요."

결국 나는 패배했고, 대신 아주 큰 교훈을 얻었다.

이 사람한테는 절대로 '아무거나 사 와요'라는 말을 하면 안 되겠구나.

나는 그날의 교훈을 거울삼아 호연에게 답장을 보냈다.

[립스틱이요.]

립스틱이라면 아무리 좋은 걸 사도 가격에 한계가 있겠지. 아주 좋은 대답이었어.

나는 자화자찬하며 달력을 살폈다. 답장도 제대로 보냈겠다, 이제는 호연이 올 날짜를 확인할 차례였다. 매일 전화나 메시지를 주고받아 떨어져 있어도 함께 지내는 기분이지만, 역시 직접 얼굴을 보는 게 제일 즐거웠다.

손으로 짚어 가며 날짜를 세어 보니 닷새 후가 하필 화요일이었다.

매주 화요일은 야간 진료가 있는 날이라 평소보다 퇴근 시간이 늦었다. 평소 호연의 스케줄을 생각하면 서울에 온다고 해도 다른 일로 바빠 금방 떠나야 할 게 뻔했다. 거기다 나까지 야간 진료에 걸렸으니 만날 수 있는 시간은 겨우 몇 시간뿐일 것이다.

하늘 끝까지 들떴던 기분이 조금 가라앉았다. 과거에도 현재에도 이 남자는 너무 바쁘다.

바쁜 남자? 당연히 좋다. 빈둥거리면서 노는 사람보다는 백배 낫다고 생각한다. 그래도 이럴 때마다 기운이 빠지는 건 어쩔 수 없었다.

나는 한숨을 내쉬며 집을 나섰다. 아무리 기운 빠져도 출근은 해야 했다. 주차장으로 내려가니 오래된 빌라에 전혀 어울리지 않는 하얀 외제 차가 떡하니 자리를 잡고 있었다. 호연이 내게 선물했던 그 차였다. 행여나 흠집이라도 낼까 두려운지 내 차가 주차된 공간 양옆이 텅 비어 있었다.

안 그래도 우리 빌라 주차장 좁은데…… 죄송합니다, 입주민 여러분.

나는 진심으로 입주민들에게 사과하며 차에 올랐다.

❖ ❖ ❖

한 달 동안 떨어져 있다가 겨우 몇 시간 만나는 연애라니. 이게 제대로 된 연애가 맞긴 한 걸까?

그런 생각들 때문에 호연이 돌아오기로 한 날이 가까워질수록 나는 오히려 더 우울해졌다. 그가 돌아오기 하루 전이 되자 나의 기분은 아예 땅을 파고 들어갈 정도였다.

"얼굴이 왜 그러냐? 무슨 일인데?"

며칠 전부터 기운 빠져 있는 내 모습이 신경 쓰였는지 점심시간을 노려 명신이 내게 다가왔다.

"그냥요. 사람이 살다 보면 이런 날도 있는 거죠."

구구절절 사연을 털어놓을 기분도 나지 않았다. 나는 손을 휘휘 저으며 명신을 쫓아냈지만, 그는 굴하지 않고 내 옆자리에 앉았다.

"사장님, 저도 얘랑 같은 걸로 주세요."

넉살 좋게 주문까지 마친 명신이 나를 위아래로 훑어보며 말했다.

"안 들어도 뻔하네. 남자 친구 문제냐?"

어떻게 알았냐는 듯 명신을 보자 그가 픽 웃으며 어깨를 으쓱거렸다.

"내가 널 본 게 몇 년인데 당연히 알지. 얼굴만 봐도 척하면 척이라니까."

"그래요? 그럼 저한테 묻지 말고 제 얼굴 보시면 되겠네요. 척하면 척이라면서요?"

"그러지 말고 말해 봐."

"선배한테요? 나중에 얼마나 놀려 먹으시려고. 절대 안 해요."

명신과 나란히 앉아 투덕거리고 있으니 뒤쪽에서 웃음소리가 터져 나왔다. 누가 들어도 명백한 비웃음이었다.

고개를 돌리니 선배 한의사 채은이 삐딱하게 앉아 나를 보고 있었다. 호연이 목격했던 그 다툼의 상대였다.

명신처럼 좋은 집안에 외동딸로 태어나 일을 취미로 하는 오채은과 가진 게 쥐뿔도 없는 고아라 돈벌이에 목숨 거는 김소진. 배경만 봐도 상성이 잘 맞지 않는 부류였다.

그래서였는지 채은과는 학부 시절부터 마찰이 잦았다. 명신과 조금 다른 의미의 앙숙이랄까.

아, 오늘 장소를 잘못 골랐네.

속으로 한숨을 내쉬는 순간 채은이 말했다.

"김소진, 너 진짜 남자 친구 있기는 해?"

황당한 질문이었다. 내게 남자 친구가 있다는 건 한의원 사람들 모두가 알고 있었다.

평소와 달라진 내 행동을 보며 동료들이 남자 친구가 생겼냐고 묻기에 숨길 이유가 없어 그렇다고 했더니 금세 한의원 전체에 소문이 퍼졌다. 채은도 당연히 그 이야기를 들었을 것이다. 그런데 이제 와서 무슨 소리야?

황당하다는 듯 채은을 바라보니 그녀가 고개를 갸웃거리며 기분 나쁘게 웃었다.

"아니…… 같이 일하는 사람 중에 네 남자 친구 본 사람이 없잖아. 이름도 말 안 해 줘, 사진도 안 보여 줘. 네 남자 친구가 무슨 비밀 요원이라도 돼? 그렇게까지 숨길 이유가 없잖아. 진짜로 남자 친구가 있는 거면."

호연이 워낙 유명 인사인지라 한의원에는 남자 친구의 정체를 비밀에 부쳤다. 사정을 제대로 아는 사람은 호연의 어머니를 담당하고 있는 명신과 처음 호연의 예약을 잡아 주었던 간호사뿐이었다.

"'진짜로 남자 친구가 있는 거면'이라고? 오채은, 너 도대체 무슨 말이 하고 싶은 거야?"

황당해서 입을 쩍 벌리고 있는 나를 대신해 명신이 나섰다. 그가 나를 두둔하고 나서자 채은의 눈빛이 더 날카로워졌다.

"왜, 내 말이 틀렸어? 난 그냥 후배가 걱정돼서 이러는 거야. 아무리 봐도 이상하긴 하잖아. 요즘 하고 다니는 게 영 수상하다고."

채은의 시선이 내 모습을 빠르게 훑었다.

"길거리에서 파는 셔츠만 입고 다니던 애가 갑자기 명품을 휘감고 다니질 않나, 폐차 직전의 경차가 하루아침에 비싼 외제 차로 바뀌지를 않나……."

원피스, 목걸이, 시계, 구두. 채은의 시선이 멈춘 곳에 모두 호연이 준 선물이 있었다.

역시 이거 다 엄청 비싼 거였구나. 호연이 평범한 거라고 몇 번이나 강조해서 속는 셈 치고 받긴 했지만, 채은이 도끼눈을 뜨고 살피는 걸 보니 그의 말처럼 평범한 선물은 아니었던 게 분명했다.

쇼핑백은 평범한 브랜드였던 것 같은데. 설마 내가 안 받을까 봐 포장까지 바꿔 온 건가? 아무튼 진호연, 진짜 못 말려.

치밀한 호연의 행동이 어쩐지 귀여워 속으로 웃음을 흘리고 있으니 채은이 목소리를 높이며 물었다.

"김소진, 너 혹시 그런 거 하니? 돈 많은 아저씨랑 연애 놀음 해 주고 돈 받는 거? 이런 걸 스폰이라고 하던가?"

"오채은!"

명신이 경악해서 채은을 불렀다. 주변을 둘러싼 사람들도 명신과 비슷한 얼굴이었다.

하지만 채은은 멈추지 않았다.

"뭐, 좋은 걸 갖고 싶은 마음은 이해해. 그런 짓이라도 안 하면 평생 구경도 못 할 것들인데…… 얼마나 갖고 싶으면 그랬겠어?"

"선배, 지금 무슨 말씀 하시는 거예요? 그런 거 아니에요."

"뭘 그렇게 흥분하니? 네 마음 다 이해한다니까. 그래도 분수를 알아야지. 뱁새가 황새 따라가려다가 가랑이 찢어지는 법이거든."

채은은 도무지 내 말을 들을 생각이 없어 보였다. 그동안 나의 변화를 보며 홀로 결론을 내린 것 같았다.

나는 입술을 질끈 깨물었다. 하필 한의원 근처의 식당이라 동료 한의사들은 물론이고 익숙한 환자들의 얼굴까지 보였다. 지금 이 자리에 있는 사람들의 입을 통해 얼마나 우스운 소문이 퍼지게 될까?

채은의 말이 얼마나 헛소리인지는 상관없었다. 내가 어떤 해명을 하더라도 사람들은 흥미로운 이야기를 입에서 입으로 전하며 소문을 키워 갈 것이다.

"재밌는 이야기를 하고 있네요."

그때 어수선한 분위기를 뚫고 익숙한 목소리가 들려왔다.

입구에 서늘한 얼굴을 하고 서 있는 남자.

"그 돈 많은 아저씨가 도대체 누굴까?"

호연이었다.

호연은 상당한 유명 인사였지만, 매일 매스컴에 얼굴을 비추는 연예인이 아니었기 때문에 한눈에 그를 알아보는 사람은 많지 않았다. 한의원에서 그를 본 적이 있는 동료 한의사들 몇몇이 그의 얼굴을 알아본 게 전부였다.

하지만 모르는 사람이 보기에도 호연의 분위기는 압도적이었다. 큰 키에 배우만큼 잘난 얼굴, 그림처럼 딱 떨어지는 슈트까지. 누가 봐도 평범한 사람이 아니었다.

"지, 지, 지, 진호연 씨?"

호연을 알아본 사람 중에는 채은도 있었다. 제 이름을 부르는 목소리에 호연의 시선이 채은을 향했다. 눈이 마주치자마자 채은이 자리에서 벌떡 일어나 그의 앞으로 다가갔다.

"안녕하세요, 저 오채은이에요. 올해 초에 태평금융 창립 40주년 기념 파티에서 인사드렸었는데……."

호연이 말없이 채은을 바라보았다. 기억이 안 난다는 얼굴이었다.

"어, 그러니까, 저희 아버지께서 태평은행 은행장이신데……."

아버지 이야기가 나오자 그제야 호연이 반응했다.

"아, 태평은행 오준원 은행장님?"

"네! 맞아요. 그분이 제 아버지세요."

호연의 말에 채은이 활짝 웃었다.

"어머님께서 저희 한의원에 자주 오신다고 들었어요. 호연 씨도 종종 진료받으러 오신다면서요? 이왕 오실 거면 저한테 진료를……."

"아, 정말 진료받으러 오는 게 아니라, 누굴 볼 핑계가 필요해서요."

호연이 채은의 말을 짧게 끊어 냈다.

"그보다 조금 전의 이야기가 궁금하네요. 스폰이 어쩌고 했던 그 이야기."

"아, 호연 씨가 듣기에도 정말 웃긴 이야기죠?"

채은이 비웃음을 담은 얼굴로 나를 보았다.

"제 후배가 주제를 모르고 못 가질 걸 욕심내더라고요. 그런다고 자기가 이쪽 사람이 될 줄 알았나? 그게 좀 안타까워서 조언을 해 주고 있었어요."

"이쪽 사람이라."

호연이 채은의 말을 곱씹었다. 몇 번이나 같은 말을 되뇌던 그가 이해할 수 없다는 얼굴로 고개를 갸웃거렸다.

내가 정말 잘 아는 얼굴이었다. 저렇게 아무것도 모르겠다는 얼굴을 하고 사람 말문 막히게 하는 게 호연의 특기였다.

"이쪽 사람이라는 게 어떤 사람이죠?"

"네? 그거야……."

"뭐, 상류층 이런 말을 하고 싶으셨던 건가요? 솔직하게 말해서 제 입장에서는 조금 우습네요."

"……네?"

"태평은행 은행장, 대단한 자리긴 하지만 저 같은 사람이 보기엔 그냥 월급쟁이나 마찬가지라서요. 하물며 그분도 아니고, 그 따님이 저를 '같은 쪽' 사람이라고 분류할 자격이나 있을까요?"

"……네? 지금 무슨 말씀을……."

"보아하니 그쪽보다 못해 보이던 김소진 씨가 돈 많은 남자 물어서 팔자 편 것 같아 꽤 화가 나신 것 같은데, 그러는 그쪽도 크게 다르지 않다는 걸 알아야죠."

호연이 질린 얼굴로 채은의 옷차림을 훑었다. 조금 전 채은이 나를 바라보던 것과 비슷한 눈이었다.

"아버지 잘 만나서 좋은 옷 걸치고 다니시면서, 남자 잘 만나서 좋은 옷 걸치고 다니는 김소진 씨는 왜 못마땅해하십니까?"

줄줄이 쏘아붙이는 호연의 말에 채은의 얼굴이 하얗게 질렸다. 그가 이런 반응을 보일 줄은 꿈에도 몰랐는지 당황한 기색이 역력했다.

"마, 말씀이 너무 심하시네요."

얼떨떨하게 호연의 말을 듣고 있던 채은이 겨우 반격했다.

"이렇게 무례하게……."

"무례?"

하지만 채은의 말이 끝까지 이어지기도 전에 호연이 피식 웃으며 그녀의 말을 끊어 냈다.

"무례라는 게 뭔지 아시는 분이 김소진 씨한테 스폰이니 가랑이가 찢어지니 그런 말을 하셨습니까? 당신이야말로 분수를 아세요. 뱁새가 황새 따라가려다가 가랑이 찢어지는 법이거든요. 아, 이 말도 물론 잘 알고 계시겠지만."

호연이 싸늘한 눈으로 채은을 바라보며 그녀를 지나쳤다. 덩그러니 남겨진 채은의 눈시울이 금방이라도 눈물을 흘릴 것처럼 새빨갰다.

채은을 지나친 호연이 멈춘 곳은 당연하게도 내 앞이었다. 그는 채은에게 보여 주었던 싸늘한 얼굴이 거짓말이라는 듯 나를 보며 예쁘게 웃었다.

"여기 분위기가 별로네요. 나 배고픈데, 다른 데로 가죠."

조금 전 채은과의 기 싸움을 벌인 사람이 맞나 싶을 정도로 여상스러운 목소리였다.

"……여긴 어떻게 왔어요?"

"한의원에 먼저 갔어요. 거기 있는 분한테 물으니까 여기에 밥 먹으러 갔대서."

"아니, 그게 아니라, 내일 온다고 했잖아요."

내가 날짜 계산을 잘못했나? 분명 닷새 후에 온다고 했는데. 확실히 내일이었는데.

머릿속이 복잡하게 돌아가는 사이 호연이 말했다.

"어쩌다 보니 일이 좀 일찍 끝났어요."

"그럼 미리 연락해 주지 그랬어요."

"놀라게 해 주려고 그랬죠. 서프라이즈."

"그럴 작정이었다면 대성공이에요. 정말 놀랐으니까요. 여러모로."

나는 아직도 제자리에 굳어 있는 채은의 뒷모습을 힐끗거렸다. 늘

정중함을 잃지 않는 호연이 이렇게 반응할 거라고는 생각지도 못했다.

뭐, 나 대신 채은 선배에게 개망신을 준 건 속 시원했지만.

내가 채은에게 신경 쓰며 힐끗거리는 게 싫었는지 호연이 몸을 움직여 그녀를 향하는 내 시야를 가렸다.

"아, 그리고 이거."

품속을 뒤적인 호연이 작은 상자 하나를 내 앞에 내밀었다.

"선물이에요. 갖고 싶다고 했던 립스틱."

이번에도 평범한 포장이었다. 하지만 나도 이제는 속지 않는다.

"이거 비싼 거죠?"

"립스틱이 비싸 봐야 얼마나 비싸다고. 소진 씨도 그렇게 생각하고 립스틱 사 달라고 한 거잖아."

"그렇긴 한데, 호연 씨라면 기상천외한 이유로 비싼 립스틱을 구해 왔을 것 같아서요."

나는 한숨을 내쉬며 손목을 내밀었다. 얼마 전 호연이 스위스를 다녀왔다며 준 시계가 반짝거렸다.

"이건 얼마예요?"

"음."

곤란한지 대답을 피한다. 이번에는 이탈리아에 다녀오며 샀다는 원피스의 치마를 붙잡았다.

"그럼 이건요?"

"으음."

이번에도 대답이 없다. 벨기에 거리에서 싸게 샀다는 구두는 또 어떨까?

"그럼 이거. 이거라도 말해 봐요."

발을 가볍게 구르자 호연이 이번에는 아예 내 눈을 피한다.

나는 제대로 깨달았다. 이 구두가 제일 비싸구나.

골치가 아파져 머리를 부여잡으니 호연이 요령 좋게 웃으며 내 팔을
잡아끌었다.

"그러지 말고 나갑시다. 여긴 보는 눈이 너무 많은데. 계속 구경거
리 되고 싶은 건 아니죠?"

주변 사람들을 완전히 잊고 있었다.

주위를 둘러보니 식당 안에 있는 사람들 모두 먹던 밥도 내려놓고
나와 호연을 보고 있었다. 하나같이 경악에 찬 눈빛들이었다.

"······집에 가."

그때 머리를 부여잡은 명신이 정적을 깨고 말했다.

"오채은, 김소진. 너희 둘 다 오늘은 집에 가. 사고 친 벌이야."

"오후에도 예약 환자가······."

"됐어, 내가 알아서 수습할 테니까 빨리 집에나 가라. 너희 둘 있으
면 종일 한의원 분위기 어색할 것 같으니까. 알았냐?"

명신이 피곤한 얼굴로 내 어깨를 툭 쳤다.

식당에서 나와 차에 올라탔다. 단둘만의 공간에 들어서자 비로소
조금 전에 있었던 일들에 현실감이 느껴졌다.

채은이 이상한 소리를 늘어놓고, 갑자기 호연이 나타나고, 호연이
채은의 코를 납작하게 해 주고······.

멍하니 조금 전의 순간들을 되새기는 나를 보며 호연이 걱정스럽게

물었다.

"화났어요? 내가 멋대로 나서서?"

"화났냐고요?"

그럴 리가 있나. 화나기는커녕 속이 시원해서 웃음이 터져 나왔다.

갑자기 큰 소리로 웃기 시작하는 나를 보며 호연이 얼떨떨한 얼굴을 했다. 그 얼굴을 보고 있으니 웃음이 더 커졌다. 조금 전까지 채은에게 잘난 얼굴로 쏘아붙이던 사람이 이런 멍청한 얼굴을 하다니.

길어지는 내 웃음소리에 호연의 입이 부루퉁해졌다.

"내가 기사님 노릇 한 게 그렇게 웃깁니까?"

"아뇨, 그게 아니라 너무 속 시원해서요. 그동안 그 선배가 저 많이 피곤하게 했거든요. 잘했어요, 우리 호연 씨."

나는 겨우 웃음을 수습하고 호연의 머리를 쓰다듬었다. 정말 어린 애를 칭찬하는 것 같은 말투에 호연이 불만스러운 얼굴로 내 손을 피했다.

"별로 기쁘지 않은 칭찬이네요."

"어떤 칭찬이면 기쁠 것 같아요?"

"그거야 당연히, 이거죠."

호연이 손가락으로 제 입술을 가볍게 두드렸다. 입을 맞춰 달라는 소리였다.

"그 정도의 칭찬을 받으려면 조금 더 착한 아이가 되어야 해요."

"어떻게 하면 착한 아이가 되는데요?"

"이 구두요. 얼마인지만 솔직하게 말해 봐요."

"어······."

호연의 눈동자가 흔들렸다. 말하고 입맞춤을 받을 것인가, 입을 다물고 다음을 기약할 것인가. 내 예상대로 고민은 길지 않았다.

호연이 조심스럽게 손가락 3개를 폈다.

"30만 원……은 아니겠고. 300만 원이에요?"

호연이 고개를 저었다.

"세상에, 그럼 이게 3,000만 원이라고요?"

"아…… 뭐 대충."

호연이 어색하게 웃으며 말끝을 흐렸다. 그거보다 더 비싸다는 말이었다.

"말도 안 돼! 이게 그럼 3천보다 더 비싸다고요? 도대체 신발에 무슨 짓을 하면 이게 웬만한 자동차 한 대보다 비싸져요?"

나는 경악해서 구두를 바라보았다. 이걸 신고 더러운 시멘트 바닥을 걸어 다니는 건 너무 황송해서 신발을 안고 다녀야 할 것만 같았다.

"벨기에 장인이 한 땀 한 땀 정성을 쏟아 만든 수제화라서요……. 가죽도 고심해서 골랐고……."

"어쩐지, 발이 지나치게 편하더라니. 세상에, 이게 3천이었다니. 이 세상에 3천짜리 신발이 있다니……."

호연이 황송함에 정신없이 중얼거리는 내 뺨을 감싸 쥐더니 가볍게 입을 맞추었다.

"그만해요. 이미 신어 버린 걸 어떡할 겁니까? 이젠 환불도 안 돼요. 맞춤 수제화라서 소진 씨 발에만 맞으니까 중고 판매도 불가능하고요."

"진호연 씨. 내가 당신 때문에 못살아, 정말. 어디까지 날 놀라게 할 생각이에요? 이 립스틱도 따로 주문한 거 아니에요? 세상에 하나밖에 없는 색이 필요해, 이러면서!"

농담처럼 던진 말이었는데 호연이 조용했다. 나는 급격하게 불길해졌다.

"……농담이었는데. 설마 진짜는 아니죠?"

"주문 제작 상품은 환불 안 됩니다."

"내가 못 살아……."

이 남자를 도대체 어쩌면 좋지?

넋이 나가 시트에 몸을 기대고 있는 나를 보며 호연이 재빨리 말을 돌렸다.

"나 비행기에서 내리자마자 온 거라 피곤한데, 계속 그럴 거예요?"

그러고 보니 이 남자 지금 이집트에서 날아온 거지.

당황스러운 상황이 계속 이어지는 바람에 미처 보지 못했던 얼굴을 자세히 살피니 피곤함 때문인지 잘난 얼굴이 거칠했다.

"한숨 자고 싶어요? 그럼 숙소로 가요."

서울에 머무를 때 호연은 호텔을 집처럼 사용했다. 예전에는 서울에도 오피스텔을 하나 마련해 두었는데, 비워 두는 시간이 많다 보니 관리하기가 힘들어 처분해 버렸다고 했다.

호연이 서울에 올 때마다 지내는 호텔은 정해져 있었다. 이번에도 그곳이겠거니 생각하며 호연을 보니 그가 묘한 웃음을 흘리고 있었다.

"나 이번에는 호텔 안 잡았어요."

"어, 비서가 안 잡아 줬어요? 일 잘하시는 분이랬잖아요."

"네, 맞아요. 비서가 안 잡아 준 게 아니라, 내가 잡지 말라고 했거든요."

"왜요? 아, 잠도 못 자고 바로 떠나야 해요?"

예정보다 일찍 와서 길게 지내다 갈 줄 알았는데. 어쩔 수 없이 서운해졌다. 며칠 전부터 계속 나를 괴롭히던 서운함이었다.

"아뇨. 이번에는 사흘 동안 서울에 있을 거예요."

"정말요?"

이렇게 길게 머무르는 건 처음이었다. 신나서 대답하면서도 한편으로 의문이 맴돌았다.

서울에 사흘이나 있을 거라면서 왜 호텔을 안 잡았지?

의문은 금세 해결됐다.

"그러니까 나 재워 줘요."

"……네?"

"나 잘 곳 없어요. 그러니까, 소진 씨 집에서 나 재워 줘요."

◆ ◆ ◆

내가 사는 곳은 낮은 주택과 빌라들이 옹기종기 모여 있는 조용한 동네였다. 그 흔한 편의점도 10분은 걸어가야 나오는 한적한 곳인 데다, 동네 특성상 1인 가구가 많아 퇴근 시간이 지나기 전까지는 동네 전체가 지나칠 정도로 고요했다.

내게는 아주 익숙한 장소지만 누군가를 여기까지 데려온 건 처음이었다. 다른 집에는 이따금 가족들이 찾아오는 것 같았지만, 나는 그럴 가족이 없었다.

늘 조용하던 옆집이 오랜만에 떠들썩해지면 부럽다는 생각을 하기도 했었는데. 오늘은 우리 집에 손님이 왔다. 누군가를 우리 집에 들인다는 생각을 해 본 적이 없어서인지 다른 사람과 나란히 문 앞에 선 이 상황이 너무나 어색했다.

게다가 그 손님이 이 남자라니.

나는 열쇠를 찾기 위해 가방을 뒤적이며 옆에 선 호연을 힐끗거렸다. 주위를 두리번거리며 복도를 살피는 호연은 늘 그랬던 것처럼 태연해 보였다.

하지만 그와 달리 나는 머릿속이 복잡했다.

청소. 내가 청소를 제대로 해 뒀던가?

기본적인 청소는 매일 하고 있지만 언제나 손님을 맞이할 정도로 완벽하게 집을 정돈해 두는 편은 아니었다. 일에 지쳐 돌아온 날에는 피곤함을 핑계 삼아 청소를 대충할 때가 많았다.

나는 기억을 더듬어 집 안 상태를 하나씩 체크하기 시작했다.

주말에 돌렸던 빨래? 어제 걷어서 옷장에 넣었어. 이건 통과.

오늘 아침에 시리얼 먹은 건? 바로 씻어서 건조대에 올려 뒀지. 이것도 통과.

오늘 아침에 샤워하고 갈아입은 속옷이랑 잠옷은? 그건…… 그건 욕실 문 옆에 그대로 던져 놨잖아! 심지어 예쁘지도 않은 속옷이라고!

순조롭게 통과를 외치던 머릿속에 경보음이 울렸다. 열쇠를 찾기 위해 가방을 뒤적이던 손이 조금씩 느려졌다.

어떡하지? 문이 열리자마자 달려가서 치워야 하나? 아니면 모른 척하고 다른 쪽으로 시선을 돌린 틈에 조용히 치워 버리는 게 나을까?

대책을 고민하며 허둥대는 사이 호연이 먼저 입을 열었다.

"휴지…….."

"네?"

"어머니께 들었어요. 한국에서는 다른 사람 집에 방문할 때 휴지를

선물한다면서요? 예의 없이 빈손으로 집에 들어갈 수는 없죠. 지금
바로 사 올게요."

"지금요? 휴지를? 어디에서요?"

"차 타고 오면서 편의점 있는 거 봤어요. 난 거기 다녀올 테니까 소
진 씨는 먼저 집에 들어가 있어요."

"그 편의점 생각보다 멀어요. 괜찮으니까 그냥……"

"금방 다녀올게요."

더 말리기도 전에 호연이 웃으며 돌아섰다.

혼자서 잘 찾아올 수 있으려나? 그 편의점 생각보다 먼데.

하지만 길을 잃고 헤매는 호연이라니, 잘 상상이 되지 않는다. 그라
면 처음 가 보는 곳에서도 익숙하게 길을 잘 찾을 수 있을 것 같았다.

뭐, 못 찾으면 전화하겠지.

그렇게 생각하니 마음이 편해졌다. 덕분에 시간도 조금 벌었다. 호
연이 편의점에 다녀오는 사이 재빨리 집 정리를 하면 될 것 같았다.
마침 가방을 뒤적이던 손에 열쇠가 잡혔다.

편의점까지 왕복 20분. 그 안에 완벽하게 정리하자!

◆　◆　◆

정신없이 집을 치우고 잠시 숨을 고르고 있으니 밖에서 문을 두드
리는 소리가 들려왔다.

"호연 씨?"

"네, 접니다."

서둘러 문을 열자 여전히 두 손이 텅 빈 호연이 서 있었다.

"어? 휴지는요?"

"미안해요, 결국 편의점을 못 찾아서. 휴지는 다음에 사 올게요. 이제 들어가도 될까요?"

호연은 눈으로 직접 위치를 확인하기까지 한 편의점을 못 찾았다고 포기한 채 돌아올 사람이 아니었다. 정말 휴지를 사 올 생각이 있었다면 그는 무슨 수를 써서라도 목적을 달성했을 것이다. 원래 그런 사람이니까.

게다가 '이제' 들어가도 될까요라니.

나는 금세 호연의 두 손이 비어 있는 이유를 알아챘다. 그를 바라보는 내 눈이 가늘어졌다.

"처음부터 휴지 사 올 생각도 없었죠?"

"아니에요."

"아니긴요. 밑에서 기다리다가 시간 맞춰서 올라온 게 뻔히 보이는데."

"아."

정곡을 찔린 게 민망했는지 호연이 어색하게 웃었다.

"시간이 조금 필요한 것처럼 보여서. 제가 잘못 봤나요?"

너무 제대로 봐서 문제였다. 나는 의심스럽게 호연을 쳐다보며 말했다.

"선수."

"네?"

"완전히 선수야, 이 사람."

연애가 처음이면 이럴 수가 없지 않나?

"솔직하게 말해 봐요. 여태까지 여자 친구 한 번도 없었다는 거 거짓말이죠?"

"갑자기 왜 그런 생각을 하게 됐는데요?"

"처음이라고 했으면서 다 너무 잘하잖아요. 낯 뜨거운 말도 잘하고, 여자 마음 읽는 것도 잘하고, 또⋯⋯."

이어지는 말을 호연이 가로챘다.

"키스도 잘하고?"

뭐라고 대꾸할 새도 없이 호연이 허리를 숙여 입을 맞췄다. 커다란 손이 뺨을 감싸고 입안으로 혀가 파고들었다.

호연은 제 말이 틀리지 않았음을 증명이라도 하려는 듯 입속의 예민한 곳들을 차례로 건드렸다. 부드럽게 여린 살을 훑는 움직임에 머릿속이 아득해졌다. 문을 붙잡고 있던 손에서 힘이 빠져나갔다. 비틀거리며 뒷걸음질을 치니 호연이 기다렸다는 듯 따라붙었다. 그가 단단한 팔로 허리를 감싸자 서로의 몸이 바짝 붙었다.

문이 요란한 소리를 내며 닫혔다. 그 소리가 신호라도 된 것처럼 집요하게 입안을 파고들던 호연의 입술이 떨어져 나갔다.

호연이 목덜미에 가볍게 입술을 맞추며 내게 속삭였다.

"다른 건 더 잘할 수 있는데. 난 뭐든 배우는 게 빠른 편이거든요."

"⋯⋯다른 거 뭐요? 뭘 그렇게 잘할 수 있는데요?"

그렇게 말하면서도 얼굴이 달아올랐다. 붉어진 얼굴을 보며 내가 제 말뜻을 알아들었다는 걸 깨달았는지 호연이 씩 웃었다.

"다 알아들었으면서 또 모른 척한다."

호연이 두 손으로 나를 감싸 꼭 끌어안았다.

"여자 마음 잘 읽는 건, 그게 여자 마음이라서가 아니라 소진 씨 마음이니까. 난 당신 반응에 예민하거든요. 늘 지켜보고 있으니까 당신 마음을 잘 아는 건 당연하잖아요."

호연이 고개를 숙여 목덜미에 얼굴을 묻었다. 그가 말을 할 때마다 숨결이 닿아 기분이 묘했다.

"낯 뜨거운 말을 잘하는 건, 그게 내 진심이니까. 사실 무슨 말을 낯 뜨겁다고 하는지도 모르겠어요. 그냥 하고 싶은 말을 솔직하게 하는 것뿐인데."

"이것 봐. 또 낯 뜨거운 소리 하잖아요. 지금 호연 씨가 하고 있는 게 낯 뜨거운 말이에요. 정말 이걸 모른다고요?"

투덜거리며 입을 비죽이니 호연이 고개를 들어 나를 보았다.

"그래서 싫어요? 나 들어가지 마요? 돌아갈까요?"

또 이 눈빛이다. 비 맞은 고양이 같은 처량한 눈빛. 이 남자는 이렇게 날 보면 내가 절대 거절하지 못한다는 걸 아는 게 분명했다. 하지만 뻔히 알면서도 이런 꿍꿍이가 싫지 않았다.

"……이미 들어왔으면서 가긴 어딜 가?"

나는 까치발을 들어 호연의 입술에 짧게 입을 맞추었다. 내가 먼저 입을 맞출 줄은 몰랐는지 호연이 눈을 동그랗게 뜨고 나를 보았다.

"가지 마요. 내가 우리 집에서 재워 줄게요."

이젠 내가 수작을 부릴 차례였다.

❖ ❖ ❖

연애를 시작하고 제법 시간이 흘렀지만 나와 호연은 아직 밤을 함께 보내지 않았다.

딱히 이 남자와 자는 게 무서운 건 아닌데.

과거에는 몇 번이고 했던 일이다. 그때는 내가 먼저 담덕을 부추긴 적도 많았다.

그래도 이 몸으로, 이 시간에, 이 사람과 하는 건 처음이었다.

그런 생각 때문에 중요한 순간에 항상 몸이 움츠러들었다. 내 반응에 예민하다는 호연이 그걸 모를 리 없으니, 우리 진도는 몇 달째 입맞춤에서 발전이 없었다.

이 남자는 날 배려한답시고 절대 먼저 손을 뻗지 않을 거다. 우리 사이에 발전이 있으려면 내가 나서야 했다.

나는 깊게 숨을 들이마시며 집 안을 둘러보고 있는 호연에게 다가섰다.

"집이 좀 좁죠?"

침실 하나가 따로 분리된 18평 남짓의 작은 빌라였다. 혼자 살기에는 충분한 크기였지만, 평생 좋은 집에서 살았을 호연의 눈에는 더 좁아 보일 것이다.

"이 정도면 충분하죠. 혼자 살기에는."

"하지만 호연 씨 방 하나가 우리 집보다 더 넓을 것 같은걸요."

"……그건 사실이지만. 그래도요."

빈말로도 아니라고 하지 않는 점이 호연다웠다.

나는 웃으며 우리 집을 안내했다. 좁은 집이었지만 설명하다 보니 이야기할 거리가 제법 많았다.

"여기가 욕실이에요. 샤워기가 좀 이상해서 따뜻한 물이 바로 안 나오는데…… 먼저 차가운 물을 두 번 틀고 그 뒤에 따뜻한 물로 돌려요. 그럼 제대로 나올 거예요."

"그게 도대체 무슨 원리예요?"

"나도 모르겠어요. 여러 가지 시도해 봤는데 그러면 되더라고요."

처음에는 사람을 불러 수리를 시도했다. 하지만 몇 번이고 수리해도 나아지는 게 없었다.

"냉장고에 있는 건 아무거나 먹어도 돼요. 뭐, 든 것도 별로 없지만."

"나중에 같이 장 보러 갈까요?"

"그것도 괜찮겠네요. 아, 티브이 켜는 법도 알려 줄게요. 집에 리모컨이 두 개인데……"

"김소진 씨."

소파 앞으로 호연을 이끌자 그가 픽 웃으며 내 머리를 헤집었다.

"전 이 집에 처음 오는 거지, 티브이 켜는 법도 모르는 어린애는 아닙니다. 그 정도는 설명 안 해 줘도 알아요."

"아, 그렇죠."

나는 머쓱해져서 머리를 정돈하며 다음 장소로 이동했다. 침대 하나와 화장대 하나가 전부인 침실이었다.

"잠은 여기서 자면 돼요."

"여기서요?"

"네. 침대가 하나뿐이니까 같이 자요. 침대가 그렇게 작은 편은 아니니까 둘이 자도 충분할 것 같아요."

나는 최대한 태연하게 침대를 가리켰다. 신경 쓰지 않으려고 했지만 호연의 시선이 두 뺨을 찌르는 게 선명하게 느껴졌다.

"소진 씨, 혹시……."

호연이 조심스럽게 입을 열었다.

"잠버릇 심한 편이에요?"

"……네?"

"코를 곤다거나, 이를 간다거나, 자다가 이불을 발로 찬다거나. 그런 편이에요?"

"이를 갈아…… 코를…… 네에?"

예상했던 반응 중에 이런 건 없었다. 황당해서 입이 떡 벌어졌다. 그런 나를 앞에 두고서도 호연은 얄미울 정도로 태연하게 어깨를 으쓱거렸다.

"제가 잠자리에 예민한 편이라서요. 만약 그러시다면 따로 자는 게 좋을 것 같아요. 거실에 있는 소파도 사람 하나 자기에 충분할 것 같던데. 전 거기에서 잘게요."

나는 눈을 깜빡이며 호연을 쳐다보았다.

그러니까, 나 지금, 거절당한 건가?

태연하게 웃고 있는 그를 보니 속에서 열이 올랐다.

잘할 수 있다면서 열심히 어필할 때는 언제고, 지금 날 거절한 거야? 내가 먼저 같이 자자고 했는데?

혹시 내가 착각한 건가? 더 잘할 수 있다는 그게 같이 자는 게 아니라 다른 건가? 나 혼자 음란 마귀가 씌어서 이상한 생각을 한 거야?

민망해서 죽을 것 같았다. 나는 호연에게서 고개를 돌리며 서둘러 이야기를 마무리했다.

"……잠버릇이 심한 편은 아닌데, 잠자리에 예민한 편이면 따로 자는 게 낫겠네요. 안 그래도 수면 부족인데 나 때문에 잠 설치면 안 되죠."

그날 밤. 나는 민망함에 몇 번이나 이불을 발로 찼다. 밤새도록, 몇 번이나 팡팡.

❖　❖　❖

다음 날 출근하니 한의원 분위기가 묘했다. 명신에게 이유를 물으니 채은이 어제저녁 퇴직을 통보했다고 알려 주었다.

"사람들 앞에서 개망신을 당했으니 계속 일하기는 힘들었겠지. 그래도 문자로 퇴직 통보하는 게 어딨냐? 여태까지 일한 정도 있고, 자기 앞으로 예약 잡힌 것도 한두 개가 아닌데."

"그러게 왜 그런 사람을 데려왔어요? 학부 때부터 그 성격이었는데."

"나라고 몰라서 그랬겠어? 아버지 통해서 부탁이 들어왔었단 말이야. 걔 갈 데 없으니까 좀 데려가 달라고. 이 한의원 짓는 것도 아버지 투자 아니었으면 꿈도 못 꾸는데, 어떻게 내가 그 부탁을 거절해?"

"와."

"뭐야 이 반응은?"

영혼 없는 감탄사에 명신이 눈썹을 꿈틀거렸다. 나는 어깨를 으쓱거리며 대답했다.

"아니, 뭐. 선배도 나름의 고민이 있었구나 싶어서요. 팔자 좋은 도련님이라 걱정 없이 사는 줄 알았거든요."

"그래. 네가 날 어떻게 보는지 오늘 또 잘 알게 됐네. 고맙다, 고마워."

명신이 가볍게 꿀밤을 먹였다. 그리 아프지는 않았지만 일부러 죽을 것처럼 엄살을 부렸더니 그가 웃으며 주먹을 들었다.

"정말 그렇게 아파서 뒹굴게 해 줄까, 우리 후배님?"

"아뇨. 사양하겠습니다, 존경하는 선배님."

"진즉에 그럴 것이지."

명신이 거만하게 웃으며 턱을 치켜들었다. 나는 그의 기분을 맞춰 주기 위해 옆에서 멋진 선배님, 최고의 선배님이라며 엄지를 치켜들었다.

채은이 급하게 사표를 쓴 건 자업자득이었지만, 어쨌든 나 때문에 벌어진 일이라 마음이 무거웠다.

채은이 실직한 게 안타까워서가 아니었다. 그렇지 않아도 인력이 부족하다며 늘 앓는 소리를 해 대는 명신의 고생길이 훤히 보였다.

"채은 선배 예약 환자 내가 볼게요. 그쪽 진료 파트는 나도 커버 가능하니까."

"너도 복귀하고 예약 풀이잖아."

"어떻게든 시간 쪼개면 가능해요."

"왜? 그렇게 일 맡은 뒤에 윤명신이 만만한 후배 부려 먹는다고 동네방네 소문내려고?"

"선배는 왜 후배의 순수한 호의를 왜곡하세요? 참 무서운 사람이네."

"순수한 후배의 호의가 없어도 나 혼자 해결 가능하니까, 그 호의 다시 넣어 두시죠."

명신이 픽 하고 웃으며 내 머리를 쓰다듬었다. 말은 험하게 해도 고맙다는 뜻이 분명했다.

"넌 네 문제나 해결해. 진호연 씨랑은 화해했냐?"

이제 한의원에 내 남자 친구가 호연이라는 걸 모르는 사람이 없었다. 그래서인지 늘 '네 남자 친구'라며 두루뭉술하게 호연을 부르던 명신도 거칠 것 없이 그의 이름을 입에 올렸다.

"화해는 무슨. 싸운 것도 아니었는데요."

"그럼 왜 요즘 그렇게 우울해서 땅을 팠던 건데?"

"그건 됐어요. 내가 어떻게 한다고 해결될 문제도 아니고."

호연이 워커홀릭이고, 나도 내 일이 있는 한 어쩔 수 없이 반복될 문제였다. 게다가 지금 내게는 더 큰 문제가 있었다.

"선배."

"왜?"

명신이 자판기에서 뽑은 커피를 마시며 무심하게 대꾸했다.

"여자가 먼저 한 침대에서 같이 자자고 했는데 남자가 거절하면, 그건 무슨 뜻이에요?"

내 말이 끝나기도 전에 명신이 마시던 커피를 그대로 뿜었다. 나는 뿜어져 나오는 커피를 피하며 명신을 흘겨보았다.

"아, 선배. 더럽게 뭐예요?"

하지만 명신은 제가 뿜은 커피에는 관심도 없었다. 그는 시뻘게진 얼굴로 내게 따져 물었다.

"야, 김소진. 너 진호연 씨한테 한 침대에서 같이 자자고 그랬냐? 진호연 씨는 거절했고?"

"네."

어젯밤 호연은 제 몸에 조금 버거워 보이는 소파에 몸을 구겨 넣고 잠을 청했다. 잠자리에 예민하다더니 내가 아침부터 출근 준비에 발을 쿵쿵거리며 돌아다녀도 눈 한번 뜨지 않고 잘만 잤다.

"그걸 왜 나한테 상담해!"

"상담이 아니라. 그냥 남자 입장에서는 왜 그런 반응이 나오는지 궁금해서요."

"그러니까 그걸 왜 나한테 묻냐고!"

"이런 이야기 물어볼 남자는 선배뿐인데요. 아빠도 없고, 오빠도 없고, 남자인 친구도 없으니까."

"아무리 그래도 그렇지. 보통은 안 물어본다고, 그런 거."

"저도 알아요. 제가 좀 유별난 거."

"좀 유별난 게 아니라 많이!"

명신이 여전히 시뻘건 얼굴을 한 채 손으로 머리를 짚었다.

"어쨌든 내 답을 이야기하자면, 남자는 좋아하는 여자가 그렇게 말하면 거절할 이유가 없어. 내가 좋아하는 사람이 그렇게 말했으면 난 같이 잤을 거야."

"그렇죠? 그게 평범한 반응이죠?"

"뭐, 그 사람도 당황스러웠던 거 아닐까? 갑자기 그런 소리 들었으면 그럴 수도 있을 것 같은데."

"당황해요? 그 진호연 씨가?"

겨우 그런 말에 당황할 사람이 아니었다. 명신도 동의한다는 듯 고개를 끄덕였다.

"음, 그렇네. 확실히 그 사람하고 당황은 안 어울리지. 매사에 침착해서 무서울 정도니까."

여자 친구가 같이 자자고 했는데도 싫다고 할 이유. 그런 게 뭐가 있을까?

몇 가지 이유를 떠올려 보았지만 모두 부정적인 것뿐이었다. 나는 고개를 저어 안 좋은 생각을 흘어 버렸다.

퇴근 시간이 될 때까지 호연에게 연락이 없었다.

같이 저녁 먹고 집에 들어가기로 했는데. 어쨌든 약속은 했으니까 준비하고 있을까?

옷을 갈아입고 가방까지 챙기니 타이밍 좋게 휴대전화가 울렸다. 호연에게서 온 메시지였다.

[미안해요. 일이 생각보다 길어질 것 같아요. 저녁 먼저 먹고 있을래요? 최대한 빨리 돌아갈게요.]

호연이 이렇게 급하게 약속을 깬 건 처음이었다. 원체 없던 상황이라 심각한 일이 생긴 건 아닌지 걱정이 됐다. 나는 곧장 통화 버튼을 눌렀다. 다행히 호연이 금방 전화를 받았다.

−네. 소진 씨.

"방금 메시지 확인했어요. 무슨 일이에요?"

−심각한 일 아니니까 걱정하지 말아요. 금방 끝날 줄 알았는데 생각보다 길어져서……. 미안해요.

"아니에요. 안 좋은 일 생긴 거 아니면 됐어요. 집에서 기다리고 있을게요."

−네. 최대한 빨리 해결하고…….

그때 수화기 너머에서 낯선 목소리가 흘러나왔다.

−호연아.

호연을 부르는 여자의 목소리였다.

−나 계속 기다리게 할 거야? 제발 와 달라고 해서 겨우 왔더니. 너 계속 이러면 그거 안 준다?

−쉿. 조용히 해.

호연의 말에 여자의 목소리가 조금 낮아졌다.

−아, 혹시 그 사람이야? 네가 약속 지켜야 한다고 그랬던?

−알았으면 좀 조용히 하라니까.

수화기 너머에서 호연이 낯선 여자와 대화를 주고받았다. 사정을 모르는 내가 듣기에도 두 사람의 사이가 꽤 친근해 보였다.

─미안해요. 너무 시끄러웠죠. 소진 씨? 듣고 있어요?

잠시 멀어졌던 호연의 목소리가 가까워졌다. 하지만 다정하게 나를 부르는 목소리 뒤로 뭐가 그리 즐거운지 낯선 여자의 웃음소리가 끊이지 않았다.

아무리 들어도 '일'을 하는 분위기가 아니었다. 어쩐지 목이 막혀 쉽게 입이 떨어지지 않았다.

"……다 들었어요. 알았으니까 일 끝나고 연락해요."

나는 굳어 버린 입을 겨우 움직여 할 말만 하고 전화를 끊었다. 어쩐지 듣지 말아야 할 것을 들은 것처럼 심장이 두근거렸다.

정신없이 진료실 밖으로 나오니 퇴근하려던 명신이 나를 보고 눈을 크게 떴다.

"너 왜 그래?"

"네?"

"얼굴이 창백한데."

"아."

어젯밤부터 쌓여 갔던 안 좋은 생각들이 꼬리에 꼬리를 물고 이어졌다.

사실은 오래전부터 안고 있던 불안이었다. 어젯밤 호연이 날 거절한 일이나 수화기 너머로 들려온 친근한 여자의 목소리는 기폭제였을 뿐이었다.

담덕은 나와 약속을 했다. 그 약속을 지키기 위해 나를 찾아왔고, 또다시 나의 연인이 됐다. 나는 그게 당연하다고 생각했다. 눈을 뜨자마자 한 달 만에 호연을 만났으니까. 가슴속에 남은 감정이 담덕과 똑같은 모습을 한 그에게 그대로 이어졌으니까.

하지만 담덕은 호연으로 다시 태어나고 내가 모르는 곳에서 27년을 살았다. 27년은 아주 긴 시간이었다. 그 사이에 그가 어떤 사람을 만났고, 어떤 경험을 했는지 나는 전혀 모른다.

27년의 시간 동안 진실인지 아닌지도 확실하지 않은 기억을 붙잡고 한 사람을 계속 사랑할 수 있을까? 심지어 나는 그의 기억 속에 남은 우희와 외모도 다르다.

1년만 흘러도 사람은 달라진다. 하물며 27년이었다. 그간의 경험은 결코 작지 않았다. 호연은 담덕의 환생이었다. 그래서 담덕과 아주 비슷했지만, 한편으로는 다른 점이 많았다. 변한 게 아니라 성장을 한 것이다. 내가 모르는 27년의 시간 동안.

긴 시간 동안 호연은 머릿속을 떠나지 않는 과거 속의 여자를 그리고 또 그렸을 거다. 과거는 미화되고 환상이 덧씌워지기 마련이니 시간이 지날수록 과거 속의 여자는 더 아름답게 변했겠지.

하지만 나는 평범한 여자였다. 그의 환상 속에 남은 우희처럼 이상적인 여자가 될 자신이 없었다. 나는 정말로 평범한 김소진이었다.

벌써 알아챘을 거야. 내가 기억 속의 여자와 달리 평범한 걸 알고 실망해서, 그래서 나한테 거리를 둔 거야.

수화기 너머로 들린 여자의 목소리는 자신감에 가득 차 있었다. 목소리만 들어도 알 수 있었다. 아마 호연의 주변에는 그런 사람이 많을 것이다. 채은만 해도 호연을 보자마자 반색해서 그에게 달려갔었지 않나.

"야, 너 왜 그러냐니까?"

명신이 당황해서 멍하니 선 나를 흔들었다. 가만히 있다가는 계속 안 좋은 생각만 들 것 같았다.

"선배."

"응?"

비장한 내 목소리에 명신이 얼떨떨하게 나를 보았다.

"술이 필요해요."

"술?"

"네, 아주 독한 걸로. 숙취가 엄청날 예정이라 내일은 휴가 쓸게요."

"뭐? 내일 야간 진료 있는 날이라 절대 안 돼. 채은이도 그만둬서 일할 사람 없단 말이야!"

"그 정도는 혼자 해결 가능한 게 선배의 미덕이죠."

"미덕은 무슨."

명신이 내 머리를 쥐어박았다.

"얼마나 무식하게 술을 마시려고? 여자애가 혼자 그러면 얼마나 위험한데 세상 무서운 줄 모르고. 따라와. 내가 독한 술 파는 곳 알아."

"같이 가 주시게요?"

"아니. 나도 갑자기 독한 술이 마시고 싶어서. 왜, 싫어? 싫으면 말고."

명신이 손을 휘휘 저으며 앞장서서 걷기 시작했다.

학부 시절부터 명신은 소문난 술 박사였다. 술에 관해 그를 믿어 나쁠 일이 하나도 없었다.

"같이 가요!"

나는 재빨리 그 뒤를 따라붙었다.

❖ ❖ ❖

명신이 데려간 곳은 한의원 근처의 작은 바였다. 주인과 잘 아는 사이인지 명신은 들어서자마자 그와 친근하게 인사를 했다. 사장과 잠시 이야기를 나누던 명신이 나를 가리키며 말했다.

"얘가 아주 독한 게 마시고 싶대."

"내 전문이지."

사장은 웃으며 내게 칵테일을 만들어 주었다. 빨간색 예쁜 술이었다.

"보기에는 이래도 도수가 꽤 높아요. 달콤하게 취하고 싶을 때 마시는 술이죠."

한 번에 들이키니 혀끝이 달달했다. 이걸 마시고 취할 수나 있을까?

내 의심을 알아챘는지 사장이 웃으며 한 잔 더 내밀었다. 어디 한번 계속 마셔 보라는 뜻이었다. 나는 사양하지 않고 그가 주는 술을 계속 받아 마셨다.

한 잔. 두 잔. 세 잔.

비우는 술이 점점 늘어날수록 머리가 빙빙 돌았다. 어지러움을 견뎌 내느라 다른 생각을 할 겨를이 없었다.

역시 술 박사. 윤명신을 믿길 잘했어.

어지러움을 이기지 못하고 테이블에 엎드려 눈을 깜빡이자 명신과 사장의 대화가 귓가에 윙윙 울렸다.

"완전히 취했네. 얘가 그 애야? 네가 학부 시절부터……."

"그만해, 듣겠다."

"듣기는. 완전히 취했다니까. 오늘 작정하고 데려온 거야?"

"쓰레기 같은 소리 좀 하지 마. 고민이 많아 보여서 잠시라도 잊으라고 데려온 것뿐이야."

"너도 참 손해 보고 산다. 좋은 일 다 해 주고 억울하지도 않냐?"

"그냥. 내가 하고 싶어서 하는 거니까."

분명히 소리는 들리는데 대화 내용이 머릿속에 박히지 않았다. 모든 이야기가 한 귀로 들어와 다른 귀로 흘러가는 느낌이었다.

으, 머리 아파.

미간을 찌푸리자 차가운 손이 이마에 닿았다. 서늘함에 오히려 몸이 나른해지는 기분이었다.

그때 가방에서 휴대전화가 울렸다. 나는 몸을 벌떡 일으켜 가방에서 휴대전화를 꺼냈다. 호연의 전화였다.

전화를 받을 때는 초록색. 초록색을 눌러야지.

하지만 손가락이 계속 엉뚱한 곳을 눌렀다. 몇 번이나 헛손질을 하고 있으니 옆에서 긴 한숨이 들려왔다.

"그러다 전화 끊기겠다."

순식간에 손에서 휴대전화가 빠져나갔다. 몇 번이나 엉뚱한 곳을 누른 나와 달리 명신은 간단하게 수신 버튼을 눌러 전화를 받았다.

"여보세요. 저 윤명신입니다. 누구인지 아시죠? 한의원 원장이요."

수화기 너머로 무어라 말하는 소리가 들려왔다. 하지만 소리가 너무 작아서 내가 알아듣기는 힘들었다.

"한의원 근처에서 술을 좀 마셨는데, 소진이가 좀 취했어요."

나는 명신의 목소리를 들으며 눈을 껌뻑였다. '소진이가' 하고 말하는 그의 목소리가 어쩐지 다정하게 느껴졌다.

평소에는 이렇게 다정하게 안 부르는데. 아, 내가 술에 취해서 그렇게 들리는 건가? 이 술 진짜 좋다.

나는 아직 술이 남아 있는 잔을 들었다. 빨간 술이 찰랑거리는 게 정말 예뻤다. 찰랑거리는 술을 따라 내 몸도 찰랑거렸다. 왼쪽으로 찰랑. 오른쪽으로 찰랑. 그러다가 몸의 중심이 완전히 왼쪽으로 넘어갔다.

"네, 여기가 어디냐면…… 야, 김소진!"

통화를 하던 명신이 놀라서 내게 손을 뻗었다. 덕분에 의자에서 떨어지지는 않았지만 잔에 있던 술이 그대로 옷에 쏟아졌다. 하얀 블라우스 위에 붉은 술이 선명하게 스며들었다.

"내 옷……."

"지금 옷이 중요해?"

명신이 한숨을 내쉬며 나를 똑바로 세우고 바닥에 쪼그려 앉았다. 나를 붙잡느라 손에서 놓친 휴대전화가 바닥을 뒹굴고 있었다.

"아."

휴대전화를 집어 든 명신의 얼굴이 일그러졌다.

"액정 깨졌다. 완전히 고장 난 것 같은데 이거."

화면을 몇 번 눌러 보던 명신이 내게 물었다.

"내 걸로 걸어 볼게. 진호연 씨 전화번호 뭐야?"

"파티샤샤티우고링"

"뭐?"

"파티샤샤……"

"됐다, 너한테 물은 내가 잘못이지."

나는 분명 정확하게 말했는데. 명신이 화를 냈다.

그가 한숨을 내쉬며 제 휴대전화를 몇 번 만지더니 자리에서 일어섰다. 술은 비슷하게 마신 것 같은데 이리저리 휘청거리는 나와 달리 명신은 멀쩡했다.

역시 한의대 술 박사.

속으로 감탄하고 있으니 명신이 겉옷을 마저 챙겨 입었다.

"잠시 애 좀 봐 줄래? 한의원에 가서 애 보호자 연락처 좀 알아 와야겠어."

"당직 한의사 없어?"

"메시지 보냈는데 답이 없어. 자고 있나 봐. 전화가 좀 애매하게 끊겨서 그쪽도 걱정하고 있을 것 같으니까, 바로 연락 주는 게 좋을 것 같아."

"윤명신, 역시 넌 손해 보고 사는 편이야. 미련하게 고백도 못 해 보고 뺏기냐?"

"그 입 좀 다물어."

"못 듣는다니까. 완전히 취했다고 몇 번을 말하냐?"

"아무튼 입조심해. 헛소리하기만 해 봐."

그렇게 말하고 명신이 바를 떠났다. 나는 다시 테이블에 머리를 박고 눈을 깜빡였다. 시간이 갈수록 술기운과 함께 졸음이 몰려왔다.

눈꺼풀이 점점 더 무거워졌다. 이대로 눈을 감으면 영원히 눈을 뜨지 않을 수도 있을 것 같다는 생각까지 들 무렵. 입구에서 요란한 소리가 들려왔다. 다급하게 문을 여는 소리였다. 입구에서부터 뛰어 들어온 발소리가 잠시 제자리에 멈춰 서더니 곧 방향을 잡고 걷기 시작했다.

소리가 향하는 곳은 내 쪽이었다. 나는 무거운 눈을 억지로 뜨고 물먹은 솜처럼 늘어진 상체를 어렵게 일으켰다.

"김소진."

나를 찾아온 사람이 맞았다. 내 이름 석 자를 부르는 서늘한 목소리에 고개를 들자 그곳에 호연이 가쁜 숨을 몰아쉬며 서 있었다. 늘 정돈되어 있던 셔츠는 볼품없이 흐트러졌고, 머리카락은 땀에 젖은 상태였다. 평소에는 보지 못했던 모습이라 신기했다.

"와, 진호연이다."

반갑게 손을 뻗었지만 호연은 제자리에 멈춰서 다가오지 않았다. 웃지도 않고, 다시 내 이름을 부르지도 않았다.

"이젠 손도 안 잡아 주네."

나는 맥이 빠져 손을 아래로 내렸다. 하지만 손이 완전히 아래로 떨어지기 전에 호연이 강한 힘으로 내 손을 붙잡았다. 단단한 힘에 몽롱했던 정신이 서서히 제자리로 돌아오기 시작했다.

"많이 취했다. 집에 가자."

"왜 반말해?"

"너도 하잖아."

호연이 짧게 대꾸하고 나를 일으켜 세웠다. 호연이 허리를 붙잡아 줬는데도 다리에 힘이 들어가지 않아 몸이 이리저리 흔들렸다.

"안 되겠다, 업어 줄게. 업혀."

"싫어."

"싫어?"

"그래, 싫어."

말없이 나를 보던 호연이 흐트러진 머리를 쓸어 올리며 한숨을 내쉬었다.

"아까 전화할 때까지는 멀쩡했잖아. 그사이에 무슨 일이 있었기에 술을 이렇게 마셨어? 갑자기 왜 이러는데."

"그러는 너는 왜 그러는데?"

"나?"

"그래 너."

호연이 영문을 모르겠다는 듯 미간을 찌푸렸다. 아무것도 모르는 게 더 열 받았다.

"내가 어제 같이 자자고 했는데! 네가 싫다고 했잖아!"

내 목소리에 여기저기서 헛기침하는 소리가 들려왔다. 눈앞에 선 호연의 귀도 빨갛게 달아올랐다.

하지만 그걸 신경 쓰면 내가 술 취한 놈이겠나. 나는 더 크게 떠들었다.

"여자가 먼저 자자고 했으면, 어? 아이고 감사합니다, 하고 침대에 올라와야지! 어디서 싫다고, 윽!"

호연이 그대로 나를 들어 제 어깨에 나를 둘러멨다. 덕분에 혀를 씹었다. 아파서 눈물이 핑 돌았다.

"여기 잠시 조용히 이야기할 곳이 있을까요?"

"아, 저기에 창고가 있긴 한데."

"잠시만 쓰겠습니다."

"네, 그러세요. 마음껏 쓰세요."

사장과 짧은 대화를 마친 호연이 빠른 걸음으로 창고까지 걸어갔다. 창고에 들어서자마자 나를 바닥에 내려놓은 호연이 주저앉은 내 앞에 쪼그려 앉았다.

"이제 계속 말해 봐. 내가 같이 안 자서 화가 난 거야? 네 말을 거절해서?"

나는 고개를 저었다. 나는 화가 난 게 아니었다.

호연이 어젯밤 내 제안을 거절한 이유가 무엇인지, 나는 그게 궁금하고 두려웠다.

"혹시 실망했어?"

"……뭘?"

"네 기억 속의 여자가 나라서. 그래서 실망했어? 상상하던 애보다 볼품없어서 뭘 하고 싶은 생각도 안 들었어? 그냥 약속했으니까, 책임감 때문에 나랑 사귀고 있는 거야?"

"도대체 무슨 말을 하는 거야?"

호연이 이를 바드득 갈더니 손을 뻗어 내 뒤통수를 잡았다. 도망칠 새도 없이 그의 입술이 나를 덮쳤다.

입술 사이를 비집고 들어온 혀가 입안을 무자비하게 헤집었다. 평소의 다정하고 따뜻한 키스와는 완전히 달랐다. 평소의 호연이 이성적인 인간 같았다면, 지금의 호연은 한 마리의 짐승처럼 느껴졌다. 입술을 물고, 빨고, 핥고. 원초적인 움직임이었다.

너무 다른 호연의 행동에 두려움이 밀려왔다. 그에게서 달아나기 위해 고개를 돌려 보았지만, 뒤통수를 단단히 틀어잡은 손이 나를 놓아주지 않았다. 호연에게 완전히 삼켜지는 것 같았다. 늘 차분하게 보이던 사람이 어디에 이런 정염을 숨기고 있었던 걸까?

순식간에 몸이 떠밀려 뒤로 넘어갔다. 뒤통수가 바닥에 닿고, 내 위로 호연이 올라탔다.

이건 내가 아는 호연이 아니었다. 당황스럽고 무서워서 눈물이 났다.

"흑."

벌어진 입술 사이로 흘러나오는 울음소리에 호연의 움직임이 멈췄다. 호연의 입술에 내 것인지 그의 것인지 모를 타액이 번들거렸다.

"책임감? 누가 그따위 것 때문에 이런 키스를 해? 닌 몰라. 내가 널 볼 때마다 얼마나 참았는지, 얼마나 자제했는지."

그가 손등으로 타액을 닦아 내며 나를 빤히 바라보았다. 눈빛 역시 평소의 호연이 아니었다.

"나한테 그 약속은 책임이나 의무가 아니었어. 희망이고 구원이었어. 단 한 번도 그게 짐이라고 생각해 본 적이 없어."

호연이 손을 뻗어 거친 키스로 흐트러진 옷매무새를 정돈해 주었다. 분명히 옷을 제대로 정돈해 주고 있는데, 진득한 손길 때문인지 옷이 벗겨지고 있는 것 같은 착각이 들었다.

"널 보고 실망했냐고? 내가 생각하던 기억 속의 여자가 아니라서? 우스운 소리."

호연이 픽 하고 웃었다.

"내가 어떻게 그런 생각을 할 수 있겠어? 너는 언제나, 이토록, 여전히 너인데."

호연의 입술이 가볍게 내 입술에 닿았다 떨어졌다. 나를 향하는 무한한 애정에는 한 점의 의심조차 없었다.

기묘한 충만감이 가슴을 가득 채웠다. 그래서 더 궁금해졌다.

이렇게 나를 원한다면서 왜? 그에게는 자신을 절제하고 억눌러야 할 이유가 없었다.

"그럼 왜 어제 도망갔어?"

"……도망간 거 아냐."

"도망간 거야."

"그렇게 생각한다면 어쩔 수 없지만."

"이번엔 제대로 순서를 지켜서 하고 싶었어."

호연이 주머니에서 작은 상자를 꺼냈다. 뚜껑을 열자 분홍빛 보석이 빛을 받아 아름답게 반짝였다. 정말 예쁜 반지였다.

"오래전의 '내'가 줄곧 '너'에게 주고 싶어 했던 거야."

호연이 반지를 꺼내 내게 내밀었다.

"나랑 결혼해 줄래?"

담백하고 짧은 청혼이었다. 하지만 그가 이 말을 하고, 내가 이 말을 듣기까지 천 년이 걸렸다. 이 무겁고 오랜 청혼을 어떻게 거절할 수 있을까?

"응. 결혼할래. 나 너랑 같이 살래."

그가 웃으며 왼손 약지에 반지를 끼워 주었다. 어떻게 알았는지 사이즈가 딱 맞았다.

"이럴 거였으면 집에서 재워달라는 소리를 하지 말지 그랬어."

"보고 싶었어. 네가 평소에 어떻게 지내는지. 내가 모르는 시간 동안 네가 어떻게 살아왔는지."

"그건 나도 궁금해."

"같이 가 보자. 내가 사는 집, 내가 다녔던 학교, 내가 자주 가는 장소 모두."

"좋아."

나는 손을 들어 반짝이는 반지를 보았다. 기분이 이상했다.

"참 오래 걸렸다, 이 손에 반지를 끼워 주기까지."

"천 년 넘게 걸렸지."

호연이 내 손에 깍지를 껴 손등에 입을 맞추었다. 입맞춤과 함께 긴장된 분위기가 풀어지고 비로소 평소의 호연이 돌아왔다.

나는 웃으며 그를 바라보았다. 비록 창고 아이지만, 비록 서로의 꼴은 엉망이지만 괜찮았다.

아니. 정말 괜찮은가?

머릿속을 스치고 가는 깨달음에 나는 상체를 벌떡 일으켰다. 내 위에 있던 호연이 놀라서 뒤로 물러났다.

"왜 그래?"

호연의 질문도 들리지 않았다. 나는 재빨리 주변을 살폈다.

장소는 술이 궤짝으로 쌓인 창고. 내 블라우스는 붉은 술로 엉망이었고, 얼굴은 눈물범벅이라 사람의 몰골이 아닐 게 뻔했다.

호연의 꼴도 만만찮았다. 한참을 여기저기 뛰어다녔는지 옷은 볼품없이 구겨져 있었고 머리는 산발이었다.

이 상황에서 제대로 된 거라고는 내 손에서 반짝이는 반지 하나뿐이었다. 나머지는 전부 엉망이었다.

"……다시 해."

"뭐?"

"다시 하라고!"

나는 억울해져서 머리를 부여잡았다.

누군가 묻겠지. 어머, 행복한 부부네요. 남편이 청혼은 어떻게 했나요?

그럼 나는 이렇게 대답해야 한다. 네, 술집 창고에서 엉엉 울다가 반지를 받았답니다.

이 얼마나 우스운 대답인가!

"왜 하필 여기야! 왜 하필 지금이야! 술집 창고에서 술 퍼마시다가 옷에 술까지 쏟았는데, 내가 이 몰골로 청혼을 받았단 말이야? 일생에 단 한 번뿐인 청혼을? 이건 어디 가서 말도 못 해."

그제야 우리의 몰골을 확인한 건지 호연이 허탈하게 웃었다.

"……좀 더 제대로 하려고 했는데. 이게 다 김소진 너 때문이야. 누가 이렇게 취해서 헛소리하래?"

"술 취한 사람이니까 헛소리를 하지. 술 취한 사람이 제대로 된 소리를 하면 그게 술 취한 사람이야? 멀쩡한 사람이지. 기다렸다가 내가 술에서 깼을 때 하면 좋았잖아."

"네가 날 부추겼잖아. 잘 참고 있었는데."

그건 인정.

할 말을 잃고 허탈하게 웃으니 호연이 내 머리를 쓰다듬었다.

"걱정하지 마. 사람들은 내가 어디에서 어떤 모습으로 청혼했는지
에는 관심도 없을 거야."

"왜?"

"사람들이 어떻게 청혼받았냐고 물어보거든 넌 손만 내밀어. 네 손
에 있는 반지를 보면, 다들 그 반지 이야기만 할걸."

나는 또 깨달았다. 이 반지. 보통 반지가 아니구나.

❖　❖　❖

나와 호연의 결혼식은 지중해의 작은 섬에서 치러졌다. 닷새의 짧
은 허니문도 이 섬에서 보낼 계획이었다.

이 작은 섬은 전체가 하나의 리조트로 운영되었는데, 이를 소유한
호텔 체인의 회장이 바로 호연의 아버지였다. 늘 예약이 꽉 차 있는
유명한 리조트지만 그는 우리의 결혼식과 신혼여행을 위해 일주일 동
안 투숙 예약을 하나도 받지 않았다. 그가 주는 결혼 축하 선물이었
다. 덕분에 섬 전체가 우리 세상이었다.

결혼식은 가까운 가족들만 초대해 간소하고 조용하게 치렀다. 나는
부를 가족이 없었고, 호연도 가까운 가족이 손에 꼽을 정도였기 때문
에 하객은 열 명이 채 넘지 않았다.

물론 '간소하다'는 표현은 호연의 입에서 나온 말이었다. 나로서는

과연 섬 하나를 독차지하고 여는 이 결혼식이 정말 간소한 것인지 의문이었지만, 더 크게 할 수 없어 아쉬워하는 호연을 보며 그냥 입을 다물기로 했다.

결혼식이 끝나고 적은 수의 하객들마저 돌아가자 그렇지 않아도 조용하던 섬이 더 고요해졌다. 지나칠 정도의 고요였다.

어느새 노을이 내려앉아 하늘과 바다가 모두 붉게 물들었다. 창가에 기대 그 풍경을 바라보고 있으니 비로소 결혼식이 끝났다는 것이 실감 났다.

"지쳤어?"

호연이 뒤에서 나를 끌어안으며 물었다.

내가 술에 취해 진상을 부렸던 그날 이후 나와 호연은 서로에게 말을 높이지 않았다. 마치 과거의 우리처럼 서로 편하게 말했다.

"조금. 아침부터 정신없이 움직였으니까."

"확실히 결혼식은 신랑보다 신부에게 더 피곤한 행사지."

"그래도 즐거웠어. 다들 나를 가족으로 환영해 주셨으니까."

사실 나는 호연의 가족들에게 환영받으리라는 생각을 전혀 하지 못했다. 무엇 하나 빠질 것 없는 집안에서 나 같은 천애 고아를 가족으로 반기지 않을 거라는 편견이 있었기 때문이었다.

하지만 결혼식을 준비하는 내내 호연의 가족들은 내게 고맙다는 말을 자주 했다. 결혼은커녕 평생 연애도 하지 않을 것 같았던 호연의 마음을 돌린 것만으로도 내가 영웅이나 다름없다면서 말이다. 호연이 연애를 하고 결혼을 하는 게 그렇게 대단한 일인가?

"다들 나한테 호연이랑 결혼해 줘서 고맙대. 도대체 지금까지 어떻게 살아왔기에 부모님이며 친척들이 다 이런 반응이야?"

"나는 그냥 무서웠어."

"무서웠어? 뭐가?"

"난 아주 오래전 한 사람을 아주 사랑했어. 하지만 결국 그 사람을 잃었고, 죽을 정도로 아팠지. 그때의 상실감이 너무 거대해서 나를 삼켜 버릴 것만 같았어. 또다시 그런 기분을 겪을까 봐, 나는 누군가를 사랑하는 게 무서웠어."

나를 끌어안은 호연의 손에 힘이 들어갔다. 다시는 나를 그렇게 잃어버리지 않겠다는 듯 간절한 손길이었다.

"약속할게. 이번엔 그렇게 사라지지 않을 거야. 오래전에 네가 내 곁을 끝까지 지켜 줬던 것처럼, 이번 삶에서는 내가 네 곁을 끝까지 지켜 줄게. 마지막 순간까지 외롭지 않도록."

"아냐, 그러지 마. 이번에도 끝을 지키는 건 내가 할래."

"왜?"

"난 한 번 겪어 봤잖아. 아마 두 번째는 조금 더 잘 견딜 수 있을 거야. 하지만 넌 처음이니까 오래전의 나처럼 힘들겠지. 힘든 건 그냥 내가 다 할게. 넌 그냥 옆에만 있어. 그러면 돼."

호연이 내 목덜미에 가볍게 입을 맞추며 이브닝드레스의 지퍼를 내렸다.

호연의 손가락이 훤히 드러난 등을 따라 척추를 쓸어내렸다. 그의 손이 지나갈 때마다 긴장으로 몸이 떨렸다.

"오늘은 도망가지 않을 거야?"

"이렇게 떨고 있으면서 나한테 그런 걸 물어?"

"무서워서 떠는 거 아니야."

"그럼? 내가 뭘 할지 기대돼서 떠는 건가?"

호연의 가벼운 손길과 함께 아슬아슬하게 걸려 있던 옷이 바닥으로 떨어졌다. 그가 내 귓가에 대고 작게 속삭였다.

"김소진. 내가 키스 말고 다른 것도 잘하는지 한번 확인해 볼래?"

나를 향한 도발이었다. 하지만 나도 순순히 당하고만 있지는 않을 거다.

"확인은……."

나는 돌아서서 호연의 셔츠를 잡아당겼다. 순식간에 그의 얼굴이 가까워졌다.

"내가 아니라 네가 해 봐야지."

나는 코앞으로 다가온 호연의 입술에 망설임 없이 입을 맞추었다. 맛있는 사탕을 아껴 먹는 것처럼 호연의 입안 여린 살을 자극하자 그의 눈이 커졌다.

어쩐지 얼떨떨해 보이는 호연을 향해 내가 물었다.

"진호연. 내가 키스 말고 다른 것도 잘하는지 한번 확인해 볼래?"

❖　❖　❖

고요한 섬에서 우리는 둘만의 소중한 시간을 보냈다.

우리는 상대에게 서로가 가진 모든 것을 주었다. 그리하여 호연은 나를 가졌고, 나는 호연을 가졌다. 진정으로 부부가 된 것이다.

꿈만 같았던 닷새가 끝나고 우리는 빠르게 현실로 돌아왔다. 행복한 휴가를 즐길 동안 쌓인 일들이 폭탄처럼 우리에게 날아들었다.

나는 밀려드는 환자들을 상대하느라, 호연은 세계 각지로 출장을 다니느라 바빴다. 다른 사람들이 보기에는 퍽 삭막한 신혼이리라.

"언니는 괜찮아요? 난 호연이처럼 바쁜 남자 정말 싫은데."

토요일 오후. 집 근처 레스토랑에서 만난 서린이 내게 물었다.

서린은 호연의 동갑내기 외사촌으로, 결혼식을 준비하는 내내 친자매처럼 나를 도와준 고마운 사람이었다. 늘 해외를 전전하는 호연을 대신해 나와 많은 시간을 보내 주는 좋은 친구기도 했다.

그리고 내가 그날 술을 잔뜩 퍼마시게 만든 장본인이기도 하지.

호연이 나와의 약속을 취소했던 날 그와 함께 있던, 수화기 너머로 들려왔던 자신감 넘치는 목소리의 여자가 바로 서린이었다.

"자주 못 만나는 건 아쉽지만, 연락은 꼬박꼬박 되잖아요."

고구려에서는 소식도 모르고 몇 개월을 애만 태워야 했는데. 그때에 비하면 사정이 훨씬 나은 편이었다.

"그리고 같이 있는 시간에는 떨어져 있었던 시간에 못 해 줬던 것만큼 잘해 주니까요."

"하긴. 호연이가 언니한테는 되게 잘하죠?"

서린이 그렇게 말하며 내 손을 바라보았다.

왼손 약지에는 호연과 나눠 낀 결혼반지가 자리 잡고 있었다. 평범한 기성품이었다.

물론 이 '평범한 기성품'이란 것도 어디까지나 호연의 기준이었다. 사람들이 이름만 들어도 다 아는 명품에, 가격도 엄청나게 비싸지만, 그래도 누구나 돈만 있으면 살 수 있는 기성품이니까 평범한 거다.

"결혼반지도 되게 요란한 걸로 한 줄 알았는데."

"결혼반지는 프러포즈 반지랑 다르게 매일 끼고 다녀야 하잖아요. 제발 기성품으로 해 달라고 부탁했다니까요."

이제 주문 제작은 지쳤어.

내가 한숨을 내쉬자 서린이 그날 휴대전화 너머로 들었던 것처럼 밝게 웃었다.

"하긴. 호연이 걔가 스케일이 좀 크긴 해요. 프러포즈 반지로 핑크 갤럭시라니."

핑크 갤럭시. 15캐럿짜리 핑크 다이아몬드로 만든 반지의 이름이었다.

호연은 경매사에서 일하고 있는 서린의 도움을 받아 소더비에 나온 이 반지를 낙찰받았다. 그리고 내게 그 반지를 건네며 프러포즈했다. 호연이 그날 나와의 약속을 급하게 취소한 것도 이 반지 때문이었다. 그날이 이 반지를 전해 받는 날이었던 것이다.

그렇지 않아도 값비싼 유색 다이아몬드인데, 그중에서도 더 희귀하다는 핑크 다이아몬드를 사용했다. 가격이야 말하지 않아도 뻔했다. 두려워서 차마 가격을 묻지 못했지만, 호연이나 서린의 반응을 생각하면 내가 상상할 수 없는 금액인 것만은 확실했다. 아마 그걸 끼고 밖에 나가는 일은 절대 없을 거다.

"저한테 그 반지 전해 받는 날, 호연이가 언니 전화 한 통에 쩔쩔매면서 어쩔 줄을 몰라하는데…… 와, 그걸 보니까 얼마나 웃기던지. 저는 걔가 다른 사람한테 그렇게 쩔쩔매는 거 처음 봤다니까요."

신이 나서 웃던 서린이 곧 내 얼굴을 살피며 진지하게 물었다.

"그런데 언니, 어디 아파요? 안색이 안 좋아 보여요. 내가 놀아 달라고 떼써서 억지로 나온 거 아니에요?"

"아니에요. 그냥 여기 음식 냄새가 조금."

"음식 냄새요? 전혀 안 나는데. 여기 저랑 몇 번 왔던 곳이잖아요. 그때는 괜찮지 않았어요? 오늘 갑자기 왜……."

의아하다는 듯 고개를 갸웃거리던 서린이 말끝을 흐리더니 곧 눈을 동그랗게 떴다.

"언니, 혹시 그거 아니에요?"

"그거요?"

"임신이요, 임신!"

"네?"

서린의 말에 나는 재빨리 머리를 굴렸다.

그러고 보니 나 생리가…….

날짜를 세어 보다가 머릿속이 새하얗게 물들었다. 가능성이 있었다.

나는 손에 들린 초음파 사진을 보며 헛웃음을 흘렸다.

임신이 맞았다. 시기로 따지면 허니문 베이비였다.

어떻게 그렇게 한 번에 임신이 되지? 예나 지금이나 참 강한 남자라니까.

안타깝게도 기쁜 소식을 나눌 호연은 서울에 없었다. 며칠 전 핀란드로 출국했으니 돌아오려면 한참이나 걸릴 것이다.

그동안 이 소식을 알리지 않고 참기가 힘들었다. 나는 고민 끝에 호연에게 메시지를 보내기로 했다.

[나 오늘 병원에 다녀왔어.]

[병원? 어디 아파?]

순식간에 답장이 돌아왔다. 나는 초음파 사진을 찍어 호연에게 전

송했다. 그러자 곧장 호연에게 전화가 걸려 왔다.

−무슨 일이야? 어디가 아픈 건데?

초음파 사진을 보고도 호연은 어찌 된 일인지 짐작조차 못 하는 것 같았다.

"그게……."

당황과 걱정이 섞인 호연의 목소리를 듣자마자 속에서 무엇인가가 울컥 올라왔다.

−무슨 일이야? 심각한 일이야?

호연의 목소리가 심각해졌다.

빨리 아니라고, 좋은 소식이라고 말해 줘야 하는데. 눈물이 쏟아져 쉽게 말을 이을 수가 없었다.

내가 두고 온 아이와 내가 잃었던 아이. 담덕이 긴 시간을 거쳐 다시 나를 찾아와 준 것처럼, 그 아이들 역시 지금의 내게 다시 와 준 것 같다는 기분이 들었다. 말도 안 되는 생각이었지만 그렇게 믿고 싶었다.

−지금 비행기 알아보라고 했어. 몇 시간 후에는 비행기 탈 수 있을 것 같아. 그러니까 조금만 기다리면…….

당황해서 어쩔 줄 모르는 호연에게 나는 겨우 입을 열었다.

"호연아, 그거 초음파 사진이야."

−초음파 사진?

여전히 영문을 모르겠다는 목소리였다. 나는 울며, 또 웃으며 호연에게 확실히 상황을 말했다.

"응. 나 임신했대."

이번에는 호연이 말이 없었다. 그는 지금 무슨 생각을 하고 있을까?

−보고 싶다. 내가 서울에 갈게.

긴 침묵 끝에 흘러나온 호연의 목소리도 나처럼 잠겨 있었다.

−몇 시간 뒤에, 아니, 지금 당장 비행기 탈게.

이제 나는 다음을 기약하지 않는다. 오래전부터 내가 소망했던 수많은 이야기들은 모두 이 시간, 이곳에서 만날 수 있을 테니까.

"응. 기다릴게."

서두르지 말고 천천히 와.

나는 여기에서 널 기다리고 있어.

운 외전

돌려주지 않은 이유

"줘."

제신이 답지 않게 빼딱한 자세로 손을 내밀었다.

앞뒤를 모두 자른 요청에 운은 도대체 무슨 소리를 하는 거냐는 듯 제신을 위아래로 훑어볼 뿐이었다. 움직일 줄 모르는 운의 태도에 답답해진 제신이 다시금 손을 뻗으며 운을 재촉했다.

"얼른 달라니까. 널 한 대 때려서라도 받아오겠다고 약조했어."

"그러니까, 도대체 뭘?"

"뭐긴, 내 누이의 비녀지. 네가 가져갔다며."

"아, 그 비녀."

드디어 의문이 풀렸다. 운은 자신과 머리꽂이 비녀 하나를 두고 신경전을 벌였던 제신의 누이를 떠올리며 작게 웃음을 터트렸다.

'이름이 우희라고 했던가.'

조그만 여자애가 눈을 동그랗게 뜨고 자신과 맞서는 것이 재밌어서 괜히 심술을 부렸던 기억이 난다.

'상당히 인상적인 만남이었지.'

누군가와 그런 식으로 옥신각신한 게 얼마 만인지 모르겠다.

운은 위세 높은 소노부 해씨 가문의 도련님이었다. 일부러 그 사실을 떠들고 다니지는 않았지만, 가만히 서 있기만 해도 귀한 집안의 자제인 것을 알 수 있는 외양 덕에 국내성 안에서는 감히 그와 맞서려는 이가 없었다.

또한 곱상한 그의 얼굴은 여인들의 호감을 쉽게 얻을 수 있는 좋은 무기라, 이유 없는 호의도 많이 얻고 살았다.

뭐, 제신의 누이에게는 어느 쪽도 효과가 없었던 모양이지만 말이다.

'역시 남매는 남매라니까.'

운은 우희의 그런 면이 제신과 비슷하다고 생각했다.

제신은 운이 소노부 해씨 가문의 도련님이라는 걸 알면서도 스스럼없이 다가와 친구가 돼 주었다. 소노부 해씨와 절노부 연씨 사이에 묘한 긴장감이 감돌고 있다는 걸 분명 알고 있을 텐데도 전혀 개의치 않았다.

덕분에 운은 제신 앞에서 소노부 해씨의 도련님이 아니라 또래 소년 '운'이 될 수 있었다.

짧은 실랑이였지만 우희와 옥신각신할 때도 비슷한 기분이었다. 누군가와의 첫 만남에서 그런 기분을 느끼는 게 이상하다 싶었는데, 그녀가 제신의 누이라는 걸 알게 되자 바로 납득했다.

"너랑 네 누이, 많이 닮았더라."

남매끼리 닮는 건 이상한 일이 아니니 당연한 소리라고 할 수도 있었다.

"뭐?"

그런데 당연히 동의할 줄 알았던 제신이 미간을 찌푸리며 질색하는 게 아닌가?

"해운."

제신은 누가 그 이야기를 들을까 봐 겁이 난다는 듯 주위를 두리번거리며 진지하게 목소리를 낮췄다.

"그 이야기, 우희 앞에서는 절대 하지 마라. 들으면 분명 크게 화를 낼 테니까."

"어째서?"

이해할 수가 없었다. 닮아서 닮았다고 할 뿐인데, 왜 화를 낸단 걸까. 의아함에 고개를 기울이는 운을 보며 제신이 어깨를 으쓱했다.

"그야…… 여자애들은 남자 형제와 닮았다는 소리를 들으면 다들 화내지 않아? 그건 욕이나 다름없다면서 말이야."

"그래? 우리 영이는 안 그러는데."

여전히 이해가 안 된다는 듯 고개를 갸웃거리는 운의 반응에 제신이 코웃음을 흘리고는 그를 위아래로 훑었다.

"그래, 그래. 곱게 생긴 우리 운 도령은 모르시겠지."

운의 인상은 우락부락한 고구려 전사들과는 조금 달랐다. 고운 얼굴에다 옷차림도 세심하게 신경 쓰는 편이라 신라 출신 아니냐는 소리를 자주 들었다. 강한 것을 최고의 미덕으로 여기는 고구려에서 그런 평가를 반길 사내는 아무도 없었다.

운은 항의의 의미로 눈을 가늘게 뜨고 주먹으로 가볍게 제신의 어깨를 밀었다. 그다지 힘이 실리지 않은 공격이었으나 제신은 과장되게 가슴을 부여잡으며 앓는 소리를 냈다.

"아이고, 해씨 가문 도련님이 도둑질한 것도 모자라서 이제 사람까지 잡네!"

"흥, 사람을 잡긴 뭘 잡아? 간지럽지도 않았을 거면서."

운이 코웃음을 흘리자 제신의 목소리가 더욱 높아졌다.

"아이고오오오! 국내성 사람드으을! 여기 좀 보시오! 해씨 가문의 운 도령이……!"

가만히 뒀다가는 바닥까지 데굴데굴 구르며 온 동네가 소란스럽게 창피를 줄 기세였다.

제신을 잘 모르는 사람이라면 설마 그렇게까지 하겠느냐 싶겠지만, 운은 그를 지나치게 잘 알았다. 연제신은 한다면 하는 인간이었다. 벌써 거리를 지나던 사람들이 무슨 일인가 싶어 이쪽을 힐끗대고 있었다.

"알았다, 알았어."

운이 잔뜩 질린 얼굴로 한숨을 내쉬며 두 손을 들었다.

"그렇게까지 안 해도 돌려줄 생각이었다, 그 비녀. 어쩌다 보니 내 손에 남은 것뿐이야."

절대 일부러 가로챈 게 아니었다.

우희와 비녀를 두고 실랑이하던 중 갑자기 제신이 나타나는 바람에 이야기가 딴 데로 샜고, 그 주제가 달갑지 않았던 제신에 의해 등 떠밀려 자리를 떴을 뿐이었다. 뒤늦게 손에 쥔 비녀를 발견하고 돌아갔지만, 제신과 우희는 이미 자리를 떠난 뒤였다.

따지고 보면 제신 때문에 일어난 일이니 운으로서는 그저 억울할 뿐이었다. 하지만 그가 불만을 토로하기도 전에 제신이 먼저 입을 열었다.

"어쩌다 보니 그랬다고? 우희의 반응은 그게 아니던데. 네 이야기를 하면서 무섭게 이를 갈더라니까."

그 짧은 몇 마디에도 열을 내며 발을 구르는 우희의 모습이 그려지는 듯해서 운이 웃음을 터트렸다.

"그 아이가 그랬어?"

"그래. 네게 비녀를 받아 주겠다고 하니 절대 안 믿더군. 순순히 내줄 사람이 아니라면서 말이야."

"흐응."

운이 묘한 콧소리를 내며 입꼬리를 끌어 올렸다.

"그런 반응을 보였다니 기대에 부응하고 싶어지는데."

어느새 장난스러운 미소를 짓고 있는 운의 얼굴을 바라보며 제신이 혀를 끌끌 차더니, 그의 어깨에 팔을 둘렀다.

"이보게, 친구. 우리 우희를 너무 놀리지 않는 게 좋을 거야."

가벼운 듯 건네진 제신의 경고에 운이 그의 팔을 떼어 내며 한 걸음 뒤로 물러섰다.

"내가 자네 누이를 괴롭힐까 봐 걱정돼?"

"어허, 지금 내가 우희를 보호하려고 이러는 거 같아?"

"아닌가?"

"당연히 아니지. 나는 친구인 자네를 보호하려는 거야."

"뭐? 나를?"

그 조그만 여자애한테서? 운이 황당하다는 듯 제신을 바라보았다.

그러자 제신이 웃음기 하나 없는 진지한 얼굴로 목소리를 낮춰 운의 귓가에 속삭였다.

"내 누이는 보통내기가 아니거든. 여차했다가는 콱! 물리는 수가 있어. 우리 절노부에서는 아주 유명하다니까?"

"……진심이야?"

"내가 이런 거로 거짓말을 할 사람인가? 서는 우희에게 꼼짝도 못할 정도라니까."

"서? 그 애야 어딜 가나 한 입 거리밖에 안 될 꼬맹이고."

재차 강조했는데도 운이 여전히 의심스러운 눈길을 보내자 제신이 포기했다는 듯 어깨를 으쓱했다.

"뭐, 믿지 못하겠다면 어쩔 수 없지. 하지만 나는 이미 경고했다는 걸 잊지 말게. 크게 물리고서 왜 말리지 않았느냐고 원망하면 곤란해."

"그럴 일 없다. 괜한 걱정이야."

"글쎄……."

제신이 헛웃음을 흘리는 운을 향해 씨익 웃어 보이며 턱을 매만졌다.

"나는 왜 벌써 보이는 거 같지? 내 누이에게 제대로 물려서 펄쩍 뛰는 자네 모습이."

❖ ❖ ❖

집으로 돌아온 운은 탁자에 나란히 놓아둔 은전과 머리꽂이 비녀를 바라보며 제신의 헛소리를 되새겼다.

'내가 그 어린애한테 물려서 펄쩍 뛰게 될 거라고?'

저보다 훨씬 큰 사내 앞에서도 주눅 들지 않고 할 말을 하던 걸 보면 확실히 보통내기는 아니었다. 그러나 그래봤자 어린애는 어린애다. 천하의 해운이 그런 어린애에게 물릴까 봐?

운은 코웃음을 흘리며 비녀를 손에 들었다. 그러자 자연스럽게 어린 여자애와 실랑이를 벌였던 날의 기억이 떠올랐다.

비녀를 팔던 상인은 원래부터 어수룩한 외지인을 등쳐 먹기로 악명 높은 자였다. 평소의 운이라면 누가 손해를 보든 전혀 상관하지 않았을 테지만, 그날은 영과 또래로 보이는 소녀의 모습에 마음이 야해졌던 것 같다.

물정도 모르는 어린애가 바가지를 쓰기 전에, 내가 먼저 적정한 값에 비녀를 사서 아이에게 되팔아야겠다. 그럴 작정으로 흥정에 끼어든 것인데, 소녀가 운의 생각보다 훨씬 당차고 똑 부러져 상황이 틀어졌다.

눈을 동그랗게 뜨고 쏘아붙이는 소녀의 모습에 묘한 장난기가 일어 쓸데없는 실랑이를 벌이고 만 것이다. 그런데 그 소녀가 제신의 누이 우희였다니.

절노부의 연우희. 그 아이에 관한 이야기는 많이 들었다.

우희라는 아이가 어찌나 영민하고 어여쁜지 절노부의 고추가가 딸처럼 귀하게 여긴다더라. 무뚝뚝한 연 장군도 딸아이 말이라면 껌뻑 죽는다더라.

'그리고 또⋯⋯.'

어른들의 사정으로 태자 담덕과의 혼인이 유력하다더라.

'그런 이야기도 있었지.'

내심 영을 황후 자리에 밀어 넣을 생각이었던 운의 아버지는 태왕이 또다시 절노부를 선택했다며 분개했고, 운은 그 모습을 보며 코웃음을 흘렸었다. 절노부에서 그리 귀하게 여긴다던 아이도 결국 정치를 위한 도구로 전락하고 말았다는 생각 때문이었다.

운은 어른들의 정쟁이 지겹고 역겨웠다. 그의 아버지 해서천은 앞에서는 고고한 척하며 뒤로는 온갖 야비한 술수로 권력을 탐하는 족속이다. 힘을 얻기 위해서라면 무엇이든 이용하는 비열한 인간이었고, 그 '무엇이든'의 범주에는 자식들도 포함되어 있었다.

물론 운은 아버지의 그 계획에 순순히 따를 생각이 없었다. 순진한 누이 영 또한 단단히 지킬 생각이었다. 그러니 제신의 누이가 태자와 혼인해 영에게 튈 불똥이 사라지는 건 아주 반가운 일이었다.

그러나 운이 직접 마주한 제신의 누이는, 그의 예상과는 달리 누구보다도 밝고 자유로운 소녀였다. 그리고⋯⋯.

"……안 어울려."

궁에도, 태자에게도.

꼬리를 물고 이어진 생각이 자신도 모르게 입 밖으로 새어 나왔다. 제 목소리에 퍼뜩 놀란 운은 손으로 입을 틀어막았다. 그 바람에 들고 있던 비녀가 바닥으로 떨어져 옆에 선 이의 발끝에 맞고 튕겨 나갔다.

운이 황급히 고개를 들자 누이의 얼굴이 보였다. 누이는 비녀를 주워 올리며 이상하다는 듯 해운의 얼굴을 살폈다.

"뭐가 안 어울린다는 거야, 오라버니?"

"영아."

"무슨 생각을 하고 있었길래 이리 넋을 놓았어? 들어가도 되느냐고 몇 번이나 문을 두드렸는데."

"그랬어?"

전혀 듣지 못했다. 그렇게까지 넋을 놓고 있었나 싶어 운이 미간을 찌푸리자 그것을 본 영이 눈을 가늘게 뜨고 그의 앞에 비녀를 내밀었다.

"혹시……."

그를 바라보는 영의 두 눈에 은근한 기대감이 서려 있었다.

"이 비녀의 주인 때문에 그래? 드디어 오라버니에게도 정인이 생긴 거야?"

"뭐, 정인?"

운은 별 우스운 소리를 다 듣겠다는 듯 헛웃음을 흘리며 비녀를 받아 들었다.

"그런 거 없다."

"그럼 여자들이나 쓰는 머리꽂이 비녀를 왜 가지고 있어?"

누이를 위한 선물인가 싶었지만, 아무리 봐도 영이 좋아할 만한 것은 아니었다.

"이 누이의 취향을 꿰고 있는 오라버니께서 그걸 내 선물로 사 왔을 리는 없고, 스스로 사용하려고 산 것도 아닐 테니…… 당연히 정인을 위한 선물 아니겠어? 넋을 놓고 있었던 것도 그 여인을 떠올리느라 그랬던 것이고!"

어느새 운의 곁에 바짝 다가와 앉은 영의 두 눈이 기대감으로 반짝거리고 있었다. 또래 소녀들이 으레 그러하듯 영은 설레는 사랑 이야기를 좋아했다. 그리고 무엇 하나 빠지지 않는 제 오라버니의 이야기라면 더욱 흥미가 일었다.

그러나 운은 영의 바람과 달리 누구에게도 곁을 내주지 않았다. 운을 좋아하는 여인이 없지는 않았던 것 같은데, 그에게서 찬바람이 쌩쌩 부니 다들 참지 못하고 나가떨어지는 모양이었다.

"주인이 따로 있는 건 맞지만, 안타깝게도 그 사람이 내 정인은 아니로구나."

"정말?"

"정말."

운이 두 손을 들어 진실을 호소했음에도 영은 의심의 눈초리를 거두지 않았다.

"영아, 내가 왜 이런 일로 네게 거짓말을 하겠느냐?"

"그거야…… 누가 봐도 정표 같은 비녀를 가지고 있으니 그렇지."

"이건 사정이 있어 잠시 내가 맡아둔 것이다. 곧 주인을 찾아갈 물건이야."

한동안은 자신을 천하의 몹쓸 놈으로 만들어 버린 맹랑한 소녀의 기대에 부응해 줄 생각이니, 이 비녀가 주인에게 돌아가는 건 한참 뒤의 이야기가 되겠지만 말이다.

"오라버니."

영이 묘한 눈빛으로 운을 불렀다.

"지금 웃고 있는 거 알아?"

"……내가?"

"응. 아까부터 계속 비녀를 보면서 웃고 있잖아, 이렇게."

영이 운의 표정을 따라 은은하게 입꼬리를 끌어 올렸다. 묘하게 애정이 묻어나는 미소라 운이 말도 안 된다는 듯 미간을 찌푸렸다.

"내가 언제 그런 얼굴을 했어?"

"난 그저 보이는 대로 따라 한 거야. 나야말로 뭐 하러 없는 이야길 꾸며 내겠어."

"글쎄, 내게 연모하는 이가 있다고 믿으니 그렇게 보이는 것은 아니고?"

"어머나."

운의 타박에 영이 놀랍다는 듯 눈을 동그랗게 떴다. 곧 누이의 눈빛에 장난기가 서렸다.

"이 미소가 그런 의미였어? 연모하는 이를 생각하는 미소?"

"이 녀석, 오라비를 놀리는 데 재미를 붙였구나!"

운은 영의 머리를 거칠게 헤집으며 비녀를 품에 집어넣었다. 비녀를 계속 영의 눈앞에 뒀다가는 이 놀림이 영원히 끝나지 않을 것 같았다. 그럴 때는 원흉을 눈앞에서 치우는 게 우선이었다.

운의 전략이 맞아떨어졌는지 비녀가 눈앞에서 사라지자 영의 입에서도 다른 화제가 흘러나왔다. 문제는 다른 화제 역시 운에게는 전혀 달갑지 않은 이야기라는 점이었다.

"……혹시 나 때문에 사람들과 거리를 두는 건 아니지?"

조금 전의 짓궂은 태도는 어디로 간 것인지 영이 가라앉은 목소리로 운의 눈치를 살폈다. 무슨 소리인가 싶어 운이 한쪽 눈썹을 치켜올리자 영이 머뭇거리며 입을 열었다.

"오라버니는 아픈 누이를 돌보느라 주변을 살피지 않잖아. 늘 내가 우선이지. 세상 어떤 여인이 누이를 우선시하는 사내를 좋다 하겠어?"

"갑자기 왜 그런 소리를……."

의문으로 잠시 흐려졌던 운의 눈이 금세 답을 찾고 날카로워졌다.

"아버지께서 네게 이상한 소리를 한 거로구나. 뭐라고 하시더냐?"

"오라버니가 들어오는 혼담마다 거절하는 게 아무래도 나 때문 아니냐고……."

"허."

운이 기가 차서 헛웃음을 흘렸다.

"아버지가 가져오는 혼담은 죄 정치적 결합을 위한 것뿐이지."

해서천은 운의 나이가 제법 찬 뒤부터 의욕적으로 그의 혼인 상대를 찾아오고 있었다. 유력가의 여식과 혼인시켜 정치적으로 든든한 뒷배를 만들어 두려는 의도였다.

"내가 그런 혼인을 반길 것 같으냐?"

정치라면 질색하는 운이 순순히 그에 따를 리가 없다. 영도 그 사실을 잘 알고 있었다.

"하지만 오라버니는 정략혼만 싫다는 게 아니잖아. 모두에게 찬바람이니까 걱정이 되어서 그러지. 난 오라버니가 내게 신경 쓰는 것만큼 오라버니의 삶도 소중하게 생각했으면 좋겠어."

"내 삶을 소중하게 여기는 것과 내 인생에 다른 사람을 끌어들이는 것이 무슨 상관이 있어? 난 평생 혼인하지 않을 거다."

운의 생각은 꿈에도 몰랐던 영이 놀라서 눈을 크게 떴다.

누이동생을 놀라게 할 생각은 없었지만, 한번 제대로 짚고 넘어가지 않으면 계속 이런 대화가 오갈 것이었다. 이왕 얘기가 나온 김에 제 생각을 제대로 전하는 게 나을 것 같아 운은 이야기를 계속 이어 나갔다.

"나야 이런 집안에서 태어나 그런 아버지를 두게 됐으니 어쩔 수 없어. 숙명이라 생각하고 견뎌 내야지. 하지만 여기에 죄 없이 휩쓸리는 사람을 더하고 싶지는 않다. 상대가 가엾잖니."

"하지만, 그래서는 오라버니가 너무……."

영이 할 말을 찾지 못하고 입을 꾹 다물었다. 운이 그리는 미래를 앞에 두고 고독하다는 말도, 서글프다는 말도 함부로 할 수가 없었다.

그러나 운은 누이가 제게 하고 싶은 말이 무엇인지 다 알고 있다는 듯 빙긋 웃으며 그녀의 어깨를 토닥였다.

"모두 내가 선택한 것이다. 그러니 아버지의 이상한 소리에 괜히 휩쓸리지 마라. 전부 널 부추겨 날 움직이려는 아버지의 술책일 뿐일 테니까. 알겠어?"

영은 운의 방에 들어설 때와 달리 잔뜩 침울해진 얼굴로 고개를 주억거렸다.

과거의 기억은 여기까지였다.

❖ ❖ ❖

"오라버니!"

어린 날과는 완전히 달라진 영의 목소리가 운을 현재로 불러들였다.

아니, 이제는 자신을 '운'이라고 부를 수 없게 되었다. 미쳐 버린 아버지의 손에 우희가 세상을 떠난 뒤 그 이름은 버렸으니까.

그 시절과 달라지지 않은 것이 있다면 영이 여전히 자신을 '오라버니'라고 부른다는 점이었다. 그래서 모두 잊은 줄 알았던 옛 순간들이 잠시 머릿속에 떠올랐는지도 몰랐다.

비극적인 사건 이후 운은 백제에 머무르며 세작 노릇을 했다. 당연하게도 지설과 혼인해 신라에 자리 잡은 영과는 오래도록 만날 수 없었다.

지설이 급히 전할 것이 있으니 신라에 와 달라는 서신을 보내지 않았다면 오늘의 만남도 이뤄지지 못했을 것이다.

"어째 서신을 보낸 사람은 안 보이는구나. 전할 것이 있다더니."

"그건 내게 맡겼어. 이 참에 오랜만에 남매끼리 얼굴을 보는 것도 좋지 않겠느냐고."

영이 들고 있던 보따리를 가볍게 흔들자 운이 놀랍다는 듯 눈을 크게 떴다.

"그치가 그리 융통성 있는 사내였던가? 못 말리는 원칙주의자였던 것 같은데."

"음, 여전히 그런 면이 있긴 하지만……."

영이 조금 질린 얼굴로 말끝을 흐렸다.

아무리 시간이 지나도 사람의 근본은 쉽게 바뀌지 않는가 보다. 그 사실에 어쩐지 마음이 편해진 운이 미소를 지으며 어렸을 때처럼 영의 머리를 거칠게 헤집었다.

"잘 지냈어, 누이?"

"그럼, 보면 모르겠어? 이렇게 지내도 과연 괜찮은 건가 싶을 정도로 잘 지냈지."

영은 고민도 않고 웃으며 고개를 끄덕였다. 지설과 아이까지 낳고 행복하게 살고 있다는 소식이 거짓은 아닌 모양이었다.

"그렇다니 한시름 놓겠구나."

"그래, 그러니 이제 오라버니가 홀로 감당하고 있는 짐에서 나 하나쯤은 속 시원하게 내려놓아도 좋아."

"되었다. 네 몫의 무게는 이미 오래전에 버렸으니."

"오래전에 버렸어?"

"그래. 믿을 만한 사람에게 널 맡긴 그 순간부터 내 어깨에 네 몫의 무게는 없었다."

"그렇다면 다행이지만……."

영이 보이지 않는 무언가를 좇는 사람처럼 운의 어깨를 바라보았다.

"어찌하여 나는 오라버니의 어깨가 아직도 짓눌린 것처럼 보이지? 여전히 많은 짐을 얹고 있는 것 같아. 오라버니에게 지워진 숙명이 여전히 무거워서 그런 걸까?"

"아니. 네가 말하는 것이 '운'으로서의 내 숙명이라면, 그것 역시 오래전에 버렸다. 내게 남은 것은 오로지……."

운이 말끝을 흐리며 습관적으로 품속을 더듬었다. 그러자 언젠가 주인에게 돌아갈 거라 장담했던 비녀가 손끝에 걸렸다. '운'이 버리지 못한 것은 단 하나 이 비녀 하나뿐인데, 얄궂게도 이놈이 태산처럼 무겁게 그의 어깨를 짓누르고 있었다.

운은 숨을 깊게 들이마시고 애써 평온한 척 영을 바라보았다.

"재미도 없는 내 이야기는 그만하자. 그보다 급히 전해야 한다는 것이 뭘까? 이제 슬슬 궁금한데."

"아, 이것."

원래의 목적을 잠시 잊고 있던 영이 뒤늦게 정신을 차리고 운에게 보따리를 내밀었다.

"우희가 생전에 만들던 도감이야."

"……그 애가?"

"미완성이었는데 내가 마무리했어. 그 애가 완성했다면 더 멋진 도 감이 되었겠지만…… 이렇게라도 완성하는 게 좋을 거 같았거든."

운은 말없이 보따리를 풀어 서책을 살폈다. 영의 말처럼 초반부는 우희의 솜씨였다. 익숙한 필체에 말문이 턱 막혔다.

"……이것 때문에 날 불렀어?"

"응, 오라버니가 폐하께 전해 드렸으면 해서. 나와 지설은 애들 때 문에 이곳을 벗어날 수 없는 처지인데, 이 중요한 걸 아무한테나 맡 길 수는 없잖아. 그러다 오라버니 생각이 났지. 오라버니라면 잘 전 해 줄 거라고."

운은 어째서 자신을 적임자로 생각했느냐고 영에게 묻지 않았다. 대신 서책을 다시 보따리에 싸서 소중하게 품에 안았을 뿐이다.

"폐하께서 기뻐하실 거다."

"바로 떠나려고?"

"그리해야지."

"지설은 만나지 않고?"

"응."

"조카들도?"

"응."

"그렇게 말할 줄 알았어."

영은 서운하지도 않은지 활짝 웃으며 어서 가 보라는 듯 운에게 손 을 흔들었다. 운도 미소로 화답한 뒤 몸을 돌렸다.

그가 발길을 떼려는 순간 영이 갑자기 떠올랐다는 듯 물었다.

"아, 그런데 오라버니. 오래전에 내가 정표로 오해했던 그 비녀 말이야. 그거 아직도 가지고 있지?"

비녀의 주인이 누구인지 알기에 문득 행방이 궁금해진 것일 테다.

운은 그렇다고 대답하는 대신 제자리에 멈춰 고개를 돌렸다. 눈길에 담긴 답을 알아챈 영이 다시 물었다.

"왜 돌려주지 않았어? 오래전에 돌려줄 수도 있었잖아."

영의 말이 옳다. 그녀의 말처럼 돌려줄 기회는 분명 많았다. 그런데 그 애의 부루퉁한 얼굴을 보는 것이, 그 애와 시답잖은 말싸움을 하는 것이 즐거워서 조금만 더 지니고 있자고 생각하다 완전히 때를 놓쳐 버리고 말았다.

겨우 정신을 차렸을 때는 이미 무엇 하나 놓을 수 없는, 우스운 꼴이 된 후였다.

돌려주지 않은 게 아니라 돌려주지 못한 것이다.

그러니까.

"질문이 틀렸어, 누이!"

평생 순진하기만 할 줄 알았던 영이었으나 해를 더하며 눈치 또한 쓸 만하게 키운 듯했다. 운은 누이의 성장에 미소를 지으며 다시 앞으로 걸어 나갔다.

아마도 뒤돌아볼 일은 이제 없을 것이다.

국내성 외전

어린 날의 대보름

올해도 어김없이 새해가 찾아왔다. 똑같이 하루가 흘러갈 뿐인데, 해가 바뀐다는 건 왜 이렇게 특별하게 느껴지는 걸까?

사람들은 분명 오래가지 못할 새로운 다짐을 가슴에 새기며 까닭 없이 설레는 마음으로 새해를 맞이한다.

물론 나, 연우희 역시 그런 평범한 사람 중 하나였으나, 내가 새해를 반기는 데는 또 다른 명확한 이유가 있었다. 새해가 밝았다는 건 곧 정월 대보름 축제가 코앞까지 다가왔다는 뜻이었다.

음주 가무를 즐기는 고구려 사람들은 사시사철 크고 작은 축제를 즐겼는데, 그중 대보름 축제가 가장 크고 화려했다.

매년 시월 동맹제를 올리는 날에도 성대한 축제가 열리지만 정월 대보름과는 분위기가 조금 달랐다. 동맹제가 태왕이 주관하는 경건한 의식에 방점이 찍혀 있다면, 정월 대보름은 서민들이 축제를 주도했다. 고구려 사람 모두가 한마음 한뜻으로 그해의 평안을 빌며 온갖 놀이를 즐겼다.

스마트폰도 없이 고전적인 놀이로만 한가한 시간을 보내야 하는 내게 다양한 놀거리가 넘쳐 나는 축제는 가뭄의 단비보다 반가웠다.

게다가 올해의 대보름 축제에는 나를 더욱 불타오르게 하는 요소가 하나 더 있었다. 바로 담덕이었다.

❖ ❖ ❖

새해를 앞둔 어느 날. 평소와 다름없이 담덕에게 활쏘기를 배운 뒤 시장에서 산 간식을 나눠 먹으며 대화를 나누었다. 그러다 자연스럽게 다가올 축제가 화제에 올랐다.

"이제 곧 새해지? 벌써 기대된다니까."

"왜?"

"왜긴, 새해잖아! 보름에는 큰 축제도 열릴 거고."

진짜 축제는 보름달이 뜨는 십오 일에 열리지만, 사람들은 전야제를 즐기듯 새해 첫날부터 다양한 놀이를 하며 대보름을 기다렸다. 보름이 지나면 다들 언제 그랬냐는 듯 평소처럼 돌아와 생업에 열중하니 모두가 들뜬 그 시기를 놓칠 수는 없었다.

"담덕, 너는 익숙하겠지만, 난 국내성에서 새해의 보름을 맞이하는 게 처음이란 말이야."

나와 달리 백부를 따라 자주 국내성에 드나들었던 사촌 서는 종종 거드름을 피우며 수도의 대보름 축제에 대해 떠들어 대고는 했었다. 서의 이야기를 들을 때마다 겉으로는 시큰둥한 척했지만, 사실 마음속으로는 그가 즐겼을 축제가 궁금해 죽을 지경이었다.

절노부에서도 대보름 축제는 대단히 성대하게 치렀다. 그런데 국내성은 절노부보다 훨씬 크고 화려한 도시가 아닌가? 당연히 내가 경험했던 대보름 축제들보다 훨씬 대단할 것이다.

나는 기대감에 눈을 반짝이며 담덕에게 정보를 캐내기 시작했다.

"국내성의 대보름 축제는 언제? 아주 대단하겠지?"

"글쎄, 그거야 뭐 당연히……."

"하긴, 당연한 질문이겠지. 놀이도 절노부에서 하는 것과 비슷하려나? 담덕, 너는 주로 무슨 놀이를 했어?"

"음…… 나는 글쎄……."

잔뜩 신이 난 나와 달리 담덕의 반응은 시큰둥했다. 무엇을 물어도 구렁이 담 넘어가듯 '글쎄'라는 말로 대답을 회피하는 것이 아닌가? 그런 상황이 몇 번 반복되자 슬슬 뭔가 이상하다는 것이 느껴지기 시작했다.

'흠, 이건 시큰둥하다기보다는……'

나는 담덕을 향해 쏘아 대던 질문을 잠시 멈추고 눈을 가늘게 뜬 채 그를 바라보았다. 탐색하는 듯한 내 시선에 담덕이 슬그머니 내 시선을 피했다.

"담덕, 혹시 너……."

나는 얼른 두 손을 뻗어 돌아간 담덕의 얼굴을 다시 내 쪽으로 돌려놓으며 설마 하는 심정으로 물었다.

"대보름에 놀아 본 적이 없는 거야?"

담덕이 어깨를 움찔하는 것으로 답을 대신했다. 아무래도 내 짐작이 틀리지 않은 모양이었다.

"어떻게 그럴 수가 있어?"

새해가 밝으면 나는 제신을 비롯한 절노부 아이들과 삼삼오오 모여 온갖 놀이를 하며 시간을 보내곤 했다.

그런데 놀이 없는 새해라니? 즐기지 않는 대보름이라니?

담덕을 아주 오래 지켜본 건 아니었지만, 그래도 그를 파악하기에는 충분한 시간을 함께 보냈다. 남들이 축제를 즐길 때 홀로 방안에 틀어박혀 시간을 보낼 만한 성격으로는 안 보였는데.

이해할 수 없는 상황에 멍하니 눈을 껌뻑이니 담덕이 미간을 찌푸리며 내 손을 밀어냈다. 내 반응에 기분이 상한 것 같았다.

"여긴 네 고향과는 달라. 다들 하하 호호 웃으며 손잡고 놀 수 있는 분위기가 아니라고."

담덕의 말을 들으니 처음 국내성에 온 날, 서와 제신을 따라 구경 갔던 태학에서 느꼈던 날 선 분위기가 떠올랐다. 모두 한 가족처럼 끈끈한 절노부와는 확실히 달랐다. 아마 다양한 집안의 아이들이 한곳에 모여 있다 보니 마냥 애들처럼 즐기기 힘든 분위기가 만들어진 게 아닐까 싶었다.

게다가 그 속에서도 담덕은 유독 특별한 위치에 있어 그들 사이에 섞여들기가 더욱 힘들었을 것이다. 사정을 모르고 그날의 풍경을 보았을 때는, 담덕이 집단 따돌림을 당하는 줄로만 알고 고구려 청소년들의 미래를 걱정하지 않았던가?

'그런데 그걸 전부 잊고 담덕에게……'

나는 혼자 들떠서 담덕의 상황을 고려하지 못한 자신을 질책하며 그의 눈치를 살폈다. 그러다 금세 생각을 바꿨다.

지금은 여느 아이들처럼 친구들과 신나는 축제를 즐기지 못한 담덕을 안쓰러워하거나, 실례를 범한 것에 미안해하고 있을 때가 아니었다.

과거는 과거일 뿐이다. 살아온 날보다 살아갈 날이 더 많은 어린이에게는 과거보다 미래가 더욱 중요한 법!

'게다가 미래의 광개토대왕 님에게 안 좋은 유년 시절의 기억이 있으면 안 되지!'

일종의 위인 보호라고나 할까? 과거의 기억까지 바꿀 수는 없지만, 앞으로는 내가 담덕과 함께 매년 정월의 보름을 신나게 보내면 될 일이다.

나는 의욕을 불태우며 담덕의 두 손을 붙잡았다.

"담덕, 나만 믿어."

"뭘 믿으라는 거야……?"

"넌 아무것도 안 해도 돼. 내가 다 준비할 테니까."

"그러니까 뭘……."

재차 질문하려던 담덕이 의욕에 찬 내 얼굴을 보고 말을 삼키더니 깊게 한숨을 내쉬었다.

"……우희 네가 그리 나오면 내가 좀 불안해지는데. 무슨 생각을 하는 거야?"

담덕의 두 눈이 불안하게 나를 살폈다. 내가 의욕적으로 나올 때마다 생각지도 못한 사건이 터진다는 걸 이미 깨달은 모양이었다.

하지만 이번에는 그의 의심이 확실히 틀렸다. 활 쏘는 건 아직도 어설프지만, 노는 거라면 누구에게도 뒤지지 않을 자신이 있었다. 나는 자신만만하게 턱을 치켜들었다.

"이런 건 미리 설명하면 재미없어. 그러니 넌 대보름만 기대하고 있어!"

❖ ❖ ❖

나는 대보름이 다가오기만을 기다리며 만반의 계획을 세워 두었다.

그 첫 번째 계획은 이렇다. 내가 무슨 꿍꿍이를 가졌는지 꿈에도 모른 채 방심하고 있을 담덕을 습격하는 것이다.

대보름의 이른 아침. 나는 엄청난 계획을 품은 채 기별도 없이 불쑥 궁을 찾았다. 약속도 없이 무작정 들이닥쳤지만 정문을 통과하는 건 그리 어렵지 않았다. 담덕에게 활 쏘는 걸 배우겠다며 궁을 드나드는 동안 궁을 지키는 병사들과 안면을 튼 덕분이었다.

'게다가 지금 난 어린애잖아?'

아무리 경계심이 대단한 사람이라도 어린 여자애에게는 한 수 접어 주는 법이다.

물론 내가 태왕의 신임을 받는 절노부 연씨 가문의 아가씨라는 것도 한몫했을 것이다. 내가 태자 전하의 친구라는 사실 역시 널리 알려져 경계는커녕 외려 환대를 받으며 궁에 입성할 수 있었다.

목적지는 당연히 담덕의 처소였다. 나는 콧노래를 흥얼거리며 그의 방을 찾아가 굳게 닫혀 있는 문을 박자에 맞춰 두드렸다.

"담덕!"

똑. 똑똑똑. 똑.

"나랑 놀러 가지 않을래? 어서 빨리 나와 봐!"

요란하게 소리를 높여 부르자 문 너머에서 부스럭거리는 기척이 들렸다. 잠들어 있던 담덕이 깨어난 모양이었다.

문에서 손을 떼고 잠시 기다리니 곧 문이 열리고, 담덕이 모습을 드러냈다. 늘 총명하던 그의 두 눈에 졸음이 가득했다. 아직 정신을 차리지 못한 것 같았다.

"⋯⋯우희?"

한참이나 제자리에서 눈을 껌뻑이던 담덕이 이제야 이른 아침의 불청객이 누구인지 알아채고는 의아하다는 듯 눈을 크게 떴다. 두 눈에 담겨 있던 졸음은 어느새 흔적도 없이 사라졌다.

"네가 어찌 여기에 있어?"

"약속했잖아. 내가 다 준비할 테니 나만 믿으라고."

어깨를 으쓱하고 지난번의 약속을 상기시키자 담덕의 눈길이 내 등 뒤로 향했다. 오늘을 즐기기 위한 준비물로 가득한 보따리를 발견한 모양이었다.

"장사라도 하려는 거야?"

"설마. 이걸 팔아 버리면 곤란해. 놀잇감을 가득 챙겨 왔는걸."

"놀 거리가 이렇게나 많아?"

"오히려 줄이느라 고생했어. 혹시 놀러 가기 싫은 건 아니지?"

"그럴 리가!"

담덕이 황급히 부정하며 손을 내저었다.

"다만……."

"다만?"

"대보름 놀이를 이리 일찍 시작하는 줄은 몰랐거든."

"일찍이라니?"

나는 눈을 부릅뜨고 가지고 온 방패연을 담덕의 품에 안겨 주었다. 그런 뒤 그를 방 안으로 떠밀었다.

"오늘 할 일이 얼마나 많은데. 지금부터 움직여도 빠듯하다고. 그러니 단단히 각오해!"

시작은, 연날리기다!

나와 담덕은 탁자 위에 각자의 연을 올려 두고 붓을 들었다.

"담덕, 멀리 날려 보내고 싶은 걸 연에 적어."

"날려 보내고 싶은 것?"

"평소에 품고 있던 고민이라든가, 올해는 널 괴롭히지 말았으면 하는 문제들이라든가. 뭐, 그런 것들 있잖아."

새해가 밝으면 많은 사람들이 연을 날리며 놀았지만, 그중 대보름에 날리는 연은 액연(厄鳶)이라고 부르며 특별히 여겼다. 연과 함께 버리고 싶은 액운을 날려 보내면 맞이하는 한 해가 평안할 것이라고 믿은 까닭이었다.

보통은 이 연에 액운을 날려 보낸다는 의미로 자신의 이름과 함께 '송액(送厄)'이나 '송액영복(送厄迎福)' 같은 글귀를 써넣었다.

하지만 나와 오라버니는 어렸을 때부터 그런 글씨 대신 버리고 싶은 근심거리를 하나하나 새겨 넣었다. 하늘에 소원을 빌 때는 최대한 구체적이어야 한다는 나의 지론을 따른 결과였다. '부자가 되게 해주세요'라는 소원을 빌면 하늘님이 내가 얼마나 큰 부자가 되길 원하는지 모르지 않겠어? '국내성에 저택을 백 채 정도 살 수 있을 정도로 큰 부자가 되게 해주세요!'라고 소원을 비는 게 훨씬 그럴듯한 것처럼, 버리고 싶은 액운 역시 상세히 써야 하늘님이 알아주실 게 분명하다.

"음."

그런데 입을 꾹 다물고 눈짓으로 연의 크기를 가늠하던 담덕이 금세 곤란하다는 듯 미간을 찌푸렸다.

"그런 걸 전부 적으려면 연이 이보다 훨씬 커야 할 것 같은데?"

"이것보다 훨씬 더?"

나는 눈을 껌뻑이며 연을 바라보았다. '이왕 날릴 거라면 큰 게 좋겠지!'라는 생각에 내 상체를 거의 다 가릴 정도로 큰 연을 만들어 왔건만. 근심거리를 모두 채워 넣으려면 이보다 더 큰 연이 필요하다고?

"어휴, 넌 애가 왜 이렇게 근심 걱정이 많니?"

복잡한 상황에 놓인, 그래서 여태껏 대보름 축제도 마음 놓고 즐기지 못했을 어린 태자님의 고민들이 무엇일지는 짐작이 갔다. 하지만 나는 일부러 담덕의 고민을 모른 척하며 그를 타박했다.

"어쩔 수 없지. 네 연에 쓰다가 넘치는 건 내 연에 나눠 써."

"내 근심거리를…… 네 연에 쓰라고?"

"그래. 친구는 원래 근심을 나누는 사이잖아. 내게 근심을 나눌 정도의 친구는 네가 유일하니 영광으로 여겨도 좋아."

장난스럽게 거드름을 피우며 턱을 치켜들자 담덕이 피식 웃음을 흘리며 고개를 저었다.

"난 소중한 친구와는 근심이 아니라 기쁨을 나누고 싶어. 그러니 우희 넌 네 몫의 근심만 감당하도록 해."

"싫어. 네 몫도 감당할래."

나는 사양하는 담덕 앞에 억지로 내 연을 밀어 놓았다.

그러자 못마땅한 듯 한쪽 눈썹을 치켜든 담덕이 다시 내 앞으로 연을 돌려놓았다.

"나도 싫어. 네 연에는 안 써."

"에잇, 그러지 말고 쓰라니까?"

"아니, 안 쓴다니까?"

나와 담덕의 실랑이에 연이 몇 번이나 우리 둘 사이를 이리저리 오갔다.

"써!"

"안 써!"

"이 고집쟁이!"

"너야말로!"

그렇게 유치한 실랑이가 계속 반복되자, 내가 절대 포기하지 않으리라는 걸 알아차린 담덕이 한숨을 내쉬며 두 손을 들었다.

"후, 알았어. 네 연에 내 근심거리를 쓸게."

나는 담덕의 항복에 뿌듯해져 미소를 지었으나, 웃음은 오래가지 않았다.

그가 내 연을 가져가는 대신 제 연을 내 앞에 내려둔 것이다.

"하지만 너도 내 연에 네 몫의 근심거리를 써. 나 역시 친구의 근심을 나누고 싶으니까."

"그렇지만……."

"'그렇지만'은 없어, 우희."

담덕이 반박하려는 나를 보며 연을 가볍게 흔들어 보였다.

나를 향하는 그의 눈이 다시 쓸데없는 실랑이나 하며 시간을 버릴 건지 묻고 있는 것만 같았다. 이러다가는 정말 끝도 없을 거다.

결국 이번에는 내가 두 손을 들었다.

"알았어. 그렇게 하자."

결국 우리는 상대의 연에 각자의 근심을 적어 내리는 의미 없는 교환을 한 뒤에야 자신의 연을 돌려받을 수 있었다.

근심거리를 모두 적었다면 이제는 밖으로 나가 연을 멀리 날릴 시간이었다. 성을 빠져나와 언덕에 도착하니 이미 많은 사람들이 삼삼오오 모여 연을 날리고 있었다.

물론 모두가 연을 날리는 데 성공하는 건 아니었다. 몇 번이나 내달리고도 연을 띄우지 못해 울상이 된 아이와 그를 달래는 부모를 보자 갑자기 손에 땀이 나기 시작했다.

내 손에 든 것이 나의 액운이라면 크게 긴장하지 않았을 거다. 하지만 지금 내 손에 있는 건 타인의 근심이었다.

'심지어 광개토대왕 님의 액운이잖아?'

이걸 제대로 못 날렸다가는 광개토대왕 님의 미래가 불길해지고, 고구려의 전성기가 흔들리고, 대한민국의 역사 뒤바뀌고…….

'안 되지. 절대로 안 될 일이야.'

생각하면 할수록 반드시 액연을 멀리 날려 버려야 한다는 무거운 책임감이 몸집을 키웠다. 나는 새삼 '타인의 근심을 감당하는 건 어려운 일'이라는 세상의 진리를 되새기며 깊게 숨을 들이마셨다.

꼬리에 꼬리를 물고 이어지는 불길한 생각을 애써 떼어 내기 위해 고개까지 휘휘 내저었다. 옆에 나란히 서서 연 날릴 준비를 하고 있던 담덕이 고개를 갸웃거렸다.

"왜 그래?"

"아무것도 아냐. 준비됐어?"

"응."

"그냥 연을 날리는 건 지루할 테니 내기를 거는 건 어때?"

"내기를?"

승부라면 어디 가서 빠지지 않는 담덕이 흥미롭다는 듯 눈을 반짝였다.

제대로 걸려들었구나! 나는 씩 웃으며 고개를 주억거렸다.

"응, 연싸움을 하는 거지. 상대의 연줄을 먼저 끊는 쪽이 이기는 걸로 하자."

"간단하네. 승자는 뭘 얻는데?"

"음, 간단하게 패자가 승자의 소원을 하나 들어주는 건 어때? 소원은 보름달이 사라질 때까지 유효한 것으로 하고."

"어떤 소원이든 빌어도 되는 거야? 상대가 들어주기 힘든 소원을 빌면 어떡하려고?"

"설마 내가 이상한 소원을 빌까 봐 걱정하는 거야? 우린 서로의 근심을 바꿔 들고 있는 사람들인데?"

담덕이 빼곡히 채워 넣은 근심거리로 가득한 방패연을 흔들어 보이자 그가 무슨 소리를 하는 거냐는 듯 헛웃음을 흘렸다.

"내가 걱정하는 건 네 소원이 아니라 내 소원이야. 내가 질 리 없으니까."

"뭐?"

담덕의 근거 없는 자신감에 어이가 없어져 입을 떡 벌리자 그가 한술 더 떠서 나를 도발했다.

"내가 무슨 소원을 빌든 감당할 수 있다는 말이지, 연우희?"

"그런 걱정은 할 필요도 없어, 고담덕. 어차피 내가 이길 테니까."

다른 사람들 눈에야 나나 담덕이나 똑같이 쓸데없이 자신감만 넘치는 것으로 보이겠지만, 나는 내 승리를 확신할 수밖에 없었다.

'연줄에 미리 손을 써 두었거든!'

내 연줄에는 사금파리를 갈아 섞은 풀을 먹였고, 담덕의 연줄에는 평범한 풀만 먹였다. 그러니 맞붙었을 때 내 연이 훨씬 강할 수밖에 없었다. 아주 치사한 수였지만 오늘 담덕이 반드시 들어줬으면 하는 소원이 있어서 어쩔 수 없었다.

그 사실은 꿈에도 모르는 담덕은 자신만만한 태도를 유지하며 미소를 지었다.

"그렇다면 문제없네."

담덕과 나는 잠시 시선을 교환한 뒤 빠르게 언덕을 내달렸다. 연을 하늘에 띄우기 위해서였다. 이 첫 단계부터 실패한 아이들이 언덕에 여럿 있었지만, 우리는 싸우기도 전에 이미 자신의 승리를 확신한 아이들답게 간단히 하늘에 연을 띄웠다. 고생해서 연을 띄워도 금방 고꾸라지는 경우가 있는데 다행히 오늘은 바람이 적당해 걱정할 필요가 없을 것 같았다.

담덕과 나는 승부를 내기로 한 것도 잠시 잊고 하늘 높이 띄운 연이 우아하게 바람을 타는 모습을 지켜보았다.

정신을 차리고 먼저 움직인 쪽은 나였다. 나는 실을 감으며 연을 강하게 우측으로 잡아당겨 유유자적하게 떠 있는 담덕의 연을 공격했다. 상대가 넋을 놓고 있을 때 연줄을 올려 건 뒤 실을 풀어주면 쉽게 상대의 줄을 끊을 수 있었다. 역시 무슨 일에서든 기습이 가장 상수였다.

담덕이 방심하고 있었던 만큼 쉽게 공격을 성공시킬 수 있을 거라고 생각했지만, 그는 엄청난 반사 신경을 발휘해 공격을 피했다. 아쉬움에 입을 비죽이자 담덕이 눈을 가늘게 뜨고 나를 내려다보았다.

"정정당당하게 하는 거 아니었어?"

"승패에 정정당당이 어디 있어? 승리한 자가 곧 정의가 되는 법이니 우선 수단과 방법을 가리지 않고 이기고 봐야지."

"옳은 말이야."

담덕이 동의하며 본격적으로 연을 조종하기 시작했다. 그가 손을 움직일 때마다 하늘에 뜬 연이 반응해 힘차게 내 연을 공격해 왔다. 나도 물러서지 않았다. 연줄에 손을 쓴 내가 훨씬 유리한 처지라 소극적으로 나설 필요가 없었다.

연싸움이 점점 격렬해지자 그때까지 평화롭게 연날리기에 집중하고 있던 사람들도 하나둘 우리의 승패에 관심을 가지기 시작했다. 관

중이 늘어나니 더욱 의욕이 불타올랐다.

그때 상황이 불리하다고 생각했는지 공격 태세로 일관하던 담덕이 연의 머리를 돌려 뒤로 빠져나갔다. 나는 드디어 승기를 잡았구나 싶어 얼씨구나 그의 연에 따라붙으며 공격을 시도했지만, 후퇴한 뒤 먼저 자리를 잡고 있던 담덕이 오히려 반격해 왔다. 서로의 연줄이 팽팽하게 맞섰다. 이제 어느 쪽도 물러날 수는 없었다.

담덕과 나는 거의 동시에 줄을 감아 당겼다. 강력한 공격에 뚝 하고 줄이 끊어졌다. 먼 하늘을 유영하고 있던 두 연들 중 하나가 맥없이 아래로 떨어져 내렸다. 내 것이었다.

"말도 안 돼!"

연줄에 사금파리 가루를 섞은 풀까지 발라 뒀는데!

차마 반칙을 실토하지는 못하고 머리를 부여잡으니 담덕이 키득거리며 턱 끝으로 바닥에 늘어진 내 연줄을 가리켰다.

"그리 부정하는 걸 보니 역시 연줄에 수를 써 둔 거지?"

"설마 처음부터 알았어?"

"응."

"어찌 알았는데?"

"사금파리를 먹인 연줄은 빛을 받으면 반짝이니까."

담덕의 말에 땅을 바라보니 쏟아지는 햇살에 나의 연줄이 예쁘게 반짝이고 있었다.

"알면서도 승부를 받아들인 거야?"

"응. 네가 연줄에 수를 써 뒀어도 이길 자신이 있었으니까. 난 승부에 있어서는 약은 녀석이라, 질 만한 싸움은 애초에 안 하자는 주의거든."

반드시 이기는 싸움만 한다. 그런 부분 덕분에 담덕은 역사에 위대한 태왕으로 남은 것일 테지.

대한민국 사람 김소진으로서는 존경해 마땅할 부분이지만 눈앞에서 그를 상대하고 있는 절노부의 연우희 입장에서는 얄밉게만 느껴질 뿐이었다.

"내기는 무효야. 네가 이 정도로 연싸움 고수라는 말은 안 했잖아."

"하지만 너도 연줄에 손을 썼다는 얘기는 안 했지. 나도 너의 무기를 모르고, 너도 나의 무기를 몰랐으니 아주 공평한 대결이었다고 생각해."

억지를 쓰는 나와 달리 어느 곳 하나 빠질 것 없는 완벽한 논리였다. 나는 할 말을 잃고 입을 떡 벌린 채 여유롭게 연을 날리고 있는 담덕을 위아래로 훑었다.

"……담덕, 너 언제 이렇게 말이 늘었니?"

"말 잘하는 연우희를 상대하려면 나도 발전을 해야지. 안 그래?"

"그래선 치사해. 난 네게 이겨 먹을 수 있는 게 말뿐이었는데, 이젠 말로도 널 이길 수 없게 되었잖아."

나는 연도 없이 덩그러니 손에 남은 연줄을 대충 던져 버리고 바닥에 주저앉았다.

승리를 자축하기라도 하는지 담덕의 연은 그의 손길을 따라 각종 기술을 선보이며 하늘을 노닐고 있었다. 화려한 움직임에 구경하던 어린아이들이 감탄사를 쏟아냈다.

"거짓말쟁이. 제대로 놀아 본 적 없다고 했으면서."

"'친구들과' 제대로 놀아 본 적이 없다고 했지. 연을 날리는 건 혼자서도 할 수 있잖아."

음, 그렇게 대꾸하면 갑자기 할 말이 없어지는군. 아무도 없는 언덕에 올라 홀로 연을 날렸을 담덕의 모습을 상상하니 억울한 마음이 순식간에 사라졌다.

원래 영웅은 고독한 존재라지만, 이렇게 어렸을 때부터 외로울 필요는 없지 않나? 고고하게 떠 있는 하늘 위의 연이 마치 담덕처럼 느껴졌…….

"아앗!"

어쩐지 아련해진 기분으로 연을 바라보고 있던 나는 뭔가 잘못됐다는 걸 깨닫고 자리에서 벌떡 일어났다.

"왜 그래?"

"네 고민거리가 바닥에 처박혔잖아!"

"중요한 문제야?"

"그럼 안 중요하겠어?"

액 날리기의 마무리는 액연을 스스로 끊어 멀리 날려 버리는 거다. 연싸움에 패배해서 바닥에 처박혀 버리는 건 제대로 된 액 날리기라고 할 수 없었다. 담덕을 이겨서 소원을 빌어야겠다는 생각에 빠진 나머지 내 연에 그의 고민을 담아 뒀다는 것을 깜빡했다.

그는 연에 많은 고민거리를 담았다. 아버지의 병환이나 자신의 앞날을 흐리게 하는 수많은 문제도 모두 사라지길 바라며 진지하게 연을 채워 넣었다. 그런 연이 바닥에 처박히고 말았으니 엄청난 문제였다.

"떨어진 걸 찾아서 불에 태우기라도 하자. 그래야 액운이 달아날 거야."

나는 연이 떨어진 방향으로 몸을 돌렸다. 하지만 담덕이 어깨를 붙잡아 당장 뛰어가려는 나를 저지했다.

"됐어. 이미 멀리 떨어진 걸 어찌 찾으려고. 그냥 두면 알아서 없어질 거야."

"하지만……"

"괜찮아. 원래 너도 이런 이야기에 크게 개의치 않는 거 아니었어?"

맞다. 현대에서 온 나는 고대의 수많은 미신에 크게 연연하지 않는 편이었다.

하지만 그렇다고 해서 일부러 미신에 어긋나는 행동을 할 필요는 없지 않은가. 게다가 이건 내 액운에 대한 게 아니라 담덕의 액운에 대한 거니까 더욱 신경이 쓰였다.

그러나 담덕은 정말로 개의치 않는지 어깨를 으쓱하고는 품에서 단검을 꺼내 제 손에 쥐고 있는 연줄을 잘라 버렸다. 그러자 바람을 타고 있던 연이 구속에서 벗어나 하늘 먼 곳으로 떠나갔다.

"자, 네 액연은 멀리 떠났으니 걱정하지 마. 올해는 네게 좋은 일만 있을 거야."

"누가 내 근심 때문에 그래? 네 근심이 물러나지 않을까 봐 걱정돼서 그러지."

"하늘님이 해결해 줄 수 있는 근심이라면 나 혼자 힘으로도 충분히 해결할 수 있을 거야. 그러니 난 신경 안 써."

"그거 아주 어른스러운 생각이네."

그리고 몹시 담덕답다.

"너도 그렇게 생각해서 이런 일에 개의치 않는 거 아니야?"

"전혀 달라."

"어떤 식으로 다른데?"

"어차피 내가 쓴 건 시답잖은 근심들밖에 없었는걸. 하지만 네 근심은 그게 아니잖아. 내게 네가 가진 무게만큼의 근심이 있었다면 온

갓 풍속에 연연하면서 발을 동동 굴렀을 거야."

"근심에 어찌 무게를 재겠어? 받아들이는 자가 근심이라 한다면 똑같이 힘든 거지. 그러니 네 근심도 충분히 무거워."

"글쎄. 아무리 그래도 '오라버니가 날 활쏘기 바보라며 놀리는 걸 그만하게 해 주세요'라고 적은 것과는 비교가 안 될걸."

"뭐? 그런 걸 액연에 적었어?"

"읽지 못했어?"

"타인의 근심을 엿보는 건 예의가 아니라고 생각해서 일부러 안 읽었어."

"어…… 난 네 근심을 다 읽었는데……?"

미안함에 눈동자를 이리저리 굴리자 담덕이 피식 웃으며 내 머리를 헤집었다.

"뭐, 너는 우희니까."

'그래도 괜찮다'는 말이 생략되어 있었지만 담덕의 뜻을 충분히 알 수 있었다. 그 배려가 어쩐지 간지럽게 느껴져서 나는 괜히 툴툴대며 담덕의 손길을 피했다.

"달래가 애써 정돈해 준 머리가 다 망가지겠어."

"이 정도는 괜찮아."

"이럴 땐 머리가 흐트러져도 예쁘다고 하는 거야."

"아, 우희 넌 머리가 흐트러져도 예쁘니 신경 안 써도 돼."

담덕이 잽싸게 내가 방금 한 말을 따라 했다. 엎드려 절 받기라도 기분 좋은 말은 듣는 건 언제나 좋은 일이라 히죽 웃었다. 그러자 담덕이 웃음이 터지려는 걸 겨우 참는 얼굴로 내게 물었다.

"그런데 내게 무슨 소원을 빌고 싶어서 연줄에 손까지 쓴 거야?"

"별거 없었어. 그냥 하루 정도는 네 머릿속의 어른을 떼어 놓고 나와 신나게 놀자고 할 작정이었지."

"뭐? 그런 걸 어찌 내 의지로 조절하겠어?"

"넌 성실하니까 분명히 들어줬을걸. 최선을 다해서 오늘만큼은 어른스러운 생각을 떠올리지 않으려고 했을 거야. 나는 알아."

내가 지켜본 담덕은 분명히 그랬다. 아무리 불가능한 일이라도 일단 약속을 했으면 분명히 지킬 사람이었다.

자신의 얼굴을 빤히 바라보는 내 시선에 민망해졌는지 담덕이 슬그머니 눈길을 피했다.

앞모습을 볼 때는 잘 몰랐는데 이렇게 옆모습을 바라보니 새삼 그가 훌쩍 자랐다는 생각이 들었다.

'그러고 보니 키도 훌쩍 컸고.'

처음 마주쳤을 때는 분명 작았는데. 하루가 다르게 쑥쑥 자라더니 이제는 나보다 훨씬 몸집이 컸다. 또래의 친척 남자애들도 성장이 빠른 편이었지만 담덕은 그보다도 훨씬 빠른 것 같았다.

'무릎 안 아프려나.'

이처럼 빠르게 자라면 성장통도 심할 텐데.

내가 갑자기 시선을 돌려 제 몸 곳곳을 살피기 시작하자 그렇지 않아도 민망해하던 담덕이 더욱 몸 둘 바를 모르며 헛기침했다.

"그만 봐."

"눈앞에 있는 걸 어찌 안 봐?"

"그 말이 아니라……."

담덕은 내 말에 반박하는 대신 나를 붙잡아 자리에서 일으켜 주었다.

"계속 이렇게 실랑이를 벌일 거야? 할 일이 아주 많다며?"

아무래도 담덕은 나와 대치하는 것보다 화제를 돌리는 게 낫다고 생각한 모양이었다. 그리고 그 작전은 틀리지 않았다. 담덕의 말에 미리 계획해 둔 수많은 놀이가 떠올랐으니 말이다.

"그랬지. 우린 아주 바쁘다고. 지체할 시간이 없어."

시장에 가서 대보름 음식도 맛 봐야 하고, 풍물패의 음악에 맞춰 신나게 춤도 춰야 한다. 뭐, 애어른 고담덕이 춤추는 건 아무래도 상상이 안 되지만 말이다.

'소원권이 있었다면 춤추기를 시킬 수도 있었을 텐데.'

담덕이 들었다면 펄쩍 뛰었을 생각이었지만 당사자는 내 생각을 읽지 못하니 상관없었다.

아무튼 오늘을 위해 준비해 온 계획들을 되짚어 보다 낮에는 청년들이 편을 갈라 축국 경기를 한다는 것이 떠올랐다. 편을 가르는 데 어떤 규칙이 있는 것은 아니었지만 대체로 출신 부족에 따라 패가 갈린다고 했다.

제신이 있었다면 절노부 출신의 청년들과 어울려 축국 경기를 했을 거다. 그의 말로는 눈을 떼기 힘들 정도로 박진감이 넘친다고 했으니 담덕과 함께 구경하는 것도 좋을 것 같았다.

'그러다 보면 금세 해가 떨어질 거야.'

어떤 축제든 해가 지고 난 후에야 분위기가 무르익는 법이다. 특히 대보름은 절정은 밤하늘에 뜬 달을 바라보며 한 해의 평안을 비는 일이었다.

'그때를 위한 비밀 병기도 가지고 있다고.'

아침부터 등에 지고 있던 보따리에든 물건들이 바로 그것이었다. 아무래도 무거워 보인다며 담덕이 몇 번이나 들어 주겠다고 했지만, 혹시라도 안에 든 물건의 정체를 들킬까 봐 극구 사양했다.

그 때문에 담덕은 내 보따리 안에 든 것의 정체를 매우 궁금해하면서도 이상한 것은 아닐지 나를 의심하는 중이었다. 나는 혹시라도 담덕의 궁금증이 또다시 보따리로 향하기 전에 재빨리 그의 손을 잡아 끌었다.

"가자, 담덕!"

❖ ❖ ❖

평소에도 활기가 넘치는 시장이 오늘은 더욱 북적거렸다. 중심에는 칼과 공으로 재주를 부리는 광대들과 그들 주변으로 구경꾼들이 잔뜩 모여 있었고, 풍물패들은 거리를 돌아다니며 음악을 연주했다. 흥에 겨운 사람들은 춤을 추면서 그 뒤를 따랐다.

하지만 나와 담덕이 관심은 먹거리였다. 이른 아침부터 연을 날리느라 잔뜩 허기가 진 상태였다. 우리는 홀린 듯 맛있는 냄새에 이끌려 이리저리 움직이며 시장의 먹거리를 섭렵해 나갔다. 평소에 자주 먹는 음식이라도 축제 분위기 때문인지 훨씬 맛있게 느껴졌다.

온갖 주전부리를 욕심껏 손에 들고 신나게 배를 채우고 있으니 등 뒤에서 익숙한 목소리가 들려왔다.

"우희?"

그리 반갑지 않은 목소리에 나는 서둘러 몸을 돌렸다. 그러자 사촌 서가 축제를 맞아 수려한 차림으로 내게 손을 흔들고 있었다.

"너도 축제를 즐기러 나온 거냐?"

서가 웬 시골뜨기를 다 본다는 듯 거들먹거리며 내 어깨를 토닥였다.

"넌 국내성에서 대보름을 맞이하는 게 처음이니 아주 즐겁겠구나."

그런 취급이 썩 마음에 들지 않아 나는 부루퉁하게 그의 손을 밀어냈다.

"그러는 넌 또 얼마나 익숙하다고 그래? 너도 몇 번 국내성에서 대보름을 보내는 게 전부면서."

"그래도 처음인 녀석보다는 낫지. 이것 봐라. 오늘은 축국을 하려고 옷도 차려입었다는 거 아니냐!"

"축국? 네가?"

나는 눈을 동그랗게 뜨고 서를 위아래로 훑었다.

어쩐지 수려한 차림이다 싶었더니, 축국 경기를 하려고 단체복을 떨쳐입은 모양이었다.

"하지만 넌 몸을 쓰는 건 다 못 하잖아."

"무, 무슨 소리야? 그래도 웬만큼은 해!"

"거짓말하지 마. 내가 널 모르니?"

혀를 차며 지적하자 서도 할 말이 없는지 휘파람을 불며 내 시선을 피했다. 타고난 용사들이 즐비하다는 절노부에서 나와 서는 검을 드는 것보다 책을 읽는 데 더 재주가 있는 희귀종이었다.

집요한 내 시선에 서가 결국 한숨을 내쉬며 속내를 털어놓았다.

"사실 나도 자신은 없어. 그런데 어쩌겠어. 웬만한 사람들은 다 전장에 나가 있어서 사람이 없다는데. 머릿수는 채워야 경기를 할 거 아냐."

백제와의 전쟁을 위해 많은 용사들이 국내성을 떠나 있었다. 아버지와 제신, 그리고 얄미운 운 도령도 전선으로 떠난 자들에 포함되어 있었다.

특히 절노부에서는 상당히 많은 인원이 출전을 자원해서 다른 패들보다 훨씬 머릿수를 맞추기 어려웠을 거다. 절노부 사람들이라면 누구나 서가 얼마나 구제 불능의 몸치라는 걸 알고 있을 터였다. 그럼에도 서를 선수에 넣어야 할 정도면 더 설명할 것도 없었다.

"그런데 제신 형님도 없는데 넌 누구랑 축제 구경을…… 히끅."

한참이나 떠들고 난 뒤에야 내 옆에 있는 사람을 의식한 서가 눈을 동그랗게 뜨고 딸꾹질을 해 대기 시작했다.

생각지도 못한 사람이 있어서 깜짝 놀란 모양이었다.

"그, 히끅, 태, 히끅, 태자……."

나는 눈치도 없이 담덕을 향해 '태자 전하'라고 외치려는 서의 입을 틀어막았다.

고구려는 귀족과 평민의 경계가 그리 뚜렷하지 않은 나라였다. 전쟁이 벌어지면 양쪽 모두가 힘을 합쳐 적에 대응해야 하는데 내부에서 위화감이 있으면 곤란하니 격의 없이 지내는 경우가 많았다.

그러나 왕족은 완전히 다르다. 담덕이 태자라는 것이 밝혀지면 한바탕 소란이 벌어질 것이 분명했다. 그럼 오늘의 나들이도 여기서 끝이었다.

"여기서 '이분'의 정체를 다 떠벌릴 셈이야?"

작게 속삭이며 추궁하니 서가 고개를 붕붕 저었다. 기본적으로 나쁜 녀석은 아니니 놀라서 그랬을 뿐, 일부러 담덕의 정체를 폭로할 생각은 없었을 거다.

나는 서가 쓸데없는 소리를 하지 않을 거라는 확신을 가진 뒤 그의 입을 틀어막고 있던 손을 뗐다. 그러자 기다렸다는 듯 딸꾹질 소리가 튀어 나왔다.

"히끅! 히끅!"

"정신 사나운데 그것 좀 멈출 수 없어?"

"내가, 히끅! 그걸 할 수, 히끅! 있으면, 히끅! 진즉에, 히끅! 했지, 히끅!"

서가 억울함을 토로하면서도 연신 딸꾹질을 해 댔다. 오래 숨을 참게도 해 보고, 깜짝 놀라게도 해 봤지만 어찌나 놀랐는지 딸꾹질이 멈추지 않았다. 처음에는 금방 멈추겠지 싶었던 서의 얼굴이 점점 사색이 되어갔다.

"어쩌지, 히끅! 이제 곧, 히끅! 축국, 히끅! 시작인데, 히끅!"

이래서야 공을 차기는커녕 뛰는 것도 힘들 것 같았다.

"뭐, 원래도 머릿수나 채우는 역할이었잖아. 가만히 서 있다가 오면 되지."

"이 꼴을, 히끅! 하고, 히끅! 경기를, 히끅! 하라고. 히끅? 창피, 히끅! 하다고, 히끅! 싫어흑!"

"그렇지만 네가 없으면 경기를 못 하잖아. 대체 선수가 정말 없어서 네가 뛰게 된 걸 텐데."

"그거야, 히끅! 그렇지만, 히끅!"

어떻게든 방법을 찾으려고 눈동자를 이리저리 굴리던 서의 시선이 갑자기 한곳에 고정되었다.

그의 시선을 따라가자 시큰둥한 얼굴로 나와 서를 지켜보는 담덕이 보였다.

나는 설마 하는 눈으로 서를 바라보았고, 서는 맞다는 듯한 눈으로 고개를 끄덕였다.

'괜찮을까?'

'나보다 나을걸.'

빠르게 합의에 이른 나와 서가 동시에 고개를 돌려 담덕을 바라보았다.

동시의 둘의 시선을 받고 어리둥절하게 고개를 갸웃거리는 담덕에게 나와 서가 동시에 입을 열었다.

"태자, 히끅, 전하!"

"네가 서 대신 축국을 하는 거야!"

❖ ❖ ❖

나는 서의 옷을 입고 멀뚱멀뚱 경기장에 선 담덕을 보며 속으로 웃음을 삼켰다.

담덕과 서의 체격 차이가 꽤 났던 탓에 소매와 바짓부리 밖으로 팔다리가 비쭉 튀어 나왔다. 마치 어린애의 옷을 뺏어 입은 어른을 보는 것 같았다. 자신에게 잘 맞는 옷을 차려입은 사람들 사이에 그런 녀석이 함께 있으니 더욱 눈에 띄었다.

갑자기 서 대신 담덕이 경기에 참가할 거라고 하자 절노부는 몸치 연서를 대신할 사람이라면 누구나 좋다며 크게 환영했고, 상대 순노부는 못마땅한 듯 떨떠름한 얼굴을 했다.

담덕이 우리 절노부 편에 들어가 경기한다고 해도 큰 문제는 없었다. 대체로 부를 중심으로 패가 나뉘지만 말 그대로 눈치껏 나누는 것일 뿐이지 규칙으로 정해진 게 아니었다. 모두가 화합해서 즐기는 축제 아닌가?

내가 담덕의 모습에 웃음을 삼키는 사이 경기가 시작되었다. 처음에는 어색하게 경기장을 누비던 담덕은 갈수록 움직임이 좋아졌다.

역시 몸 쓰는 일이라면 누구보다 뛰어난 녀석다웠다.

처음에는 담덕의 실력을 몰라 조심스럽게 공을 주던 절노부 사람들도 점차 적극적으로 그에게 공을 넘기기 시작했다.

나는 눈에 익은 사람들의 이름을 열심히 외치며 응원에 열중했다.

나와 담덕이 양쪽에서 모두 노력한 보람이 있었는지 축국은 대승으로 마무리되었다.

경기를 마치고 내게 돌아온 담덕의 몸은 땀 범벅이었지만 얼굴에 걸린 미소는 아주 시원해 보였다.

"즐거웠어?"

"응."

내 질문에 담덕은 고민도 않고 고개를 끄덕였다.

경기장을 떠나는 절노부 사람들 몇몇이 수고했다며 담덕에게 손을 흔들었고, 담덕도 그에 화답하듯 손을 들어 보였다.

"다음에 또 같이 축국 하자고 약속했어."

"아마 상대편에서도 널 같은 편으로 끌어들이고 싶어서 안달일 거야."

"하긴. 요즘엔 어디든 선수가 부족하니까."

"무슨 소리야? 네가 잘하기 때문이지! 서 같은 녀석은 열 명을 세워 놔도 의미가 없다고."

잘난 친구가 뿌듯해져서 과장되게 담덕의 가슴팍을 두드리자 옆에서 잠시 잊고 있던 사람의 소심한 항의가 돌아왔다.

"야, 히끅! 연우희끅! 나, 히끅, 아직, 히끅, 있다?"

❖ ❖ ❖

아직 겨울이라 해는 짧았다. 우리는 떨어지는 해를 보며 달을 보기 좋은 녹수(綠水:지금의 압록강)로 이동했다.

해가 저물어 갈수록 대보름의 동그란 달도 조금씩 선명한 모습을 드러내기 시작했다. 환한 달빛에 별빛은 모두 가려지고, 검은 밤이 대낮처럼 밝게 느껴졌다.

몇몇 사람들은 강에 등을 띄우거나 하늘로 풍등을 날리며 눈을 감고 평안을 빌었다.

"우리도 등을 준비해 올 걸 그랬나 봐."

담덕이 소원을 비는 사람들을 보며 아쉽다는 듯 말했다.

"그럴 줄 알고 내가 다 준비했지. 나만 믿으라고 했잖아."

나는 기다렸다는 듯 하루 내내 지고 있던 보따리를 풀어 담덕 앞에 펼쳤다. 그러자 짤막한 홰 하나와 길고 하얀 종이 끈들이 한가득 쏟아져 나왔다.

"이게…… 뭐야?"

담덕이 두툼하고 길게 꼬아 내린 종이 끈을 하나 집어 들며 고개를 갸웃거렸다. 온종일 웬 쓰레기를 들고 다닌 거냐는 듯한 반응이었다.

나는 담덕의 시선을 무시하고 주위 사람에게 불을 빌려 와 홰불을 밝혀, 바닥에 단단히 고정한 뒤 세웠다.

긴 종이 끈을 하나 집어 들어 끝에 불을 붙이니 끈이 아래에서부터 서서히 타들어 가며 아름다운 불꽃을 피워 올렸다. 종이 사이에 숯가루를 넣어 만든 일종의 폭죽이었다. 대한민국에서 즐기던 불꽃놀이처럼 화려하지는 않았지만, 종이가 숯과 함께 타들어 가며 바람에 따라 불꽃을 흩날려 그 나름의 낭만을 자아냈다.

담덕 역시 은은하게 흩날리는 불꽃에 매료된 것인지 입을 벌린 채

타들어 가는 모습에 시선을 고정하고 있었다.

"너도 해 봐. 지난날의 안 좋았던 일은 모두 이 불꽃에 태워 버리는 거야. 앞으로 다가올 나쁜 일들도 전부."

그는 내 재촉을 사양하지 않고 쌓여 있던 종이 끈 중 하나를 들어 불을 붙였다.

그러자 이번에는 그의 손에서 아름다운 불꽃이 피어나기 시작했다.

달과 불꽃. 마음이 평온해지는 정경에 나는 천천히 눈을 감고 이 세상에 떨어진 후 줄곧 빌었던 소원을 빌었다.

'하늘님, 제가 이 세상에서도 잘 살아갈 수 있게 도와주세요. 우리 가족들도 모두 행복하게 해 주시고요.'

하지만 이번 소원은 거기에서 그치지 않았다.

'혹시 제 소원을 들어주시고도 여력이 있으시거든 제 앞에 있는 이 녀석의 미래도 잘 봐주세요. 앞으로 많은 걸 감당해야 하는 녀석이니까요.'

짧은 소원을 빌고 눈을 뜨자마자 언제부터 나를 보고 있었던 건지 담덕과 눈이 마주쳤다.

그는 당황하지도 않고 날리는 불꽃 너머로 계속 나를 바라보았다. 나 역시 시선을 피하지 않았다.

"낙화……."

한참이 지나서야 굳게 닫혀 있던 담덕의 입이 열렸다.

"불꽃이 마치 봄날에 흩날리는 꽃잎 같아. 분명히 지금은 겨울인데."

"겨울 뒤에는 반드시 봄이 오니까, 지금이 봄의 전야인 셈이지. 틀린 것도 아냐."

"억지로 끼워 맞추기는."

담덕이 피식 웃음을 흘리며 내게 물었다.

"눈을 감고 무슨 소원을 빌었어?"

"뭐, 그냥 평범한 소원이지. 세계 평화?"

"……무엇보다 어려운 소원 같은데?"

차마 너의 행복을 빌었다는 낯간지러운 이야기를 할 수 없어 대충 얼버무렸더니 담덕이 황당하다는 듯 입을 떡 벌렸다.

"에잇, 내 소원이 뭐가 중요해?"

나는 어색함을 감추려 헛기침을 하며 재빨리 화제를 돌렸다.

"그러는 너는 왜 소원을 안 빌어?"

"하늘님에게?"

"아니, 나한테! 아침에 연싸움에서 네가 이겼잖아. 그러니 내게 소원을 빌어야지. 소원은 보름달이 떠 있을 때만 유효하다고 했으니 얼마 안 남았어."

"무슨 소리야. 보름달이 떠 있는 동안에는 유효하다고 했으니 한참 남았지."

"응?"

담덕의 반박이 언뜻 잘 이해되지 않아 고개를 갸웃거리자 그가 씨익 웃으며 하늘에 뜬 달을 가리켰다.

"보름은 매달 돌아오잖아. 그러니 보름달은 사라지지 않고 평생 저 자리에 있어. 내 소원의 유효함도 마찬가지고."

"뭐? 내가 말한 건 오늘의 보름달이었다고!"

"그랬으면 '오늘의' 보름달이 떠 있을 때까지만 유효하다고 말했어야지, 안 그래?"

"뭐? 너 이렇게 치사하게 나올 거야?"

"응, 치사한 친구라서 미안."

"누가 사과를 하래?"

완전히 당했다는 생각에 씩씩대자 담덕이 즐겁게 웃음을 터트렸다.

어떠한 근심도 느껴지지 않는, 정말로 딱 그 나이 아이다운 웃음 소리였다.

〈낙화유수〉 외전 完